诗经与楚简诗经类文献研究

姚小鸥　著

创于1897
The Commercial Press

图书在版编目（CIP）数据

诗经与楚简诗经类文献研究 / 姚小鸥著. — 北京：商务印书馆，2022
ISBN 978-7-100-21412-4

Ⅰ.①诗… Ⅱ.①姚… Ⅲ.①《诗经》－诗歌研究
Ⅳ.①I207.222

中国版本图书馆CIP数据核字（2022）第117786号

诗经与楚简诗经类文献研究

姚小鸥 著

商 务 印 书 馆 出 版
（北京王府井大街36号 邮政编码 100710）
商 务 印 书 馆 发 行
三 河 市 尚 艺 印 装 有 限 公 司 印 刷
ISBN 978－7－100－21412－4

2022年9月第1版　　开本 148×210　1/32
2022年9月第1次印刷　印张 11 7/8

定价：78.00 元

谨以此书献给我的长兄姚小申（1944—1965）

国家社会科学基金重大项目
"中华简帛文学文献集成及综合研究"（项目编号：15ZDB065）成果

自 序

　　《诗经与楚简诗经类文献研究》一书，顾名思义，它的研究对象是《诗经》和楚简《诗经》类文献。

　　"楚简《诗经》类文献"这个名目，是我的杜撰。它既指向明确，又有较大的内涵包蕴。说它明确，是指载体都是楚简，且皆与《诗经》有关。说它有较大的内涵包蕴，是指它既包括安大简《诗经》这样的早期《诗经》抄本，也包括上博简《孔子诗论》这样的《诗经》学史文献。上博简中的《采风曲目》和《逸诗》等，也应当包括在内。特别值得一谈的是清华简的相关文献。

　　我最初使用这个名称，起始于对清华简的研究。清华简中的《诗经》类文献包括《耆夜》《周公之琴舞》《芮良夫毖》诸篇，从与《诗经》的关联来说，它们各具特征。《耆夜》是一篇史传文献，其中含有今传《毛诗》中的《唐风·蟋蟀》一篇别本，还有未见于今本《诗经》者。《周公之琴舞》的"元内（纳）启"系今存《周颂·敬之》篇的别本，可见它是作为《周颂》前身的原始《诗》学文献。《芮良夫毖》一篇，不见今本《毛诗》，但其风格、体式与被认为系芮良夫所作的《大雅·桑柔》篇绝相类似。

　　将《诗经》与楚简《诗经》类文献放在一起，是由其内在的关联性使然。我的《诗经》学研究，以《诗经》本体研究为基础，以经学历史研究为辅翼。在当代学术语境下，这些都离不开出土文献，而二十余年来，出土的《诗经》类文献，又以楚简为大宗。本书所收论文，泰半与楚简《诗经》类文献相关，不是偶然的。

除研究对象选取与材料的使用外，我的《诗经》研究还有两个比较显著的特色，其一是在先秦礼乐文化的整体背景下进行研究；其二是研究的实证性，即传统所谓的考据。

关于《诗经》与先秦礼乐文化的关系，我有一个简要的表述，即"《诗经》是先秦礼乐文化的产物和有机组成部分"。这一学术论断，是在多年的持续研究中概括出来的，它经历住了时间的考验。

大家都知道，明代《诗经》学的成就不如前代，也不如清人，学术风气的空疏是一个重要的原因，这是应当引以为戒的。不对《诗经》本体进行扎实的研究，侈谈学史，根基何在？

实证性的研究，出成果可能慢一点。本书中《诗经》学史的研究，篇数不多，但耗费我的时间、精力并不少。我长期关注《诗经》学史的关键之点，而不敢轻下断语，但如《"诗三百"正义》这样的文章，一篇出来，就动摇了"孔子删诗"这一重要学术公案历来讨论的基础。所以慢一点也是值得的。

搞研究，有时也要尽量快一些。这里主要指对新材料的切入。前辈学者给我们树立了榜样。罗振玉、王国维对西北汉简、敦煌文书，乃至甲骨文献的研究，只争朝夕，故能得风气之先。李学勤先生也是这方面的楷模。后学虽不能望其项背，但如古人言，"非曰能之，愿学焉"。本书中对楚简《诗经》类文献所作的研究，就是追随前辈时贤的"预流"结果。

研究出土文献，基础在于对传世文献的掌握。束书不观，训诂不晓，研究出土文献率尔操觚，很少有不出笑话的。我们对清华简《周公之琴舞》文本性质的判断，与时贤大有不同，就在于我们曾对《周颂》，特别是对《大武乐章》诸篇下过极大的工夫。

重考据不等于不讲义理。清人言，考据、义理、辞章三者不可偏废，相辅相成。不讲考据，无根游谈，哪里会有真知灼见？不讲义理，所谓的考据的灵魂何在？一切优秀作品的内涵，无不与其外在形式的呈现密切相关。换言之，作品内涵的阐发，离不开对其艺术形式的解读。《文心雕龙·情采篇》说："木体实而花萼振。"这是义理与辞章关系的最好说明。

四十年来，我对《诗经》的《风》《雅》《颂》各部分均有钻研，其中又以三《颂》为最。我的三《颂》研究成果，基本包含在 2019 年商务印书馆出版的《诗经三颂与先秦礼乐文化的演变》一书中，为避免重复，本书不再收录。

数十年来出土的《诗经》类文献，尚有颇为重要者而本书少有涉及。其中主要是《阜阳汉简诗经》和西汉海昏侯墓出土的《诗经》简。胡平生研究员等对前者曾有很好的整理，我们在研究中曾加引用。后者由朱凤瀚教授的团队进行了初步整理。这些都为笔者所关注。我们对安大简《诗经》的研究，还在进行中。清华简《诗经》类文献的部分研究，因为种种原因，部分未收入本书。相关成果，希望能够在不太久的将来提交学界批评。

目 录

《诗经》本体与《诗经》学史研究

"诗三百"正义

孔子说:"'诗三百'一言以蔽之,曰'思无邪'。"[①]这是"诗三百"一语的最早出处。

作为《诗经》学的一个重要术语,在相关学术著作和通行教科书中,"诗三百"一般被认为有两层含义。其一是指《诗经》的篇数,再由此而生发,被认为是《诗经》在先秦时期的一种称名。到目前为止,学术界普遍以此作为研究《诗经》学相关问题的出发点,没有人对此发生过怀疑。然而我们发现,这一学术史上的定论,实际上存在着很大的讨论空间。

今本《诗经》,不包括有目无辞的所谓"笙诗",共有305篇。《史记·孔子世家》说:

> 三百五篇孔子皆弦歌之,以求合《韶》《武》《雅》《颂》之音。[②]

《汉书·艺文志》说:

> 古有采诗之官,王者所以观风俗,知得失,自考正也。孔子纯

---

① 《论语注疏》,阮元校刻:《十三经注疏(附校勘记)》,中华书局1980年版,第2461页。

② 司马迁:《史记》,中华书局1982年版,第1936页。

取周诗，上采殷，下取鲁，凡三百五篇，遭秦而全者，以其讽诵，不独在竹帛故也。①

《汉书·儒林传》载："昌邑王嗣立，以行淫乱废，昌邑群臣皆下狱诛。"唯数谏劝者免。王式为昌邑王师，系狱当死，治狱使者责问其何以无谏书，王式对曰："臣以《诗》三百五篇朝夕授王"，"臣以三百五篇谏，是以亡谏书"。由是免死。②可见最迟到汉代，《诗经》共有 305 篇之数为当时社会的共识。

在西汉时，人们间或称《诗经》的篇数为"三百篇"。司马迁在《史记·太史公自序》中说"《诗》三百篇，大抵圣贤发愤之所为作"③，就是关于这一问题的有代表性的叙述。

司马迁称《诗经》三百零五篇的篇数为三百篇，是举其成数。郑玄注《论语·为政》，解释"三百"一语时引"孔曰：'篇之大数'"。邢昺《疏》："案今《毛诗序》凡三百一十一篇，内六篇亡，今其存者有三百五篇。今但言三百篇，故曰篇之大数。"近人蒋伯潜《十三经概论·毛诗概论》第一章《毛诗解题》据此说："《论语》记孔子之言，一则曰'《诗》三百，一言以蔽之'；再则曰'诵《诗》三百'，盖仅举其成数而言之耳。"④时贤持论多类此，不一一列举。

近代以来，学者以孔子屡称"诗三百"，加之汉代文献中有"三百篇"一语，遂以为"诗三百"或"三百篇"乃《诗经》在先秦时期的一

---

① 班固：《汉书》，中华书局 1962 年版，第 1708 页。
② 班固：《汉书》，第 3610 页。
③ 司马迁：《史记》，第 3300 页。此语又见《报任安书》，文字略有异同。参见《汉书·司马迁传》，第 2735 页。
④ 蒋伯潜：《十三经概论》，上海古籍出版社 1983 年版。

种称名。

向熹所编《诗经词典》说，《诗经》是"中国最早的一部诗集，先秦只称《诗》或《诗三百》，汉以后成为儒家经典，才称《诗经》"[①]。《诗经词典》的这一说法被广泛接受。洪湛侯《诗经学史》引《墨子·公孟》篇"诵诗三百，弦诗三百，歌诗三百，舞诗三百"一段话，并将其标点为："诵'诗三百'，弦'诗三百'，歌'诗三百'，舞'诗三百'"。该书又说："墨子认为《三百篇》不但皆可歌，而且皆可舞，与音乐、舞蹈的结合十分密切。"[②] 在上引文中，《三百篇》被径直标为书名，这是当今学术界对这一问题认识的典型表达。袁行霈主编《中国文学史》等通行教科书，持说与此相类。[③] 凡此种种可证，认为"诗三百"是《诗经》在先秦时期的一种称名乃当今学术界的共识。

"诗三百"是否确指《诗经》的篇数，牵涉到《诗经》学史上争讼不已之诸多公案，如《诗经》的成书年代、《诗经》的成书过程、孔子是否曾有删"诗"之举及删诗的内容性质和程度等。洪湛侯《诗经学史》赞成删诗说。该书引宋人叶适的话："《论语》称'诗三百'，本谓古人已具之诗，不应指其自删者言之，然则诗不因孔子而后删矣。"[④] 戴维《诗经研究史》认为孔子未曾删诗，认为古代虽曾有删诗之事，但删诗工作为周太师所作。该书在讨论《诗经》成书过程及孔子是否曾删诗时说："当时古诗之数，像司马迁说的三千篇，殆不为过，周太师整理配乐，颁行于世，这种整理当然会包括'去其重'这一工作，如果有初步定本的话，其数大约三百多篇，否则《论语》中说'《诗》三百'，

① 向熹编：《诗经词典》，四川人民出版社 1986 年版。

② 洪湛侯：《诗经学史》，中华书局 2002 年版，第 38、39 页。

③ 袁行霈主编：《中国文学史》第一卷，高等教育出版社 1999 年版，第 60 页。

④ 洪湛侯：《诗经学史》，第 11 页。

墨子也说'诵诗三百',就不可解了。"①

上述论争的双方都将孔子所称"诗三百"作为自己的重要论据,引人注目的是,尽管他们观点迥异,但在对"诗三百"一语的理解方面却都共同采用传统的说法。这说明以"诗三百"为根据解释孔子时代的《诗经》篇数是学界普遍认可的学术前提。

然而仔细考察相关文献可以发现,以"诗三百"为《诗经》在先秦时期的一种称名,乃一种误解;以为孔子之前《诗经》已约三百篇之数的论断也大可怀疑。

我们首先看一下"诗三百"一语在先秦文献中出现时的具体含义。据现存文献,孔子一共三次提到"诗三百"。两次是在《论语》中,一次在《礼记》中。

在《论语》中,孔子除在前引《为政》篇提到"诗三百"外,还在《子路》篇中提及此语。在《子路》篇中,孔子说:

> 诵《诗》三百,授之以政,不达;使于四方,不能专对;虽多,亦奚以为?

上引文系采用杨伯峻先生《论语译注》的标点。②杨先生在该书中两次皆未将"诗三百"标点为书名,是正确的。但该书认为"诗三百"一语系指《诗经》的"三百篇"之数,又将"诗"标点为书名。可见其仍持传统观点。

涵咏孔子话语的原文,可知其核心在于"虽多,亦奚以为",论

---

① 戴维:《诗经研究史》,湖南教育出版社2001年版,第37页。
② 杨伯峻:《论语译注》,中华书局1980年版,第135页。

述的出发点在"虽多"二字上。意谓诵诗虽多，不能致用，则毫无意义。

《礼记·礼器》记载孔子论及"诗"与"礼"的关系说：

> 孔子曰："诵诗三百，不足以一献。一献之礼，不足以大飨。大飨之礼，不足以大旅。大旅具矣，不足以飨帝。毋轻议礼。"①

上引语中所提及的"一献"是一种规格较低的礼仪。《仪礼·士冠礼》：

> 乃醴宾以壹献之礼。

《郑注》：

> 壹献者，主人献宾而已。即燕无亚献者。献、酢、酬，宾主人各两爵而礼成。《特牲》《少牢馈食》之礼献尸，此其类也。士礼一献，卿大夫三献。②

《左传·昭公元年》载：

> 夏，四月，赵孟、叔孙豹、曹大夫入于郑，郑伯兼享之。子皮

---

① 《礼记正义》，阮元校刻：《十三经注疏（附校勘记）》，中华书局1980年版，第1443页。
② 《仪礼注疏》，阮元校刻：《十三经注疏（附校勘记）》，中华书局1980年版，第953页。

戒赵孟，礼终，赵孟赋《瓠叶》。子皮遂戒穆叔，且告之。穆叔曰："赵孟欲一献，子其从之。"子皮曰："敢乎？"穆叔曰："夫人之所欲也，又何不敢？"及享，具五献之笾豆于幕下。赵孟辞，私于子产，曰："武请於冢宰矣。"乃用一献。

上引《左传》中的赵孟即晋国执政大夫赵武。按当时的礼制当享用三献之礼，郑国国君因有求于晋国，所以宴享赵武时特备子男所用的五献之礼以表尊崇，而赵武本人却要求用一献之礼，以示自谦。这一情节所述礼的等级规模可以与诸礼书相互参证。

"大飨"是规格极高的宴飨礼仪。《周礼·大师》：

大飨亦如之。

《贾疏》：

此大飨谓诸侯来朝。即《大行人》上公三飨、侯伯再飨、子男一飨之类。其在庙行飨之时，作乐与大祭祀同，亦如上大祭祀帅瞽登歌，下管播乐器令奏，皆同，故云亦如之。①

"大旅"是一种祭祀天地四望的重要祭礼。《周礼·典瑞》：

大祭祀、大旅，凡宾客之事，共其玉器而奉之。

---

① 《周礼正义》，阮元校刻：《十三经注疏（附校勘记）》，中华书局1980年版，第796页。

《贾疏》：

　　大祭祀兼有天地宗庙，大旅中兼有上帝四望等。①

　　"禘帝"指的是郊祭之礼，这是周人以祖先配飨于昊天上帝的最为重大的礼典，较"大旅"更正式而隆重。《周礼·典瑞》：

　　四圭有邸，以祀天旅上帝。

《贾疏》：

　　上帝，五帝也，国有故而祭，故称旅也。

　　可见"大旅"虽然也祭天，但它不是一种常规祭典。故孔子说它"不足以禘帝"。

　　前述礼仪等级在性质及意义方面的区分，在《礼记·礼器》中讲得非常清楚。即：

　　一献质，三献文，五献察，七献神。大飨其王事与？
　　祀帝于郊，敬之至也。

　　《贾疏》：一献，"谓祭群小祀也"；三献，"谓祭社祭五祀"；五献，

　　① 《周礼正义》，阮元校刻：《十三经注疏（附校勘记）》，第778页。

"谓祭四望山川也";七献,"谓祭先公"。①

我们现在回头来看古注对前引孔子语的相关解释。对"诵诗三百"一语,郑玄《注》:

> 诵诗三百,喻习多言而不学礼也。大旅,祭五帝也。禘帝,祭天。谓若诵《诗》者,不可以强言礼。

孔颖达《正义》的疏解说:

> "诵诗三百,不足以一献"者,假令习诵此《诗》,虽至三百篇之多,若不学礼,此诵诗之人,不足堪为一献之祭。言一献祭群小祀,不学礼则不能行也。

郑玄正确地指出了"诵诗三百"的核心是"喻习多言",从而可以使我们理解"诗三百"一语时不再拘泥于《诗经》的具体篇数。但他将"诵诗"与"学礼"对立起来,没有能够给"诗三百"一语的正确解释提供一个完整的逻辑前提,所以才有孔颖达的错误疏解。而将"诵诗"和"学礼"对立起来,不符合先秦礼乐制度,与孔子的一贯思想也不相符合。

关于"诗"与"礼"及"礼"诸要素之间的关系,在《礼记·仲尼燕居》中,孔子有扼要的论述:

> 子曰:"礼也者,理也。乐也者,节也。君子无理不动,无节

---

① 《礼记正义》,阮元校刻:《十三经注疏(附校勘记)》,第 1442 页。

不作。不能诗，于礼缪；不能乐，于礼素；薄于德，于礼虚。"①

先秦时期，"礼""乐"二者具有互为表里的关系。《礼记·乐记》说："乐者为同，礼者为异；同则相亲，异则相敬。"② 同时，"诗"与"乐"也具有浑言则同、析言则异的关系。"诗"为"礼"的有机组成部分，诵诗亦为学礼的有机组成部分，二者不是对立关系。"不能诗，于礼缪"和孔子在《论语》中所言"不学诗，无以言"（《论语·季氏》）以及"兴于诗，立于礼，成于乐"（《论语·泰伯》）相对照，可以知道孔子从来不将"诗"与"礼"对立起来；相反，他所一贯强调的是"诗"与"礼"、"诗"与"乐"的表里关系。

学者指出，礼包括"具体的礼节仪式在内的一系列制度、规定及贯穿其间的思想观念"③。孔子《礼器》中所言及的礼，指的是礼的一种狭义形态，即祭礼。在前引《仲尼燕居》中所言及的"诗""乐""德"，是对礼的普遍要求。孔子认为，只有这样才能避免礼的"缪""素"和"虚"。

在古代"礼"的操作过程中，"诗"是不可或缺的内容，但礼有不同的等级和性质。在祭礼中，"牺牲玉帛"等相关物质要求及特定仪节乃至礼的精神，共同构成礼所具有的复杂内容。"诵诗"虽然是学礼、行礼的重要内容，但仅仅有它，远不能满足不同等级、不同性质的礼的全部要求。

这样，前引孔子语中"诵诗三百，不足以一献"这句话的内容就比

---

① 《礼记正义》，阮元校刻：《十三经注疏（附校勘记）》，第1614页。
② 《礼记正义》，阮元校刻：《十三经注疏（附校勘记）》，第1529页。
③ 李学勤：《古代的礼制和宗法》，见《中国古代文化史讲座》，中央广播电视大学出版社1984年版，第123页。

较容易理解了。它是说，"诗"虽然是"礼"的不可或缺的要素，但仅诵诗，即使诵读再多，对于礼的操作来说也是不够的，甚至连最低级的一献之礼的要求也不能满足。而从一献、三献、五献到袷帝所需的最高级的七献之礼，各有不同的内容和要求，极为复杂，所以不能对"礼"轻发议论。

人们在叙述先秦时期"礼"的多样和复杂时，还常常引用《礼记·礼器》的一段话。《礼器》引述孔子的相关言论后说："经礼三百，曲礼三千，其致一也。"① 意思是说"礼"的样式和内容繁多，但其归结是一致的。大家可能会注意到，除"三百"一语的用法外，这段话和"'诗三百'一言以蔽之，曰'思无邪'"全句在表达方式上面也有着惊人的相似之处。

除《论语》以外，"诗三百"联言还出现在《墨子》一书中。《墨子·公孟》篇：

> 子墨子谓公孟子曰："丧礼，君与父母、妻、后子死，三年丧服，伯父、叔父、兄弟期，族人五月，姑、姊、舅、甥皆有数月之丧。或以不丧之间诵诗三百，弦诗三百，歌诗三百，舞诗三百。若用子之言，则君子何日以听治？庶人何日以从事？"

孙诒让《间诂》：

> 谓舞人歌诗以节舞。《左》襄十六年《传》云"晋侯与诸侯宴于温，使诸大夫舞，曰：歌诗必类"，是舞有歌诗也。墨子意谓不

---

① 《礼记正义》，阮元校刻：《十三经注疏（附校勘记）》，第1435页。

丧则又习乐，明其旷日废业也。《毛诗·郑风·子衿》传云"古者教以诗乐，诵之歌之，弦之舞之"，与此意同。①

作为礼乐文化综合艺术的一般称谓，先秦时期的"诗"可以用来泛指我们今天所说的"歌""诗"甚至"舞"等各种艺术门类，而《诗经》只是一种有关"诗"的文学文本。《墨子》这里所说的"诗"不能解为《诗经》，"诵""歌""弦""舞""三百"的也非三百篇之数，仅言其大肆习乐而已。

我们发现，先秦文献中"三百"一语往往并非实指其数，而是极言其多的一种修辞手法。这一语言现象不止出现在"诗三百"这一语言组合中。

《论语·宪问》：

> 或问子产。子曰："惠人也。"问子西。曰："彼哉！彼哉！"问管仲。曰："人也。夺伯氏骈邑三百，饭疏食，没齿无怨言。"

何晏《集解》：

> 孔曰："伯氏，齐大夫。骈邑，地名。齿，年也。伯氏食邑三百家，管仲夺之，使至疏食，而没齿无怨言，以其当理也。"②

引文中管仲所夺的是"邑三百"，而《集解》释为"三百家"即

---

① 孙诒让撰，孙启治点校：《墨子间诂》，中华书局2001年版，第445页。
② 《论语注疏》，阮元校刻：《十三经注疏（附校勘记）》，第2510页。

"户三百"，其不合理是显见的。"骈"训"骈连"。《左传·僖公二十三年》"曹共公闻其骈胁"，孔颖达《正义》："胁训比也，骨相比迫，若一骨然。"①"骈邑"一词的语言结构与"骈胁"相同，故所谓"骈邑"即骈连在一起的邑。"骈邑三百"即连成一片的若干邑。《集解》增字解经，不足为法。究其原因，就在于对"三百"一语的误读。

先秦文献中使用"三百"一语最为戏剧性的例子是《左传·僖公二十八年》所记晋军攻入曹国后晋文公与魏犨君臣的事迹：

> 三月丙午，入曹。数之，以其不用僖负羁而乘轩者三百人也，且曰："献状。"令无入僖负羁之宫而免其族，报施也。魏犨、颠颉怒曰："劳之不图，报于何有！"
>
> 爇僖负羁氏。魏犨伤于胸，公欲杀之而爱其材，使问，且视之。病，将杀之。魏犨束胸见使者曰："以君之灵，不有宁也。"距跃三百，曲踊三百。乃舍之。杀颠颉以徇于师，立舟之侨以为戎右。②

晋文公攻打曹国的表面理由是"以其不用僖负羁而乘轩者三百人"。所谓"乘轩者三百人"，《杜注》正确地解释为"言其无德居位者多"，而非实指其乘轩者的人数。而魏犨为显示身体无恙而"距跃三百，曲踊三百"，若据字面理解，尤令人匪夷所思。关于此二句《杜注》："距跃，超越也。曲踊，跳踊也。百，犹励也。"孔颖达《正义》解释说：

---

① 《春秋左传正义》，阮元校刻：《十三经注疏（附校勘记）》，中华书局1980年版，第1815页。

② 《春秋左传正义》，阮元校刻：《十三经注疏（附校勘记）》，第1824页。

然则跃以疾生名，故以距跃为超越，言距地向前跳而越物过也。曲踊以曲为言，则谓向上跳而折复下，故以曲踊为跳踊耳，言直上向下而已。以伤病之人，而再言"三百"，不可为六百跳也。杜言"百"犹"励"，亦不知励何所谓，盖复训励为勉，言每跳皆勉力为之。①

受重伤者固"不可为六百跳"，即使常人如此也不可能。故前人将这里的"三百"作"勉力"解，这是唯一可通的解释。这是表达"三百"在先秦时期意义的典型语料。

孔子所言"诗三百"既与《诗经》有关，在关于"三百"的语料中又以《诗经》为最早，下面我们就来看《诗经》中的有关例证。

《诗·曹风·候人》中有"三百赤芾"一语。《候人》篇说：

　　彼候人兮，何戈与祋。彼其之子，三百赤芾。
　　维鹈在梁，不濡其翼。彼其之子，不称其服。②

"芾"是一种古人的衣饰，着于腰下膝上（后人以其穿着位置将它称为"蔽膝"），"赤芾"是红色或彩绘的"芾"，是具有较高身份和地位的象征。③候人是送往迎来的小官，而着此高级衣饰，故被讥刺为"不称其服"。就本文而言，值得注意的是"赤芾"每人每次只能穿着一件，诗称"三百赤芾"者，盖言其衣饰之盛而非实指穿着有"赤芾"三百件

---

① 《春秋左传正义》，阮元校刻：《十三经注疏（附校勘记）》，第1824页。
② 《毛诗正义》，阮元校刻：《十三经注疏（附校勘记）》，中华书局1980年版，第384—385页。
③ 参见沈从文：《中国古代服饰研究》，香港商务印书馆1981年版，第34页。

诗经与楚简诗经类文献研究

之多也。

《魏风·伐檀》中"三百"语三见，即：

胡取禾三百廛兮？
胡取禾三百亿兮？
胡取禾三百囷兮？

"胡取禾三百廛兮？"《毛传》："一夫之居曰廛。""胡取禾三百亿兮？"《毛传》："万万曰亿。"《郑笺》："十万曰亿。三百亿，禾秉之数。"① 按《郑笺》说是。《逸周书·世俘解》"武王俘商旧玉亿有八万"，即言武王一共缴获商人的旧宝玉十八万枚。② 又高亨先生以为"亿"可解为"庾"，粮谷堆在场上为庾。③ "胡取禾三百囷兮？"《毛传》："圆者为囷。"孔颖达《正义》："《月令》'修囷仓'，方者为仓，故圆者为囷。《考工记·匠人》注云'囷，圆仓'，是也。"④ 结合前人解说，从该篇诗歌的内容来看，"三百"也者，皆言"不稼不穑"者获取之多，非实指其数。

《小雅·无羊》中有"三百维群"一语。

谁谓尔无羊？三百维群。谁谓尔无牛？九十其犉。

《郑笺》："尔，女也。女，宣王也。宣王复古之牧法，汲汲于其数，

---

① 《毛诗正义》，阮元校刻：《十三经注疏（附校勘记）》，第358、359页。
② 参见黄怀信：《逸周书校补注译》，西北大学出版社1996年版，第220—221页。
③ 高亨：《诗经今注》，上海古籍出版社1980年版，第147页。
④ 《毛诗正义》，阮元校刻：《十三经注疏（附校勘记）》，第359页。

故歌此诗以解之也。谁谓女无羊？今乃三百头为一群。谁谓女无牛？今乃犉者九十头。言其多矣。"① 郑玄解此诗意为"言其多矣"，甚得诗旨，然以"三百头为一群"则系明显误解。按"三百维群"即"三百其群"。"三百"群乃极言其畜牧之盛。以三百为一群实乃误解。《无羊》有"三十维物"一语。《毛传》释为"异毛色者三十"，非言同一毛色者有三十头牲畜。《周颂·噫嘻》有"十千维耦"，即以万耦为耕，非言以万人为一耦也。《郑笺》误释之根源即在于以"三百"为实指，不明其为虚数之故。

从语言学理论的角度来说，"三百"与古人有关"数"的语言表达方式有关。清代著名学者汪中《释三九》一文对此有详细的解说。汪中说：

> 一奇二偶，一二不可以为数，故三者数之成也。积而至十，则复归于一，十不可以为数，故九者，数之终也。于是先王之制，礼凡一二所不能尽者，则以三为之节，"三加""三推"之属是也。三之所不能尽者，则以九为之节，《九章》《九命》之属是也。此制度之实数也。因而生人之措辞，凡一二之所不能尽者，则约之三，以见其多。三之所不能尽者，则约之九，以见其极多。此言语之虚数也。实数可稽也，虚数不可执也。②

"虚数不可执"，即在阅读古代文献时不可拘泥于数字的表面，是解读相关古代文献的关键理论之一，这和孟子所言"说诗者，不以文害

---

① 《毛诗正义》，阮元校刻：《十三经注疏（附校勘记）》，第438页。
② 汪中：《述学》，辽宁教育出版社2000年版，第2—3页。

辞，以辞害志"① 是一个道理。

对于"三百"作为先秦时期极言其多的"虚数"性质，还需作进一步的探讨。"三百"，由"三"与"百"构成。"三"既往往言多，"百"之为数更是如此。《诗经》中"百"字皆用为言其多。诸如"百夫之特""人百其身"（《秦风·黄鸟》）、"以洽百礼""百礼既至"（《小雅·宾之初筵》）、"其始播百谷"（《豳风·七月》）、"凡百君子"（《小雅·雨无正》）、"逢此百忧"（《王风·兔爰》）、"播厥百谷"（《小雅·甫田》《周颂·噫嘻》《周颂·载芟》）、"百堵皆作"（《小雅·鸿雁》）、"百川沸腾"（《小雅·十月之交》），凡数十见，莫不作此解。

就"三百"一语在先秦文献中出现时意义的统计和分析表明，它是王国维先生所言的"成语"，而"成语"不能简单地从字面意义来解说。王国维先生在《与友人论〈诗〉〈书〉中成语书》中指出："古人颇用成语，其成语之意义，与其中单语分别之意义又不同。""若但合其中单语解之，未有不龃龉者。""《诗》《书》中语此类者颇多"，"知古代已有成语，则读古书者可无以文害辞，以辞害志之失矣"。②

如是，《为政》篇"'诗三百'一言以蔽之，曰'思无邪'"一语的正解当为："'诗'有很多篇，用一句话来概括它们，就是'思无邪'。"

（原载《文艺研究》2007 年第 11 期）

---

① 《孟子注疏》，阮元校刻：《十三经注疏（附校勘记）》，中华书局 1980 年版，第 2735 页。

② 王国维：《与友人论〈诗〉〈书〉中成语书》，《观堂集林》，中华书局 1959 年版，第 75—78 页。

《诗经·关雎》篇与《关雎序》

　　《关雎》是《诗经》中最重要的篇目之一。其重要性不但表现在诗篇本身所体现的文化意义，而且还在于它与《毛诗序》的关系。

　　《关雎序》是《毛诗序》的一部分，即《毛诗序》中开首数句："《关雎》，后妃之德也。风之始也，所以风天下而正夫妇也。故用之乡人焉，用之邦国焉。"① 虽只廖廖数语，但它在《诗经》学上却有非常重要的地位。孔颖达《毛诗正义》说："诸序皆一篇之义，但《诗》理深广，此为篇端，故以《诗》之大纲并举于此。"旧说对《关雎序》如此推重，绝非偶然。因为它是传统《诗经》学的重要关键。也正因为如此，《关雎序》成为废《序》派所攻击的要冲。《关雎序》中"《关雎》，后妃之德也"一说，尤为现代《诗经》研究者所摒弃，这一学术立场又反过来影响人们对《关雎》一诗的正确训释和理解。

　　从学术史的角度来看，历代关于《关雎》篇研究的问题存在于章句和义理两个方面。近代以来的说《诗》者对本篇关键字句的说解相互矛盾，其中正确合理的解释不能得到多数《诗经》研究者的认可，从而影响到对诗篇大意的理解及对《毛诗序》的认识等一系列较为重大的学术

---

① 　孔颖达《正义》引"旧说云"，谓《诗序》自"《关雎》，后妃之德也"起，至"用之邦国焉"止，为《关雎序》。又说《关雎序》谓之小序，自"风，风也"讫末，名为《大序》。本文所论以此为准。又，除另有说明外，本文所引经、传、笺、疏皆出于阮元校刻：《十三经注疏（附校勘记）》，中华书局 1980 年版。

问题。故本文从这两方面入手进行研究。

近代以来，《关雎》被看作是一篇普通的爱情诗。影响很大的余冠英先生的《诗经选》为本篇所写的解题说："这诗写男恋女之情。大意是：河边一个采荇菜的姑娘引起一个男子的思慕。那'左右采之'的窈窕形象使它寤寐不忘，而'琴瑟友之''钟鼓乐之'便成为他寤寐求其实现的愿望。"① 这一颇有代表性的看法并没有全面正确地反映《关雎》篇的文化内涵。人们对《关雎》一诗主旨理解的这种偏差及对《关雎序》的片面认识，首先源于对《关雎》篇中具体词语的错误训释。究其根本，这种偏差和误解更源于研究者们对古代社会制度与古代文化理解的隔膜。所以，下面我们首先结合古代社会制度与先秦礼乐文化精神对《关雎》篇的有关词语进行阐释，并在对有关词语训释的基础上阐明《关雎》篇的历史文化内涵，兼及相关的《诗经》学史问题。为称引方便，先将《关雎》篇全文移录如下：

> 关关雎鸠，在河之洲。窈窕淑女，君子好逑。（一章）
>
> 参差荇菜，左右流之。窈窕淑女，寤寐求之。（二章）
>
> 求之不得，寤寐思服。悠哉悠哉，辗转反侧。（三章）
>
> 参差荇菜，左右采之。窈窕淑女，琴瑟友之。（四章）
>
> 参差荇菜，左右芼之。窈窕淑女，钟鼓乐之。（五章）

正确理解《关雎》篇的核心，首先在其二、四、五章"左右流之""左右采之""左右芼之"三句之中。近代以来的《诗经》研究者多以为三句中""流之""采之""芼之"三语的意义基本相同，都是采摘

---

① 余冠英：《诗经选》，人民文学出版社 1979 年版，第 3 页。

荇菜。三句都是以采摘荇菜作为君子求淑女之喻。这一理解有旧说为依据，于诗篇大意似乎又能贯通，故很少引起人们的怀疑。其实，结合古代礼乐制度认真探究，可以看出这种解释并不正确。

"左右流之"句，《毛传》："流，求也。后妃有关雎之德，乃能共荇菜备庶物以事宗庙也。"《郑笺》："左右，助也。言后妃将共荇菜之菹，必有助而求之者，言三夫人九嫔以下皆乐后妃之事。""左右芼之"句，《毛传》："芼，择也。"《郑笺》："后妃既得荇菜，必有助而择之者。"

《毛传》将"流"释为"求"，不是恰当的解释，以"择"释"芼"的真正含义则未能得到《郑笺》以下后人的理解。致使《毛传》关于诗篇"能共荇菜备庶物以事宗庙"等说解与篇中其他部分不能贯通。现代《诗经》研究者深受这一现象的影响，由此对本篇的理解更远离了《毛传》所存先秦《诗》说。

朱熹《诗集传》注意到毛、郑有关训释的滞碍难通之处，故其于本章的解释与毛、郑有所不同。《关雎》三章《诗集传》曰："兴也。……或左或右，言无方也。流，顺水之流而取之也。"① 这里，朱熹对"左右流之"句的解释，虽还留有"取之"这一与旧说妥协的痕迹，但已远较《传》《笺》为胜。《诗集传》还对"芼"字作了接近正确的训释，说"芼，熟而荐之也"。这一训释，吸收了《传》《笺》及《孔疏》散见于本篇中的合理训解，对诗篇的认识已经接近了诗人的本意。

清代著名学者中，戴震对《关雎》篇主旨的理解及对篇中关键字的解释最接近作者之意。戴震《毛郑诗考正》释《关雎》二章：

---

① 朱熹集注：《诗集传》，上海古籍出版社 1980 年版。

《传》："流，求也。"震按：义本《尔雅》。考《诗》意，谓荇菜生流水之次，有洁濯之美，可以当求取耳。《笺》云："左右，助也。"震按：左右，谓身所瞻顾之左右也。

其释《关雎》五章：

《传》："芼，择也。"震按：《尔雅》"芼，搴也"。郭《注》云："谓拔取菜。"吕伯恭《读诗记》引董氏云："芼，熟荐之也。"说各不同，皆缘辞生训耳。"芼"从草毛声，菜之烹于肉渍者也。考之礼，羹、芼、菹、醢，凡四物。肉谓之羹，菜谓之芼，肉谓之醢，菜谓之菹。菹醢生为之，是为豆实。芼则渍烹之（《礼》注："渍，肉汁也。"），芼之言用为铏芼。孔冲远《义疏》以《周官·醢人》陈四豆之实，无荇菜，而谓《诗》咏时事用殷礼（本文按：《孔疏》原作"《天官·醢人》陈四豆之实，无荇菜者，以殷礼。《诗》咏时事故有之"），由"芼"字失其义，故不知《诗》中言明言为芼，非为菹也。菹醢相从实诸豆，……芼与羹相从实诸铏，《仪礼》："铏芼：牛藿，羊苦，豕薇。"《昏义》："牲用鱼，芼之以蘋藻。"《内则》："雉兔皆有芼。"是也。①

戴氏《诗经考》也有类似的说解，尤其关于后面两章中"左右"一词的含义，可与前引文相互补充："三言左右者，流水之左右，明其所

---

① 戴震：《毛郑诗考正》，《清人诗说四种》，华东师范大学出版社1986年版，第2—3页。

产也；人手之左右，鼎铏之左右，明其取而用也。"①

方玉润《诗经原始》引姚际恒说，指出毛以"流"训"求"有误："'窈窕求之'下紧接'求之不得'，则此处正以荇菜喻其左右无方，随水而流，未即得也。""至下章则采而得之，末章则既得而熟荐之。诗人用字自有深浅，次序井然。至后两'左右'字，不过相承而下，不可过泥。若郑说以左右为助义，非唯不得诗之佳处，即文义亦有所不通。此处求之尚未必得，何遽云'事宗庙'耶？"②此说本于《诗集传》，论证不及戴震坚实，后两"左右"之解，又有搪塞之嫌，但能承继前贤余绪，对诗篇大意做出较为通畅的解说，也属于难能可贵。

由前代学者尤其戴震对《关雎》篇相关字句所作训释可以看出，《关雎》篇中"左右流之""左右采之""左右芼之"三句所述情节的展开层次井然。二章"左右流之"，形容荇菜随水而流，左右无方。此章所言采摘荇菜未即获取之状，与下文求女未得正相照应。由二章正解可知，三章"求之不得，窈窕思服。悠哉悠哉，辗转反侧"诸句，顺理成章。诗篇所述，比而兼兴，极为传神。若依旧说，在首章中荇菜已经采得，三章所述即无处落实。四章"左右采之"，以荇菜既采，喻君子求得淑女为佳偶，琴瑟好合，其乐融融。五章言所采荇菜用为飨祭，以述妇德，尤寓深意。

前面曾经指出，《毛传》以"择"释"芼"为理解本篇的重要关键。《毛传》解说《关雎》的通篇大意，处处紧扣淑女"能共荇菜备庶物以事宗庙"，所以它以"择也"释"左右芼之"句中的"芼之"一词的具

---

① 戴震：《戴氏诗经考》，《戴震全集》，清华大学出版社 1995 年版，第四册，第1811—1812 页。清人牟应震有与戴氏类似的看法而较为简略，见《诗经质疑》，齐鲁书社1991 年版，第 7 页。

② 方玉润：《诗经原始》，中华书局 1986 年版，第 74—75 页。

体含义，也一定与此相关。下面就此略作申说。

"芼，择也"，《郑笺》解为"后妃既得荇菜，必有助而择之者"。陈奂《诗毛氏传疏》说："《礼记·少仪篇》'为君子择葱韭，则绝其本末'，《吕览·慎人篇》'颜回择菜于外'，皆与《传》'择'字同义。择者，去其根茎也。"[1]陈氏所言似即演绎《笺》说。此说有一定的代表性，得到近代以来《诗经》研究者的普遍接受。

《孔疏》对《郑笺》作了进一步的引申：

> 《释言》云："搴也。"孙炎曰："皆择菜也。"某氏曰："搴犹拔也。"郭璞曰："拔取菜也。"以搴是拔之义。《史记》云"斩将搴旗"，谓拔取敌人之旗也。芼训为拔而此云"芼之"，故知拔菜而择之也。

《孔疏》对"芼之"一语的训解与《郑笺》大同小异，论述中又多引前代著名学者论断为证，乍看来似无疑义。但其既言"芼"训"拔"，结论断为"拔菜而择之"，实为增字解经或一字重解，为训诂之忌。况且《尔雅·释言》《邢疏》所引相应的孙炎语并非如《孔疏》所引"皆择菜也"，而是"皆释菜也"。两书所引孙炎语虽然只有"择""释"的一字之差，但此一字之差却有本质不同。两相比较可以看出，今本《毛诗·关雎》篇《孔疏》作为重要论据而引用的"皆择菜也"一语义无所取，而《尔雅·释言》《邢疏》所引孙炎语的"释菜"之说则不但与《毛传》所亟称的《关雎》主旨相呼应，而且与古代礼制密合无间。所以两条引语中自应以后者为是。

---

① 陈奂：《诗毛氏传疏》，中国书店 1984 年版。

　　《毛传》"择也"之"择"，应读为"释"。择、释同声通用。李斯《谏逐客书》"江海不择细流"一语中的"择"字读为"释"，即其例。"释菜"为古代祭礼之一。先秦时期的类似语词尚有"释奠""释币"等。作为先秦重要礼典的"释菜"之礼，用于多种场合。《礼记·月令》："仲春之月，……上丁，命乐正习舞，释菜。天子乃帅三公、九卿、诸侯、大夫，亲往视之。"《礼记·文王世子》："始立学者，既兴（衅）器用币，然后释菜。"《礼记·丧服大记》："大夫之丧，将大敛，……君至，主人迎，先入门右。巫止于门外，君释菜，祝先入升堂，君即位于序端。""于士，既殡而往。……君释菜于门内。"①依《礼记》《郑注》等古注可知，《月令》和《文王世子》中"释菜"以礼先师，而《丧服大记》中则以"释菜"礼门神。清代学者陈奂在《诗毛氏传疏》中认为《鲁颂·泮水》所歌咏的"采芹""采藻"之事，即僖公行春飨时所行的释菜礼。②以上皆可见"释菜"之礼所行的规格。

　　从语义学和文化学分析两方面入手，可以发现"芼"字在"释菜"之礼中运用的根据及其演变的历史轨迹。《说文》："芼，草覆蔓。从草，毛声。《诗》曰：'左右芼之。'"③"毛"与"芼"为古今字。覆蔓于地上的草，犹如动物身体上的毛发，所以称为"毛"。后用作祭祀方面的语汇，写为"芼"字。所以古人有时径以"毛"释"芼"。《召南·采蘩》："于以采蘩，于沼于沚。于以用之，公侯之事。于以采蘩，于涧之中。于以用之，公侯之宫。"《毛传》："公侯夫人执蘩菜以助祭。神飨德与信，不求备焉。沼沚溪涧之草，犹可以荐，王后则荇菜也。""沼沚溪涧

　　①　《礼记正义》，阮元校刻：《十三经注疏（附校勘记）》，中华书局1980年版。下引《礼记》皆为此本。
　　②　陈奂：《诗毛氏传疏》。
　　③　许慎撰，段玉裁注：《说文解字注》，上海古籍出版社1988年版。

之草"，《左传·隐公三年》称"涧溪沼沚之毛"。《孔疏》说："《左传》曰，苟有明德，涧溪沼沚之毛，可荐于鬼神。彼言毛，此《传》言草，皆菜也。"① 根据诗篇的文辞和古人注解，可知《采蘩》所描写是公侯的祭祀之事，从山涧、沼沚中所采集的野菜是祭品的重要构成。根据上述引文可知，"释菜"之礼所用的"菜"，多数就是这种野菜。古人祭礼中以野菜来充当祭品，是由于这些祭礼有着悠久的历史文化传承，简陋素朴的祭品保存了前礼制时代的原始文化信息。所谓"大羹不致"（《左传·桓公二年》）、"大羹不和"（《礼记·郊特牲》）并非主要是"昭其俭""昭其质"，支配它们的是传统的权威。②

"释菜"或称"祭菜"。《礼记·学记》："大学始教，皮弁祭菜，示敬道也。"《郑注》："祭菜，礼先圣先师。菜谓芹藻之属。"在某些情况之下，"释菜"又称为"奠菜"。《仪礼·士昏礼》："若舅姑既没，则妇入三月乃奠菜。"《郑注》："奠菜者，以筐祭菜也。"③

从构词法来说，"释菜""祭菜"和"奠菜"都是动宾结构。从语法意义上来说，《关雎》"左右芼之"句中的"芼"字正与"释菜"一语中的"释"字相当。考之以先秦礼乐制度，尤其是婚姻制度，可见二者在社会文化内涵方面也有密切的联系。《礼记·昏义》："是以古者，妇人先嫁三月，……教以妇德、妇言、妇容、妇功。教成祭之。牲用鱼，芼之以蘋藻。所以成妇顺也。"按照郑玄的说法，《昏义》中所说的祭祀所以"芼之以蘋藻"，是因为"蘋"与"宾"音同，"藻"与"澡"音同，它们象征着柔顺与洁清，这是古代社会对作为"妇"的女性的两种主要

---

① 《春秋左传正义》，阮元校刻：《十三经注疏（附校勘记）》，中华书局 1980 年版。

② 参见姚小鸥：《诗经三颂与先秦礼乐文化》，北京广播学院出版社 2000 年版。

③ 《仪礼注疏》，阮元校刻：《十三经注疏（附校勘记）》，中华书局 1980 年版。

德行要求①。不但在《关雎》篇中描写的婚姻与祭祀如此，《召南·采蘋》也有类似的描写："于以采蘋，南涧之滨。于以采藻，于彼行潦。于以盛之，维筐及筥。于以湘之，维锜及釜。于以奠之，宗室牖下。谁其尸之，有齐季女。"根据诗篇文辞和《毛传》等古人传注，可知《采蘋》一篇所言内容涉及女子的婚礼准备，其内容与《关雎》篇的描写可相互补充。②

郑玄注前引《昏义》时还说："鱼、蘋藻皆水物，阴类也。"这一说解本于"阴阳"这一中国古代哲学的核心观念。《黄帝内经素问》的《阴阳应象大论》篇说："阴阳者天地之道也，万物之纲纪，变化之父母，生杀之本始，神明之府也。"③阴阳观念在古代社会伦理方面的反映，首先体现在当时人们对夫妇关系的伦理界定上，而这一界定又往往是以天子与后妃的关系作为楷模和典范的。这一观念在古代礼书中有着丰富的记载。比如《礼记·昏义》说："天子与后，犹日之于月，阴之于阳，相须而后成者也。"还说："天子理阳道，后治阴德，天子听外治，后听内职，教顺成俗，外内和顺，国家理治，此之谓盛德。"《昏义》的这些抽象化的议论，可以作为《毛诗序》"《关雎》，后妃之德也"的部分注脚，而从先秦文献所记载的相关古代制度中，可探知《关雎》篇所蕴含的与此相关的一些具体文化内涵。

从诗篇内容的分析，我们已经知道《关雎》是一篇描写古代社会贵族婚姻的诗篇。按照古代社会的伦理关系，从女子方面来说，婚姻就是

---

① 参见《关雎》篇的《毛传》《郑笺》等，并见本文下文所述。

② 《采蘋》篇《郑笺》："蘋之言宾也，藻之言澡也。妇人之行尚柔顺自洁清，故取名以为戒。"

③ 《黄帝内经素问》，人民卫生出版社1963年版。

一个女子由"女"变为"妇"的过程。① 当某位女子被称为"妇"的时候，她就是一名与前此不同的具有特定身份的家庭成员与社会成员，她的身份和行为也就被家庭和社会赋予特定的伦理意义。

在古代社会里，"妇"不但不等同于一般意义上的妇女，而且也不能被理解为一般意义上的"妻子"，而是各级家庭中男性家长主要配偶的专用称谓。"妇"是古人社会家庭中的重要成员，她有权利和义务从事各种相关的社会活动。从礼乐文化的角度来说，"助祭的主妇"是"妇"身份与地位最主要的显现方式之一。

《礼记·礼器》："君亲制祭，夫人荐盎。君亲割牲，夫人荐酒。卿大夫从君，命妇从夫人。洞洞乎其敬也，属属乎其忠也，勿勿乎其欲其飨之也。"这里的"夫人"即"君"的嫡妻，亦即"君妇"，或简称为"妇"。"君妇"参与祭祀，《诗经》中多有记述。

我们曾经指出，在《国风》的《七月》、《小雅》的《甫田》《大田》、《周颂》的《载芟》等篇章中，"妇"都作为各级家长的配偶参与农事祭典。② 在《小雅》的《楚茨》一篇中，多次提到"君妇"在祭祀祖先仪典中的作用。篇中说："执爨踖踖，为俎孔硕。或燔或炙，君妇莫莫。"《毛传》说，"莫莫"是形容君妇"清静而敬至"的样子。《郑笺》则认为"君妇，谓后也"。诗篇叙述"君妇"参与的虔敬洁净的祭礼，能使"神保是格""神嗜饮食"，即使祖先乐意降临用享，从而保佑"子子孙孙，勿替引之"，有利于家庭统治的长远无虞。大家一定注意到，上述诗篇所描写的不但有天子、邦君及其他高级贵族的祭祀仪典，而且还有如《七月》所记载的较为低等的社会阶层的祭祀活动。这说明本文

---

① 参见姚小鸥：《诗经三颂与先秦礼乐文化》。

② 参见姚小鸥：《诗经三颂与先秦礼乐文化》。

前引婚姻制度社会基础的广泛性。

也许人们会提出这样的疑问：从"琴瑟""钟鼓""君子""淑女"等名词所涉及的名物和称谓来看，《关雎》一篇所描写的确实为周代贵族的婚姻形态，但与《大雅》中的《大明》等篇章相对照，又很难确指它所描写的内容就是天子与后妃的婚姻。那么，为什么《关雎序》要明确它的主旨是歌颂"后妃之德"呢？这就涉及先秦时期的家庭婚姻制度与政治伦理的关系了。

先秦家庭婚姻制度和先秦政治伦理有极为密切的关系，《礼记·昏义》说："敬慎重正，而后亲之，礼之大体。而所以成男女之别，而立夫妇之义也。男女有别，而后夫妇有义。夫妇有义，而后父子有亲。父子有亲，而后君臣有正。故曰昏礼者礼之本也。"

《礼记》经过汉代人的整理，所以前人曾对其可靠性有某些怀疑，但从《孟子》等先秦文献推测，《礼记·昏义》记载的上述思想早于战国中期①。近年来的出土文献进一步证实，它的核心思想体系确实有着较早的思想理论渊源。例如《礼记》中的重要篇章《缁衣》就见于郭店楚简，《孔子闲居》见于上海楚简。已经公布的郭店楚简中还有不少前所未见的儒家文献，较本文所引《礼记》有更为鲜明的哲理色彩。郭店楚简中的《六德》篇说："男女不辨，父子不亲；父子不亲，君臣无义。"《成之闻之》篇说："天降大常，以理人伦。制为君臣之义，著为父子之亲，分为夫妇之辨。是故小人乱天常以逆大道，君子治人伦以顺天

---

① 《孟子·滕文公上》说："父子有亲，君臣有义，夫妇有别，长幼有叙，朋友有信。"庞朴先生正确指出，类似的说法"其实迹近蛇足"。因为它较之《昏义》以夫妇居先，"其自然的分量更少，人为的分量更多，离开源头也显然更远了"。见庞朴：《三重道德论》，《历史研究》2000 年第 5 期。可见《昏义》说早于《孟子》。

德。"① 前者正确叙述了由家庭人伦到政治伦理的发展序列，后者则正如庞朴先生所指出的，已经"提升为以尊尊为标帜以善行为指归的理性的社会道德"②。

那么，具体到《关雎》一篇，其主旨究竟和"后妃之德"有什么样的直接现实关系呢？我们已经知道，先秦时期的君主不但是政治领袖、军事首长，同时还是宗教首领。进一步的研究可以发现，周代的君主还承担着道德楷模的责任。《大雅·思齐》歌颂文王的美德，称赞文王："刑于寡妻，至于兄弟，以御于家邦。""刑"通"型"，即示范。"御"是治理的意思。诗篇中，文王被描写为能够垂范妻子、兄弟的道德楷模，从而能够很好地治理周家的天下。所以《大雅》的《文王》篇说："仪刑文王，万邦作孚。"在《周颂》的《清庙》《维天之命》等诸多篇章中，文王也作为道德楷模被反复称举。凡此种种，都反映了周代社会，尤其是西周中期以后人们道德观念的重要组成和周代以德治国的政治理念。作为君主配偶的后妃，在先秦人们的观念中当然也具有相应的高尚道德。《思齐》说："思齐大任，文王之母。思媚周姜，京室之妇。大姒嗣徽音，则百斯男。"诗中歌颂了古公亶父、王季与文王三代周王的配偶，还特别提到文王之妻所获得的美誉 —— 由于其德行而致使文王能够有一百个儿子。

大姒在《思齐》中受到的称赞，在《诗经》中并非特例。《诗经》的《风》《雅》《颂》各部分中，有相当数量的篇章述及"妇"在家庭和社会生育文化中的作用，这是先秦"妇德"的重要内容。作为社会意识形态的一部分，古代社会对女子的道德乃至审美要求皆与此相关，并构

---

① 荆门市博物馆编：《郭店楚墓竹简》，文物出版社1998年版，第188、168页。

② 庞朴：《三重道德论》，《历史研究》2000年第5期。

成全社会道德准绳之有机组成部分。

由此，我们就能够理解到，《关雎》篇首章"窈窕淑女，君子好逑"决非信手拈来之句，而是植根于先秦时期人们社会理念的精心安排。"淑"训为"善"，所以《毛传》以下古注都将"窈窕淑女"解释为"善女"。通检《诗经》可知，其中"淑人"与"君子"错出者屡见。可见"君子"与"淑人"是道德意义相当的语汇。"逑"乃匹配之意。如此，"窈窕淑女，君子好逑"的内在文化蕴涵就更为显彰。即以婚姻双方在道德方面的匹配为直接的歌咏对象，并以此显示诗人心目中的道德指归。所以，尽管《关雎》一篇的具体描写对象似乎并非君主与后妃，诗篇中的"君子"与"淑女"作为鲜活的艺术具象，却生动地体现了作为社会道德楷模的君主及其配偶后妃的抽象文化精神。这就是"《关雎》，后妃之德"说合理性的文化根源及其社会审美心理基础。

《诗大序》解释《关雎序》"风之始也"一句时说："风，风也，教也；风以动之，教以化之。""诗教"者的动机，是以《诗》作为经验材料来推行王者的道德精神。作为先秦儒家《诗》论的核心论点之一，这一点从上海楚简所存诗论与今本《毛诗序》的相关对比中可以得到部分验证。上海楚简："《关雎》之改，……害（何）？童（同）而皆贤于其初者也。……《关雎》以色喻于礼，……反内于礼，不亦能改乎？"上海楚简的"改"即《毛诗序》所说的教化或曰风化。研究楚简的学者们正确指出，相关的论述反映了孔子本人的《诗》学观念[1]。上海楚简第五简说："又成功者何如？曰《颂》是也。《清庙》王德也……。"[2] 按今本《毛诗》的《清庙序》说："《清庙》，祀文王也。周公既成洛邑，朝

---

① 参见廖名春：《上博简〈关雎〉七篇诗论研究》，第五届《诗经》国际学术研讨会论文，2001 年。楚简引文用李学勤先生释文，依廖将"童"释为"同"。

② 《释文解字话国宝》，《文汇报》2000 年 8 月 17 日，第 3 版。

诸侯，率以祀文王焉。"《清庙》言"济济多士，秉文之德，对越在天"。从描写的场景看，固然是"祀文王焉"；但从其内在的精神来看，却又是揄扬王德。两相对比，可知《关雎序》所言"后妃之德"不但确为先秦旧说，而且完全符合孔子所传《诗》学体系的伦理精神。总之，从《关雎》篇的内涵及《关雎序》对它的阐释来看，不但先秦诗论的阐发者对《诗经》的理解相当接近诗人的本意，甚至可以看出，《诗经》相关篇章的作者在诗篇内容与主题的把握方面已经有了相当的理论自觉。这一点是我们以前所没有认识到的。理解这一点，不但有助于我们正确把握《关雎》篇的内涵及《关雎序》的历史合理性，而且有助于我们重新思考先秦《诗》学的基本性质，这在《诗经》学史及中国文论史的研究方面都有着重要的意义。

（原载《文艺研究》2001 年第 6 期）

《关雎》兴象及其文化内涵

"关关雎鸠，在河之洲。窈窕淑女，君子好逑。"《关雎》一篇的开端，人们耳熟能详。然而，诗篇所言"雎鸠"为何鸟，它与全篇意义的内在关联如何？这种关联反映了什么样的文化内涵？众说纷纭，未有定论，值得进一步探讨。

最早提出"雎鸠"为《关雎》兴象的现存文献是《毛传》。《毛传》注"关关雎鸠，在河之洲"句："兴也。关关，和声也。雎鸠，王雎也，鸟挚而有别。水中可居者曰洲。"①汉代学风质朴，故《毛传》注释甚为简略，什么是"王雎"？"挚而有别"所指谓何？给后人留下了解说的空间。

关于"雎鸠"之类属，孔颖达《毛诗正义》列有汉代以后的多种说法。其引《尔雅》郭璞注说是"雕类"，称"今江东呼之为鹗，好在江边渚中，亦食鱼"；又引陆机《毛诗鸟兽草木虫鱼疏》之说，以为"幽州人谓之鹫"。②凡此，皆以"雎鸠"为猛禽，然而此说与"王雎"种属及诗篇的文化内涵不相符合。

宋人这方面的认识较汉唐诸儒有所进步。郑樵考校物理，辨析名物，指出鸟类因种属不同而鸣声各异："凡雁鹜之类，其喙褊者，则

---

① 《毛诗正义》，阮元校刻：《十三经注疏（附校勘记）》，中华书局1980年版，第273页。

② 《毛诗正义》，阮元校刻：《十三经注疏（附校勘记）》，第273页。

其声关关；鸡雉之类，其喙锐者，则其声鷕鷕。"① 现代鸟类学家指出，"雕""鹫"之类的猛禽一般不大声鸣叫，其求偶期间，鸣声凄厉尖锐，这与雎鸠所发出的雍雍和鸣之声相去甚远。由此可知，雎鸠绝不可能是雕、鹫之类的猛禽。《诗集传》说"雎鸠，水鸟，一名王雎。状类凫鹥，今江淮间有之"②，以为雎鸠系江淮间常见的小型水鸟，如野鸭、鸥鸟之类。朱子发挥《毛传》之说，点明"关关"是雎鸠"雌雄相应之和声"，对其文化内涵有所隐喻。综上所述，可知宋人对雎鸠的看法较汉人合理，细加推敲，则可知其认识尚未达一间。

宋人没有论及雎鸠的体型、体态和羽色，而这些对考察其种属，抑或探索其与诗篇比兴之义的关系都非常重要。雎鸠体型如何？《毛传》说，雎鸠为"王雎"。王通训"大"。由"王雎"之名，可知雎鸠必非凫鹥类。因其体型偏小，与诗篇所述不符。诗中言其所居"在河之洲"。大家知道，《诗经》中的"河"皆指黄河，而黄河自陕以下，水面极为宽阔。《庄子·秋水》言："秋水时至，百川灌河。泾流之大，两涘渚崖之间，不辩牛马。"③ 人们能够在"两涘渚崖"间听闻河中沙洲上雎鸠之和鸣，目睹其雌雄相随的优游之态，则必为形体硕大、鸣声响亮的雁鹅类禽鸟。

具体来说，雎鸠属于雁鹅类中的什么种属呢？这就要结合其羽色及习性做进一步的考察。关于雎鸠的羽色，人们关注较少，其实，汉代文献中对此有明确记载。《说文·鸟部》："鴡，白鴡。王雎也。从鸟且声。"④

---

① 郑樵撰，王树民点校：《通志二十略·昆虫草木略序》，中华书局 1995 年版，第 1981 页。

② 朱熹集注：《诗集传》，中华书局 1958 年版，第 1 页。

③ 王先谦：《庄子集解》，中华书局 1987 年版，第 138 页。

④ 许慎撰，段玉裁注：《说文解字注》，上海古籍出版社 1981 年版，第 155 页。

需要说明的是,《尔雅》郭璞注说,白鹭"尾上白"①。这一说法是不可靠的。古人名鸟兽毛色、羽色时,言其为某色,意即通体为此色。若杂以他色,则有专文名之。《说文》马部字析之甚详。段玉裁在解释"鹭,白鹭也"一语时,指出许慎著《说文》之体例"多因《毛传》",即"以人所知说其所不知"。②由上述可知,通名为"王雎"的"雎鸠",又名为"鹭"或"白鹭",是一种褊喙的大型水禽。其毛羽白色,所以不会是褐色的大雁。综合考量,非天鹅莫属。

应该指出,宫玉海先生多年前曾倡言"雎鸠原来是天鹅"③,因论证颇有疏失,不为学界所取,然而其立意还是很有价值的。

下面,从"挚而有别"的习性进一步论证雎鸠种属所归,并由此探讨《关雎》的比兴之义。关于比兴,朱熹所言最为扼要。《诗集传》说:"兴者,先言他物以引起所咏之辞也。"④"雎鸠"既为《关雎》一篇之兴象,作为"他物",与"所咏之辞",即诗篇下文所述必有内在的关联。

雎鸠作为《关雎》一篇的兴象,其所涵之文化意蕴,前人皆未能参透,这集中表现在对《毛传》"挚而有别"的解说方面。《郑笺》说:"挚之言至也,谓王雎之鸟,雌雄情意至然而有别。"⑤《郑笺》说"挚"本意不误。后人或因《经典释文》有"挚,本亦作鸷"之语,遂将其理解为猛鸷。清代治《诗经》之高明者如马瑞辰《毛诗传笺通释》亦不免受其影响,而误说本篇诗义。更为重要的是,《郑笺》"雌雄情意至然而有别"句的后半"然而有别"绝误。因此才有了后人所谓雎鸠"雌雄别

---

① 《尔雅注疏》,阮元校刻:《十三经注疏(附校勘记)》,中华书局 1980 年版,第 2649 页。

② 许慎撰,段玉裁注:《说文解字注》,第 151 页。

③ 宫玉海:《雎鸠原来是天鹅》,《人民日报》(海外版)1988 年 12 月 20 日。

④ 朱熹集注:《诗集传》,第 1 页。

⑤ 《毛诗正义》,阮元校刻:《十三经注疏(附校勘记)》,第 273 页。

居"习性的误说，并造成历代对《关雎》全篇立意的错误理解。

孔颖达《毛诗正义》发挥《郑笺》之说："此雎鸠之鸟，虽雌雄情至，犹能自别，退在河中之洲，不乘匹而相随也，以兴情至，性行和谐者，是后妃也。后妃虽说乐君子，犹能不淫其色，退在深宫之中，不亵渎而相慢也。后妃既有是德，又不妒忌，思得淑女以配君子，故窈窕然处幽闲贞专之善女，宜为君子之好匹也。"①这段话，涵盖了传统上对《关雎》一篇的主要错误认识。这一错误基于对周代文化乃至整个传统文化的理解偏差。这一偏差，显著表现在对"窈窕"一语的解说上。

《毛诗正义》以为"窈窕""谓淑女所居之宫形"，并由此生造出"后妃""退在深宫之中"的情节，以致扯上什么淑女乃"后妃"为"君子"所择之"三夫人九嫔"之流。②我们现在已经知道，"窈窕"是《诗经》中形容人体高大健美的联绵词。诗人以"窈窕淑女"一语描述一位美、善兼备的女子，诗篇下文以"君子好逑"承之。全句言"淑女"真堪为"君子"的理想配偶。

对文献的理解有歧义时，人们采用某一种说法，与对其所含文化意义的理解有关。古代文献中的"夫妇有别"一语，说的是"夫妇"在婚姻定约中包含各自与别个异性的疏离关系。由此才能确定婚生子女的父系归属。这是男权社会得以建立的基石。古人云："男女居室，人之大伦。"（《孟子·万章上》）《礼记·昏义》说："敬慎重正，而后亲之，礼之大体。而所以成男女之别，而立夫妇之义也。男女有别，而后夫妇有义。夫妇有义，而后父子有亲。父子有亲，而后君臣有正。故曰昏礼者礼之本也。"③将"夫妇有别"一语中的"别"字理解为夫妇之间的疏离，

---

① 《毛诗正义》，阮元校刻：《十三经注疏（附校勘记）》，第 273 页。

② 《毛诗正义》，阮元校刻：《十三经注疏（附校勘记）》，第 273 页。

③ 《礼记正义》，阮元校刻：《十三经注疏（附校勘记）》，中华书局 1980 年版，第 1680—1681 页。

不但是对诗意的曲解，而且完全不符合古代社会的基本家庭伦理。

《毛诗序》把《关雎》篇提到"风天下而正夫妇"的政治伦理的高度，乃由毛公所传之学说中保存了先秦《诗》说的旧文。汉代以后，女性地位降低，儒生识见鄙下，故有前述陋说。正如李学勤先生所指出的，宋儒对先秦思想的理解和接受，往往超出汉儒，能够直击先秦典籍真意。① 前面梳理《关雎》篇的说解时，指出宋人的相关认识较汉人更接近于诗篇本意，就是一个例证。至于宋人受到的时代局限，是另外的问题。

这里，我们从生物习性方面补充说明雎鸠必为天鹅，从而进一步揭示《毛传》"挚而有别"的文化内涵。朱熹已经指出雎鸠"生有定偶而不相乱"② 的习性，而鸟类中，天鹅最具这一生物学特征③。郑樵在《通志·昆虫草木略序》中说："鸟兽草木乃发兴之本"，"不识雎鸠，则安知河洲之趣与关关之声乎？"④

《文心雕龙·比兴》篇以《关雎》为例说比兴之意："义取其贞，无疑于夷禽；德贵其别，不嫌于鸷鸟。明而未融，故发注而后见也。"⑤ 由于在《关雎》的名物阐释方面采用旧说，致使刘勰在理解《关雎》大意方面感到困难。这说明，名物辨析不明，即使"发注"，对诗篇的意义亦未必能够理解畅达；若名物辨析明了，诗人之意千载之下亦不难发覆。

总之，《诗经·关雎》篇以雎鸠之雌雄和鸣，触物起兴，歌颂了

① 参见李学勤：《朱子的〈尚书〉学》，原刊《朱子学刊》第1辑，收入《古文献论丛》，中国人民大学出版社2010年版。原文："宋人经学的主要特点在于义理的探讨，而正是在这一点上，他们比汉儒更接近于先秦的儒家。"

② 朱熹集注：《诗集传》，第1页。

③ 郑作新等：《中国动物志·鸟纲》第二卷《雁形目》，科学出版社2010年版。

④ 郑樵撰，王树民点校：《通志二十略》，第1980—1981页。

⑤ 刘勰著，范文澜注：《文心雕龙注》，人民文学出版社1958年版，第601页。

"淑女"与"君子"的美好感情，描述了一个周代贵族社会理想的婚姻模式。雎鸠作为诗篇的兴象，外在感观与内在意义，都具有强烈的象征和譬喻作用；用孔子的话来说，诗篇的意境与形象，达到了尽善尽美。尽善尽美是先秦时期贵族社会最高的审美标准，这是《关雎》经典意义的根本所在。

二重证据视野下的孔子删诗问题

"孔子删诗"是《诗经》学史上的重大学术公案,其源头可以追溯到《史记》。司马迁在《孔子世家》中说:

> 古者《诗》三千余篇,及至孔子,去其重,取可施于礼义,上采契后稷,中述殷周之盛,至幽厉之缺,始于衽席,故曰"《关雎》之乱以为《风》始,《鹿鸣》为《小雅》始,《文王》为《大雅》始,《清庙》为《颂》始"。三百五篇孔子皆弦歌之,以求合《韶》《武》《雅》《颂》之音。礼乐自此可得而述,以备王道,成六艺。[1]

《史记》中关于《诗经》系孔子删定的记载,为《汉书·艺文志》所采信[2]。三国时,吴人陆机作《毛诗草木鸟兽虫鱼疏》,其中叙述"四家诗"源流,言《毛诗》时称:"孔子删诗授卜商,商为之序。"由此,"孔子删诗"成为这一学案的经典表述。

首先对"孔子删诗"说提出质疑的,是唐人孔颖达。他在为郑玄《诗谱序》所做的《疏》中指出:"书传所引之诗,见在者多,亡逸者

---

① 司马迁:《史记》,中华书局 1982 年版,第 1936—1937 页。
② 《汉书·艺文志》:"故有采诗之官,王者所以观风俗,知得失,自考正也。孔子纯取周诗,上采殷,下取鲁,凡三百五篇,遭秦而全者,以其讽诵,不独在竹帛故也。"班固:《汉书》,中华书局 1962 年版,第 1708 页。

少，则孔子所录，不容十分去九。马迁言古诗三千余篇，未可信也。"①
孔颖达提出的"书传所引之诗"问题，基于文献统计，所论颇为有力，
在后世产生了广泛的影响。历代学者如郑樵、叶适、朱彝尊、崔述皆依
此反对"孔子删诗"之说。虽有欧阳修、马端临、顾炎武、王崧为"删
诗"说多方辩解，终未能动摇孔颖达立说之本。②

近代学术史上，孔子是否曾经"删诗"问题，也是学者的重要关注
对象。1925 年至 1926 年左右，古史辨派重新探讨中国早期历史的时候，
学者对这一问题多有讨论，相关文章录入《古史辨》。张寿林在《〈诗
经〉是不是孔子所删定的？》一文中，持否定孔子删诗之说观点。③ 胡
适的《谈谈〈诗经〉》亦持此论。④ 由于胡适的学术地位，否定孔子删诗
说在当时成为定论。虽有个别学者如华钟彦先生极力反对，亦难挽狂澜
于既倒。⑤

回顾学术史，反对"孔子删诗"说者最重要的一条论据，是文献中
"诗三百"一语的存在。孔子屡言"诗三百"，见于《礼记》和《论语》
等先秦文献。《论语·为政》篇载孔子语："诗三百，一言以蔽之，曰：
思无邪。"在《论语·子路》篇中，孔子曰："诵诗三百，授之以政，不

---

① 《毛诗正义》，阮元校刻：《十三经注疏（附校勘记）》，中华书局 1980 年版，第
263 页。下引《毛诗》均据该本，不另出注。
② 上引历代学者关于孔子删诗的讨论，参见洪湛侯《诗经学史》第一章第二节《关
于孔子删诗的论争》，中华书局 2002 年版，第 1708 页。
③ 参见顾颉刚编：《古史辨》，上海古籍出版社 1982 年版，第三册，第 374 页。
④ 参见顾颉刚编：《古史辨》，第三册，第 576 页。
⑤ 华钟彦先生《孔子未曾删诗辨》对此有简要概括："孔子删诗问题，久成聚讼，
自胡君适之放言高论，谓诗止有三百篇，未尝见删于孔子。引说譬喻，以自证明，中国
操觚谈艺之士，奉为圭臬，而鲜有辨之者。"见氏著：《东京梦华之馆论稿》，河南大学出
版社 1991 年版，第 1 页。

达；使于四方，不能专对；虽多，亦奚以为？"①《礼记·礼器》记载孔子论及"诗"与"礼"的关系说："孔子曰：'诵诗三百，不足以一献。一献之礼，不足以大飨。大飨之礼，不足以大旅。大旅具矣，不足以飨帝。毋轻议礼。'"②论者据此以为，孔子既屡言"诗三百"，说明在孔子以前已经存在一种篇数约为三百的《诗经》文本。以"诗三百"为《诗经》专名，"三百"为《诗经》篇数，似成为学界共识③。此说与文献引《诗》之疑相互支撑，几将孔子不曾"删诗"之说铸为铁案。然而考察文献可知，这一认识实为误解。

先秦文献中"三百"联言的词语，出现频率很高，往往并非实指，而是极言其多的一种修辞手段。从词汇学的角度来说，它属于王国维先生所言"成语"。王氏在《与友人论〈诗〉〈书〉中成语书》中，首先揭示了先秦文献中的这一语言现象。王国维说，《诗》《书》中"成语之意义，与其中单语分别之意义"有所不同。④《与友人论〈诗〉〈书〉中成语书》关于《诗》《书》成语的论述是孟子"不以文害辞"（《孟子·万章上》）说的现代学术表达。

作为"成语"的"三百"，在先秦文献中最为典型的用法，莫若《左

---

① 《论语注疏》，阮元校刻：《十三经注疏（附校勘记）》，中华书局 1980 年版，第 2461 页。

② 《礼记正义》阮元校刻：《十三经注疏（附校勘记）》，中华书局 1980 年版，第 1443 页。

③ 当代通行的相关专著及教科书多将《诗三百》或《诗三百篇》作为书名来引征。如袁行霈主编：《中国文学史》，高等教育出版社 1999 年版；袁行霈主编：《中国文学作品选注》，中华书局 2007 年版。其他相关著作参见洪湛侯《诗经学史》第一章第二节《〈诗三百篇〉的产生流传和结集》。《诗三百》甚至作为书名进入词典成为词条，认为《诗经》是"中国最早的一部诗集，先秦只称《诗》或《诗三百》，汉以后成为儒家经典，才称《诗经》"（向熹编：《诗经词典》，四川人民出版社 1986 年版）。

④ 王国维：《与友人论〈诗〉〈书〉中成语书》，《观堂集林》，中华书局 1959 年版，第 75 页。

传》关于魏犨"距跃三百""曲踊三百"的记载。《左传·僖公二十八年》记晋军攻入曹国后，大将魏犨严重违犯军纪，且胸部受伤。晋文公"欲杀之，而爱其材。使问，且视之。病，将杀之"。"病"为受伤极重之意。魏犨知文公意，"束胸见使者"，"距跃三百，曲踊三百"，以示尚健，从而保住了性命。关于"距跃三百，曲踊三百"的意义，杜预对此注解说："距跃，超越也。曲踊，跳踊也。百犹励也。"孔颖达为《左传》所作《疏》指出："以伤病之人"，"不可为六百跳也"。① 其实，用力连续跳高、跳远六百次，不但重伤者不可能，对于身体强健者也是难以做到的事。

"三百"一词在《诗经》中不乏用例。《小雅·无羊》有"三百维群"；《曹风·候人》有"三百赤芾"；《魏风·伐檀》中，"三百"一语三见，即："胡取禾三百廛兮？""胡取禾三百亿兮？""胡取禾三百囷兮？"以上所用，皆极言其多，是一种文学性的修饰语言。倘以为"三百"系实指，并用来释读相关诗篇，则不免焚琴煮鹤之讥了。

讨论"诗三百"的问题时，经常被引用的材料还有《墨子·公孟》篇的"诵诗三百，弦诗三百，歌诗三百，舞诗三百"②。应当注意的是，《墨子》这里所说的"诗"，是泛指先秦礼乐文化制度中综合艺术的术语。"诵、弦、歌、舞"达"三百"之多者，言其大肆演乐，与"孔子删诗"中的"诗"（特指作为文学文本的《诗经》）含义是不同的。否则，"舞诗"即不能成辞。

由上述可知，孔子所说"诗三百，一言以蔽之，曰'思无邪'"意为：诗有许多篇，用一句话来概括，就是"思无邪"。"诵诗三百，授

① 《春秋左传正义》，阮元校刻：《十三经注疏（附校勘记）》，中华书局1980年版，第1824页。

② 孙诒让撰，孙启治点校：《墨子间诂》，中华书局2001年版，第455页。

之以政，不达；使于四方，不能专对；虽多，亦奚以为？"意为：读诗很多，不能治理内政、行使外交；读得再多，也没有什么用处。总之，《论语》等记载孔子所言"诗三百"一语，既不能证明孔子之时或之前已存在数目为三百篇的《诗经》文本，自然不能据此否定"孔子删诗"之说。①

既然孔子之前所存"诗"篇数目完全可能大大多于三百，那么，为什么会出现"书传所引之诗，见在者多，亡逸者少"这一文献统计现象呢？我们认为，这是战国时期的传《诗》统绪使然。王国维先生指出，孔子之后，"诗"之传承有"诗家"与"乐家"之别。他说："诗家习其义，出于古师儒，孔子所云言诗、诵诗、学诗者，皆就其义言之，其流为齐、鲁、韩、毛四家。"②"孔子删诗"，是"诗家"成立过程中的标志性事件。《诗经》由孔子删订后，篇目确定。孔门弟子及其后学皆据此传承，孔子所定《诗经》文本建立起了在先秦儒学中的经典地位，从而影响到其后各种文献的引《诗》。

《史记·儒林传》说：

> 孔子既没，七十子之徒散游诸侯，大者为卿相师傅，小者友教士大夫，或隐而不见。故子张居陈，澹台子羽居楚，子夏居西河，子贡终于齐。如田子方、段干木、吴起、禽滑釐之属，皆受业于子夏之伦，为王者师……是时，独魏文侯好学。天下并争于战国，儒术既黜焉，然齐鲁之间学者犹弗废，于威、宣之际，孟子、荀卿之列，咸遵夫子之业而润色之，以学显于当世。③

---

① 参见姚小鸥：《"诗三百"正义》，《文艺研究》2007 年第 11 期。
② 王国维：《汉以后所传周乐考》，《观堂集林》，第 121 页。
③ 司马迁：《史记》，第 3591 页。

《论语》为"孔子应答弟子时人及弟子相与言而接闻于夫子之语"①，《孟子》《礼记》之属，秉承儒家学统，人所周知。至于《左传》，杜预《春秋序》说："左丘明受经于仲尼，以为经不刊之书也。故传或先经以始事，或后经以终义，或依经以辨理，或错经以合异，随义而发。"② 由此可知，《左传》为经典儒家文献无疑。《左传》的成书年代，王和教授考证当在战国中期的公元前375至公元前360年之间③，与《孟子》等相近。《国语》向来与《左传》相表里，有《春秋外传》之称，其学派归属与《左传》相同。④ 各种儒家文献引诗时，遵用孔子所传之本是合乎逻辑的。这就是崔述所言"《论》《孟》《左传》《戴记》诸书"，"所引之诗逸者不及十一"⑤ 的历史文献背景。

即使不考虑儒家学统的影响，对文献所见先秦"逸诗"数量的一般性统计，也不能简单地用来否定"孔子删诗"之说。《商颂》的存留情况即为最明显的证据。《国语·鲁语》记述鲁大夫闵马父之语曰：

> 昔正考父校商之名《颂》十二篇于周大师，以《那》为首，其辑之乱曰："自古在昔，先民有作。温恭朝夕，执事有恪。"先圣王之传恭，犹不敢专，称曰"自古"，古曰"在昔"，昔曰"先民"。⑥

---

① 班固：《汉书》，第1717页。

② 《春秋左传正义》，阮元校刻：《十三经注疏（附校勘记）》，第1705页。

③ 王和：《〈左传〉的成书年代与编纂过程》，《中国史研究》2003年第4期。

④ 徐元诰撰，王树民、沈长云点校：《国语集解》，中华书局2002年版，第1页。

⑤ 崔述：《洙泗考信录》，《崔东壁遗书》，上海古籍出版社1983年版。关于这一问题，还可以参看董治安：《〈诗经〉绪说》，《先秦文献与先秦文学》，齐鲁书社1994年版，第13—14页。

⑥ 徐元诰撰，王树民、沈长云点校：《国语集解》，第205页。

据上引《国语·鲁语》，正考父所献《商颂》有十二篇之多，而今本《诗经》中的《商颂》仅存五篇。删落的七篇在"逸诗"中罕有所见。这是《诗经》编定时经过删削的铁证，也是《诗经》编辑年代的一个重要坐标。① 如果仔细考校，正考父所"校"十二篇为"商之名颂"，则可见到两周之交，宋人所存之颂诗远不止此数。② 仅此，即可知崔述《洙泗考信录》所言文献引诗"逸者不及十一"之论，在统计方法的使用上有很大的片面性，其结论不可信据。

近年相关出土文献的陆续公布，促使人们对"孔子删诗"说进行新的思考。2004 年，《上海博物馆藏战国楚竹书（四）》中公布了两篇逸诗，整理者名之曰《交交鸣乌》和《多薪》。这两篇逸诗在内容表达与诗歌形态上皆与现存《诗经》极为相似。③ 包含多篇逸诗的《清华大学藏战国竹简（壹）》中《耆夜》的公布，提示先秦逸诗的研究将有重要突破。《耆夜》篇中有关五篇先秦诗作的内容如下：

（武）王夜（舍）爵酬毕公，作歌一终曰《乐乐旨酒》："乐乐旨酒，宴以二公。任仁兄弟，庶民和同。方壮方武，穆穆克邦。嘉爵速饮，后爵乃复。"

王夜（舍）爵酬周公，作歌一终曰《輶乘》："輶乘既饬，人服余不胄。嗟士奋甲，繄民之秀。方壮方武，克燮仇雠。嘉爵速饮，后爵乃复。"

---

① 参见姚小鸥：《诗经三颂与先秦礼乐文化》，北京广播学院出版社 2000 年版，第 38 页。

② 《左传·昭公七年》："及正考父佐戴、武、宣，三命兹益共。"（阮元校刻：《十三经注疏（附校勘记）》，第 2051 页）可见，正考父的政治活动延绵于周宣王至周平王时期。

③ 马承源主编：《上海博物馆藏战国楚竹书（四）》，上海古籍出版社 2004 年版。

周公夜（舍）爵酬毕公，作歌一终曰《央央》："央央戎服，壮武纠纠。毖精谋猷，裕德乃救。王有旨酒，我忧以浮。既醉有侑，明日勿慆。"

周公或夜爵酬王，作祝诵一终曰《明明上帝》："明明上帝，临下之光。不显来格，歆厥禋盟……月有盈缺，岁有歇行。作兹祝诵，万寿无疆。"

周公秉爵未饮，蟋蟀趋降于堂，[周]公作歌一终曰《蟋蟀》："蟋蟀在堂，役车其行。今夫君子，不喜不乐。夫日□□，□□□荒。毋已大乐，则终以康。康乐而毋荒，是惟良士之方方。蟋蟀在席，岁矞云莫。今夫君子，不喜不乐。日月其迈，从朝及夕。毋已大康，则终以祚。康乐而毋[荒]，是惟良士之懼懼。蟋蟀在舒，岁矞[云]□，□□□□，□□□□，□□□□□□，□□□□。毋已大康，则终以懼。康乐而毋荒，是惟良士之懼懼。"①

上引五篇诗中，四篇为今本所无者，与今本《诗经》风格相似。其所差异者，值得深入研究，但不可否定其可信度。《耆夜》篇载周公所作之《蟋蟀》，与今本诸多相似，或是不同抄本。另一种可能是，今本系从周公诗改作而来。此本与今本的关系，恐怕就是《史记》中所涉及的"重本"了。按西汉末年，刘向校书时，曾遇有类似的文本情况，及类似处理方式。刘向在给皇帝的上书中谈到《荀子》一书的整理时说："所校雠中《孙卿书》凡三百二十二篇，以相校除复重二百九十篇，定著三十二篇，皆以定杀青简，书可缮写。"②刘向整理《荀子》时的"中

---

① 清华大学出土文献研究与保护中心编，李学勤主编：《清华大学藏战国竹简（壹）》，中西书局 2010 年版，第 150 页。

② 王先谦撰，沈啸寰、王星贤点校：《荀子集解》，中华书局 1988 年版，第 557 页。

秘书"待选篇目情况与其定本选篇比例，恰与孔子删诗的情况相类，历史竟有如此惊人的相似。这并非偶然，而是由文献传承的内在规律所决定的。

《清华大学藏战国竹简（叁）》中的《诗经》类文献的公布，则使学术界不能不以新的眼光审视这一重大学案了。不夸张地说，这部文献将使"孔子删诗"这一论题的讨论产生根本性的改变。

《清华大学藏战国竹简（叁）》中的《诗经》类文献包括《芮良夫毖》与《周公之琴舞》两种。[1] 前者录"毖诗"两启；后者共录歌诗十"启"，包括"周公作多士敬（儆）毖"之"元纳启"与"成王作敬（儆）毖"九启。"成王作敬毖"的每启相当今本《诗经·周颂》之一篇。何以知之？盖由其中之"元纳启"系今本《周颂·敬之》别本，其余今皆不传。从统计的角度来说，《周公之琴舞》中的诗篇数目与今本《诗经·周颂》所存相关篇目恰为十一之比。这不能完全说是偶然的现象。

《周公之琴舞》在《诗经》学史上的另一重意义在于，其文本形式与今本有明显相异之处。以下列"成王作敬毖"之"元纳启"与今本略作比较，以资证明：

> 成王作敬（儆）毖，琴舞九絉（卒）。元纳启曰：敬之敬之，天惟显帀，文非易帀。毋曰高高在上，陟降其事，卑监在兹。乱曰：逿我夙夜不逸，敬（儆）之，日就月将，教其光明。弼持其有肩，示告余显德之行。[2]

---

① 清华大学出土文献研究与保护中心编，李学勤主编：《清华大学藏战国竹简（叁）》，中西书局2012年版，第132—134页。

② 清华大学出土文献研究与保护中心编，李学勤主编：《清华大学藏战国竹简（叁）》，第132页。

　　敬之敬之，天维显思，命不易哉！无曰高高在上，陟降厥士，日监在兹。维予小子，不聪敬止。日就月将，学有缉熙于光明。佛时仔肩，显我显德行。①

　　可以看出，简本与今本最明显的区别是，简本将全篇分为两部分，后一部分为今本《诗经》所无的"乱辞"。这一文本形式与先秦文献记载可以相印证。该篇的这一形态特征说明它属于早期"诗家"文献。从"孔子删诗"角度来审视，《周公之琴舞》的文本价值之一，是它证明司马迁"去其重"说的另一含义，即从各篇内容相关或相似的组诗中选取有代表的篇章。

　　应该指出的是，从研究"孔子删诗"问题的角度审视先秦逸诗，不能局限于"诗家"所传，乐家传本亦当纳入视野。《上海博物馆藏战国楚竹书（四）》中有《采风曲目》一种，系六支简组成。方建军教授在马承源先生整理本的基础上确定了其所载三十六篇乐曲的篇名，有《子奴思我》《硕人》《出门以东》《君寿》及《道之远尔》等。② 这组竹简多有残损，推测全部曲目当在四十五左右。

　　到目前为止，人们对《采风曲目》的文献性质仍缺乏足够的认识。整理者马承源先生曾猜测它们是孔子删诗之余③。由于马先生未就此展开论述，又未给予该篇恰当命名，故其说影响不大。

　　我们认为，《采风曲目》所载篇名与今本《诗经》既有重合者（如《硕人》篇），又有相似者（如《出门以东》与《郑风·出其东门》

①　《毛诗正义》，阮元校刻：《十三经注疏（附校勘记）》，第598—599页。
②　方建军：《楚简〈采风曲目〉释义》，《音乐艺术》2010年第2期。
③　参见马承源主编：《上海博物馆藏战国楚竹书（四）》，第161—165页。

等），当属于现已失传的先秦乐家传诗文献①，这是历代学者争论"孔子删诗"说时未曾闻知的。

在讨论"孔子删诗"时，学者关注到《论语》所载孔子对《诗经》的整理。多数人只关注到《论语·子罕》篇的一段话，即孔子所说"吾自卫反鲁，然后乐正，《雅》《颂》各得其所"。孔子"自卫反鲁"的时间，杨伯峻先生考证说："根据《左传》，事在鲁哀公十一年冬。"② 这时已到了孔子的晚年。华钟彦先生独于《孔子未曾删诗辨》中指出："孔子四十岁（当鲁定公五年），已正式修诗，风雅颂三者，当皆于是年经孔子修定。"③ 华钟彦先生此说诚为卓见，又有所本，即本于《史记·孔子世家》。《孔子世家》载，当时"陪臣执国政，是以鲁自大夫以下皆僭离正道。故孔子不仕，退而修诗书礼乐，弟子弥众，至自远方，莫不受业焉"④。试想，孔子于是年大规模收徒立教，教授内容必包括《诗》在内。孔子删订《诗经》必不晚于是年。这一问题当撰专文深入讨论。

综上所述，二重证据的使用，即对传世文献的理论分析和出土文献的充分利用，表明《史记》所载"孔子删诗"之说必有所据。相信这一结论对于《诗经》学史研究将产生多方面的影响。这一结论及研究方法甚至将辐射到整个经学史。同时必须看到，围绕孔子删诗还有许多未及解决的问题。诸如孔子删诗所据原本面貌，孔子删诗所依"可施于礼义"之原则的具体内涵等，都有待深入探讨。

（原载《北方论丛》2016 年第 4 期，与李颖合作）

---

① 姚小鸥、孟祥笑：《试论清华简〈周公之琴舞〉的文本性质》，《文艺研究》2014年第 6 期。

② 杨伯峻译注：《论语译注》，中华书局 1980 年版，第 92 页。

③ 华钟彦：《东京梦华之馆论稿》，第 7 页。

④ 司马迁：《史记》，第 1914 页。

论《左传》对于《诗经》研究的价值

《诗经》是我国第一部诗歌总集,《左传》是我国第一部典范的历史散文著作,二者对中国文化的影响都是非常深远的。由于时代的原因,《诗经》与《左传》这两部书之间有着极为密切的关系。对于今天的《诗经》研究者来说,仔细研读《左传》,可以从中发掘出大量有价值的材料,获取许多有益的启示。

首先,《左传》中广泛地反映了《诗经》创作和流传应用的历史事实与社会背景。

周代社会里,人们的交往包括政治和外交活动中,《诗经》发挥了重要的社会功能。这些在《左传》中有诸多的记载。《诗经》在春秋时期社会生活中的运用形式之一是"歌诗"和"舞诗"。《左传·襄公四年》:

> 穆叔如晋,……晋侯享之。……工歌《文王》之三,又不拜。歌《鹿鸣》之三,三拜。韩献子使行人子员问之。曰:"……《文王》,两君相见之乐也,臣不敢拜及。《鹿鸣》,君所以嘉寡君也,敢不拜嘉?《四牡》,君所以劳使臣也,敢不重拜?……"①

---

① 《春秋左传正义》,阮元校刻:《十三经注疏》,中华书局 2009 年版,第 4192—4194 页。本文所引《左传》皆为此本,下引不另说明。

《襄公十四年》：

> 孙蒯入使。公饮之酒，使大师歌《巧言》之卒章。……蒯惧，
> 告文子。文子曰："君忌我矣，弗先，必死。"

《襄公十六年》：

> 晋侯与诸侯宴于温，使诸大夫舞，曰："歌诗必类。"齐高厚之
> 诗不类。荀偃怒，且曰："诸侯有异志矣。"使诸大夫盟高厚。高厚
> 逃归。

可以看出，《诗》在春秋时代不只是供人们娱乐之用，更重要的是通过它表达一定的政治思想和情感。我们还可以从中看到诗、乐、舞三者在当时的密切关系。

"赋诗言志"是春秋时代人们运用《诗经》的另一种形式，而且是运用更多的一种形式。班固说："不歌而颂谓之赋。"① （"赋诗"一般指赋诵某篇诗，或诗之某章。这里，我们把赋诵、引述某些个别诗句也包括在内）《左传》记述了当时人们在社会交往中，频繁地借助"赋诗"这一手段来更有力或更婉转地表达自己的思想、要求和感情。有时交往的双方甚至竟全凭借赋诗来完成情绪的表达、思想的交流。如《左传·文公十四年》：

> 郑伯与（鲁）公宴于棐。子家赋《鸿雁》，季文子曰："寡君未

---

① 班固：《汉书》，中华书局1962年版，第1755页。

免乎此。"文子赋《四月》。子家赋《采薇》之四章。郑伯拜，公
答拜。

郑国君臣意在要鲁君臣为之在晋国斡旋，鲁方初不愿意。通过几个
回合的赋诗，鲁君臣终于同意折回晋国去为郑国说情。一场外交谈判至
此圆满结束。而它主要是靠赋诗来完成的。

有时，人们在陈述自己的意见之后，再赋某篇诗来重申、强调或补
充自己的意见。如《左传·襄公十四年》，晋"将执戎子驹支"。戎子
驹支以有力的事实为自己辩护之后，"赋《青蝇》而退"。此取"恺悌君
子，无信谗言"之意，申明自己是为流言所害的无辜者。宣子果然向其
道歉，戎子驹支借助赋诗，化险为夷。

更多的时候，人们仅赋诵引述个别诗句，使之与自己的语言更为有
机地结合在一起，借以加强自己语言的力量。如《左传·闵公元年》：

> 狄人伐邢。管敬仲言于齐侯曰："戎狄豺狼，不可厌也。诸夏亲
> 昵，不可弃也。宴安鸩毒，不可怀也。《诗》云：'岂不怀归，畏此
> 简书。'简书，同恶相恤之谓也。请救邢以从简书。"

"岂不怀归，畏此简书"是《小雅·出车》中的诗句。管仲引用它
来支持自己的观点，即必须优先考虑华夷之辨，派兵救助邢国，才能维
护齐的霸主地位。

有时，人们先赋诵若干诗句，借以表达自己的意思，然后再以自
己的语言对此加以说明和补充。这种情形往往情绪比较激烈。比如《左
传·襄公八年》郑国诸卿议论从楚与否，久而未决。在国家危急关头，
执政大臣子驷挺身而出，拍板定案，承担重大责任。他说：

周诗有之曰:"俟河之清,人寿几何?兆云询多,职竞作罗。"谋之多族,民之多违,事滋无成。民急矣,姑从楚,以纾吾民。……《诗》云:"谋夫孔多,是用不集。发言盈庭,谁敢执其咎?如匪行迈谋,是用不得于道。"请从楚,骓也受其咎。

子驷先引之"周诗"为逸诗,后引之《诗》为《小雅·小旻》中的诗句。

在当时人们的书信往来中,也常常引用《诗经》。如《左传·襄公二十四年》"子产寄书于子西,以告宣子",书信中引用"乐只君子,邦家之基"(《小雅·南山有台》),"上帝临汝,无贰尔心"(《大雅·大明》)等句,说明"德"是国家之基,有令名令德才能"远至迩安"。《左传·昭公六年》"叔向诒子产书",反对郑国铸刑鼎。信中引用"仪式刑文王之德,日靖四方"(《周颂·我将》)和"仪刑文王,万邦作孚"(《大雅·文王》),说明"弃礼而征于书,锥刀之末,将尽争之"。如此下去,郑国将在不远的将来败亡。

春秋时代,贵族社会中学《诗》、用《诗》成为制度和风气(作为"礼"的一部分)。孔子说:"不学诗,无以言。"(《论语·季氏》)这确实不是夸大的话。在贵族社会人们的交往中,如果不熟悉《诗经》,简直无法讲话。当时缺乏《诗》的修养的人,被人看不起。在有些情况下,甚至可能招来杀身之祸。《左传·襄公二十七年》:"郑伯享赵孟于垂陇。"郑国诸卿参与。郑卿"伯有赋《鹑之奔奔》",被认为失礼。"卒享,文子告叔向曰:'伯有将为戮矣。诗以言志,志诬其上而公怨之,以为宾荣,其能久乎?幸而后亡。'"《左传·昭公十二年》:"夏,宋华定来聘,通嗣君也。享之,为赋《蓼萧》,弗知,又不答赋。

昭子曰：'必亡。宴语之不怀，宠光之不宣，令德之不知，同福之不受，将何以在？'"《小雅·蓼萧》中有"燕笑语兮，是以有誉处兮"，又有"既见君子，为龙（通宠）为光"与"和鸾雍雍，万福攸同"的诗句。华定闻之茫然，不知所措，大为失礼。故昭子有此议论。前引《左传·襄公十六年》"高厚歌诗不类"，被迫"逃归"的情况则是另一佳例。

《左传》中记载当时人们"赋诗"（包括"歌诗"、引诗于书信中等）共110次（逸诗除外）。其中明言赋某篇某章者31次（其中包括"歌诗"三次），引述诗句129条（逸诗除外，不计重出）。值得注意的是，在春秋前期（隐、桓、庄、闵四公时期）绝少引《诗》之事（仅桓公六年一条，闵公元年一条），而绝大部分集中于僖公以后的一百多年中。这种情况说明《诗经》在这一时期已日渐普及。《诗经》的汇集成书，当是此期渐次完成的。《左传》中所见诗句及篇名，大部分见于今本《诗经》。为今本《诗经》所无者仅13条。除去"君子曰"所引三条逸诗外，仅10条。而其中《左传·宣公二年》所引"我之怀矣，自诒伊戚"一条，或以为即今本《诗经》中《邶风·雄雉》"我之怀矣，自诒伊阻"之异文。《新宫》一篇有人以为即今本《诗经》中《斯干》之异名，《河水》亦为今本中《沔水》之讹。从而可知《诗经》的汇集与定型，是一个漫长的历史过程。它绝非成于一人之手。所谓的孔子"删诗"，也只是有限的整理校定工作而已。

就《诗经》内部而言，《左传》赋引《诗》篇的内容分布也很值得研究。在当时人们赋引的诗句中《二雅》占大多数。这种情况无疑说明了《雅》诗是为当时人们最为熟悉和受到高度重视的。《诗经》中各篇的产生年代，虽大部分不能确指，但一般认为《二雅》产生的年代多早于《国风》①。而且《大小雅》具有更高的审美价值。②这里，我们再谈一下《雅》诗的正统地位及相应的巨大影响。《大雅》和《小雅》都是产生于西周王畿的诗歌，是周王朝直属领地中贵族阶级内部各个阶层的作品；《国风》则是产生于各方国中贵族"国人"的诗篇。这一事实决定了《雅》诗与《风》诗的相互关系。如所周知，周王室是当时天下的大宗，在政治上具有正统地位。相应地，在语言、文学艺术等文化领域，周王畿也具有正统地位。周王畿的音乐被称为"雅乐"。周王畿的方言被称为"雅言"，为各方国的人们摹仿和使用。尤其在上层社会和各种正式场合，操"雅言"更是惯例。《左传》中有证据表明，当时各国间方言各异，而雅言是外交场合通行的语言。《左传·庄公二十八年》："秋，子元以车六百乘伐郑，入于桔柣之门。……及逵市。悬门不发。楚言而出。"楚人于战场上千钧一发之际，自然顾不上也没必要操雅言，所以相互间用本国方言交换意见。《左传》特记其事，而状战况之紧急。从客观上说明从郑人立场来看，因不懂楚方言，不明对方所讲内容，只好笼统地谓之"楚言"。楚、郑两国间交往特频，《左传》中从未言其因语言产生隔阂，则是素以雅言交往的缘故。《左传·襄公十四年》，晋以"言语漏泄"为由，"将执戎子驹支"。戎子驹支自答辩说："我诸戎饮食衣服不与华同，贽币不通，言语不达，何恶之能为？""赋《青蝇》而退。"戎子驹支的答辩状及所赋《青蝇》之诗，显然是用雅言无疑。

春秋时王室虽已衰微、东迁多年，但传统尤其是文化传统的力量是巨大的，这些礼俗仍然得以保存和流传。《论语·述而》："子所雅言，《诗》《书》、执礼，皆雅言也。"③如果说，在外交及典礼的场合操雅言

---

① 参见冯沅君等《中国诗史》及郭人民《文王化行南国与周人经营江汉》一文。
② 参见姚小鸥：《论大小雅的文学价值》，河南大学1985年硕士学位论文。
③ 《论语注疏》，阮元校刻：《十三经注疏》，中华书局2009年版，第5392页。

是出于制度的规定或实际需要的话，那么，诵读《诗》《书》用雅言则是更典型的文化传统的力量所致，是由文化因素的内在规定性所致。就《诗经》而言，首先，《诗经》是以雅言写作的，读者当然应以雅言诵读之。雅言作为贵族社会的通用语言，非常普及。在古代没有专门语言教科书的情况下，《诗》《书》等当然是雅言的最好教育媒介。《雅》诗不用说是以雅言写作，《风》诗也并不例外。这是由于《雅》诗和雅言的正统地位，各方国的贵族或自觉摹仿它，或不自觉地受其影响。这就使得《风》诗与各方国较下层人民的歌谣如"城者之讴"和"野人之歌"（分别见于《左传》宣公二年及定公十四年），有"文""野"、粗、细之别。当然，既是创作，就必然有自己的特色。这主要表现在配乐的曲调上，于是有各国之《风》。

文学史和艺术史表明，在文学艺术创作中，就语言方面来说，"雅言"（及其他时期的主导方言）始终是占统治地位的。语言的发展较音乐的发展大为缓慢。这只要回顾一下诸如唐诗、宋词，到明清传奇的语言变化历程，再与上述各体文学相应的音乐变化比较即可明了。过去有些学者因周代各国方言不同，而《国风》各篇的音韵相当一致，于是得出结论，认为《国风》是删改过的诗篇；有人做过使诗韵整齐划一的加工。这乃是不明白《风》诗原是模仿《雅》诗，皆用雅言创作之故。

《左传》中所反映的事实有力地说明了《雅》诗在当时的影响是大大超过《风》诗的。重《风》轻《雅》是"五四"新文学运动兴起之后的事。[1] 但它的影响却非常大，以致有的学者从《风》诗价值高于《雅》诗、《风》诗影响大于《雅》诗的成见出发，对《左传》中所载赋诗引诗的现象，做出了完全不符合事实的论断。如夏承焘先生在《"采诗"

---

[1] 姚小鸥：《论大小雅的文学价值》，河南大学 1985 年硕士学位论文。

和"赋诗"》一文中说，春秋时期，贵族们"在国际庄严的坛坫上所诵的诗，民歌多于雅、颂，并且男女的恋歌多于一般民歌。……春秋时有两次赋《诗》较大的场面，也就是赋恋歌最多的场面……"。

夏先生又说："依我的推测：这些民歌在当时是家喻户晓的，它的普及性远超过《雅》《颂》和圣经贤传（《左传》里引《雅》《颂》和《易》《书》的不及引这些恋歌之多）……"①

而事实上，被夏先生称为"民歌"的《风》诗，在《左传》中出现的数量大大低于《雅》诗。据我们统计，《左传》中赋引《诗经》情况如下（不计赞语所引）：

类别	风	雅	颂	总计
引用诗句总数	20	114	25	159
不计重出	18	89	22	129
公卿赋诗篇数	24	43	1	68
不计重出	22	34	1	57

在进行以上统计时，襄公二十五年《左传》所引"我躬不说，遑恤我后"本为《邶风·谷风》和《小雅·小弁》皆有的句子，计为《风》诗数内；被认为是《雅》诗的异文或异名的几条亦未计入。即使这样，也可看出《左传》中赋引《诗经》的绝大多数出自《雅》诗，《风》诗只占少数；显然《雅》诗的普及性是大大超过《风》诗的。至于夏先生所说《左传·襄公二十七年》及《昭公十六年》两次赋诗中《风》诗较多，只是一种个别情况，并不具有代表性。可见，学术研究多么需要从事实出发，而不是从某一现成的观念出发。

---

① 夏承焘：《"采诗"和"赋诗"》，《中华文史论丛》第一辑，中华书局 1962 年版。

　　《诗经》语言简赅，年代久远，后人往往难知其本意，故有"《诗》无达诂"之说。而《左传》的许多记载，大有利于理解诗义。

　　《诗经》中有四篇诗的创作动因在《左传》中有明确记载。《左传·闵公二年》："郑人恶高克，使帅师次于河上，久而弗召，师溃而归，高克奔陈。郑人为之赋《清人》。"《左传·文公六年》："秦伯任好卒，以子车氏之三子奄息、仲行、鍼虎为殉，皆秦之良也。国人哀之，为之赋《黄鸟》。"《左传·隐公三年》有"卫人所为赋《硕人》也"，《左传·闵公二年》有"许穆夫人赋《载驰》"的记载。

　　《左传》中有些文字并非专门记载《诗》的本事，但可与《诗经》有关篇章之内容相互发明。如《陈风·株林》的诗句类似庾语："胡为乎株林？从夏南。匪适株林，从夏南。驾我乘马，说于株野。乘我乘驹，朝食于株。"①不知其本事，则不知所云。《左传·宣公十年》载，陈灵公君臣数人公然皆与夏徵舒之母夏姬淫乱（徵舒字子南）。徵舒不堪受辱，射杀灵公。陈国内乱。读后大有助于理解诗意。

　　以《左传》某些记载对照《诗经》相关篇章，更可以纠正《诗序》《传》《笺》对于《诗》意的误解。如《邶风·二子乘舟》当是一首送别的诗，而旧说误系之卫宣公二子伋、寿事。《诗序》说："二子乘舟，思伋、寿也。卫宣公二子争相为死，作是诗也。"②《传》《笺》《诗集传》等皆无异词，而是说与该诗内容却不相符。历史上许多学者对此疑而未决，其实当以《左传》之记载断然否定。《左传·桓公十六年》："宣姜与公子朔构急子。公使诸齐。使盗待诸莘，将杀之。寿子告之，使行。不可……寿子载其旌以先，盗杀之。急子至……又杀之。"《左传》言

---

　　① 《毛诗正义》，阮元校刻：《十三经注疏》，中华书局2009年版，第805—806页。
　　② 《毛诗正义》，阮元校刻：《十三经注疏》，第656页。

盗邀击二子于莘，可知其本由陆路赴齐。查春秋地理形势可知，卫至齐由陆路捷近，而水道迂远不便，卫使绝无舟行之理。由此可证《左传》记载翔实，而《诗序》等有误。又如《王风·大车》，《鲁诗》系之以楚子纳息妫事，以为乃息妫与息君自尽前相誓之词（见王先谦《诗三家义集疏》）。《左传·庄公十四年》载息妫归楚后，"生堵敖及成王焉。未言。楚子问之。对曰：'吾一妇人，而事二夫，纵弗能死，其又奚言？'"经查考春秋时历史事实与诗中提供线索，可知《左传》可靠而《鲁诗》为非。①

《周颂》中著名的《大武》乐章，其篇目问题，多年来聚讼不已。我们最近对此进行了新的研究，最基本的权威材料，来自《左传》。②

至于《新台》《墙有茨》《相鼠》《下泉》《定之方中》《南山》等许多诗的本事与背景，亦可从《左传》中寻得若干线索与佐证。前人已有论及，此处从略。

《左传》中关于古代名物制度、风俗习惯、天文地理、宗教艺术等各种文化成分的记载，也为今天的《诗经》训诂提供了确切的依据。以《豳风·七月》为例，《左传·襄公八年》"火纪时焉"的记载，显示先民曾使用"火历"，为我们理解"七月流火"的诗句提供了依据。"殆及公子同归"一语，近世多以掳民女之类。而据《左传·桓公三年》"公"之女亦可称为"公子"。《左传》中又有媵妾制的众多记载，可知"同归"乃为媵妾之意。《左传·襄公二十一年》："方暑，阙地，下冰而床焉。"《左传·昭公四年》："《七月》之卒章，藏冰之道也。"《左传·昭公十三年》："（夏六月）晋人执季孙如意，以幕蒙之。司铎射怀锦，

---

① 参见姚小鸥：《论〈王风·大车〉》，《东北师大学报》1989 年第 2 期。
② 姚小鸥（署名姚畋）：《论〈大武〉乐章》，《社会科学战线》1991 年第 2 期。

奉壶饮冰，以蒲伏焉。"诸多记载证明古代确有暑天用冰之事。可知"二之日凿冰冲冲，三之日纳于凌阴"真记实之句。近来有人著文疑此，不确。

对于今天的《诗经》研究者来说，不仅在于对个别史实的掌握，还应从大文化的角度整体把握《左传》，这具有更为重要的意义。比如，从《左传》关于宴饮、歌乐、祭祀、战争、婚姻等各方面的生动具体的描写中感悟古代社会的文化氛围，把握古代人们的心理结构和思维特点等，是《诗经》研究者的必要修养和入门之路。从近年来发表的《诗经》研究论文来看，需要补上这一课的并不止是青年人。

从最广泛的意义上说，文学批评与文学创作是一对孪生子。《左传》记述的时代，仍然是《诗经》创作的时代。《左传》中各种人物关于《诗经》的言论，自然是最早的《诗经》批评之一。吉光片羽，弥足珍贵。从微观角度来说，有对个别篇章或词语的解释与评论。《左传·襄公二十八年》："穆叔曰：'……敬，民之主也，……济泽之阿，行潦之蘋藻，寘诸宗室，季兰尸之，敬也。'"穆叔此言，乃用《召南·采蘋》之意。《采蘋》："于以采蘋？南涧之滨。于以采藻？于彼行潦。""于以奠之？宗室牖下。谁其尸之？有齐季女。"①《左传》言此诗，固然为以《诗》明理，但同时对于该诗的意义做出了自己的理解与判断。《左传·襄公四年》（穆叔曰）："《皇皇者华》，君教使臣曰：'必谘于周。'臣闻之：'访问于善为咨，咨亲为询，咨礼为度，咨事为诹，咨难为谋。'"《皇皇者华》"写使者出外访问中的片断生活和情绪"②，其中有"周爰咨诹""周爰咨谋""周爰咨度""周爰咨询"的诗句。穆叔的话，

---

① 《毛诗正义》，阮元校刻：《十三经注疏》，第 602—603 页。

② 高亨：《诗经今注》，上海古籍出版社 1980 年版，第 220 页。

对这篇诗的大意与关键词语有扼要的评说。

一般来说，《左传》解《诗》有"断章取义"的倾向，但在多数情况下，所取之义与原诗相符或有一定联系。《左传·昭公元年》，诸侯会盟于虢，郑国诸卿恣意批评楚令尹公子围的僭越。"晋乐王鲋曰：'《小旻》之卒章善矣，吾从之。'"《诗经·小雅·小旻》的卒章说："不敢暴虎，不敢冯河。人知其一，莫知其他。战战兢兢，如临深渊，如履薄冰。"① 意在教人慎重行事。所以乐王鲋对《小旻》卒章的肯定评议，是符合诗义的。《左传·昭公十六年》："叔孙昭子曰：诸侯之无伯，害哉！齐君之无道也，兴师而伐远方，会之，有成而还，莫之亢也。无伯也夫！《诗》曰'宗周既灭，靡所止戾。正大夫离居，莫知我肄'，其是之谓乎！"所引《小雅·雨无正》与所言之事意义是相近的。

文学批评史家们历来最为注目的是《左传·襄公二十九年》的"季札观乐"。事实上在这里季札进行的是综合性的社会—艺术批评，而不是从文学上（即从"歌诗"中语言因素所表达的意义上）对《诗经》进行评论。除了史料价值外（比如关于《诗经》之编次等），它的最大意义并不在批评本身，而在于启发我们以综合艺术的有机构成这一观点来认识《诗经》和古人对于《诗经》的观念。

《左传》中明确提出了"诗以言志"的观点（《左传·襄公二十七年》语）。从《左传》中关于《黄鸟》等诗创作过程的记载及"赋诗言志"的实践来看，"诗以言志"显然包括了创作及运用两方面的意义在内。《左传》中"诗言志"的理论及实践，为该理论在中国诗论中的统治地位打下了坚实的基础。

《左传》中的一些零星记载，对历史上的《诗经》批评也有一定影

---

① 《毛诗正义》，阮元校刻：《十三经注疏》，第964页。

响。如《左传·成公九年》"乐操土风"、《左传·襄公十八年》"骤歌北风，又歌南风"、《左传·襄公二十九年》(关于秦风)"此之谓夏声，夫能夏则大……"等记载，对讨论《风》《雅》之得名有很大价值。前人虽曾述及，此处也不当遗漏。

《左传》作者往往以"君子曰"或"仲尼曰"为名，在书中发表一些议论。这些赞语式的议论中广泛地引用了《诗经》。如《左传·文公二年》："君子谓狼瞫于是乎君子。《诗》曰：'君子如怒，乱遮遄沮。'又曰：'王赫斯怒，爰整其旅。'怒不作乱，而以从师，可谓君子矣。"《左传·宣公九年》引孔子曰："《诗》云：'民之多辟，无自立辟。'其泄冶之谓乎！"《左传》作者的用《诗》，开了战国散文如《孟子》《荀子》用《诗》的先河。它不但说明了《诗经》在春秋末年、战国初年的学术地位，对于研究《诗经》与先秦散文的关系也有很大意义。

综上所述，《左传》这部材料赡富、记事翔实的珍贵历史典籍，与《诗经》有着非常密切的关系。虽然不能说它受到了《诗经》研究界的冷落，但多数问题确实未获深入的研究。即使若干曾是"热门"的话题，如"赋诗"等，其研究结论也尚有可商榷之处。至于它在《诗经》研究史上的地位，更遭忽视。国内已经出版的几部文学史、文学批评史，甚至《诗经》研究史专著，对此皆一笔带过。这种状况是颇为令人遗憾的。当然，本文所作的探讨也仅仅是初步的，还相当粗糙。其内容也主要在《左传》对于《诗经》研究的价值方面。至于《诗经》对《左传》的影响，则尚未涉及。在《左传》与《诗经》关系这个领域内许多有价值的专题，还有待另具专文评述。本文且权作引玉之砖，希望引起专家同好的兴趣。

（原载《甘肃教育学院学报》[哲学社会科学版] 1992 年第 1 期）

礼乐制度中的《诗经》文化本质
——《诗经三颂与先秦礼乐文化的演变》导论

　　《诗经》在中国文化史上有着极其特殊的崇高地位，就其对一民族文化的意义而言，超过历史上的任何一部诗歌总集。我们所进行的这项研究的目的之一，即在于具体阐明此种意义，并试图通过这一课题的讨论，说明中华民族基本文化特征形成过程的某些问题。

　　民族是"历史上形成的人们的共同体"[①]。在一民族的形成过程中，逐步形成该民族不同于他民族的独特民族文化。这是判断一个民族是否成熟的根本标志。一个成熟的民族，其民族文化不但具有鲜明的外部特征，而且具有强烈的内聚力，并在每一个历史时期中都能在保持其基本特色的同时不断更新自身，从而拥有强大的生命力。中华民族就是这样的一个民族，由于其民族文化内涵的丰富性，任何断代史式的论述均不足以全面阐述其特征，但无疑却有可能为更深入的研究提供有价值的材料和奠定良好的基础，尤其是其基本形成时期的研究，更是必不可少和富有意义的。

　　中华民族有五千年的文明史，然而其"原史时期"（protohistory）的历史，由于文献不足征，不便详述。较为简当的办法是，追溯到中华

　　[①]　中国社会科学院民族研究所编：《斯大林论民族问题》，民族出版社 1990 年版，第 26 页。

民族的直接前身——华夏族的形成。所谓华夏族概念的最早提出是在春秋时期，见于《左传》《国语》的记载。华夏亦称"华""夏""诸夏"等，是中原地区接受周礼的具有较高文化的诸族的总称。不具备以上条件的其他诸族则被称为"蛮夷戎狄"。可见周礼在文化上对华夏民族的维系作用及象征意义。当然，"华夏"与"夷狄"又是相对而言的，二者通过不断地交流而走向融合，因为周礼本身就是先秦诸族文化融合的产物。为了说明这一问题，下面我们稍稍追溯一下到春秋中期为止的华夏民族的形成过程及周礼的历史渊源。

从传说时代，我们在历史学中称为中原地区的黄河流域，就活动着许多部族、部落，他们是华夏族的先民。其中，最著名的是黄帝和炎帝两族。传说中的唐尧、虞舜及夏商周三代的先祖，据说都出自黄帝一族。同时，炎帝族也不断地通过婚姻、结盟和战争等方式，与黄帝族进行交往和融合。文献与考古发现都证实了三代文化是叠相承继的。孔子所说的殷周对于前代文化的继承绝非揣度之词。

武王克商，周人取代商的天下共主地位而成为政治上的正统，并以克商前后全面吸收、承继商文化而成为文化上的正统。殷周文化的异同前人做过不少研究。现在看来，更应注目于周人对前代文化成果的集成与改造加工。由于这种集成带有瓜熟蒂落的性质，所以周文化的发展从程度上来说十分惊人。古代文献和考古研究告诉我们，周人在青铜礼器制造、建筑艺术、文字等各个重要的文化领域都得益于商人的文化积累并充分发展之。周人与前代相比最明显的文化成就是周礼的制定与实施。

按照孔子的说法，周礼是周人鉴于二代而有所损益的结果。即我们前述包括加工、改造与完善的文化之集成，这完全可以从理论上加以证明。

礼是一个历史过程，它的萌芽随着原始人群的出现而出现。随着人类社会的发展，礼也逐渐完备。直到成文法出现前（中国成文法的形成以春秋中叶刑书、刑鼎的出现为标志），它一直是普遍适用的行为规范。在古代社会中，礼不但调整着人们直接的现实关系（法的关系、道德的关系），而且规范着人们非直接的现实关系（人神之间的关系等），并涉及除此之外的其他精神生产领域（如艺术、哲学等）、物质生产领域及人和自然的关系等。由于古代社会中人们的活动无不与礼相关联，使得礼在当时的文化诸因素中处于核心地位。礼的代代相袭，使其基本精神逐渐积淀于本民族的心灵深处，从而成为民族基本特征的文化心理基础。《礼记·乐记》说："王者功成作乐，治定制礼。"① 这是说在中国古代的每一个历史时期（往往与王朝的更迭相关联），礼都有其不同于前代的具体形态。作为中国古代社会中礼制典型的周礼，据说是武王克商后由周公制定的，周公由是被称为中国历史上的"圣人"之一。有关周公制礼的最早记载，见于《左传·文公十八年》季文子使大史克对鲁文公问：

> 先君周公制《周礼》曰："则以观德，德以处事，事以度功，功以食民。"作《誓命》曰："毁则为贼，掩贼为藏。窃贿为盗，盗器为奸。主藏之名，赖奸之用，为大凶德，有常无赦。在《九刑》不忘。"②

《礼记·明堂位》在叙述周公制礼这一重要历史事件时，又提到周

---

① 《礼记正义》，阮元校刻：《十三经注疏（附校勘记）》，中华书局 1980 年版，第 1530 页。

② 《春秋左传正义》，阮元校刻：《十三经注疏（附校勘记）》，中华书局 1980 年版，第 1861 页。

公作乐：

　　武王崩，成王幼弱，周公践天子之位，以治天下。六年，朝诸侯于明堂。制礼作乐，颁度量，而天下大服。①

　　上述记载虽系后儒根据传闻所作的追记，一些细节的真实性受到现代学者的怀疑，然而，考察礼、乐之间的关系，这一传说却完全符合历史的逻辑。

　　我们知道，礼包括具体的礼节仪式在内的"一系列制度、规定及贯穿其间的思想观念"②。周礼的主要内容，可以用"礼乐征伐"四字来概括。然而，人们一般称它为"礼乐制度"。礼乐联言，是由于二者之间有着极为特殊的关系。一方面，在狭义的礼，即祭祀、朝飨的顶礼膜拜和揖让周旋之间必有乐的规定③；另一方面，乐在礼的实践中又有独特的地位和作用。这主要是由于乐的自然属性和功能（节律、音响，发乎人性、感于人心）使其不仅能满足礼仪程序结构化的需要，而且能通过接受者个体的情感官能感受，使礼的精神潜移默化，深入人心。《礼记·乐记》所说"乐者为同，礼者为异；同则相亲，异则相敬"④，正是指出二者这种浑言则同，析言则异，互有区别，又互为表里的辩证关系。

　　作为礼的有机组成部分的乐，包括器乐、舞蹈（广义的舞蹈）和声

------

① 《礼记正义》，阮元校刻：《十三经注疏（附校勘记）》，第1488页。
② 李学勤：《古代的礼制和宗法》，《中国古代文化史讲座》，中央广播电视大学出版社1984年版，第123页。
③ 参见王国维：《释乐次》及所附《天子诸侯大夫士用乐表》，《观堂集林》，中华书局1959年版，第84—104页。
④ 《礼记正义》，阮元校刻：《十三经注疏（附校勘记）》，第1529页。

乐。而后者自然包括"诗"在内。所以,文献中又有"歌诗"[①] 的说法。

诗与乐的密切关系首先在于其自然属性与历史渊源。《毛诗序》对此曾有论述:

> 诗者,志之所之也。在心为志,发言为诗。情动于中而形于言,言之不足,故嗟叹之,嗟叹之不足,故永歌之,永歌之不足,不知手之舞之、足之蹈之也。
>
> 情发于声,声成文谓之音。治世之音安以乐,其政和。乱世之音怨以怒,其政乖。亡国之音哀以思,其民困。故正得失,动天地,感鬼神,莫近于诗。先王以是经夫妇,成孝敬,厚人伦,美教化,移风俗。[②]

就其萌芽与最初的发展而言,《毛诗序》关于诗歌与音乐关系的论述是正确的。所以古代的乐官,同时也是诗的记录者与保管者。《礼记·乐记》说:"乐师辨乎声诗,故北面而弦。"[③] 指的就是这种情况。

诗歌与音乐的各自发展,使两者在发达的形态上各有其独立性。所以诗与乐(狭义的乐)虽然具有共同的自然基础(感情、节律等),但诗的物质载体——语言与思维的一致性,使其在礼的构成与施行中具有特殊重要的地位。根据现存文献及其他材料,我们可以看到在周礼作为华夏民族共同文化规范的过程中,诗的作用非常巨大。由于其本身的

---

① 《左传·襄公十六年》语。《春秋左传正义》,阮元校刻:《十三经注疏(附校勘记)》,第 1963 页。

② 《毛诗正义》,阮元校刻:《十三经注疏(附校勘记)》,中华书局 1980 年版,第 269—270 页。

③ 《礼记正义》,阮元校刻:《十三经注疏(附校勘记)》,第 1538 页。

结构特点，其作用决非狭义的周礼所能概括，其影响也渐随时间的流逝而浸润于其他文化领域。

正如礼与乐的关系一样，诗与乐的关系也是浑言则同、析言则异的特殊关系。所以我们从诗与乐、诗与礼的关系史的角度来对其进行考察，可以发现《诗经》的自然史（"诗"的结集）与周礼相始终。诗的创作和规范应用与周礼的关系如下：一部分诗是应礼的需要而制作，成为礼的组成部分；另一部分也是在礼的规范下创作，在礼的规范下应用的，换言之，即是礼的具体实践。可以说，《诗》的形成即礼的成熟。所以随着周礼由成熟而走向崩溃，《诗》的发展也就停止了。这就是孟子所说的"王者之迹熄而《诗》亡"①。这一理论可以用来解释为什么《诗经》成书在春秋时期的礼乐崩坏之际。

《诗》与礼的特殊关系，使我们拥有了这种用来研究西周礼乐制度的可靠材料。具体的研究路线主要有两条：一是通过《诗经》的自然史——创作与成书过程来探讨周礼的渊源与历史；二是通过对《诗经》文本的阐释来解释周礼的性质、内容与演变。由于本书的体例及时间的促迫，许多问题，如《诗经》成书过程具体细节的探讨，《诗经》所体现的华夏文化统一性的进一步阐述，周代礼乐制度及其精神向后世传递的具体途径，诗与乐（狭义的乐）在华夏民族融合过程中各自的具体表现与作用等，或未能涉及，或语焉未详。如果条件许可的话，当在异日深入探讨之。由于印刷条件的限制，本书在引用出土文献时，尽量采用通行字体，特一并说明。

---

① 《孟子注疏》，阮元校刻：《十三经注疏（附校勘记）》，中华书局1980年版，第2727页。

田畯农神考

田畯一词，《诗经》凡三见，曰《七月》《甫田》《大田》。旧注皆释为田官。笔者读《七月》诸诗，以田官释田畯，颇觉扞格难通。今深入研究，以农神释田畯，则涣然冰释。于是知旧注并非确论，故撰此文，以就教于方家。

《诗·豳风·七月》："……三之日于耜，四之日举趾。同我妇子，馌彼南亩，田畯至喜。"《毛传》："田畯，田大夫也。"《郑笺》："同犹俱也……耕者之妇子，俱以馌来，至于南亩之中，其见田大夫，又为设酒食焉。"[1]

《诗集传》："我，家长自我也。馌，饷田也。田畯，田大夫，劝农之官也。……少者既皆出而在田，故老者率妇子而饷之。治田早而用力齐，是以田畯至而喜之也。"[2]

宋人如吕祖谦《吕氏家塾读诗记》，清人如姚际恒《诗经通论》、陈启源《毛诗稽古编》、崔述《读风偶识》、胡承珙《毛诗后笺》、马瑞辰《毛诗传笺通释》、陈奂《诗毛氏传疏》乃至段玉裁《说文解字注》、孙诒让《周礼正义》等，说皆与《传》《笺》略同。或以为"同我妇子"数句言耕者受饷于田间，田官见其劳作勤勉而喜；或以为饷田者兼为田

---

[1] 《毛诗正义》，阮元校刻：《十三经注疏》，中华书局 2009 年版。

[2] 朱熹集注：《诗集传》，中华书局 1958 年版。

官设酒食于南亩之中。要皆非是。

按《七月》诗中"同我妇子，馌彼南亩"的"同"字为介词。全句承上文省略了主语——"我"，"我"即是上文"于耜""举趾"的农人。此句意为"我同我的老婆孩子……"。如释"馌"为"饷田"，那么，此句即应译为"我同我的老婆孩子到南亩饷田"。这怎么讲得通呢？难道农人和他的老婆孩子一家在给自己送饭吗？《郑笺》释"同"为"俱"，盖将"同"字作副词，修饰"馌"字。然此说不合《诗经》用语之例，更不合文法。朱熹知《郑笺》此说难通，别释"我"为"家长自我"，尤为无据。"家长"从何而来？《毛诗稽古编》讥其"强安蛇足"①，不为无故。

我们以为《七月》诗中"同我妇子，馌彼南亩，田畯至喜"三句，所描写的是农人及其全家春耕开始时在"南亩"举行祭祀农神的野祭礼的情况。《说文》："馌，饷田也。"《段注》："《释诂》《豳传》皆曰：'馌，馈也。'孙炎云：'馌，野之饷。'"②是馌字本意为馈食。唯其所馌对象可以为人，也可以为神。所馌对象为人时，则为饷田之意，如《国语·晋语五》"冀缺薅，其妻馌之"；所馌对象为神时，则为祭祀。

《周礼·小宗伯》：

> 若大甸，则帅有司而馌兽于郊。

《郑注》：

---

① 陈启源：《毛诗稽古编》，文渊阁《四库全书》。
② 许慎撰，段玉裁注：《说文解字注》，上海古籍出版社 1988 年版。

 馌，馈也。以禽馈四方之神于郊，郊有群神之兆。

《贾疏》：

 云则帅有司而馌兽于郊者，谓田在四郊之外……四郊皆有天地
日月山川之位，便以兽荐于神位。①

《周礼·甸祝》：

 师甸，致禽于虞中，乃属禽，及郊馌兽。②

《郑注》《贾疏》皆与《小宗伯》略同。

 这里的"馌"就是馈神，或曰飨神、祭神。《七月》中"馌彼南亩"的"馌"字即是此义，即在"南亩"举行祭祀。这种祭神礼叫做"馌礼"。范文澜说："始耕举行馌礼，收获后举行飨礼，成康时还保持这种惯例。"③天子举行的馌礼又叫"籍礼"。《令鼎》：

 王大耤农于諆田，饣，王射，有司眔（及）师氏小子卿（合）射。④

 所谓"王大耤农于諆田"，就是说王在諆田举行"籍礼"。这种籍

---

① 《周礼注疏》，阮元校刻：《十三经注疏》，中华书局 2009 年版。
② 《周礼注疏》，阮元校刻：《十三经注疏》。
③ 范文澜：《中国通史简编》第 1 编，人民出版社 1965 年版。
④ 唐兰：《西周青铜器铭文分代史征》，中华书局 1986 年版。文字采用通行文字。

礼的仪式程序为：祭神、耕作、宴飨。详见《国语·周语上》"宣王不籍田千亩"条。

"馌"字此处既为祭神，所祭之神只能是农神田畯。《周礼·籥章》：

> 凡国祈年于田祖，吹豳雅、击土鼓，以乐田畯。

《郑注》：

> 田祖，始耕田者，谓神农也……郑司农（郑众）云："田畯，古之先教田者。"

《贾疏》：

> 此田祖与田畯所祈当同日，但位别礼殊，乐则同，故连言之也。[①]

可见，田畯与田祖为同飨之农神无疑。

春耕时要举行祭神的仪式，在祭祀时要以祭品荐神，以歌乐娱神，以祈神佑一年的收成。这种行为和思想，在今天看来也许是多余而可笑的，然而在古代却是农业生产过程中必不可少的一个环节。"祀，国之大事也。"（《左传·文公二年》）[②] 从古代文献和文物来考察，祭祀等宗教活动在古代社会生活中占有极重要的地位。祭祀的名目繁多，仪式隆

[①] 《周礼注疏》，阮元校刻：《十三经注疏》。
[②] 《春秋左传正义》，阮元校刻：《十三经注疏》，中华书局 2009 年版。

重，动辄祭祀，而且往往一事数祭。"民之大事在农。"（《国语·周语上》）① 农业收成的情况决定着人民生活的好坏、生命的安危，乃至决定着国家的命运，所以全社会对于农神的祭祀都特别重视。实际上，馌礼不但在春耕时要举行，在耨耘和收获时也要举行。② 当然普通农人所举行的祭祀农神的馌礼，不但规模、排场无法和天子之家相比，而且也没有史官为之记录，我们今天只能从古代文献一鳞半爪的记载和少数民族残存的风俗习惯中窥得其面貌。

既知田畯为农神而非田官，则"同我妇子，馌彼南亩，田畯至喜"三句就可获得合乎情理的译解：

> 我同我的妻与子，
> 南地举行春馌祭，
> 农神一定很欢喜。

显然，只有如此译解，"同我妇子"数句的辞意才能通顺。

我们对于《七月》所描写的时代的生产关系知道得还不十分清楚，但是从诗中的具体描写来看，当时有些农人对主人还有人身依附关系（如"采荼薪樗，食我农夫"），有的农人则已经有了自己的家庭（如"嗟我妇子……入此室处"）。从社会发展的一般规律来推测，当时个体家庭似乎已经在某种程度上作为生产单位出现了，所以在祭祀农神时要全家出动，以示隆重，以显其诚。为什么我们说"田畯至喜"是农神很高兴，而不是田官到来既受酒食，又见到农夫力田才欢喜呢？这是很容

---

① 徐元诰撰，王树民、沈长云点校：《国语集解》，中华书局2002年版。
② 参见杨宽：《"籍礼"新探》，收入《古史新探》，中华书局1965年版。

易明白的，上文已说明"馌彼南亩"是在南亩行祭，所祭的对象只能是农神，和田官当然不相干。而祭神首先要取悦于神，这就是《周礼·籥章》"以乐田畯"的意思。神是否高兴，人们当然无从知道，但首先是希望神高兴，其次是行祭人认为自己的行为已足以使神高兴，所以在祭祀时要唱出"田畯至喜"这样的吉祥语了。

我们对于祭祀在古代人们的生活中的重要性已有所了解。而《七月》是对周代农业生产经验进行全面概括的诗篇。诗中描述了农人全年的生产活动、生活情况，也谈到了当时的物候、民俗和社会制度。叙述全面，记录完整。如果在《七月》一诗中竟缺少了春耕之始举行馌礼祭祀农神这个重要关节的话，那么，这个记录立即就显得不完整了。由于祭祀在古代整个社会生活和全部生产活动中所处的重要地位，显然，这种缺陷是完全不可能产生的。

我们再对《甫田》《大田》两篇诗中的有关章节进行进一步的探讨，就更容易理解田畯是农神而非田官。这两篇诗都是祭歌，其内容是贵族主祭者——曾孙到南亩主持祭祀农神以祈求丰年。《甫田》第三章说：

> 曾孙来止，以其妇子，馌彼南亩，田畯至喜。攘其左右，尝其旨否……①

曾孙，是主祭贵族的专称。《礼记·曲礼下》："临祭祀。内事，曰孝子某侯某；外事，曰曾孙某侯某。"②《诗集传》"武王祷名山大川，曰有道曾孙周王发"是其例。《诗经·小雅·信南山》："畇畇原隰，曾孙

---

① 《毛诗正义》，阮元校刻：《十三经注疏》。
② 《礼记正义》，阮元校刻：《十三经注疏》。

田之。"《诗集传》:"曾孙,主祭者之称。"① 可见曾孙必是贵族主祭者无疑。诗中主人公既被称为曾孙,那么,他到"南亩"去的目的只能是祭神,他在"南亩"的活动只能是祭祀,而且是祭祀农神。所以"曾孙来止"四句,是说曾孙来了,还带着他的妻和子,到"南亩"举行馌礼祭祀农神,并取得农神田畯的欢心。这里的"以其妇子"数句,和《七月》的"同我妇子"数句意思基本相同,所不同处,仅在《七月》是以第一人称写的,而《甫田》则是以第三人称写的而已。二者同为祭祀农神,彼此可以互证。

贵族在祭祀农神时带上妻和子,这在古代是合于"礼"的。② 贵族有携妻带子祭神之礼,农人有携妻带子祭神之俗,上下同风,甚合情理。而若说曾孙携妇子共来饷田,或说接待田官,或说田官亦至而喜,皆去情理甚远。且《七月》《甫田》两篇中此数句文同而义亦同,若似旧说之各自依文立训,则大有乖于训诂之通例。

单就"曾孙来止"四句的分析就足以断言"曾孙"他们是在祭祀农神,再就下面"攘其左右,尝其旨否"二句观察就更清楚了。这里的"尝"字即《仪礼·特牲馈食礼》中"祝命尝食"的"尝"。古代祭祀荐神的食物撤下来以后,都要由参与祭祀的人分而食之,这是"礼",一定要遵守。《国语·周语上》:"膳夫、农正陈籍礼……王歆太牢,班尝之,庶人终食。"③ 意思是说天子籍田,膳夫和农正二位官员负责祭祀农神的仪式。仪式完毕之后,天子首先闻一下太牢(包括"三牲"的祭品)的香气,再由公、卿、大夫按照先贵后贱的次序品尝撤下来的祭

---

① 朱熹集注:《诗集传》。

② 参见皮锡瑞:《经训书院自课文》之"曾孙来止,以其妇子,馌彼南亩"条解,《皮锡瑞全集》,中华书局 2015 年版。

③ 徐元诰撰,王树民、沈长云点校:《国语集解》。

品，最后由庶人把剩下来的那些祭品全部吃完。庶人身份虽低，但由于参与了祭祀活动，就有资格分尝祭品。前面曾经说过，天子的籍礼与农夫的馌礼虽有繁简之分，而祭祀农神则同。《毛诗·甫田》孔疏说此数句是"上言馌、下言尝，皆饮食之事"[①]。其实我们看得很清楚，此数句恰恰是"上言馌、下言尝，皆祭祀之事"。《七月》诗中未言"馌"后之"尝"，盖由民歌叙事简练，未若贵族祭歌记事之一本正经也。故由此"尝"字，更足以证明"曾孙来止"数句是为祭神，而非接待田官。

《大田》一诗共四章，其尾章曰：

> 曾孙来止，以其妇子，馌彼南亩，田畯至喜。来方禋祀，以其骍黑，与其黍稷，以享以祀，以介景福。[②]

诗中说：曾孙携妻带子，来到南亩祭祀。除了祭祀农神而外，还祭祀了四方诸神。贡献给神的祭品有红毛的牛，黑毛的猪和羊以及黍稷等，以这些祭品祈求神赐予大福。《大田》此章所描写的内容，较之《七月》首章和《甫田》三章更为紧凑而单纯。其为祭祀农神是毋庸置疑的。"馌彼南亩，田畯至喜"等语，放在此诗中也更不可能作为他解。这个问题已经很清楚，我们在分析过《七月》和《甫田》以后，似乎没有必要再就此絮谈了。

我们注意到《甫田》《大田》两篇中所描写的是贵族的祭祀。《甫田》中提到祭祀时用了鼓、瑟之乐，《大田》中提到祭品用"三牲"。其规模与《七月》所写农夫举行的馌礼不可同日而语，但是此三篇诗中关

---

① 《毛诗正义》，阮元校刻：《十三经注疏》。

② 《毛诗正义》，阮元校刻：《十三经注疏》。

于祭祀农神的诗句用语却非常一致。《七月》用"同我妇子……",《甫田》《大田》用"以其妇子……"。这是因为此数句皆祭神时所唱的祭歌。"民间仪式歌就其艺术形式来说,一般都有较为固定的套式,它一般不允许即兴式的创作。因为对语言力量的信仰要求它尽量保存其产生时的口语形式。个别词句的增减也都是在这套式之内进行的。"① 其实上述情况并不限于民间仪式歌,官方的祭神仪式歌和祷词等的保存情况也是这样,所以我们说"同我妇子,馌彼南亩,田畯至喜"等语一定是祭祀农神的仪式中常用的祭歌中的吉祥套语。唯其如此,才得以在内容相类的诗歌中反复出现。这也是田畯必为农神的又一个佐证。

《诗经》中的田畯之为农神,非笔者所发明。宋人王质《诗总闻·甫田》注:"田畯恐亦是田神,若是田官,不当与大神同飨……《七月》略同辞。"② 惜乎其下文又有"君劳田畯,见之,却其左右而察其美否,与下通怀如此也"云云,则又与旧说妥协,功亏一篑。现代学者如闻一多(《诗选与校笺》)、杨公骥(《中国文学》第一分册)及笔者导师华钟彦教授皆有此议,而未及著文详说。

本文既已证明《诗经》三篇中所言田畯皆为农神,则再考察先秦典籍中所言田畯无一非农神。其有言田畯为农官而引此三诗为证者,皆因袭旧说之误。这便是我们的结论。我们认为这个结论对于中国历史和中国神话的研究都是有意义的。然笔者深知旧说之影响决非一日所能廓清,这项革旧翻新的工作的彻底完成,也非笔者学力所能为。此文权作引玉之砖,更深入透辟的研究工作,尚待贤者。

(原载《古典文学论丛》第四辑,齐鲁书社 1986 年版)

---

① 钟敬文主编:《民间文学概论》,上海文艺出版社 1980 年版,第 251—252 页。

② 王质:《诗总闻》,文渊阁《四库全书》。

论《王风·大车》

大车槛槛，毳衣如菼。岂不尔思，畏子不敢。

大车啍啍，毳衣如璊。岂不尔思，畏子不奔。

谷则异室，死则同穴。谓予不信，有如皦日。

（《诗经·王风·大车》）[①]

《大车》在《诗经》中算不得名篇。然而，就主题而言，它却是《诗经》研究中历来歧见最多的篇章之一。几乎每一个时期的重要研究者，对它都有不同的看法。撮其大要，有以下 7 种：

1. "息君夫人绝命之词"说（《鲁诗》）；

2. "刺周大夫"说（《毛诗序》）；

3. "淫奔者相命之词"说（《诗集传》）；

4. "妇人怨望之词"说（《诗总闻》）；

5. "从军周人讯其室家之诗"说（伪《诗传》、姚际恒《诗经通论》等）；

6. "夫妇被迫离异"说（高亨《诗经今注》）；

7. "女子对男子表示坚贞爱情"说（今人多从此说，贵州人民出版社《诗经全译》即主此）。

[①] 《毛诗正义》，阮元校刻：《十三经注疏》，中华书局 2009 年版。

经我们研究，这首诗所写的乃是一位女子对于不能实现的爱情的内心独白。她在诗中表达了自己对于爱情的向往，并以坚贞的誓言作为自己的精神寄托。

我们的研究结果，不但与古人诸说迥异，与今人持有的"女子对于男子表示坚贞爱情"说也有很大不同。为了全面论证我们的研究结果，有必要先对旧说进行一番清理。

旧有诸说中，"从军周人讯其室家之诗"说，显系无根游谈。"夫妇被迫离异"说，也只是高先生的猜测。二者皆可不论。"妇人怨望之词"说，不但是臆说，而且在名物训诂上皆采用《毛诗》的说法。今人"女子对男子表示坚贞爱情"说，也属《毛诗》说之衍变。故我们重点分析《鲁诗》与《毛诗》的谬误。

> 鲁说曰：……楚伐息，破之，虏其君，使守门。将妻其夫人而纳之王宫。楚王出游，夫人遂出见息君，谓之曰："……生离于地上，何如死归于地下乎？"乃作诗曰："谷则异室，死则同穴。谓予不信，有如皦日。"……君子谓夫人说于行善，故序之于《诗》。①

不难看出，《鲁诗》说的漏洞是比较多的。它非但不合诗意，其杜撰的本事与史籍相悖，而且又不符合《诗经》分国的体例。《左传·庄公十四年》载，楚灭息，"以息妫归，生堵敖及成王焉"②，与鲁说全然相反。后持鲁说者又生造"别一息夫人"。陈子展先生为此说集大成者。他说："《列女传》明言，适（嫡）妃与夫人为二。适妃为楚王所纳，

---

① 王先谦：《诗三家义集疏》，中华书局1987年版。
② 《春秋左传正义》，阮元校刻：《十三经注疏》，中华书局2009年版。

盖息妫也；夫人则行善守义自杀矣。"① 其实，《列女传》并未言嫡妃与夫人为二。从"嫡妃"与"夫人"的称谓上看，陈先生此说也大有问题。春秋时，国君的正妻统称为夫人，非正妻而受宠者至多"如夫人"而已，并未有妃与夫人异称之事。"妃"在当时为配偶之通称。国君的夫人可以称妃，一般人的妻子也可称妃。《左传·桓公二年》："嘉耦曰妃，怨耦曰仇。"② 依此原则，果有"别一息夫人"的话，死者为"嘉耦"，当称为"妃"，而苟活者何能称之？

再者，众所周知，《国风》乃各邦国之风。《王风》为东周王畿之诗，作者当是（东）周人，何得入息人之诗？魏源辩之曰："盖申息皆畿甸之国，且楚之北门而东周之屏蔽也。申息亡而楚遂凭陵中夏，故录戍申哀息二诗于《王风》，明东周不振之由，犹黎许无风而附于《卫》，见卫为狄灭也。"③ 魏源此辩根本不能成立之理由有二。其一，以地望言：息国根本不是周畿甸之国，而是陈蔡之南门，楚向东北方向扩张的跳板。申国位于南阳盆地，正当周之南屏。唯其如此，周人有戍申之役。《王风·扬之水》乃周人戍申者的咏叹，当然入《王风》。《大车》若为息夫人作，又焉能与之相比？其二，《载驰》为许穆夫人作。其入《卫风》并非因"见卫为狄灭也"，而是因为许穆夫人本卫人，其悼念故国之作，当然是以故国之"风"。所谓"乐操土风，不忘旧也"（《左传·成公九年》语）。《大车》果为息夫人作，依理当入《陈风》才是，何能列入《王风》？凡此种种，可见鲁说完全站不住脚。

对于《大车》的主题，《毛诗序》和《诗集传》一曰"陈古刺今，大夫不能听男女之讼焉"，一曰"周衰，大夫犹有能以刑政治其私邑者，

---

① 陈子展：《诗经直解》，复旦大学出版社 1983 年版。

② 《春秋左传正义》，阮元校刻：《十三经注疏》。

③ 魏源：《诗古微》，岳麓书社 1989 年版。

故淫奔者畏而歌之如此"。① 虽褒贬有异，而实质相同。俱以为此诗是写大夫巡行邦国听男女之讼，而致有情者兴叹。其根据则在于训"大车"为"大夫之车"、"毳衣"为"大夫之衣"、"畏子不敢"的"子"为"子大夫"。②

车服之制，是古代礼制的重要内容，故旧日说诗者首先论此。我们要彻底打破旧说，也须从此入手，故不惜篇幅，详论如下。

今考，"大车"是古代的一种运货车辆，并非载人的乘舆，更非大夫的专车。《周礼·考工记》有《舆人》和《车人》。舆人造乘舆，车人造大车。乘舆欲其乘载舒适安全，故论述详于车体的形制。大车用于载重运输，希其坚固可靠，故论述详于轮毂的制造。乘舆为便于上下，降低重心，故轮子较小。大车因重载越野之需，轮子造得较大。乘舆驾马，大车服牛。盖由乘舆求其气派速捷，而大车求其任重道远。

今存古代可靠典籍中凡言大车皆指货车，概莫例外。《周易·大有·九三》："大车以载。"《注》："任重而不危。"《疏》："大车谓牛车也。载物既多，故云任重。"③《诗经·小雅·无将大车》："无将大车，祗自尘兮。无思百忧，祗自疧兮。"《诗集传》："大车，平地载任之车，驾牛者也。"④ 体察诗意，甚是。以大车之重载比喻诗人心中重压的愁苦忧思，得诗人之旨。古人凡言运输，则车牛连言，盖因牛能负重，耐粗食，又不若马匹之贵重，故通常用于货车之牵引。《诗经·黍苗》："我任我辇，我车我牛。"《尚书·酒诰》："肇牵车牛远服贾，用孝养厥父

---

① 《毛诗正义》，阮元校刻：《十三经注疏》。
② 《毛传》："大车，大夫之车。……毳衣，大夫之服。天子大夫四命，其出封五命，如子男之服。乘其大车，槛槛然服毳冕以决讼。"《毛诗正义》，阮元校刻：《十三经注疏》。
③ 《周易正义》，阮元校刻：《十三经注疏》，中华书局 2009 年版。
④ 朱熹集注：《诗集传》，中华书局 1958 年版。

母。"① 皆为其例。

大车之轮较大，转动一周所需时间自然也较长；而牛行走的速度慢，再加上重载，所以它行驶的节奏显得慢且沉重。故诗中说"大车槛槛""大车啍啍"。"槛槛""啍啍"皆象其声。若载人之乘舆，因其载重量小，车轮也较小，驾驷马而行，所以行驶节奏就轻快多了。《小雅·车辖》"间关车之辖兮，思娈季女逝兮"②，以轻脆的"间关"之声衬托了诗人的愉悦心情。就象声词的运用而言，两诗皆妙。当然，它们所描写的情境是截然相反的了。

古代贵族官吏的乘舆上，必有鸾铃为车饰，所以人未到而鸾声先至。《诗经》中有 10 首诗 12 次提到这种情况。如"君子至止，鸾声将将"（《小雅·庭燎》）、"约軧错衡，八鸾将将"（《小雅·采芑》）等。《大车》若写大夫出巡，如何不闻鸾铃之声？又，礼制，贵族官吏出行，乘车当建有旌旗，旗上画有各自徽号。为公事出行者尤需如此（见《周礼·司常》）。《诗经》中例证极多。如《小雅·采菽》"君子来朝，言观其旂"，《小雅·出车》"出车彭彭，旂旐央央"，《小雅·六月》"织文鸟章，白旆央央。元戎十乘，以先启行"③，等等，不胜枚举。大车若为天子大夫出巡决讼之车，依《周礼》"皆画其象焉""官府各象其事"④ 的原则，当在车上建一大旗，旗上画一独角兽为徽号（按：该兽名廌，为法官的象征。《说文》"廌，解廌兽也。似牛，一角。古者决讼，令触不直者"⑤）。为什么大车上既无鸾铃又无旌旗？答案只有一个：大车绝非

① 《尚书正义》，阮元校刻：《十三经注疏》，中华书局 2009 年版。
② 《毛诗正义》，阮元校刻：《十三经注疏》。
③ 《毛诗正义》，阮元校刻：《十三经注疏》。
④ 《周礼注疏》，阮元校刻：《十三经注疏》，中华书局 2009 年版。
⑤ 许慎撰，段玉裁注：《说文解字注》，上海古籍出版社 1988 年版。

大夫之车。

古代礼制规定，贵族出行当服命服。命服是一种色彩、纹饰和形制都有一定规格的制服。《诗经》中常提到贵族穿着命服的派头。如《小雅·采芑》："方叔涖止，服是命服。朱芾斯皇，有玱葱珩。"命服是由天子或邦君所赐予的。《小雅·采菽》："君子来朝，何锡予之？虽无予之，路车乘马。又何予之，玄衮及黼。……赤芾在股，邪幅在下。彼交匪纾，天子所予。"① 是何等的荣耀和气派!《左传·襄公二十六年》："郑伯赏入陈之功，享子展，赐之先路三命之服。……赐子产次路再命之服。"② 命服不仅是一种特殊的荣誉，而且还是社会等级、社会身份的标记。所以古代贵族官吏在正式场合必定穿着命服。正因为如此，旧注就以毳衣为命服，从而证明服毳衣者为贵族官吏。《毛传》："毳衣，大夫之服。……天子大夫四命，其出封五命，如子男之服。乘其大车，槛槛然服毳冕以决讼。"陈奂《诗毛氏传疏》："《周礼·司服》：'子男之服自毳冕而下。'……是天子大夫亦与子男同服毳衣。故《传》云：'毳衣，大夫之服也。'"③ 从上可知，旧说以毳衣为命服的推理过程是这样的：首先确定《周礼·司服》中的"毳冕"为子男之服，再以"毳冕"为"毳衣"的同义词。从而证明服毳衣者为"子大夫"。我们略加分析，即可知此推断是错误的。错误的产生在于不明古礼而误读古书所致。查《司服》言："司服掌王之吉凶衣服。辨其名物，与其用事。祀昊天上帝则服大裘而冕；祀五帝亦如之；享先王则衮冕；享先公飨射则鷩冕；祀四望山川则毳冕；祭社稷五祀则希冕；祭群小祀则玄冕。"④ 首先，我们明

---

① 《毛诗正义》，阮元校刻：《十三经注疏》。
② 《春秋左传正义》，阮元校刻：《十三经注疏》。
③ 陈奂：《诗毛氏传疏》，中国书店 1984 年版。
④ 《周礼注疏》，阮元校刻：《十三经注疏》。

了，《司服》所言之"吉凶衣服"是有专指的特别服装，而非常服。"吉服"是祭祀时所穿着之专用礼服；"凶服"是丧礼时穿着之专用礼服。"毳冕"即在"祀四望山川"时穿戴。《大车》一诗中所述既非庄重的祭坛，其中人物当然不会穿着祭服。其次"毳冕"就是以"毳"这种原料，或以"毳"这种制法制成之冕（这里实际上兼有上述两种含义）。"毳衣"则是以"毳"制成之衣。关于其形制用途，兹考辨如下。

《说文》："毳，兽细毛也，从三毛。"① "毳"又指兽毛板结成毡状。《周礼·天官·内饔》："羊泠毛而毳。"《郑注》："泠毛，毛长总结也。"② 《礼记·内则》："羊泠毛而毳。"《郑注》："泠，结毛如毡也。"③ 《周礼·掌皮》："共其毳毛为毡。"④ 由此可见，毳衣不仅以兽毛制成，而且是以运轴擀制的方式制成的一种毛毡类服装。毳冕亦如之。应当指出这里所谓的兽细毛，只是相对于牛马毛之类较更粗的兽毛而言。《天工开物》对此有所解释："凡绵羊有二种，一曰蓑衣羊，剪其毳为毡为绒片。……古者西域羊未入中国，作褐为贱者服，亦以其毛为之。褐有粗而无精。"⑤ 结合各方面综合考察，毳衣的形制用途颇类似今天彝族人民人人使用的"擦尔瓦"，或旧日车老板用的蓑衣。它当是较下层人们行旅中用来御雨雪蔽风寒的披风之类。我们说毳衣为较下层人们所用，有两个理由：一是上层人士的披风在质料上要高级得多。如《左传·昭公十二年》所载"翠被"之类。二是贵族之乘舆自有御雨雪的设备（车上有盖，车厢亦以革或席蔽之，或有帷幔。见《诗经》中的《齐风·载

---

① 许慎撰，段玉裁注：《说文解字注》。

② 《周礼注疏》，阮元校刻：《十三经注疏》。

③ 《礼记正义》，阮元校刻：《十三经注疏》，中华书局 2009 年版。

④ 《周礼注疏》，阮元校刻：《十三经注疏》。

⑤ 宋应星：《天工开物》。

驱》《卫风·氓》《小雅·采芑》以及《周礼·考工记》和《尔雅·释器》等。秦始皇陵出土铜车马，车盖与车辕连为一体，类似今日客车车厢）。马瑞辰《毛诗传笺通释》疑毳衣为大夫巡行所用[①]，不确。

从诗中提供的材料分析，毳衣也当是一种较为低级的服装。关于毳衣的外貌，诗中说是"如菼""如璊"。按"如璊"当作"如穮"（见《说文段注》）。"穮"是初生的谷苗，"菼"是初生的芦苇。穮发红，菼发青。"如菼""如穮"的描述，表明毳衣的颜色是一种发红头儿的青色。即今天商业、纺织业中的术语"杂色"。从视觉效果来看，还含有另一层意思。就是说毳衣毛茸茸的外观象成片芦苇和谷苗的初生之状。今天用来形容草地平整的成语"绿草如茵"与之有异曲同工之妙。《诗经》中贵族的"衮衣绣裳"（《豳风·九罭》）、"采采衣服"（《曹风·蜉蝣》）绝非"如菼""如穮"的毳衣可比。

我们前边说过，毳冕是毳制的冠冕，为天子在祀四望山川时所用。也许有人问，毳衣既然是一种粗制的质朴服装，毳冕在质料上与之相同，也应是一种并不贵重的冠冕，为什么天子诸侯要在庄重的祭坛上穿着它呢？这是我们要特别说明的。

古代礼俗，包括衣着在内的各种仪节，都有悠久的历史传承关系。不同种类的祭祀，所穿服装的形制有所不同。但有一点是共通的，即都不同程度地保存了上古时人们衣着的质朴面貌。《周礼·司裘》："司裘掌为大裘，以共王祀天之服。"《郑注》："郑司农云，大裘，黑羔裘服。以祀天，示质。"[②] 其实，不光是祭祀，在其他一些典礼性的场合，只要其仪式表现出较为浓烈的传统性，往往也有穿着先民质朴古服的规

---

① 参见马瑞辰撰：《毛诗传笺通释》，中华书局1989年版。

② 《周礼注疏》，阮元校刻：《十三经注疏》。

定（参见《仪礼·士冠礼》及《郑注》、《白虎通·绂冕》等）。《说文段注》："《太平御览》引《世本》曰：'黄帝作旃冕。'"① "旃冕"即"毡冕"，亦即"毳冕"。可见毳冕是一种很古老的冠冕。天子在祀四望山川的重大祭祀中戴毳冕也就不奇怪了。

旧注说《大车》的第三个关键是将"畏子不敢"的"子"释为"子大夫"②，即为子爵级别的大夫。我们前面已从服制训释上证其虚妄。下面再从《诗经》用字之例及本诗上下文意来论证其非。

据我们统计，《诗经》中"子"字共出现 455 次，无一例可训为子男。单独成词时，"子"字最基本的用法之一是作为单数第二人称代词。女子往往以之称呼自己的丈夫或情人。如"青青子衿"（《郑风·子衿》）、"与子偕老"（《邶风·击鼓》）、"子无良媒"（《卫风·氓》）等皆为其例。其上句言"岂不尔思"，下句言"畏子不敢"或"畏子不奔"，"尔"与"子"皆第二人称代词。变换代词的用意是避免用字重复，使文气生动活泼。这是诗歌中常见的修辞手法。在《诗经·郑风》中，我们找到了一个极好的例证。《郑风·东门之墠》在主题及表现方式上与《大车》都很相似，故全录如下：

> 东门之墠，茹藘在阪；其室则迩，其人甚远。
> 东门之栗，有践家室；岂不尔思，子不我即。③

这也是一篇有关爱情的内心独白。第一章以"东门之墠，茹藘在阪"起兴，引发出对情人的思念和怨悱之情。第二章以"岂不尔思，子

---

① 许慎撰，段玉裁注：《说文解字注》。
② 《毛诗正义》，阮元校刻：《十三经注疏》。
③ 《毛诗正义》，阮元校刻：《十三经注疏》。

不我即"为结，表现了女主人公对爱情的渴望与女性的矜持纠缠在一起的矛盾心理，第四句中的"子"，即第三句中的"尔"，皆为女主人公情人的代称。全诗的章法、句式与《大车》极为相似。然而《东门之墠》中女主人公与其情人的爱情纠葛，看来只是国人男女青年个人之间的矛盾。而《大车》的情形则有所不同，其区别我们将在下文详细讨论。

以上我们用了较大的篇幅将旧说基本清理一过。在解决了诗中关键名物的训释问题之后，旧说自然攻破，不必再逐家详论其非了。下面，我们将通过对诗篇本身的分析，论证我们前面的结论。

首先，我们要弄清《大车》中女主人公及其情人的社会身份。女主人公的身份比较容易确定，可以肯定是东周的国人女子。因为国风是邦国之风，也就是国人之诗。《大车》的女主人公作为诗的抒情主体，不会是其他社会身份。男主人公的社会身份较难于确定，但也是有线索可供分析的。

从诗中描述的场景来看，这位男子正穿着长途行旅所需的毛毡披风（毳衣），驾着一辆牛拉货车。从沉重的车行声看来，显然还满载着货物。那么，他所从事的社会活动，用今天的话来说，就是长途运输。由于古代社会中运输业尚未从商业活动中分离出去（战争等所需的大规模运输又当别论，而且它也不能是个人的活动），所以我们可以进一步确认，他是在进行长途贩运活动。那么，他的社会身份只能是商人。

商人在古代社会中的地位如何？《左传·襄公十四年》："天子有公，诸侯有卿，卿置侧室，大夫有贰宗，士有朋友，庶人、工、商、皂、隶、牧、圉皆有亲昵，以相辅佐也。"① 在这个塔式的社会结构中，士以

---

① 《春秋左传正义》，阮元校刻：《十三经注疏》。

上属于贵族，可统称为"国人"。"皂、隶、牧、圉"是奴隶身份。"庶人、工、商"是介乎二者之间的社会成员，他们具有独立的（有时还相当优越）经济地位，具有自由的人身；但相对于国人贵族而言，又是次等的社会居民。不但如此，商人的身份还是世代相袭，不许改变的。《国语·齐语》载有管仲对齐桓公的一段话，大意是说，治民的办法，就是要使四民（士、农、工、商）永操其业。这实际上只是限制工商的社会地位，使他们永远处在下层。因为"农"的经济地位虽然不高，但"其秀民之能为士者，必足赖也"[①]，有一定的政治前途。所以从这个意义上说，商人是古代社会中特殊的"贱民"。

商人的这种低下的地位，有两个根源。其一是种族原因。大家都知道，"商人"一词来源于殷商旧民。周灭殷后，把大批殷"顽民"迁到成周附近。周王朝一方面对这些胜国之民警惕和歧视；另一方面，由于种种原因，又给予出路。从事商业活动就是商人特许的经济活动之一。前引《酒诰》"肇牵车牛远服贾，用孝养厥父母"，就是周人对商人从事贸易活动的训令和特许状。"商人"后来竟成为从事贸易活动的人们的专用代名词，即可见这个特许状并不是一纸空文。商人又有移居他邦的，其政治地位仍大略如旧。《左传·昭公十六年》郑子产曰："昔我先君桓公与商人皆出自周，庸次比耦以艾杀此地。斩之蓬、蒿、藜、藋而共处之。世有盟誓，以相信也。曰：'尔无我叛，我无强贾。……'恃此质誓而能相保于今。"[②]可见，直到春秋晚期，商人仍不能摆脱政治上的附庸地位。其二，由于中国小农经济占统治地位的生产方式及由此而产生的以农为本的社会政治观念，商人受歧视的情况难以改变并一直持

---

① 徐元诰撰，王树民、沈长云点校：《国语集解》。

② 《春秋左传正义》，阮元校刻：《十三经注疏》。

续到近代，从而在中国的民族心理上打下了深刻的烙印。

明确了男女主人公各自的社会身份以后，就比较容易理解诗中男女二人各自不同的表现了。女主人公是热烈和大胆的，而男主人公则畏首畏尾、裹足不前，做了爱情的逃兵。他的行为与《诗经》中贵族国人男子在情场上的表演形成了鲜明的对照（比较《郑风·将仲子》等）。这并非完全由个人性格使然，而主要是由社会制度及其他历史条件所决定的。在他面前，有一道不可逾越的垣墙，就是古代社会中森严的等级制度。具体说来，就是周代贵族国人的等级内婚制。①

那么，《大车》的女主人公为什么会爱上一位商人呢？除了妙不可传的男女个人的感情沟通外，还有经济和文化因素。

从文化水平上说，商人给人的总印象是俗不可耐、胸无点墨。而周代的商人则有所不同。从文化传承来说，商人原有比周人发达的文化，这是人所共知的事实。而春秋时代，商人往来的郑、卫各地又有高度发达的城市经济和文化。魏源曾分析当时的情形说："三河为天下之都会，卫都河内，郑都河南，……据天下之中，河山之会，商旅所走集也。商旅集则货财盛，货财盛则声色辏。……春秋之郑、卫，亦犹后世之吴越。人物美秀而文，文采风流照映诸国。"②从诗中提供的材料，我们无法判断《大车》的男主人公究竟是郑商还是卫商，抑或是东周本土的商人。但由于职业关系，他肯定经常往来于那些"人物美秀而文，文采风流照映诸国"的经济文化发达地区。这样的男子比那些足不出乡的土著男子对女人显然更有吸引力。

这就是造成《大车》女主人公爱情悲剧的历史条件：一方面，春秋

① 参见杨宽《古史新探》有关章节，中华书局 1965 年版。
② 魏源：《诗古微》。

时代青年男女交往比较自由；另一方面，婚姻关系却只能建立在同一社会等级内部（所以《大车》女主人公所希望的也只能是跟情人私奔，而非合法的婚姻关系）。一方面，随着社会经济的发展和宗法制的逐步瓦解，人们的许多观念正在发生变化（国人女子在西周初年是绝不屑也不敢去爱一个商人）；另一方面，旧的礼俗与现实社会关系又继续约束着人们的行为。这就是《大车》男女主人公能够彼此相爱却不能结合的原因所在。

这样，在我们面前，就展现出这样一幅周代社会的民俗画面：在一个晴朗的春日，一位少女伫立在大道旁的山坡上。山坡下，一辆满载货物的牛车，正槛槛地驶向东方。赶车的男子，身披毛毡披风，急急赶路，并没有发现少女的凝视。而少女的神情，由于离我们较近，所以看得清楚。那神色中有爱的渴望，又有悲伤和哀怨，还有一种则是我们无法确切描述的，它应是绝望与决断的混合体。"谷则异室，死则同穴。谓予不信，有如皦日。"女主人公内心的爱情独白，不仅是她本人的感情寄托，实际上，也是一种个性化的、对于男女婚姻自由的社会期待，含有不尽的余味。

无论从艺术上看，还是从思想价值与认识价值来看，《王风·大车》在《诗经》的诸多情诗中都堪称佳篇。然而由于旧说的谬误，却使这颗艺术明珠蒙上了层层尘埃，妨碍它射出自己的璀璨的光芒。我们以上结合较为广泛的文化背景，对它进行了初步研究，可以说基本上还予了它本来的面貌，但这也还是一个开始。无论是对这首诗，还是对《诗经》的所有情诗乃至全部《诗经》的研究，都还有待于进一步地深入开展。

（原载《东北师大学报》[哲学社会科学版] 1989 年第 2 期）

说《曹风·候人》

　　《曹风·候人》历来被认为是刺诗。而被刺者为谁，则众说纷纭，莫衷一是。旧说以为是刺曹共公。《诗序》说："《候人》，刺近小人也。共公远君子，而好近小人焉。"[①] 依《毛传》《郑笺》的解释，"候人"喻贤者处低位；"三百赤芾"指小人而处大夫之位者达三百人。三家《诗》及《诗集传》等皆说同《毛诗》。今人治《诗经》者，多不离其窠臼。有全同《毛诗》者，如陈子展先生（见陈著《诗经直解》）。更多的是小异而大同者。兹列举影响较大者数家的说法如下。

　　一、高亨《诗经今注》："这是一首同情下级小吏，谴责贵族官僚的讽刺诗。"[②]

　　二、余冠英《诗经选》："这首诗写的是对一位清寒贫苦的候人的同情和对一些'不称其服'的朝贵的讥刺。"[③]

　　三、程俊英《诗经译注》："这是曹国没落贵族讥刺新兴人物的诗。"[④]（按：程说系采自郭沫若著《中国古代社会研究》）

　　以上可统称为"政治讽刺诗"说。此说的具体内容虽各有异，但

　　① 《毛诗正义》，阮元校刻：《十三经注疏》，中华书局 2009 年版。下引《毛诗》序、传、笺、疏，均据该本，不另出注。
　　② 高亨：《诗经今注》，上海古籍出版社 1980 年版。
　　③ 余冠英：《诗经选》，人民文学出版社 1979 年版。
　　④ 程俊英：《诗经译注》，上海古籍出版社 1985 年版。

有两点是相同的，即：判定"候人"与"三百赤芾"者为两人（或两种人），并训"季女斯饥"为"（候人的）幼女挨饿"。

近人闻一多先生说此诗与诸家迥异。他认为，《候人》所写的是"一个少女派人去迎接她所私恋的，没有迎着。……若要摹仿作序者的腔调，我们便应当说'《候人》，刺淫女也'"①。闻一多先生所述之理由有三。

一、"在《国风》里男女间往往用鱼来比喻他或她的对方"。也有"虽不露出鱼字，而意中皆有鱼。《候人》的'维鹈在梁，不濡其味'，正属于这一例"。"诗的意思是以鹈不得鱼比女子没得着男人。"诗中又"称男女之大欲不遂为'朝饥'，或简称为'饥'"。

二、《鄘风·蝃蝀》中"朝隮于西，崇朝其雨"，与《候人》中"荟兮蔚兮，南山朝隮"，"原是一回事"。因而"《蝃蝀》的女子是奔女，《候人》的女子也必与她同类了"。

三、以《吕氏春秋·音初篇》所载《候人歌》事与《曹风·候人》相比，认为"曹女派'三百赤芾'的'候人'去候她的男子，涂山氏令其妾去候禹"，候的目的都是为解决性的要求，"候的方法也同"。"所以诗人即旧传《候人歌》的典故来咏曹女。以古《候人歌》证曹《候人》诗。涂山氏的行为既有招物议的余地，则曹女的行为可以想见了。"

闻一多先生此说可称为"爱情讽刺诗"说。

与"爱情讽刺诗"说相比，"政治讽刺诗"说目前尚被广泛接受，但它存在的问题是很多的。首先，它将"候人"与"三百赤芾""不称其服"的"彼其之子"定为两人（或两种人），使诗篇在文气上不能贯

① 闻一多：《高唐神女传说之分析》，《闻一多全集·神话与诗》，生活·读书·新知三联书店 1982 年版。本文所引闻一多观点均见此文，不再另外说明。

通。"彼其之子"一语在《诗经》中凡五见，除《候人》外尚有下例：

一、《王风·扬之水》："扬之水，不流束薪，彼其之子，不与我戍申。……"（一章）

二、《郑风·羔裘》："羔裘如濡，洵直且侯，彼其之子，舍命不渝。"（一章）

三、《魏风·汾沮洳》："彼汾沮洳，言采其莫，彼其之子，美无度。……"（一章）

四、《唐风·椒聊》："椒聊之实，蕃衍盈升。彼其之子，硕大无朋。……"（一章）

从上举各例来看，"彼其之子"一语在《诗经》中所指代的均是上文已提到或意指过的对象。在《候人》中，"彼其之子"所指代的即应是上文中"何戈与祋"的"候人"，而非其他人。"三百赤芾"亦应如高亨先生所说，言其"官服三百"。[①] 此言其衣服之盛，方与下文"不称其服"相呼应。

其次，此说需将"不遂其媾"一句破字讲解。《毛传》："媾，厚也。"《郑笺》云："遂犹久也。不久其厚，言终将薄于君也。"《传》《笺》在这里破字讲解而又不能使文句遂顺的训诂，是不可取的。旧说将"荟兮蔚兮，南山朝隮"等句解为"小云升于南山不能为大雨"，"天无大雨则岁不熟，而幼弱者饥"（见《郑笺》），固然牵强之极，今人将"季女"释为"（候人的）幼女"也很不妥当。按"季"训"少称也"。《诗经》中所称为"季"或"季女"的都是已成年的青年男女，概无例

---

① 高亨：《诗经今注》。

外。如：

《魏风·陟岵》："母曰：嗟，予季行役。"诗中的母亲称其少子为
"季"。该"季"已能行役在外，显非幼年可知。

《召南·采蘋》："谁其尸之，有齐季女。"此"季女"被公认为贵族
家中行将出嫁的女儿，显亦系成年。

《小雅·车辖》："间关车之辖兮，思娈季女逝兮。匪饥匪渴，德音
来括。……辰彼硕女，令德来教。……"这位高大健美而怀有"令德"
的"季女"，行将成婚，也是一位成年人。

《诗经》以外的文学作品中，也有些例子，可为旁证。如《高唐赋》
中的"季女"。《高唐赋》中的神女自云："我帝之季女，名曰瑶姬，未
行而亡，封于巫山之台。闻王来游，愿荐枕席。"[①]这位"季女"能"荐
枕席"，可见亦非幼女。

综观上举各例可知，《候人》中的"季女"既非"民之幼弱者"，也
非"幼女"，而是"青春少女"之意。（闻一多说："凡《诗》言季女皆
将嫁未嫁之女。"）

再次，今人持"政治讽刺诗"说者，知《传》《笺》所谓"小云升
于南山不能为大雨"云云实不可通，而己说又不能将"荟兮蔚兮，南山
朝隮"二句与诗篇内容有机联系起来，故将之置而不论，从而使诗篇的
完整性受到了损害。这两句诗又是解读全诗的关键之一（说详后）。

由"政治讽刺诗"说之不通，益可见闻一多"爱情讽刺诗"说之较
长。闻一多治《诗经》，以精审的训诂为基础，又引进民俗学的方法，
不囿于成说，多有创见。尤其是说情诗，往往勾玄探幽，发前人所未
发。其研究方法与成果，可以《诗新台鸿字说》《高唐神女传说之分析》

---

① 萧统编，李善注：《文选》，上海古籍出版社 1986 年版。

与《说鱼》等为代表。而后两文皆论及《候人》一诗。

闻说《候人》的主要论点及论据，已见前引，其破旧立新的意义，自不待言。唯他在上述两文中着力阐述的是研究神话与诗的方法，对《候人》一诗的具体内容的分析，则因为未遑详考而意有未达，甚或有误解之处。

首先，闻一多先生以《候人》诗比附《候人歌》并不妥当。他的这个想法显系受篇名影响而产生的误解。考之《候人》全诗，并没有迎候某人的描写。"候人"在此诗中乃是一位"何戈与祋"的武官。《诗经》往往取首句二字为篇名，略无深义。《候人》诗与《候人歌》篇名相同，只是偶合而已。《诗经》中诸多篇名如《黄鸟》《羔裘》《甫田》等也不止一次出现，而其内容相互并不必有关。又闻一多先生以为"《楚辞·天问》述这故事颇有微词"。而实际上，《天问》所说"禹之力献功，降省下土四方，焉得彼涂山女，而通之于台桑？"①只是对传说中禹的有关事迹有所疑问。退一步说，充其量不过是对禹本人的责备罢了。矛头并不曾对着涂山氏。闻一多先生说："我想淫湎的罪名加在禹身上不如加在涂山氏身上为较公允。"这只是他个人的观点。在他以前的古人并不这样看。至少屈原在《天问》中对涂山氏并未有微词。所以，用《天问》中的话来判定《候人歌》的性质，再以之为《候人》诗"刺淫女"之证，并不能成立。

其次，闻说以《鄘风·蝃蝀》与《候人》相比较，认为二诗性质大致相同，"因而《蝃蝀》的女子是奔女，《候人》的女子也必与她同类了"。其实，两诗相比，大不相同。《蝃蝀》中以"乃如之人也，怀昏姻也，大无信也，不知命也"这样严厉的话语直斥女主人的私奔行为；

---

① 洪兴祖撰，白化文等点校：《楚辞补注》，中华书局 1983 年版。

而《候人》一诗中的女主人公并无任何指斥，反而用"婉兮娈兮，季女斯饥"这样怜爱同情的笔调来描写女主人公的不幸。两者的区别是明显的。

闻一多先生认为《蝃蝀》中的"朝隮于西，崇朝其雨"与《候人》中的"荟兮蔚兮，南山朝隮"，"原是一回事"，因为"《候人》的朝隮也能致雨"。这是闻先生的另一论据。闻先生认为，包括云、雨、鱼、水等兴象在《诗经》中往往隐喻人们的性关系或性心理。这些说法在学术界得到许多人的同意。但在这里，闻先生的高明见解绝掩盖不了他的一个重大逻辑错误。《蝃蝀》与《候人》所描写的社会现象，固皆属于恋爱婚姻这个较大的范畴，但《蝃蝀》写女子私奔，它直接违反了古代社会中婚姻制度的具体规定，为社会舆论所谴责是当然的。而《候人》所写的只是男女青年之间的恋爱关系，这在古代社会中是不受禁止的（或约束较少的）。《诗经》中的许多篇什都证明了这一点。闻先生上述判断的错误，就在于他没有将二者区分开来。《国风》时代男女间恋爱较为自由，而具体的婚姻关系的建立则受到较为严格限制的这一事实，为大量文献记载所证实。① 它决定了社会舆论对于《蝃蝀》与《候人》两首诗中女主人公的不同态度。

根据我们的研究，《候人》一诗所刺的对象是那位担任"候人"官职的青年男子。诗中谴责他朝三暮四、抛弃情人的行为，并对失恋的"季女"表示了同情。上述分析的若干证据，实际已在批驳诸家的议论中有所陈述。为了简明起见，我们先把自己的研究结果以译文的形式写在下面，然后再加以若干必要的补充说明。

---

① 参看本书《论〈王风·大车〉》一文。

原文	译文
彼候人兮，	那位候人官，
何戈与祋。	扛着戈与祋。
彼其之子，	我们讲的这位，
三百赤芾。	穿着漂亮高贵。
维鹈在梁，	鹈鹕站在鱼梁上，
不濡其翼。	不湿它的翅膀。
彼其之子，	我们讲的这位，
不称其服。	身份打扮不相当。
维鹈在梁，	鹈鹕站在鱼梁上，
不濡其咮。	不湿它的长喙。
彼其之子，	我们讲的这位，
不遂其媾。	初有成言又变悔。
荟兮蔚兮，	林木浓郁的南山上，
南山朝隮。	一早云霞满天飞。
婉兮娈兮，	美丽可爱的少女，
季女斯饥。	伤春之心令人悲。

　　杨公骥先生在《〈诗经〉、〈楚辞〉对后世文学形式的影响》一文中曾指出，《诗经》中的一些诗篇在章法上使用"起、承、转、结"这一格式。[①]《候人》一诗也可以说是一个典型的例子。这首诗的第一章先写"候人"的身份与其穿着，第二章点出他"不称其服"。"不称其服"一

---

　　① 杨公骥：《〈诗经〉、〈楚辞〉对后世文学形式的影响》，《东北师大学报》(哲学社会科学版) 1986 年第 5 期。

方面是说他的外表和为人不相称，也可以说是服装和地位不相称。《国风》时代，一方面服制有相当严格的规定；另一方面，僭越的事已屡有发生。按照传统的说法，"赤芾"为大夫以上服，而"候人"为"士"的身份。"士"而着"三百赤芾"当然是一种逾礼的僭越，所以说他"不称其服"。我们说这句话还含有骂其外表和为人不相称的意思，是因为"不称其服"这句话本身的确含有诅咒的意味。《左传·僖公二十四年》："服之不衷，身之灾也。《诗》曰：'彼其之子，不称其服。'"《左传·襄公二十七年》："叔孙曰：'豹闻之：服美不称，必以恶终。'"① 那么《候人》一诗中为什么用"不称其服"这样的话来骂"候人"呢？第三章中说明了因为他半道变卦，反悔了婚姻之事。"不遂其媾"，就是这个意思。"遂"字训"成"，并特指完成某件正在进行的活动。《邶风·泉水》："问我诸姑，遂及伯姊。"（问候亲人这一活动，从"诸姑"起，终于"伯姊"）《小雅·大田》："雨我公田，遂及我私。"（雨从公田下起，也要惠及私田，方为完满）《吕氏春秋·乐成》："臣虽死藉，愿王之使他人遂之也。""王乃使他人遂为之。"② （史起治水有始而不能有终，愿王使他人完成之，王终于使他人继成其事业）"不遂"就是事情半途而废，没有完成。"媾"，是婚媾、婚姻。"不遂其媾"，就是毁弃婚约，使婚姻不能实现之意。第四章指出，由于上述原因，使"季女"春心难慰，十分痛苦。全诗脉络清楚，一气贯成。今既得正解，愈可知旧说之捍格难通，就在于曲解了诗意，又不明该诗章法之故。

最后，我们认为应该提一下袁梅同志的观点。袁梅同志的《诗经译注》广泛汲取各家之说，亦颇有自己的见解。关于《候人》一诗也是

---

① 《春秋左传正义》，阮元校刻：《十三经注疏》，中华书局 2009 年版。

② 许维遹：《吕氏春秋集释》，中华书局 2009 年版。

这样。在《候人》的题解中，他说："这位女歌者爱上了一位青年武士，渴望得到那人的垂青，永结同心，那武士却不解风月，她便感到如饥如渴，情急难堪。"① 他的这个说法显系来自闻一多，只是不再认为是刺"曹女"而已。而且此说又增加了新的问题。一是忽视了"不称其服"一语的明显贬意，从而没有指出此诗对于"不遂其媾"的"候人"的刺责。二是认为此诗是以女主人公身份唱出，从而与第四章内容明显相违（第四章显系第三人称述事语气）。故为我们所不能同意。我们既已阐明了自己的见解，对目前主要的几家说法，亦有所驳正。限于篇幅，对大同小异的其余各种说法，不再一一述及，这想是读者能谅解的。

（原载《沈阳师范学院学报》[社会科学版] 1989 年第 4 期）

---

① 袁梅：《诗经译注》，齐鲁书社 1980 年版。

先秦君子风范与《曹风·鸤鸠》篇的解读

对于《曹风·鸤鸠》的诗旨，学术史上有不同的认识。陈子展《诗经直解》中说，此诗主题"歧解之多，争论之烈，头绪紊乱，不可爬梳，在《诗》三百中亦为突出之一篇"①。关于《鸤鸠》篇的各家观点，大致可分为"刺诗说"和"美诗说"两类，各持己论，仍有分歧。关于诗中"其仪一兮""其仪不忒"两句的解读和最为关键的"仪"字的解释，历来说法众多，莫衷一是，给我们的讨论留下了巨大的空间。为论述方便，我们先将《鸤鸠》篇全文移录如下：

鸤鸠在桑，其子七兮。淑人君子，其仪一兮。其仪一兮，心如结兮。

鸤鸠在桑，其子在梅。淑人君子，其带伊丝。其带伊丝，其弁伊骐。

鸤鸠在桑，其子在棘。淑人君子，其仪不忒。其仪不忒，正是四国。

----

① 陈子展《诗经直解》中列举了关于本篇的几种解释：讽刺曹共公依附霸主，妄自尊大，犹复二三其德，执义不一而作；美君子之用心平均专一，而不指实君子为何等人，如《朱传》是；美开国贤君曹叔振铎；曹叔振铎训诫子孙之作；曹人美晋文公使曹伯复国；讽刺晋文公释卫侯，执曹伯，同罪异罚，是谓不一；美公子臧，僖负羁或周公等。参见陈子展：《诗经直解》，复旦大学出版社 1983 年版，第 463—466 页。本文所引《诗经直解》相关部分均出自此书。

鸤鸠在桑，其子在榛。淑人君子，正是国人。正是国人，胡不万年。

"刺诗说"肇始于《毛诗》。《毛诗序》云："《鸤鸠》，刺不壹也。在位无君子，用心之不壹也。"① 孔颖达《正义》曰："经云'正是四国''正是国人'，皆谓诸侯之身，能为人长，则知此云'在位无君子'者，正谓在人君之位无君子之人也。在位之人既用心不壹，故经四章皆美用心均壹之人，举善以驳时恶。"《鸤鸠》首章："鸤鸠在桑，其子七兮。"《传》云："兴也。……鸤鸠之养其子，朝从上下，莫从下上，平均如一。"《笺》云："兴者，喻人君之德，当均一于下也。以刺今在位之人不如鸤鸠。"程俊英《诗经译注》："这是讽刺在位没有好人的诗。"② 这一派认为本篇是通过赞美一位执义均平、用心如一的贵族，来反讽当今在位者执义不一、用心不固。

从本篇"淑人君子""正是国人""正是四国"等句可知，诗篇主人公当为一位国君。据《史记·管蔡世家》所附《曹世家》记载，曹国本是周武王同母弟曹叔振铎的封地，到了曹昭公的时候，政衰国弱。据《诗序》可知，《蜉蝣》刺昭公，《候人》《下泉》刺共公。从编排顺序来看，共公乃昭公之子，故其诗在昭公之后。而《鸤鸠》为《曹风》第三篇，由此可知，前人以为本诗与曹叔振铎有关的观点未可定论。否则，《鸤鸠》篇当置于《曹风》之首。孔颖达推测本篇讽刺曹共公。《正义》曰："《候人》《下泉》序云共公，《鸤鸠》在其间，亦共公诗也。"但《曹风》其他三篇《诗序》皆明言所刺者为何人，而本篇，《诗序》仅云

① 《毛诗正义》，阮元校刻：《十三经注疏（附校勘记）》，中华书局1980年版，第385页。本文所引《毛诗正义》相关部分皆出自此书。
② 程俊英译注：《诗经译注》，上海古籍出版社1985年版，第262页。

"刺不壹也"，并没有明确指出讽刺的具体对象。孔疏所言未可质实。

细读《鸤鸠》文本，可以发现通篇没有影射讽刺之语。"其仪一兮，心如结兮""正是国人，胡不万年"，都是热情的赞颂，故姚际恒《诗经通论》认为本篇"诗中纯美，无刺意"①。

认为本篇为美诗一派者，宋代以朱熹为代表。《诗集传》言："诗人美君子之用心均平专一，故言鸤鸠在桑，则其子七矣，淑人君子，则其仪一矣，其仪一，则心如结矣。"②然而所美者为何人，朱子并未明指。近代学者也有持类似观点者，如高亨先生《诗经今注》："这是歌颂贵族统治者的诗，是统治阶级文人的作品。"③陈子展先生《诗经直解》："《鸤鸠》，疑为一群'小人'谄谀干进，歌功颂德之诗。"程俊英、蒋见元合著的《诗经注析》认为："这是赞美在位的统治者的诗。"④

上述两种观点虽有分歧，但都以为本篇是为国君而作，不论是刺是美，都与国家政治有关。近代学者闻一多先生与诸家观点不同，他认为本篇系赞美君子对夫妻之情专一不变，而养子众多。闻一多先生对本篇作此解释，与当时的时代背景和学术倾向有关。之所以如此立论，关键在于他对"其仪一兮"中"仪"字的解释。他提出，《鄘风·柏舟》："髧彼两髦，实维我仪。"仪，匹也。所以《鸤鸠》"其仪一兮""其仪不忒"的"仪"也是"匹"的意思，此句意为这位贵族只有一个妻子。闻一多以"其子七兮"为："君子一仪，故养子众多，各得其所，所谓长受嘉福也。""其仪一兮"，一即专一，"非均一，最得诗旨，而齐说曰

① 姚际恒：《诗经通论》，中华书局1958年版，第156页。
② 朱熹集注：《诗集传》，中华书局1958年版，第88页。以下所引《诗集传》相关部分均出自此书。
③ 高亨：《诗经今注》，上海古籍出版社1980年版，第195页。
④ 程俊英、蒋见元：《诗经注析》，中华书局1991年版，第399页。

'寝门内治'，明指夫妇之情，专一不变，尤为此诗确解"。①

我们认为闻一多先生的上述观点难以定论。考"仪"字在《诗经》中共出现 45 次，其意义不尽相同。诗中也并无一处写到贵族与妻子的关系，仅从"其子七兮"得出"养子众多"的结论，似乎有附会之嫌。闻一多先生的观点虽持论勉强，但他从考证"仪"字的确切解释出发来探讨本篇诗旨，这一点对我们有很大的启发。

回到《鸤鸠》篇本文，首章以鸤鸠起兴，兼有比义。"鸤鸠"，今通称布谷鸟，诗篇说其养幼鸟能公平如一，不论其子"在梅""在棘""在榛"都一视同仁。古人认为君主待臣民当如父母待子女，故《诗》曰："岂弟君子，民之父母。"（《大雅·泂酌》）所以，以鸤鸠对幼鸟公平如一起兴，喻指这位国君对人民平均如一，是有其社会文化基础的。诗篇继而描写他的服饰"其带伊丝，其弁伊骐"，歌颂他"其仪一兮""其仪不忒"。诗句"正是四国"，高亨先生解释为"四方之国以此为准则"。②则"正是四国""正是国人"，言国君堪为四方和国人之楷模。可见本篇只能是对一位国君的赞美。下面我们通过对句中"仪"字的辨析，进一步探求诗篇义旨所在。

"淑人君子，其仪一兮"句，《笺》云："……仪，义也。善人君子，其执义当如一也。""其仪一兮，心如结兮"句，《传》云："言执义一则用心固。"此处训"仪"为"义"，是将其理解为一种执政所贯穿的准则。

朱熹《诗集传》："盖和顺积中，而英华发外，是以由其威仪一于外，而其心如结于内者，从可知也。"朱熹认为"仪"即"威仪"，"其

① 《闻一多全集·诗经编下》，湖北人民出版社 1993 年版，第 324—326 页。
② 高亨：《诗经今注》，第 196 页。

仪一兮"其仪不忒"是写国君的威仪。

马瑞辰《毛诗传笺通释》对"其仪一兮"的解释为:"人之立木为表曰仪,人之为民表则亦曰仪。""此诗言君子用心之一有如仪表之正……"①此处"仪"即"仪表",引申为榜样。

高亨先生在《诗经今注》中认为"仪"指态度,"此句言贵族的态度始终一致"。并指出:"传说布谷鸟哺喂小鸟,平均如一,作者以此比喻这个贵族对待儿子的始终如一。"②

程俊英《诗经注析》一书对"仪"的解释为"言行",认为诗中的这位贵族言行一致。

陈子展在《诗经直解》本篇的译文中将"其仪一兮""其仪不忒"翻译为"他的行义平均如一呀","他的行义没有差忒",是将"仪"解释为"行义"。

我们认为,"其仪一兮""其仪不忒"之"仪"当释为"容止、仪表"。③

马叙伦《说文解字六书疏证》卷十五言:"仪之谓像之也,仪为似像之义,故引申为仪表仪容。十三篇,义,己之威仪也,即仪字义

---

① 马瑞辰撰:《毛诗传笺通释》,中华书局 1989 年版,第 441 页。

② 高亨:《诗经今注》,第 196 页。

③ 当今学者对此篇也有所论及,认为《鸤鸠》篇系对君子的仪容风度进行赞美,然而没有做详细考辨。李建军《〈孔子诗论〉与先秦文学鉴赏的萌芽》:"《鸤鸠》刻画了一个仪容端庄,服饰得体的君子形象。"周光庆《孔子创立的儒学解释学之核心精神》:"《鸤鸠》一诗,描写的是'淑人君子,其仪一兮'的美好风度,表达的是'心如结兮'的诚信态度,说明的是诚信君子必须表里如一、内外兼美的道理,因而自己(按:孔子)'信之'。"张再林《中国古代伦理学的身体性》一文提出,古人很重视身体形貌仪表的修饰,才有了古礼对"君子之容"的无上强调,并在文中举"淑人君子,其仪一兮"等例来证明。

也。"①《说文·我部》（按:《我部》在《说文》十二篇下,"十三篇"应为误记）:"義,己之威仪也。从我从羊。"段玉裁注云:"義之本训,谓礼容各得其宜。"②马叙伦以《易·系辞传》中"易有太极,是生两仪",认为"两仪"即阴、阳二像,得出上述结论,将"仪"释为"义（義）",指的是合适的仪容。

"仪"指"容止、仪表",在《诗经》中多有例证。如《鄘风·相鼠》"相鼠有皮,人而无仪",《笺》云:"仪,威仪也。"又"相鼠有齿,人而无止",《笺》云:"止,容止。"《小雅·斯干》"无非无仪",《传》曰:"妇人质无威仪也。"《疏》曰:"此女子至其长大,为行谨慎,无所非法,质少文饰,又无威仪……"再如《大雅·烝民》"令仪令色,小心翼翼",《笺》云:"善威仪,善颜色容貌,翼翼然恭敬。"这几处"威仪"与"颜色""容止""文饰"对称,可见是指人的仪容、举止。

从"仪表、仪容"引申,"仪"又可以理解为"准则""榜样""效法"之义。《大雅·文王》:"仪刑文王,万邦作孚。"《笺》云"……仪法文王之事,则天下咸信而顺之",希望后世能够效法文王。《周颂·我将》:"仪式刑文王之典,日靖四方。"《传》云:"仪,善。"朱熹《诗集传》:"仪、式、刑,皆法也。"我们认为,"仪"与"式""刑"连言,当为动词,以朱熹之说为是。这两处"仪"皆为"效法"之意。

《荀子·成相篇》第四章:"君法明,论有常,表仪既设民知方。进退有律,莫得贵贱孰私王。"杨倞注曰:"进人退人,皆以法律,贵贱各以其才,孰有私佞于王乎?"③则此处"表仪"为准则、法度之义。类似

---

① 马叙伦:《说文解字六书疏证》卷一五,上海书店 1985 年版,第 4 册,第 42 页。

② 许慎撰,段玉裁注:《说文解字注》,上海古籍出版社 1981 年版,第 633 页。"己之威仪",段玉裁注曰:"义,各本作仪,今正。"

③ 王先谦撰,沈啸寰、王星贤点校:《荀子集解》,中华书局 1988 年版,第 469 页。

诗经与楚简诗经类文献研究

的例证也见于出土文献。1975 年 12 月，在湖北省云梦县睡虎地 11 号墓出土了大量的秦代竹简，经过整理编为《睡虎地秦墓竹简》一书，其中编为第八种的《为吏之道》中有与《荀子·成相篇》句式相类似的一篇韵文，我们称之为《秦简成相篇》，其第二章曰："凡戾人，表以身，民将望表以戾真。表若不正，民心将移乃难亲。"①篇中认为，治民者应当以身作则，"表"即"表仪"，为"准则""榜样"之义。

再回到《鸤鸠》，第二章"淑人君子，其带伊丝。其带伊丝，其弁伊骐"，是对国君的服饰的描写。与"正是四国""正是国人"相联系，可以推断首章言"其仪一兮"，第三章言"其仪不忒"，皆言其"仪表""仪容"无差，是下民的良好榜样。这里的"仪表"，又特别指称服饰。

赞美国君，强调其仪表端正，服饰得体，本篇并非特例。《诗经》中很多篇章都对主人公的服饰进行过详细的描写。《秦风·终南》："君子至止，锦衣狐裘。颜如渥丹，其君也哉。""君子至止，黻衣绣裳。佩玉将将，寿考不亡。"《桧风·羔裘》："羔裘逍遥，狐裘以朝。"《豳风·狼跋》："公孙硕肤，赤舄几几。"《传》云："赤舄，人君之盛屦也。"这些诗篇描写主人公的服饰，常常和主人公的道德联系起来。《曹风·候人》："彼其之子，不称其服。"《笺》云："不称者，言德薄而服尊。"

那么，为什么《诗经》时代如此重视服饰仪容，甚至将其上升到与道德相关联的高度呢？这与当时礼乐文化浸染下的社会风尚乃至政治制度有关。周代国学中对贵族子弟有专门仪表风度的教学内容。《周礼·地官·保氏》："乃教之六仪，一曰祭祀之容，二曰宾客之容，三曰

① 姚小鸥：《〈睡虎地秦简成相篇〉研究》，《文学前沿》第 2 辑，首都师范大学出版社 2000 年版，第 86 页。

朝廷之容，四曰丧纪之容，五曰军旅之容，六曰车马之容。"①《礼记·表记》："子曰：……是故君子服其服，则文以君子之容；有其容，则文以君子之辞；遂其辞，则实以君子之德。是故君子耻服其服而无其容，耻有其容而无其辞，耻有其辞而无其德，耻有其德而无其行。是故君子衰绖则有哀色，端冕则有敬色，甲胄则有不可辱之色。"②孔子认为，"君子"的修养有服、容、辞、德四个方面的规范。穿着不同的服饰，要有不同的仪容来相配衬。服饰、仪容是君子道德的不可分割的组成部分，"抑抑威仪，维德之隅"（《大雅·抑》）。

内具其德，外称其服，对于国君、贵族来说，尤为重要。我们知道，先秦时期的君主不但是政治首脑、军事首长，同时还是宗教领袖。进一步研究可以发现，周代的君主还承担着道德楷模的责任，对于其臣民有垂范作用。《大雅·抑》："敬慎威仪，维民之则。"《疏》曰："言人君为国……又当敬慎其举动威仪，维与下民之为法则也。"《鲁颂·泮水》："穆穆鲁侯，敬明其德。敬慎威仪，维民之则。"《礼记·缁衣》："子曰：长民者，衣服不贰，从容有常，以齐其民，则民德壹。《诗》云：'彼都人士，狐裘黄黄，其容不改，出言有章；行归于周，万民所望。'"这里引用的诗句，出自《小雅·都人士》。该篇《诗序》云："古者长民，衣服不贰，从容有常，以齐其民，则民德归壹。"诗人通过对一位贵族服饰、仪容等方面的描写，表达了对他的敬爱。孔子引用这些诗句，意在说明具有良好仪容的贵族是人民的榜样。

《左传·襄公三十一年》："有威而可畏谓之威，有仪而可象谓之仪。

---

① 《周礼注疏》，阮元校刻：《十三经注疏（附校勘记）》，中华书局1980年版，第731页。

② 《礼记正义》，阮元校刻：《十三经注疏（附校勘记）》，中华书局1980年版，第1640页。本文所引《礼记》部分均出自此书。

君有君之威仪，其臣畏而爱之，则而象之，故能有其国家，令闻长世。臣有臣之威仪，其下畏而爱之，故能守其官职，保族宜家。顺是以下皆如是，是以上下能相固也。"①《礼记·经解》："天子者，与天地参，故德配天地，兼利万物，与日月并明，明照四海而不遗微小。其在朝廷，则道仁圣礼义之序；燕处，则听《雅》《颂》之音；行步，则有环佩之声；升车，则有鸾和之音。居处有礼，进退有度，百官得其宜，万事得其序。《诗》云：'淑人君子，其仪不忒。其仪不忒，正是四国。'此之谓也。"古人对君主的言谈、行止都做了严格的规范，并上升到相当的高度，把它们看成是国家机器能否正常运转的关键因素。如前所引《秦简成相篇》第二章所言，治民者应当以身作则，"表若不正"，就会造成"民心将移乃难亲"的后果，这将直接影响国家和政权的稳定。

综上所述，传世以及出土文献都一致地反映了古人对仪容的重视，服饰得体是其中重要的方面。《鸤鸠》篇中谈到主人公服饰端正，隐含了极为重要的文化意义：在古人的观念中，仪容，包括服饰的端正，是道德的一个组成部分。仪容不但与君子个人的道德修养有关，而且对国家的治乱也有非常重要的影响，不能等闲视之。《鸤鸠》篇中这位国君"其仪一兮""其仪不忒"，仪容端正，内外皆善，堪为下民榜样，是一位符合道德要求的理想君长，值得赞美。诗篇从一个侧面反映了作为当时社会主流文化的礼乐文化的道德规范和审美判断标准，对我们认识先秦时期的社会思想文化有一定价值。

（原载《中国文化研究》2008 年秋之卷，与陈潇合作）

---

① 杨伯峻编著：《春秋左传注》，中华书局 1981 年版，第 1194 页。

《大雅·皇矣》与"文王之德"考辨

　　"文王之德"是周人所崇尚的思想和伦理典范；尤其在西周早期，它也是周人所遵奉的政治规范。到春秋时期，它发展成为思想家们一直关心和不断讨论的一个思想伦理命题。对它的解释，一直影响到近代以来的中国古代思想史研究。

　　"文王之德"一语最早出现在《诗经·周颂》中。《周颂·维天之命》："於乎不（丕）显，文王之德之纯。"① 在文献中，"文王之德"有时也被省称为"文之德"。如《周颂·清庙》："济济多士，秉文之德。"《郑笺》释"秉文之德"为"执行文王之德"。② 在较《诗》《书》稍晚的文献中，"文王之德"也被省称为"文德"。《左传·昭公三十二年》载周敬王语："昔成王合诸侯城成周以为东都，崇文德焉。"③

　　关于"文王之德"的内涵，自孔子以来，似乎成为定论，那就是指相对于"武功"的道德修养与政治教化。《论语·季氏》篇："故远人不服，则修文德以来之。"刘宝楠《论语正义》："文德谓文治之德，所以别征伐为武事也。"④ 杨伯峻先生的《论语译注》则将这里的"文德"解

---

① 《毛诗正义》，阮元校刻：《十三经注疏（附校勘记）》，中华书局1980年版，第584页。

② 《毛诗正义》，阮元校刻：《十三经注疏（附校勘记）》，第583页。

③ 《春秋左传正义》，阮元校刻：《十三经注疏（附校勘记）》，中华书局1980年版，第2127页。

④ 刘宝楠：《论语正义》，《诸子集成》本，上海书店1986年版，第352页。

释为"仁义礼乐的政教"。① 《论语·泰伯》篇又载孔子的话说："……
三分天下有其二，以服事殷。周之德，其可谓至德也已矣。"② 孔子如此
赞美文王，以"周之德"即"文王之德"为至德，致使后世许多学者大
大误解了礼乐文化尤其是周代早期礼乐文化的本质。尤其在讨论西周早
期思想史的发展时，往往有意无意地忽略了文王"肇国在西土"时进行
武力征伐的事实。这种片面歌颂文王以高尚的德行征服人心以取得天下
的"文王之德"论，对近代以来的周初思想史和文化史研究有着深刻的
影响，并直接涉及对《诗经》相关篇章的解释。例如，高亨先生所著
《诗经今注》在解说《周颂·清庙》中"秉文之德"一句时，引"一说"
云："文之德，即文德，属于文事方面的才德。"③ 这种认识反映了当今
《诗经》学界的一种普遍误解。

一般认为，周文化的内涵是天命与道德的统一，但更崇尚道德；对
于周初的文化史，近代以来的人们更是持这种看法。④ 在关于《周颂》
中《大武》乐章的研究中，这一观点几乎贯穿于近代以来所有学者的论
著，但这种观点值得商榷。

本文之所以采用《大雅·皇矣》一篇为论述"文王之德"的主要
材料，首先是因为它所记述的历史时期涵盖了周文王政治活动的主要背
景，它所记述的事件反映了周文王的主要政治活动成果；另一方面，是
因为它作为史料的权威信度。顾颉刚先生曾经说过，"《诗经》这一部
书，可以算作中国所有的书籍中最有价值的"⑤。因为在所有传世的中国

---

① 杨伯峻译注：《论语译注》，中华书局 1980 年版，第 172—173 页。

② 杨伯峻译注：《论语译注》，第 84 页。

③ 高亨：《诗经今注》，上海古籍出版社 1980 年版，第 475 页。

④ 参见王国维：《殷周制度论》，《观堂集林》卷十，中华书局 1959 年版；侯外庐主
编：《中国思想史》卷一，人民出版社 1957 年版。

⑤ 顾颉刚：《诗经在春秋战国间的地位》，《古史辨》，上海古籍出版社 1982 年版，
第三册，第 309 页。

先秦文献中，它是保存最好、最完整可靠的一部。秦始皇焚书坑儒，很多先秦文献被焚毁而致失传或残缺，《诗经》则不然。《汉书·艺文志》说，《诗经》"三百五篇，遭秦而全者，以其讽诵，不独在竹帛故也"①。《大雅·皇矣》又是《诗经》中公认为具有史诗性质的重要篇章，对它所记载的史实当然毋庸置疑。

关于《大雅·皇矣》诗篇的主旨，《毛诗序》云："《皇矣》，美周也。天监代殷，莫若周。周世世修德，莫若文王。"《郑笺》云："监，视也。天视四方可以代殷王天下者，惟有周耳。世世修行道德，惟有文王盛耳。"②《毛诗序》认为《皇矣》是美周之作，宣讲的是周文王的道德。事实如何？下面我们可通过对《皇矣》内容的梳理，剖析"文王之德"的历史真相。

《大雅·皇矣》诗有八章，诗的前四章歌颂了太王、大伯、王季的事迹，后四章主要歌颂了文王"肇国在西土"的勋业。其中重点描写了文王伐密、伐崇的两场战争，颂扬了王季、文王父子二人领导周部族通过战争不断扩张领土，逐渐发展强大，为灭商奠定基础的历史过程。因为《皇矣》的篇幅较长，文字古奥，很多语句在学术史上一向有争议，所以我们先将这篇诗的内容作一些必要的阐释：

> 皇矣上帝，临下有赫。监观四方，求民之莫。维此二国，其政不获。维彼四国，爰究爰度。上帝耆之，憎其式廓。乃眷西顾，此维与宅。③

---

① 班固：《汉书》，中华书局 1962 年版，第 1708 页。
② 《毛诗正义》，阮元校刻：《十三经注疏（附校勘记）》，第 519 页。
③ 《毛诗正义》，阮元校刻：《十三经注疏（附校勘记）》，第 519 页。

第一章说，英明的上帝临视下界，监察众国，谋求人民之安定。"求民之莫"一句，《汉书》《潜夫论》及《文选注》并引作"求民之瘼"，以至"民瘼"成为一个习见通语。马瑞辰《毛诗传笺通释》指出这一说法出自三家《诗》。"求民之莫"即谋求民之安定。①《大雅·荡》曾述及殷末政治动乱的情景，而殷商末年的政治混乱局面是《皇矣》篇中上帝"求民之莫"的历史前提，《大雅·荡》中的相关内容则是"求民之莫"一句的很好注脚。所以，在本章的后文中又说"上帝耆之，憎其式廓"，言上帝察获此情，憎恨殷商之无道。"维此二国"两句，是说夏、殷无道，四方诸侯不知何所归依。这里诗篇所叙述的是商周之际的历史。篇中之所以夏、殷联言，是因为西周初年的周人在言及历史教训时往往以夏、殷并举。如《尚书·召诰》说："我不可以不监于有夏，亦不可不监于有殷。"②诗篇说上帝憎恶殷的失政，而西向眷顾于周，赐天命与周。第一章为开篇总论之章。

> 作之屏之，其菑其翳。修之平之，其灌其栵。启之辟之，其柽其椐。攘之剔之，其檿其柘。帝迁明德，串夷载路。天立厥配，受命既固。③

第二章主要写周开国之初的情形。其时周部族所处地区荒凉险隘，多杂木阻路。太王率民众屏除树木，剔除丛生的灌木。"帝迁明德，串夷载路"是说上帝因周人有"明德"而就其佑护，击退了犬戎。"迁

---

① 马瑞辰撰：《毛诗传笺通释》，中华书局 1989 年版，第 838 页。

② 《尚书正义》，阮元校刻：《十三经注疏（附校勘记）》，中华书局 1980 年版，第 213 页。

③ 《毛诗正义》，阮元校刻：《十三经注疏（附校勘记）》，第 519 页。

其明德"的"迁"字《毛传》释为"徙就",甚是。释为"徙就"的
"迁"即《左传·僖公五年》宫之奇所说的"鬼神非人实亲,惟德是依"
的"依",及其所引《周书》所言"皇天无亲,惟德是辅"两句中的
"辅"。① "天立厥配",意即天立之以为配。在古人的观念中,得天命者
可以配天,周代祭祀制度中,"天子"行"郊祀"时以祖先配天。诗篇
在这里所叙述的是太王的事迹,主要歌颂太王,因为正如《史记·周本
纪》所言"盖王瑞自太王兴"②。

　　　　帝省其山,柞棫斯拔,松柏斯兑。帝作邦作对,自大伯、王
　　　　季。维此王季,因心则友。则友其兄,则笃其庆,载锡之光。受禄
　　　　无丧,奄有四方。

　　第三章,言上帝省察周国的山,见柞、棫等杂木已除,松柏挺拔直
立。《郑笺》云:"天既顾文王,乃和其国之风雨,使其山树木茂盛,言
非徒养其民人而已。"③ "帝作邦作对,自大伯、王季"两句,言大伯让位
于王季,王季兴周国之事。"邦""对"皆封疆之标志,"作邦作对"即立
国之意。《史记·周本纪》记载:"古公有长子曰太伯、次曰虞仲。太姜
生少子季历,季历娶太任,皆贤妇人,生昌,有圣瑞。古公曰:'我世
当有兴者,其在昌乎?'长子太伯、虞仲知古公欲立季历以传昌,二人
乃亡如荆蛮,文身断发,以让季历。"④ 太伯为周人立国做出了牺牲和贡
献,诗篇歌颂他和王季对外开拓疆域。王季对兄长友善,诗篇说因为王

　　① 《春秋左传正义》,阮元校刻:《十三经注疏(附校勘记)》,第 1795 页。
　　② 司马迁:《史记》,中华书局 1982 年版,第 119 页。
　　③ 《毛诗正义》,阮元校刻:《十三经注疏(附校勘记)》,第 520 页。
　　④ 司马迁:《史记》,第 115 页。

诗经与楚简诗经类文献研究

季具有美好的品德，所以世受福禄，而最后终于抚有四方，取得天下。

> 维此王季，帝度其心。貊其德音，其德克明。克明克类，克长克君。王此大邦，克顺克比。比于文王，其德靡悔。既受帝祉，施于孙子。

第四章言，上帝度量王季品行端正，乃赐以洪福。"貊其德音"的"貊"《郑笺》释为"定"。① 高亨引《广雅·释诂》"莫，布也"，以为此句"言他的美名传播四方"。② 三章言"帝作邦作对"，此章言"王此大邦"，前后呼应，显示了周部族发展壮大的过程。"比于文王，其德靡悔"，诗句说王季将"周之德"传于文王，而文王能将"周之德"一以贯之，并以"文王之德"这一称谓作为经典伦理观念流传后世。由此，周人既受上帝所赐之福，遂延及子孙。

> 帝谓文王，无然畔援，无然歆羡，诞先登于岸。密人不恭，敢距大邦，侵阮徂共。王赫斯怒，爰整其旅，以按徂旅。以笃于周祜，以对于天下。

第五章讲文王伐密的过程。"无然畔援，无然歆羡，诞先登于岸"三句，《毛传》言："无是畔道，无是援取，无是贪羡。岸，高位也。"《郑笺》："畔援，犹拔扈也。登，成。岸，讼也。天语文王曰：'女（汝）无如是拔扈者，妄出兵也。无如是贪羡者，侵人土地也。欲广大

---

① 《毛诗正义》，阮元校刻：《十三经注疏（附校勘记）》，第 520 页。
② 高亨：《诗经今注》，第 391 页。

德美者，当先平狱讼，正曲直也。'"①《毛传》分"畔援"为二，固失之。《郑笺》知其为连绵词，但其解说受传统影响，亦未得要领。《郑笺》所云"当先平狱讼，正曲直"，其所取材系自《史记·周本纪》。《周本纪》说："西伯阴行善，诸侯皆来决平，于是虞、芮之人，有狱不能决，乃如周。"② 这与历史上真实的"文王之德"并不相符。按"畔援"亦作"伴奂"，即"盘桓"或"徘徊"。③《大雅·卷阿》："伴奂尔游矣，优游尔休矣。"《郑笺》："伴奂，自纵弛之意也。"④ 这里是形容趑趄不前的样子。此三句言帝命文王勿临渊羡鱼，犹豫不决，而当先发制人，勿失良机，抓住周人所处的有利的战略地位。下文即具体记述了文王伐密的事件："密人不恭，敢距大邦，侵阮徂共。"密人侵犯周友邦之国的土地，故文王怒而伐密，开拓疆土，树立权威，以增强周的实力，并以此扬名于天下。

依其在京，侵自阮疆。陟我高冈，无矢我陵，我陵我阿。无饮我泉，我泉我池。度其鲜原，居岐之阳，在渭之将。万邦之方，下民之王。

第六章中"无矢我陵，我陵我阿。无饮我泉，我泉我池"数句难解。徐仁甫先生《古诗别解》对此解释说：

"我陵我阿"、"我泉我池"两句文理不通。察《大雅·绵》：

① 《毛诗正义》，阮元校刻：《十三经注疏（附校勘记）》，第521页。
② 司马迁：《史记》，第117页。
③ 高亨：《诗经今注》，第391页。
④ 《毛诗正义》，阮元校刻：《十三经注疏（附校勘记）》，第545页。

"乃召司空，乃召司徒。"不曰"乃召司空，司空司徒"，于是可知此诗之原文疑当是："无矢我陵，无矢我阿；无饮我泉，无饮我池。"古书重文多作"＝"画。写诗者于"我陵"下作"＝我阿"，本表示重"无矢"二字；于"我泉"下作"＝我池"，本表示重"无饮"二字。不知者遂误为重"我陵"，重"我泉"耳。①

徐说可从。本章讲文王伐密胜利之后，在岐山以南渭水之旁立国，号令万邦，为下民之王。由本章所述即可见，周人号令天下的基础是以武力为后盾的政治方略。武王号令一出，八百诸侯即齐集盟津的无上权威即由此而来。

> 帝谓文王，予怀明德。不大声以色，不长夏以革。不识不知，顺帝之则。帝谓文王，询尔仇方。同尔兄弟，以尔钩援。与尔临冲，以伐崇墉。②

第七章前六句是上帝告诫文王之语。"仇"训"匹"，即伙伴，"仇方"即盟国。"兄弟"指周人同宗族之人。两句说要文王事先与同姓与同盟共同作好战争的准备。以"钩援""临冲"等重型攻城武器去攻伐崇国。钩，即钩梯，钩引攀城之用；临，临车；冲，冲车。皆攻城之器。

> 临冲闲闲，崇墉言言。执讯连连，攸馘安安。是类是祃，是致是附，四方以无侮。临冲茀茀，崇墉仡仡。是伐是肆，是绝是忽，

---

① 徐仁甫：《古诗别解》卷一，上海古籍出版社 1984 年版。
② 《毛诗正义》，阮元校刻：《十三经注疏（附校勘记）》，第 522 页。

四方以无拂。①

第八章前四句主要是描述攻打崇国时的情景。后面写周人灭崇国之后，杀戮俘获众多，而后祭祀百神，拊循其国。所描写的情景与《逸周书·世俘篇》所叙述的周人灭商之后之大肆杀伐相类。②诗篇最后三句写周人对崇的大肆挞伐，使诸侯无敢抗拒周国矣。

从《大雅·皇矣》的内容我们可以看出，周从一个小部族逐渐发展壮大，依靠的绝对不是后世所歌颂的单纯的所谓礼乐教化，而主要是通过不断的武力征伐，扩张疆域，从而获得了灭商的实力。

从《史记·周本纪》的记载，可知周部族的发展，经历了漫长艰辛的过程，历经十几代人的努力，才发展到敢与殷商相抗衡的水平。周的始祖后稷被舜帝封于邰，经不窋、鞠，到了公刘时期，周道始兴。《大雅·公刘》就是周人思慕公刘，赋诗以美其德的诗篇。公刘之后，又经庆节、皇仆、差弗、毁隃、公非、高圉、亚圉、公叔祖类传至古公亶父（太王）。《史记》记载古公亶父修后稷、公刘之业，积德行义，得到国人的爱戴。③太王为避戎狄侵扰迁到岐山之阳，在这里周的经济、军事力量都得到了发展，其经历则如《皇矣》一篇所述。此时周人始有翦灭殷商之意。《诗经·鲁颂·閟宫》有"后稷之孙，实维大王。居岐之阳，实始翦商"④，就是描写的这一段历史。太王之子季历继父业不断扩展土地。《史记》说，到文王时，"（文王）遵后稷、公刘之业，则古公、公季之法，笃仁，敬老，慈少。礼下贤者，日中不暇食以待士，士以此多

① 《毛诗正义》，阮元校刻：《十三经注疏（附校勘记）》，第522页。
② 黄怀信：《逸周书校补注译》，西北大学出版社1996年版，第210—211页。
③ 司马迁：《史记》，第112—114页。
④ 《毛诗正义》，阮元校刻：《十三经注疏（附校勘记）》，第615页。

归之。伯夷、叔齐在孤竹，闻西伯善养老，盍往归之。太颠、闳夭、散宜生、鬻子、辛甲大夫之徒皆往归之"①。周的势力发展壮大，百姓安居乐业，诸侯纷纷归附。应当指出，上引《史记》文字虽然对文王以武力开疆扩土的事实有所淡化，但在《史记·周本纪》的其他部分中，太史公还是依据《诗经》及其他可靠文献对相关历史作了真实的描述。当时已是"三分天下有其二"的局面，文王还不断联合诸侯攻伐商的属国，先是攻伐犬戎、密须；又进攻耆与邘城，此时已攻至殷王畿的外围；最后联合友邦，大举攻伐殷商在西方的属国崇，因崇国实力强大，地势险要，有高大的城墙，周人为此准备了攀城工具和临车、冲车等攻城器械，最终攻破崇国，为灭商做好了充分的准备。《史记·周本纪》中有文王攻伐别国的纪实："明年，伐犬戎。明年，伐密须。明年，败耆国。殷之祖伊闻之，惧，以告帝纣。纣曰：'不有天命乎？是何能为！'明年，伐邘。明年，伐崇侯虎。"②关于文王伐密、伐崇的事迹，在《皇矣》篇中有具体的激烈战争场面描述，上文已有说明。顺便指出，在被公认为《诗经》中周族史诗的《大雅·绵》一篇中，有部分内容也同样叙述了周人在西部开疆扩土的事迹。其所记事实可与《皇矣》一篇互证。文王死后，其子武王即位，先于盟津观兵，待时机成熟后，即大举进攻商都，于甲子日克商，终于代商人而为天下共主，建立了周王朝。

由上述可见，从周族兴起于西土，到取得天下，其最为后人所称道的"文王之德"的内涵，曾被认为主要是以仁义道德教化百姓。但我们从《诗经》等可靠先秦典籍中钩稽的历史事实证明，包含武力征伐在内的政治方略亦是"文王之德"的核心内容。

---

① 司马迁：《史记》，第116页。
② 司马迁：《史记》，第118页。

《诗经》中的其他相关内容也可以证明我们所做出的上述论断。作于武王克商以后的《大武》乐章，内容同样充斥着杀戮之气。我们在《论大武乐章》一文中对此有较详细的论述。《大武》是武王克商归来的告成诗，是颂扬武功而非如《郑笺》所说"止天下之暴虐"者。在该文中，我们曾指出："现存各种文献一致表明，周人代商而为天下共主，总体的战略设计，出自文王之手。这就是周初人所说的'文德'的具体内容。""《周颂》早期作品中的'文德'，并非如后期作品中用作一种对个人的人格的赞美，而是对其事业成就的歌颂。'太上立德，其次立言，其次立功'的区别是相当晚出的思想。故联系商周之际的史迹，我们说，周人早期所言之德，包括《诗经》中早期作品的'文王之德'，并非是一般所谓'礼乐'联言的'文德'，而是'礼乐征伐'联言的'事典武功'。"① 关于文王以武力开辟西土的事实，其实周人自己也并不避讳。《大雅·文王有声》中有"文王受命，有此武功。既伐于崇，作邑于丰"的诗句。这里的"武功"，具体来讲就是周文王伐混夷、密须、耆、邘和崇的战争。但周人早期引以为自豪的周文王、周武王的武力征伐，在后世往往被所赋予的正义性内涵所掩盖。后世学者认为，周人是用仁义道德精神而不是通过战争戮掠得到了天下。春秋以后儒家学者崇尚文德、强调礼乐教化的社会理想，是这种认识的社会伦理背景。本文的目的即在于，以《大雅》与《周颂》的相关内容互相印证，阐释"文王之德"的真实内涵，还原周初的历史真相，以作为相关思想史研究的新的出发点。

（原载《中州学刊》2007 年第 2 期，与郑丽娟合作）

---

① 姚小鸥（署名姚畋）：《论大武乐章》，《社会科学战线》1991 年第 2 期。

《诗经》大小《雅》与先秦诗歌的历史发展

  中国诗歌以抒情见长，但叙事诗歌的传统同样悠久。闻一多认为"歌"本是感情的抒发，而"诗"则出于记事的需要。歌与诗的合流，导致了诗三百篇的诞生。叙事诗与抒情诗这两大门类的成熟虽晚至《孔雀东南飞》和《古诗十九首》，但《诗经》可谓其滥觞。① 从诗歌历史的发展来看，《诗经》产生的数百年间，文体文风的嬗变是显而易见的。《颂》诗中还没有抒发个人感情的真正的抒情作品，《昊天有成命》《闵予小子》之类，只是作为宗族政权化身的周王所作的宗教性、政治性的文献而已。从叙事诗的角度来看，《周颂》中的《载芟》《良耜》，已有若干明白生动的记事片断，但从总体上来看，叙事诗这一诗歌体裁并未在《周颂》中成立。《风》诗中有许多宛然天成的抒情作品出现，《卫风·氓》等篇章的叙事也达到了较为成熟的阶段，但其时代比《雅》诗要晚得多。故讨论先秦诗歌的演进，不能不从大小《雅》谈起。

  先来看叙事诗。《雅》诗的叙事作品大致可分为三个类型，代表着叙事诗歌发展的三个阶段。第一个类型是《生民》《公刘》等史诗。它们还带有原始诗歌的遗迹，是中国叙事诗歌第一个阶段的作品。

  从一般人类文化的发展过程来考察，世界各民族流传下来的最古老的叙事诗歌，几乎无一例外地都是史诗，中国也是如此。唯中国上古

---

  ① 闻一多：《歌与诗》，《闻一多全集》卷十，湖北人民出版社 1993 年版。

时期所流传下来的汉民族史诗篇幅较短，这主要是因为书写与记录的关系。现在所流传下来的这些史诗，并非当时的全部与全貌。它们往往用在一定的仪式上演唱，仪程所规定的时间不能不影响到篇幅的长短。另有较长篇幅的带有叙事情质的韵文文学，我们平时注意较少，那就是"成相"之类，但就现存作品而言，其篇幅也远不及世界文学史中的名作。① 有人由此而以为中国人似乎不擅长韵文叙事，其实看一看明清以后弹词的鸿篇巨制，就可以明白中国人用韵文来叙事的本领并不差。由于这一问题非常复杂，在这里不能详细地讨论。中国诗歌史上少见长篇诗歌，这是一个事实，也似乎是一个遗憾，但同时又是一件幸事，它使中国的诗人叙事尽量精炼，诗歌的容量则大大增加了。早期诗歌中，中国诗歌的这一特点已见端倪。如《大雅·大明》对克商之战的叙述：

　　殷商之旅，其会如林。矢于牧野："维予侯兴。上帝临汝，无贰尔心。"（七章）

　　牧野洋洋，檀车煌煌，驷騵彭彭。维师尚父，时维鹰扬。凉彼武王，肆伐大商，会朝清明。（八章）②

诗中撷取牧野之战这个有代表性的历史画面，进行了精心描绘。尽管敌人在数量上占有压倒优势，但周军同仇敌忾，斗志高昂。鹰一样勇猛的师尚父带领虎贲冲向敌人，一个早上就彻底地结束了战斗。严峻的战争态势和历史性的伟大胜利，暗示了胜利者的历史重任和历史发展的必然规律。虽然总的来说，这一阶段的叙事诗在艺术上还较为朴拙，但

---

① 姚小鸥：《成相杂辞考》，《文艺研究》2000年第1期。
② 《毛诗正义》，阮元校刻：《十三经注疏》，中华书局2009年版，第1093—1094页。下引《毛诗》各部分均出自该本，不另说明。

从某些片断来看已显示了较高的叙事水平，这反映中国叙事艺术具有相当高的起点。

第二个类型是《常武》《采薇》等叙事诗，它们不但能明白完整地将事件叙述清楚，而且已经掌握了多种艺术手段，表现了较高的叙事技巧。如《常武》叙述西周王朝与徐夷的一次重要战争的全过程，自命将出师到告成武功，只用了不到两百字，就将事件记述得明明白白，而且在诗中成功地贯穿了王师无敌、教化第一的大一统思想。作者用粗细线条交错的手法经纬全篇：一方面以粗线条勾勒事件的全过程，另一方面对重点场景加以细致地描绘，使笔墨的使用达到了最为经济的地步。具体来讲，诗中抓住"受命""征讨""班师"几个关键性的场面，而蓟除了多余的枝蔓，以树立整体的形象。而对主题作用很大的第五章，则不吝笔墨，着意铺陈：

> 王旅嘽嘽，如飞如翰，如江如汉，如山之苞，如川之流，绵绵翼翼，不测不克，濯征徐国。（《常武》第五章）

诗中写到军容盛大的王师，进军如飞翼之快迅，其势如江汉之汹涌，停驻时屹立如高山，前进时浩荡如巨流。它的力量不可计测，不可阻挡。诗的尾章以"四方既平，徐方来庭。徐方不回，王曰还归"戛然作结，使人感到余味无穷，充分体现了诗人用笔的优雅与从容。

这一阶段《雅》诗叙事作品的重要发展在于其高度的抒情化。叙事诗抒情化的结果不只说明它脱离了单纯作为"史"的阶段，更主要的是大大增强了它的艺术感染力，使之更为"文学化"了。最能代表这一特点的莫若脍炙人口的《采薇》，其尾章曰：

> 昔我往矣，杨柳依依。今我来思，雨雪霏霏。行道迟迟，载渴
> 载饥。我心伤悲，莫知我哀。

有学者指出，这里"诗人把抒情融化到景物的描绘中，把征夫久役将归的又悲又喜的思想感情表现得那么生动真切"①。其他此类诗篇也有同样或近似的表现。如《出车》：

> 我出我车，于彼郊矣。设此旐矣，建彼旄矣。彼旟旐斯，胡不
> 旆旆！忧心悄悄，仆夫况瘁。

猎猎的战旗既显示了军容的严整又暗示了战争的艰巨。接连在句尾使用矣字，拖长了音节。加之以结尾二句的心理描写，虚实藏露互相补充，贴切地表现了身为统帅的主人公临危授命之时沉重而复杂的心境。从而使诗篇呈现出浓重的悲壮基调。

第三类叙事诗包括《车攻》《宾之初筵》和《庭燎》等。它们标志着中国叙事诗歌转向描写更广泛的社会生活，从而给叙事诗的发展开辟了更为广阔的道路。此期叙事诗达到了相当成熟的阶段。其标志不仅在于题材的多样化，更重要的是各种风格的叙事诗争奇斗妍，妙文纷呈。叙事手法也更加多样。如《车攻》描写周王的田猎：

> 我车既同，我马既同。四牡庞庞，驾言徂东。（一章）
> 之子于苗，选徒嚣嚣。建旐设旄，搏兽于敖。（三章）
> 萧萧马鸣，悠悠旆旌。徒御不惊，大庖不盈。（七章）

---

① 游国恩等主编：《中国文学史》，人民文学出版社 1963 年版。

之子于征，有闻无声。允矣君子，展也大成。（八章）

这篇诗用白描手法，层层展现出周王田猎的宏大场面。叙述中按部就班，绝少夸饰，但却毫无平庸拖沓之感。如与《子虚》《上林》中所描述的田猎场面相比较，当然后者更为热烈。但此诗稳健矜持的风格，更适合于表现其所描写的对象——先秦贵族的君子风范，所以特耐人咀嚼。

《庭燎》是一篇歌颂勤于王事的"君子"的诗。诗中并没有对"君子"其人其貌作任何直接的描写，而是侧面通过人物的具体活动使作品中的形象站立起来：

一

夜如何其？夜未央。庭燎之光，君子至止，鸾声将将。

二

夜如何其？夜未艾。庭燎晰晰，君子至止，鸾声哕哕。

三

夜如何其？夜乡晨。庭燎有辉，君子至止，言观其旂。

庭中的炬光在长夜中显得如此寂寞，忽然间，夜色中传来马车锵锵的鸾铃声，这是一位勤于政事的君子上朝来了。读者虽然看不到人物的外貌，听不到人物的声音，但一个"不忘恭敬，民之主也"（《左传·宣公二年》语）的君子形象已凸现在人们的心目中。手法的简洁明快，更衬托出内涵的隽永蕴藉，使这篇小诗成为描写人物的拔萃之作。

从以上三类诗歌的概述，我们大致可以窥见《雅》诗中叙事诗歌的发展线索。从题材上，它开始由宗教政治作品转向更广阔的人生；从体裁上，它由单纯记事发展到叙事、状物（如《小雅·斯干》）、写人。各种风格的出现，各种艺术手法的采用等，都体现了中国叙事诗的初步成熟。

鲁迅说："至于二《雅》，则或美或刺，较足见作者之情。"[①] 中国诗歌自大小《雅》起，已经具备了以抒情为主的基本美学特征。就抒情诗而言，《雅》诗中已拥有呈现多种形式和风格的作品。大体上说，以《桑柔》《瞻卬》为代表的长篇政治抒情诗有着浓重的说理性；而以《小弁》《北山》《鸿雁》为代表的另一类抒情诗，虽然以抒发个人感慨为主，但情理交融的特色也很浓厚。《隰桑》《苕之华》等篇则完全脱去了说理色彩。这些诗篇虽然数量不太大，但开了《国风》抒情诗的先河，代表了抒情诗歌发展的主要方向。所以意义不可低估。

下面，我们对上面提到的这些诗篇稍作具体分析。

《瞻卬》是一篇指斥幽王无道，悲叹自己不幸的诗篇。诗中陈述了幽王一系列倒行逆施，指出这是造成"邦国殄瘁"的根源。末章言说自己的不幸与悲苦：

> 觱沸槛泉，维其深矣。心之忧矣，宁自今矣。不自我先，不自我后。藐藐昊天，无不克巩。无忝皇祖，式救尔后。（七章）

诗人说他心中的忧思如泉水般深不可测。哀叹自己生不逢时，遭此不幸，而这种不幸是不合理的社会现实的产物。这篇诗中虽有一些形象化的句子，但总的来说不是以形象感人，而是以富于情感的说理动人。"在这里，仍然是情感性比形象性更使它具有审美—艺术性能之

---

① 鲁迅：《汉文学史纲要》，人民文学出版社 1973 年版。

所在。"①

《小弁》旧说为幽王太子宜臼之傅所作，依文意或当为宜臼自作的诗篇。诗中怨艾幽王的无情，倾诉了自己郁结的忧伤：

> 维桑与梓，必恭敬止。靡瞻匪父，靡依匪母。不属于毛，不罹于里。天之生我，我辰安在。（三章）
>
> 相彼投兔，尚或先之。行有死人，尚或墐之。君子秉心，维其忍之。心之忧矣，涕既陨之。（六章）

亲子关系是周代宗法制度中最为亲密的关系。诗中写道，人伦中最亲密的这种关系都被破坏了。诗篇的主人公认为自己和父亲的关系不如陌路之人，甚至人们惯常对小动物都会产生的恻隐之心也惠临不到自己的头上。作者的哀伤情绪通过一连串的形象充分地客观化了，收到很好的艺术效果。

《隰桑》《苕之华》则或喜或忧，完全脱去了说理的色彩。在《诗经》中，枝叶的鲜沃往往用来比喻沉浸在爱情中的女性心理，而枝叶的枯黄衰败则往往用来比喻女性在爱情生活上挫折与失望。《隰桑》以原隰的鲜沃枝叶为喻，倾诉自己内心对情人的爱慕之情。

> 隰桑有阿，其叶有沃，既见君子，云何不乐！（二章）
> 心乎爱矣，遐不谓矣！中心藏之，何日忘之！（四章）

兴法在这里并没有给人以深刻的印象。倒是"中心藏之，何日忘

---

① 李泽厚：《美的历程》，文物出版社 1989 年版，第 59 页。

之"之类直抒胸臆的句子，表现了如涌泉瀑布的充沛感情。《苕之华》在表达的情绪上与《隰桑》是完全相反的，但它们的表现手法却极为相似：

一

苕之华，芸其黄矣，心之忧矣，维其伤矣！

二

苕之华，其叶青青，知我如此，不如无生！

三

牂羊坟首，三星在罶。人可以食，鲜可以饱！

今人说此诗者，一般皆从字面来看，认为这是一篇"饥者歌其事"的人生悲叹（参见高亨《诗经今注》等）。然而从周代贵族社会的生活实际以及诗篇内容的深层分析来看，它还反映了更深刻的社会矛盾。在这个问题上，《毛诗序》的说法是足资参考的。《毛诗序》说此诗是：

大夫闵时也。幽王之时，西戎、东夷交侵中国，师旅并起，因之以饥馑。君子闵周室之将亡，伤己逢之，故作是诗也。

诗中"三星在罶"一句，旧说以为是三星映在鱼罶之中，百般曲解而不可通。高亨先生《诗经今注》破得此谜，正确指出"罶"乃"屋罶"之意①。不过高先生误引《楚辞·大招》王逸注，将"罶"解为"屋宇"却是错误的。"罶"或"屋罶"是中国传统建筑中房屋的一个组成部分。早期的屋罶即房顶中间用于通气照明的孔（其作用类似于后世的

---

① 　高亨：《诗经今注》，上海古籍出版社1980年版，第366页。

天窗），又叫"屋漏"。后来有些房屋取消了天窗，但仍称屋顶的中间部分叫"屋罶"①。"三星在罶"的意思是说，诗中的主人公因为某种忧虑，夜不能寐，通过透光的屋顶，看见三星正照在天上。本诗虽然感慨良深，但其语言平实明白，抒情直率坦露，与《风》诗中言情之作风格相类。

前人以为《雅》诗中有杂乎风之体者。我们在前面已经指出过《雅》诗与《风》诗相比一般发展较早的问题，所以此说实为本末倒置。但它确乎揭示了《雅》诗与《风》诗在文体上的关联，并对我们认识大小《雅》在诗歌发展史上的意义，也有提示之功。

大小《雅》中还有些抒情诗直情而发，痛快淋漓。这类诗歌虽然数量不多，却很多特色。如《巷伯》指斥谗人之言：

> 彼谮人者，谁适与谋？取彼谮人，投畀豺虎。豺虎不食，投畀有北。有北不受，投畀有昊。（六章）

袁梅先生说此诗"嫉恶如仇，以悲愤痛绝，不共戴天之言，畅抒胸臆，对谗巧奸人进行了严厉的指责与无情的鞭挞"②。这的确是中肯的评语。又如《何人斯》《瞻卬》等篇，亦诚如鲁迅先生所说为《雅》诗中激楚之言，而非后儒所谓怨而不怒者。③冯沅君等著《中国诗史》说这类诗的"优点是表情的沉痛，缺点是没有含蓄"④。我们认为抒情的直率不能算是缺点。先师华钟彦教授曾说："'诗缘情而造端'。量情之轻

---

① 参见杨公骥：《考论古代黄河流域和东北亚地区居民"冬窟夏庐"的生活方式及风俗》，《杨公骥文集》，东北师大出版社1998年版。

② 袁梅：《诗经译注》，齐鲁书社1980年版。

③ 鲁迅：《汉文学史纲要》，人民文学出版社1973年版。

④ 陆侃如、冯沅君：《中国诗史》，山东大学出版社1986年版，第50页。

重缓急而造词，词与情洽，斯论得之。若情至愤急，怒骂何妨。《巷伯》已有先例，安得拘于一格。余读鲁迅先生诗有感云：'承旧须加改造功，江山代有出群雄。已多横扫千军笔，何必拘挛敦厚风'。"（拙文原稿华先生批评）诚哉斯言！在温柔敦厚的诗教下，这种痛快淋漓的诗篇在中国诗史上不是太多，而是太少了，需大力提倡和发扬。

　　纵览二《雅》抒情之作，早中期的政治抒情诗多是长篇巨制，带有浓厚的说理和议论成分。其作者多是贵族社会中的上中层人士，反映的问题多是与国家大政有关。中后期以抒发个人感慨为主的抒情诗，篇幅一般比较短，渐见脱去说理的成分，抒发的多是个人的感喟。其作者多是中下层人士，其作品通过个别事件或从个人际遇的角度反映人生。它们的内容及形式都代表了中国抒情诗的主要发展方向。

　　总之，从诗歌形式来看，《雅》诗中的叙事和抒情之作的发展线索是清楚的。这固然是社会发展使然，更是文学内部发展规律的作用。在各种体裁成熟的过程中，有些形式在新的历史条件下一度消失了，如《雅》诗中的长篇政治抒情诗，在《国风》中就不再见到。这并不等于说它在诗歌发展史上的意义不大。相反，其艺术价值和社会价值不但在当时的社会中得到充分的展现，而且大大影响了后世诗歌的内容与形式。如楚辞，尤其是代表作《离骚》就打上了它深刻的烙印。如果将二《雅》与《国风》就诗歌艺术形式上作一对比的话，我们可以看到《国风》中的各种诗歌体裁在《雅》诗中皆已具备，而《雅》诗中有些形式却为《国风》所无。虽然有些艺术形式在《国风》中得到了更充分的发展，但从诗歌发展史的角度来说，《雅》诗显然具有更为重要的历史地位。

（原载《周口师范高等专科学校学报》2001 年第 6 期）

《诗经》中禹的创世神话

　　《诗经》中有关禹的事迹的记载凡六见，分布于《小雅》《大雅》《鲁颂》《商颂》之中。兹依今传本《毛诗》编排顺序，将相关诗句胪列于下：

　　　1. 信彼南山，维禹甸之。(《小雅·信南山》)

　　　2. 丰水东注，维禹之绩。(《大雅·文王有声》)

　　　3. 奕奕梁山，维禹甸之。(《大雅·韩奕》)

　　　4. 奄有下土，缵禹之绪。(《鲁颂·閟宫》)

　　　5. 洪水芒芒，禹敷下土方。(《商颂·长发》)

　　　6. 天命多辟，设都于禹之绩。(《商颂·殷武》)[①]

　　自《传》《笺》以来，说诗各家皆认为上引《诗经》中所述禹的事迹指其治理洪水的传说，然细加考校，旧注所述未必确当。究其原委，在于对中国古代哲学思想、历史观念及其与神话和传说关系的认识不清所致。

---

　　① 《毛诗正义》，阮元校刻：《十三经注疏（附校勘记）》，中华书局1980年版。除另有说明外，本文所引经、传以及笺、疏皆出自于此，标点参考李学勤主编：《十三经注疏》（标点本），北京大学出版社1999年版，下文不再标明出处。

从文献产生的年代讲，上引《诗》中以《商颂·长发》为最早。①《长发》言"洪水芒芒，禹敷下土方"，旧注皆以禹的治水传说释之。《毛传》："洪，大也。"《郑笺》："乃用洪水，禹敷下土，正四方，定诸夏。"《孔疏》与《郑笺》相类，亦认为此句言禹治理洪水，并最终平定水患。

"奕奕梁山，维禹甸之"（《大雅·韩奕》）与"信彼南山，维禹甸之"（《小雅·信南山》）所述禹的事迹大体相同，可列在一起讨论。上述诗句中的"甸"字，《毛传》皆注："甸，治也。"《郑笺》则分别落实为"梁山之野，尧时俱遭洪水。禹甸之者，决除其灾，使成平田，定贡赋于天子"，以及"信乎彼南山之野，禹治而丘甸之"。《孔疏》云："以《信南山》之《笺》'甸'为'丘甸之'，知此使成平田，定贡赋，亦是'丘甸之'也。"可见，郑玄《笺》均把"甸"释为"丘甸"之"甸"，仅在《毛传》以"甸"训"治"，即理水之意的基础上增加了"定贡赋"的内容。

汉儒注经的权威性及古人对禹治水英雄的定位左右了后人对上述《诗经》"敷""甸"等字的训释，历代《诗经》研究名家，如宋人朱熹（《诗集传》）、清人陈奂（《诗毛氏传疏》）、近人高亨（《诗经今注》）等，皆与《传》《笺》同，无一例外地把《诗经》中有关禹的记载与禹治水的传说相联系。②

近代以来，在西方学术观念影响下，神话研究者在整理中国古代英雄传说时，亦将上述《诗经》中禹的事迹归入治水的传说。如刘城淮在

---

① 有关《商颂》的创作年代，参见杨公骥：《商颂考》，《中国文学》（第一分册），吉林人民出版社1980年版，第464—489页。

② 参见朱熹集注：《诗集传》，中华书局1958年版；陈奂：《诗毛氏传疏》，中国书店1984年版；高亨：《诗经今注》，上海古籍出版社1980年版。

《中国上古神话》中将禹的故事列于"防御大自然神话"章节中，其援引《诗经》中禹的相关记载只是来说明"鲧、禹治水"的故事。20世纪20年代顾颉刚先生在《古史辨》第一册中提到禹是开天辟地的人物，但未加详述。①

仔细考校相关文献记载，可知《诗经》中"禹敷下土方""维禹甸之""禹绩"等语，非仅言其治水之功，而主要是记述了与禹相关的创世神话。下面即对此分别加以阐释。

"洪水芒芒，禹敷下土方"（《商颂·长发》）中的"敷"字应读为"铺"或"布"。"铺""布""敷"，三字声母相近，均属鱼部，互通。《广雅·释诂三》："铺，布也。"②《玉篇·寸部》："尃，遍也，布也，或作敷。"③《诗经》中"敷"字，多为此用。如"旻天疾威，敷于下土"（《小雅·小旻》），《毛传》"敷，布也"；"铺敦淮濆"（《大雅·常武》），韩诗作"敷敦淮濆"④；"敷时绎思"（《周颂·赉》），《左传·宣公十二年》引作"铺时绎思"⑤；"敷政优优"（《商颂·长发》）中的"敷"字，齐诗、鲁诗作"布"⑥。

《说文》："铺，箸门抪首也。从金，甫声。"《段注》："……按《大

① 顾颉刚先生在《古史辨·自序》中提到"寻绎古代对于禹的观念，知道可以分作四层：最早的是《商颂·长发》的'禹敷下土方，……帝立子生商'，把他看作一个开天辟地的神"。顾颉刚：《古史辨·自序》，《古史辨》（第一册），上海古籍出版社1982年版，第52页。

② 王念孙：《广雅疏证》，江苏古籍出版社1984年版，第100页。

③ 顾野王：《大广益会玉篇》，中华书局1987年版，第133页。

④ 《诗三家义集疏》"铺敦淮濆，仍执丑虏"句，《注》云："韩'铺'作'敷'。"王先谦：《诗三家义集疏》，中华书局1987年版，第988页。

⑤ 《诗三家义集疏》"敷时绎思，我徂维求定"句："胡承珙云：'《左传》引此诗作铺时绎思，敷，布也。铺，亦布也。'"王先谦：《诗三家义集疏》，第1058页。

⑥ 王先谦：《诗三家义集疏》，第1110页。

雅》'铺敦淮濆'，《笺》云：'陈屯其兵于淮水之上。'此谓假铺为敷也。今人用铺字本此。"①《说文》："布，枲织也。从巾，父声。"《段注》："织而成之曰布……引伸之凡散之曰布，取义于可卷舒也……布，泉也，其藏曰泉，其行曰布。"②《长发》"洪水芒芒，禹敷下土方"中的"敷"字，即取其"散布"之意。

在"洪水芒芒，禹敷下土方"句中，"下土"与"上天"相对，《小雅·小明》中的"明明上天，照临下土"与《小雅·小旻》中的"旻天疾威，敷于下土"皆为此用。《长发》于叙述"洪水芒芒，禹敷下土方"后，又有"外大国是疆，福陨既长"的诗句。《毛传》言"诸夏为外"，《孔疏》："诸夏为外，对京师为内也。"陈奂《诗毛氏传疏》曰："外，邦畿之外。《传》云'诸夏为外'者，禹有天下曰夏，故畿内为夏，畿外为诸夏也。"③"外"既为诸夏所在，可知"外大国是疆"有囊括"天下"的意味。

《大雅·韩奕》"奕奕梁山，维禹甸之"与《小雅·信南山》"信彼南山，维禹甸之"中的"甸"字，前人多训为"治"，失之。按："奕奕梁山，维禹甸之"与"信彼南山，维禹甸之"中的"之"字，分别指句中"梁山"和"南山"，郑玄以"梁山之野""南山之野"释之，增字解经，且将"甸"训为"治"，将致句中存在着"治山"与"治水"前后文意不通的毛病。

按：上述"甸"字当读为"田"或"陈"。④《说文》："甸，天子五

① 许慎撰，段玉裁注：《说文解字注》，上海古籍出版社1988年版，第713—714页。

② 许慎撰，段玉裁注：《说文解字注》，第362页。

③ 陈奂：《诗毛氏传疏》卷三十。

④ 马瑞辰虽注意到"甸"字与"田""陈"通，认为"'甸'为'治'，则'陈''田'亦皆为'治'"，并认为"维禹甸之"与下文"曾孙田之"同义，但仍将"甸"理解为"治"。马瑞辰撰：《毛诗传笺通释》，中华书局1989年版，第708—709页。

百里内田。"《段注》:"甸,王田也。"①《周礼·春官·序官》:"甸祝下士二人。"《周礼·职方氏》:"又其外方五百里曰甸服。"《汉书·地理志上》:"五百里甸服。"② 又《说文》:"田,陈也。"《段注》:"取其陈列之整齐谓之田。"③ "甸"又有"填"义,《释名》:"已耕者曰田。田,填也。五稼填满其中也。"④ 依前面对"敷"字的解释,禹甸梁山、南山,实际上是禹"敷下土方"之伟业中所造梁山、南山,含有禹创造大地并陈布梁山、南山之意。⑤

《诗经》中所述"禹敷下土方""维禹甸之"中的禹创造大地之意,可由《山海经·海内经》《尚书·禹贡》以及出土文献"豳公盨"铭文等得以印证。《山海经·海内经》:

> 洪水滔天。鲧窃帝之息壤以堙洪水,不待帝命。……帝乃命禹卒布土以定九州。⑥

袁珂先生认为上引文中的"土"即为"息壤"。⑦ "息壤"又称"息土"。《淮南子·地形训》:"禹乃以息土填洪水,以为名山。"高诱注:

① 许慎撰,段玉裁注:《说文解字注》,第 696 页。

② 《周礼·春官·序官》:"甸祝下士二人。"郑玄注:"甸之言田也。"《周礼·职方氏》:"又其外方五百里曰甸服。"贾公彦疏:"甸之言田。"《汉书·地理志上》:"五百里甸服。"颜师古注:"甸之为言田也。"班固:《汉书·地理志》,中华书局 1962 年版,第 1537 页。

③ 许慎撰,段玉裁注:《说文解字注》,第 694 页。

④ 刘熙:《释名》,中华书局 1985 年版,第 10 页。

⑤ 顾颉刚认为"甸"有"陈"的涵义。参见顾颉刚:《讨论古史答刘胡二先生》,《古史辨》(第一册),上海古籍出版社 1982 年版,第 111 页。

⑥ 袁珂:《山海经校注》,上海古籍出版社 1980 年版,第 472 页。

⑦ 袁珂:《中国神话传说》,中国民间文艺出版社 1984 年版,第 335 页。

"息土不耗减，掘之益多，故以填洪水。"① 袁珂先生据上引《淮南子》及其高诱注和《山海经》郭璞注"息壤者言土自长息无限，故可以塞洪水也"②，认为息壤"只消少许一点，就可以积山成堤，叫汹涌的洪水没法逞凶，还叫它在泥土中干涸。大地上渐渐看不见洪水的踪迹了。看见的只是一片高低不平的新的绿野"③。有学者指出，"'息壤'实际上可以暗指'最初的土壤'，这世界上最初的、能自己生长的土壤也就是创世时最先出现的土壤"④。上述学者都指出"息壤"本身可以无限生长的特性。正是这种特性使得"息壤"可以于茫茫大水中自行生长，从而造出高低不平的陆地。

《尚书·禹贡》：

> 禹敷土，随山刊木，奠高山大川。

《禹贡》中的"禹敷土"与《商颂·长发》中的"洪水芒芒，禹敷下土方"相类，有明显的禹创生大地的神话遗留痕迹。"随山刊木"，《孔传》："洪水汎溢，禹布治九州之土，随行山林，斩木通道。"有学者指出，"随"当是"堕"字讹变的结果，所述与禹造大地有关。⑤

"奠高山大川"之"奠"，《孔传》："奠，定也。高山，五岳；大川，

---

① 何宁：《淮南子集释》，中华书局 1998 年版，第 322 页。

② 袁珂：《山海经校注》，第 472 页。

③ 《中国神话传说》原书作"叫汹涌的洪水设法逞凶"，"设"当为误字，依文意应为"没"。参见袁珂：《中国神话传说》，第 328 页。

④ 参见叶舒宪：《中国神话哲学》，中国社会科学出版社 1992 年版，第 341 页。

⑤ 裘锡圭先生认为，《书序》中的"随山濬川"，《史记·河渠书》引《夏书》的"随山浚川"，其中"随"当是"堕"字演变的结果，与禹事迹的演变有关。参见裘锡圭：《豳公盨铭文考释》，《中国历史文物》2002 年第 6 期。

四渎；定其差秩，祀礼所视。"《孔疏》："水土既平，乃定其高山大川。谓定其次秩尊卑，使知祀礼所视。"我们认为，"奠"应读为"甸"。前文已经说明"甸"有"填"义，"奠"与"填"互为通假[1]，"奠""甸"均在霰韵，二字可通。顾颉刚、童书业两位先生在《鲧禹的传说》中指出："'甸''奠'音近，'甸'或即'奠'字。"[2]学者的研究显示，《尚书·禹贡》中的"随（堕）山""奠高山大川"皆指鲧禹用息土创造大地这一神话中的具体环节，属于造山神话。《尚书·禹贡》"禹敷土，随山刊木，奠高山大川"的记载，揭示了大地、高山、河流的由来。

2002 年保利博物馆征集入藏的"豳公盨"铭文记载：

天令（命）禹専（敷）土，隓（堕）山濬（濬）川。[3]

裴锡圭先生依据《尚书》《山海经》等文献，认为"豳公盨"铭文中禹"専土"，就是传世文献中所述禹的"敷土""布土"。"禹的'敷土'，其原始意义应指以息壤堙填洪水。"[4]周宝宏先生认为："隓，从阜从双手从两土，会用手堆土之意。"周先生还通过对"濬"字形的探究，认为"天命禹専土、隓山、濬川"之意是"上天命令大禹（也是天神）用息壤（自生不息的神土）填平了大水成为陆地，并且用土堆成了高

① 高亨：《古字通假会典》，齐鲁书社 1989 年版，第 88 页。

② 顾颉刚、童书业：《鲧禹的传说》，《古史辨》（第七册下），上海古籍出版社 1982 年版，第 149 页。

③ 裴锡圭先生认为"豳公盨"铭文为"天令（命）禹専（敷）土，隓（堕）山，濬（濬）川"（参见裴锡圭：《豳公盨铭文考释》，《中国历史文物》2002 年第 6 期）。周宝宏先生认为"豳公盨"铭文为"天令（命）禹専土，隓山濬（濬）川"（周宝宏：《近出西周金文集释》，天津古籍出版社 2005 年版，第 234—235 页）。

④ 参见裴锡圭：《豳公盨铭文考释》，《中国历史文物》2002 年第 6 期。

山，用'刍'（残骨）挖掘了河流"。①

先民的创世神话中含有天地开辟与人类诞生两大话题，《诗经》中有关禹的记述皆为前者。《商颂·殷武》的"天命多辟，设都于禹之绩"和《大雅·文王有声》的"丰水东注，维禹之绩"，《郑笺》分别释为"天命乃令天下众君诸侯立都于禹所治之功，以岁时来朝觐于我殷王……"；"绩，功。辟，君也。昔尧时洪水，而丰水亦汎滥为害。禹治之，使入渭，东注于河，禹之功也"。此处《郑笺》的误解类前。

按："天命多辟，设都于禹之绩"和"丰水东注，维禹之绩"中的"绩"字与"迹"通，"禹之绩"即"禹之迹"。②"禹迹"在《尚书·立政》《左传》以及出土文献"秦公簋""叔夷钟"中都有记载。③上述文献在称引"禹迹"时，对"禹迹"有所形容。或言"方行天下，至于海表"，或言"九州"。中国古代"九州"乃"天下"之别称，所以"禹迹"乃是一种隐喻禹创生大地的神话语汇。

《诗经》中所记述的"洪水"，透露出水先大地而生的意味，反映了

---

① 周宝宏：《近出西周金文集释》，第234—235页。

② 参见马瑞辰《毛诗传笺通释》："瑞辰按：'绩'当为'蹟'之假借。九州皆经禹治，因称禹迹，襄四年《左传》引《虞人之箴》曰：'茫茫禹迹，画为九州'是也。哀元年《左传》：'复禹之绩'，《释文》：'绩，本一作迹。'此'绩''迹'通用之证。此诗'维禹之绩'及《商颂》'设都于禹之绩'，'绩'皆当读为'迹'。《说文》：'迹，步处也。或作蹟。'绩、蹟同音，故《诗》每假'绩'为'迹'。"马瑞辰撰：《毛诗传笺通释》，中华书局1989年版，第867页。

③ 《尚书·立政》："其克诘尔戎兵，以陟禹之迹，方行天下，至于海表，罔有不服。""禹迹"，孔安国解为"禹治水之旧迹"，孔颖达解为"……升行禹之旧迹四方，而行至于天下，至于四海之表"。由此可知，"禹迹"有囊括四海、包举天下之意。《左传·襄公四年》引《虞人之箴》："芒芒禹迹，画为九州，经启九道。"春秋时期"秦公簋"铭文："𩁹（宓）宅禹賣（迹）。"（马承源主编：《商周青铜器铭文选·四》，文物出版社1990年版，第610页）春秋末期齐国"叔夷钟"铭文："咸有九州，处禹之堵（土）。"（马承源主编：《商周青铜器铭文选·四》，第546页）

原始初民在宇宙观方面的神话思维。下面，我们结合中国古代哲学名著中的有关论述对此略加讨论。

世界上的文明古国如印度、希腊、埃及等都有十分丰富的神话。中国遗留下来的神话多是一些零碎的片段，缺乏整体性与系统性，[1]但中国古代哲学中的宇宙生成理论在传世文献《老子》《周易·系辞》《淮南子》中不乏记载。

中国传世文献中把宇宙本源追溯至"水"的最早论述见于《管子·水地》篇。《水地》篇云："水者何也？万物之本原也，诸生之宗室也，美恶贤不肖愚俊之所产也。"[2]在这里，"水"被抽象化为世界的本原，成为一个最高的哲学范畴了。

1993年于湖北省荆门市出土的战国中期偏晚的楚简文献《太一生水》，向我们展示了一个以水为世界本原的较为完整的宇宙生成图式：

大一生水[3]，水反辅大一，是以成天。天反辅大一，是以成地。天地〔复相辅〕也，是以成神明。神明复相辅也，是以成阴阳。阴阳复相辅也，是以成四时。四时复【相】辅也，是以成寒热。寒热复相辅也，是以成湿燥。湿燥复相辅也，成岁而止。故岁者，湿燥之所生也。湿燥者，寒热之所生也。寒热者，【四时之所生也】。四时者，阴阳之所生【也】。阴阳者，神明之所生也。神明者，天地之所生也。天地者，大一之所生也，是故大一藏于水，行于时，周

---

① 参见袁珂：《中国神话传说》，第 13 页。

② 黎翔凤：《管子校注》，中华书局 2004 年版，第 831 页。

③ "大一，释文读'太一'。案'大一'是'太一'的本来写法。"李零：《郭店楚简校读记》，北京大学出版社 2002 年版，第 33 页。

而又〔始，以己为〕万物母；一缺一盈，以己为万物经。[①]

《太一生水》所述宇宙生成模式大略为：太一、水、天、地、神明、阴阳、四时、寒热、湿燥。对于《太一生水》篇的核心内容，庞朴先生解释说：

> "太一生水"的"生"，不是派生，而是化生。就是说，不是像鸡生蛋那样，太一生出一个水来；而是如同蛋生鸡，太一自己变化成了水。那时节，满宇宙都是水，太一便藏在其中……太一所生所藏的水，其实只是太一的具体形态，是具象的太一；或者说，是无形的太一化生成了有形的太一。[②]

庞氏认为"水"是先天、地而生的，带有世界本原的性质。[③]这一抽象解释与古代神话中所述具体创世过程相符。

茅盾先生认为："古代的神话确是这么一件随着人们的主观而委宛变迁的东西：历史家可以从神话里找出历史来，信徒们找出宗教来，哲学家就找出哲理来。""……中国的古代哲学家，他们把神话之带有解释自然现象之一部分，作为他们的宇宙论的引证。"[④]《管子·水地》《太一生水》它们把世界本原追溯至"水"，是对于神话哲学化的解说。这些文献的记述，说明至少在战国时期，水先大地而生的观念作为一种神话

---

① 李零：《郭店楚简校读记》，第 32 页。
② 庞朴：《宇宙生成新说——漫说郭店楚简之二》，《寻根》1999 年第 2 期。
③ 庞朴：《中国文化十一讲》，中华书局 2008 年版，第 10 页。
④ 茅盾：《神话研究》，百花文艺出版社 1981 年版，第 10、27 页。

思维还活跃在当时人的思想中。①

　　除天地开辟神话外,《诗经》中还有关于人类诞生的神话,这些神话以传说的形式存留于《诗经》的一些篇章如《商颂·长发》《大雅·生民》和《鲁颂·閟宫》等。《商颂·长发》第一章说:

　　　　濬哲维商,长发其祥。洪水芒芒,禹敷下土方。外大国是疆,
　　幅陨既长。有娀方将,帝立子生商。

　　《孔疏》:"有娀,契母之姓……谓契母方成大之时,天为生立其子商者。成汤,王天下一代之大号。此商之有天下,其本由契而来,故言契生商也……以契、禹俱事帝尧,皆有大功,故将欲论契,先言洪水也。"孔氏将"欲论契,先言洪水"的原因归结为"契、禹俱事帝尧,皆有大功",是迁就治水传说的一种解说。《长发》先言洪水,后言"有

――――――――――

　　① 民族学资料表明,水先天地而生的神话思维在世界各民族的创世神话中都具有普遍意义。如饶宗颐《近东开辟史诗》所译的古巴比伦的创世史诗:"天之高兮,既未有名。厚地之厫兮,亦未赋之以名。始有澹虚(Apsu),是其所出。漠母(Mummu)彻墨(Tiamat),皆由孳生。大浸一体,混然和同。无纬萧以结庐,无沼泽之可睹。"饶宗颐先生在本书"前言"中指出:"西亚泥板中第一位神明叫做 Apsū,意思是溟海(Ocean)。这一名词可能是出于闪语,义为地表,或海岸,是指水之清者,我把它音译作澹虚。Mu-um-mu 蒲德侯教授认为是 Tiamat 的绰号,其他相当于阿克得语的 ummu,其义为母,所以我音译作漠母。Apsu 是水之清者。而 Tiamat 出自闪语,意为溟海,水之积聚,大地之浮沤也,则指水之浊者,与 Apsū 恰恰相反,我把它音译为彻墨。古汉语训'海,晦也',即以海为晦。"(饶宗颐编译:《近东开辟史诗》,辽宁教育出版社 1998 年版,第 21、5 页)又如古希伯来人的《圣经·旧约·创世纪》所说:"在起初天主创造了天地。大地还是混沌空虚,深渊上还是一团黑暗,天主的神在水面上运行。"(思高圣经学会译释:《圣经》,思高圣经学会发行 1981 年版,第 9 页)再如古印度创世神话在讲述创世之初的故事时说:"世界未形成时只是一片不可名状、不可感觉的黑暗。最先出现的是浩淼无际的水……一半成了苍天,一半成了大地。"(唐孟生、宴琼英编著:《古印度神话故事》,吉林人民出版社 2001 年版,第 1 页)

娀方将，帝立子生商"，有着严谨的逻辑顺序。这一问题可以结合《商颂》的另一篇《玄鸟》来看，《玄鸟》开篇说：

> 天命玄鸟，降而生商，宅殷土芒芒。

上引文中所言"玄鸟生商"之类属于创世神话的一个重要分支即族源神话。[①]《毛传》："玄鸟，鳦也。春分，玄鸟降。汤之先祖有娀氏女简狄配高辛氏帝，帝率与之祈于郊禖而生契，故本其为天所命，以玄鸟至而生焉。"《郑笺》："……鳦遗卵，娀氏之女简狄吞之而生契，为尧司徒，有功，封商。尧知其后将兴，又锡（赐）其姓焉。"

《玄鸟》开篇从有娀氏之女吞鸟卵而生契的神话写起，而《长发》则首先追溯了商部族的起源，且将禹的事迹列于商部族起源之前，这种叙述顺序耐人寻味：先有大地的形成，后有商部族始祖契的诞生，从而使商部落得以形成，是顺理成章的事。

与《长发》相似，《闷宫》首章言：

> 闷宫有侐，实实枚枚。赫赫姜嫄，其德不回。上帝是依，无灾无害。弥月不迟，是生后稷，降之以福：黍稷重穋，稙稚菽麦。奄有下国，俾民稼穑。有稷有黍，有稻有秬。奄有下土，缵禹之绪。

《闷宫》追溯周部族的历史，先从姜嫄履帝迹生稷的神话写起，首章以"奄有下土，缵禹之绪"作结。《说文》："缵，继也。从系，赞

---

① 参见陶阳、牟钟秀：《中国创世神话》，上海人民出版社 2006 年版，第 9—10 页。

声。"① 《毛传》:"绪,业也。"《郑笺》:"绪,事也。尧时洪水为灾,民
不粒食。天神多予后稷以五谷。禹平水土,乃教民播种之,于是天下大
有,故云继禹之事也。"诗人认为稷教民稼穑而"奄有下土",乃承继大
禹之功业,叙事有序。《閟宫》追溯周人早期历史,自姜嫄履帝迹生周
部族始祖稷(与《大雅·生民》同)至"缵禹之绪"。与《长发》相似,
《閟宫》叙述了两种不同类型的创世神话,其中亦暗含了禹创生大地这
一创世神话的内容。

从中国古代华夏族的神话和传说体系来看,创世神话与治水传说
实为两个既具关联又有区别的系统。但自春秋战国以来,在人们的历史
观中,天地开辟神话遗存已与传说中的洪水灾难相混淆,有关禹的创世
神话开始向治水的英雄传说演变。这一误读见于《尚书》《淮南子》《史
记》等著作,从中可见先秦两汉时期人们对中国古代创世神话的隔膜。

《诗经》是我国现存最古老、最完整可靠的历史文献。在《诗经》
中,禹、契、稷等神性英雄受到了诗人的热烈称颂,禹是其中着墨最多
的神性英雄之一。有关禹的事迹六见于《雅》《颂》,其在古代人们历
史观中的重要性可见一斑。《诗经》有关禹的事迹的记载,对于《诗经》
研究和中国远古创世神话的研究,都具有重要意义。

(原载《文化遗产》2012 年第 3 期,与李永娜合作)

附记:

本文审稿意见说:日本神话学者大林太良《神话学入门》提出,鲧

---

① 许慎撰,段玉裁注:《说文解字注》,第 646 页。

治水的神话属于在阿尔泰地区广泛流传的潜水神话，鲧的本来面目是潜水捞泥的神话角色。[①] 李道和、胡万川与吕微等中国学者在不同程度上接受了这一说法。[②] 然而正如这一理论的接受者之一吕微所言："《山海经·海内经》中只讲到了'鲧窃帝之息壤'，似乎息壤原本在上帝手中，而不是在洪水底部。"[③] 两者属于不同的神话模式，故本文不采纳上述日本学者的说法。本文作者感谢审稿人意见，在相关引文中添加"鲧窃帝之息壤以堙洪水"一句，表明自己的观点。

审稿意见还认为，把禹"作为历史人物的神话化来看待，更切合史实"。本文作者不赞成这一说法，未予采纳。

① 〔日〕大林太良著，林相泰、贾福水译：《神话学入门》，中国民间文艺出版社1989年版，第51—52页。

② 参见李道和：《昆仑：鲧禹所造之大地》，《民间文学论坛》1990年第4期；胡万川：《捞泥造陆——鲧、禹神话新探》，《新古典新义》，台湾学生书局2001年版，第45—72页；吕微：《神话何为——神圣叙事的传承与阐释》，社会科学文献出版社2001年版，第58—158页。

③ 参见吕微：《神话何为——神圣叙事的传承与阐释》，第68页。

《诗经译注》*前言

　　《诗经》是我国第一部诗歌总集，它收集和保存了我国先秦时期商代到春秋中期以前的305篇诗歌，仅从这一点来看，它在中国文学史上的地位就是不言而喻的。《诗经》的价值不限于文学，在整个中国文化史上它也有特殊的崇高地位。就其对民族文化的意义而言，超过历史上的任何一部诗歌总集。

　　对于《诗经》在文化史上的重要意义，前辈学者早有论及。著名历史学家顾颉刚先生曾经说过："《诗经》这部书，在中国所有的书籍里面，是最有价值的一部。"顾先生所下的这一断语，基于如下事实：首先，在中国所有现存的书籍中，《诗经》这部书的年代最早。其中最早的诗篇产生于商代，已有三千多年；最晚的诗篇产生于春秋中期，也已经有两千多年的历史了。其次，在先秦时期流传下来的历史文献中，《诗经》是保存最好、最完整、最可靠的一部。秦始皇焚书坑儒的时候，很多文献都被焚烧了，我们现在看到的许多先秦文献都是经过汉代学者重新编辑整理的。而《诗经》这部书则不然，《汉书·艺文志》说，《诗经》"三百五篇，遭秦而全者，以其讽诵，不独在竹帛故也"①。就是说，经过秦始皇的焚书坑儒，《诗经》能够完整地保存下来，一个很重要的

---

　　*　　姚小鸥：《诗经译注》，当代世界出版社2009年版。
　　①　　班固：《汉书》，中华书局1962年版，第1708页。

因素是它读来朗朗上口，所以能够口耳相传，不专门依赖缮写在竹简和帛书上的书面文字材料。

从思想史和文化史的角度来看，《诗经》的价值还在于它的权威性。早至汉代，"五经"就被立为官学，"五经"为《诗》《书》《礼》《易》《春秋》。即《诗经》《尚书》《周易》《三礼》（《周礼》《仪礼》《礼记》）以及《春秋》。《春秋》包括"三传"（《左传》《穀梁传》《公羊传》）在内。《诗经》为"五经"之首，地位最尊，这是从先秦时期流传下来的学术传统。早在《诗经》这部书形成的时代，即西周到春秋中期，在教育贵族子弟的"国学"里，"诗"已经是基本的学习内容。需要指出的是，先秦时期人们对"诗"的学习，从形式和内容两个方面，与我们今天学习《诗经》都有很大的区别。古人学"诗"，是把它作为综合的礼乐文化的组成部分来学。也就是说，古人不但是将诗、乐、舞结合在一起来学习，而且他们学"诗"不只是一般地学习知识和技能，更重要的是作为人的思想和行为规范来学习的。我们今天看到的《诗经》只是"诗"的文字部分，今天的人们主要是通过诗篇文字来了解其思想内容和欣赏其艺术。

《诗经》的文本，在历史上是逐渐形成的。它的基本定型，是在春秋时期。据《左传》记载，在春秋中期偏晚的鲁襄公二十九年，吴国一位名叫季札的公子，到鲁国去"观乐"。当时鲁国乐工给他歌唱的"诗"篇，从《左传》记录的篇目来看和今天的《诗经》基本相同。

《诗经》的文本经孔子之手最后编定，时间是在春秋的末期。在孔子以前，作为"乐"的有机组成部分，"诗"由管理国学的乐官掌握，狭义的"诗"（即"诗"的文字部分）和狭义的"乐"（即"乐"的音乐成分）的创作、学习和使用都是一体的。到了孔子的时代，由于礼崩乐坏，狭义的"诗"与狭义的"乐"开始分家，出现了与"乐家"相对应的"诗家"。从《诗经》学史的角度来说，这是比较重要的一件事。发展到后来，"乐家"对于"诗"乐只能"纪其铿锵鼓舞，而不能言其义"，也就是说只能记其音乐节奏而不能了解其文化内涵。"诗家"不排斥"诗"包括音乐在内的艺术特性，但更侧重掌握和阐发"诗"的思想意义。从现存文献记载来看，孔子可以说是先秦"诗家"的第一人。换句话，也可以说孔子是《诗经》学的创始人。

孔子在历史上被称作圣人，他整理过的《诗经》等文献，汉代以降，历代奉为经典。汉人承继孔子的传统，更重视它的文字文本内容，注意阐释它的思想内容。

孔子是怎样评价《诗经》的思想内容呢？他有一句很著名的话说："诗三百，一言以蔽之，曰思无邪。"这句话的意思是说，《诗经》中所包括的篇数很多，但可以用一句话来概括，就是"思无邪"，也就是《诗经》中所有诗篇的思想内容都非常纯正。

今天我们看到的《诗经》一共有三百零五篇。这个篇数，在汉代的时候，已经确定了。司马迁在《孔子世家》里说："三百五篇孔子皆弦歌之。"[①] 就是说《诗经》的三百零五篇，孔子都是一边用弦乐器伴奏着，一边吟诵歌唱的。可是在人们现在看到的被认为最权威的传世《诗经》文本《毛诗》的目录中，却有三百零十一篇的篇目，这是怎么回事呢？这是因为其中包括六篇所谓"笙诗"。

我们认为，"笙诗"自汉代以来即有目无辞，本不应列入《诗经》这部书中。因为有目无辞的乐歌可以为"乐家"所传，可是它不当列入"诗家"所传的《诗经》文本篇目中。我们这本书不将"笙诗"列入目录，但读者应该知道在《诗经》学史上曾经有过这么一回事情。

---

① 司马迁：《史记》，中华书局 1959 年版，第 1936 页。

从文本的组织结构来看,《诗经》可分为《风》《雅》《颂》三个大的部分,《风》分为十五个部分,通称"十五国风",《雅》分为《小雅》和《大雅》,《颂》分为《周颂》《鲁颂》和《商颂》。

《风》在汉代以来一直被称为"国风"(在近年出土的战国文献中,"国风"又被称为"邦风"),这一称谓一直沿用到现在。《国风》一共有160篇,分为十五个部分,也就是《诗经》学史上通常所说的"十五国风"。它们分别是:

周南(11篇)、召南(14篇)、邶风(19篇)、鄘风(10篇)、卫风(10篇)、王风(10篇)、郑风(21篇)、齐风(11篇)、魏风(7篇)、唐风(12篇)、秦风(10篇)、陈风(10篇)、桧风(4篇)、曹风(4篇)、豳风(7篇)。

"十五国风"是一种通行的说法。这里的"国"通常被认为是指诗篇来自的各诸侯国,"风"指各地的曲调。这种说法大体不差,但不很准确。

我们今天称为"中国"的这块广袤的土地,古代称为"天下",当时所说的"中国"是指华夏民族的核心区域即中原地区。《诗经》中"溥天之下,莫非王土"的诗句,就是建立在这一观念之上的。"溥天之下"分为很多诸侯国,若干个诸侯国可以构成一个较大的区域,这些区域有其独特的文化地理特征。每个诸侯国中往往又包含有许多小的区域,这些区域也各有其独特的历史及文化传承。也就是说,"十五国风"中,虽然有很多是一国之"风",但也有一些是包括若干诸侯国的较大的区域内诗篇的集合,如《周南》和《召南》。还有一些是比诸侯国小的地区的诗歌,比如《豳风》。豳是一个小的地域,周人的老家。至于《王风》,一般认为它是周平王东迁到洛阳以后的王畿的诗歌。

拿我们今天的地理概念来说,《风》包括哪些地方呢?最西边的,

《秦风》达到了今天的甘肃省。最东边的,是《齐风》,达到了今天的山东半岛。最南边的到长江汉水流域。最北边的,《邶风》到了河北省。也就是说当时华夏文化族群居住地域的大部分都被《风》诗所覆盖。

《雅》诗分为《小雅》和《大雅》。《小雅》有七十四篇,《大雅》有三十一篇,合起来有一百零五篇。一般认为它们都是西周王畿的诗歌。

《颂》分为《周颂》《鲁颂》《商颂》。《周颂》三十一篇,是西周时期王室的诗篇。《鲁颂》四篇,是春秋时期鲁国人的作品。《商颂》五篇,是殷商时期留下来的。《风》《雅》《颂》合起来就是今天我们看到的三百零五篇的《诗经》。

关于"风""雅""颂"各自得名的缘由,有多种说法。

汉代儒生以为"风""雅""颂"的得名是由于它们在礼乐文化系统中的不同功能。《毛诗序》说:"风,风也,教也。风以动之,教以化之。""上以风化下,下以风刺上,主文而谲谏,言之者无罪,闻之者足以戒,故曰风。"《毛诗序》又说:"是以一国之事系一人之本,谓之风;言天下之事,形四方之风,谓之雅。雅者,正也。言王政之所由废兴也。政有小大,故有小雅焉,有大雅焉。颂者,美盛德之形容,以其成功告于神明者也。"[①] 从上面的引文可以看出,《毛诗序》认为《诗经》各个部分是以功用来区分的。

现在一般通行的认识是,《诗经》中《风》《雅》《颂》的分类,是基于"风""雅""颂"三种乐体的不同。宋代著名学者朱熹的《诗集传》对此较早进行了详细的阐说。

朱熹《诗集传》在《国风》部分的解题中说:"国者,诸侯所封之域,而风者,民俗歌谣之诗也。谓之风者,以其被上之化以有言,而其

---

① 《毛诗正义》,阮元校刻:《十三经注疏(附校勘记)》,中华书局 1980 年版。

言又足以感人。如物因风之动以有声，而其声又足以动物也。"在《小雅》部分的解题中，朱熹说："雅者，正也，正乐之歌也。其篇本有大小之殊，而先儒说又各有正变之别。以今考之，正小雅，燕飨之乐也；正大雅，会朝之乐，受釐陈戒之辞也。故欢欣和说（悦），以尽群下之情，或恭敬齐庄，以发先王之德，词气不同，音节亦异……及其变也，则事未必同，而各以其声附之。"在《颂》诗部分的题解中，他说："颂者，宗庙之乐歌。"①

朱熹的上述解释虽然有调和各家说法的姿态，但其独创性还是明显的。他认为《诗经》的《风》《雅》《颂》各部分不但由其功用，更重要的是以乐体来区分。

"乐"在古代是各种艺术的总称。在礼乐文化的背景下，"乐"贯穿于"礼"的各个方面。后世的人们往往过分注意其"音乐"内涵。其实，即使从操作层面上来说，也不能将"乐"的内涵缩小到如此地步。所以，从"诗"与"乐"的关系来看，单纯将"风""雅""颂"之别系于音乐是一种不正确的认识。

《诗经》的"风""雅""颂"各部分并非同时产生，也不是同时命名，命名原则也各不相同。其用途、音乐、文化内涵，乃至其各自被收集到《诗经》这部书中的途径都有很大差异，用一种整齐划一的原则解释其分类是不恰当的。

关于《诗经》的成书，历来有"采诗说"和"献诗说"两种。

"采诗说"的记载见于《汉书·食货志》等文献，《食货志》说："孟春之月，群居者将散，行人振木铎徇于路，以采诗，献之大师，比

---

① 朱熹集注：《诗集传》，中华书局1958年版。

其音律，以闻于天子。故曰王者不窥牖户而知天下。"①

"献诗说"最早见于《国语》这部书。《国语·周语》说："故天子听政，使公卿至于列士献诗，瞽献曲，史献书，师箴，瞍赋，矇诵，百工谏，庶人传语，近臣尽规，亲戚补察，瞽、史教诲，耆、艾修之，而后王斟酌焉。"②

从历代人们的探究及对我们今天《诗经》文本的考察，可以说，"采诗""献诗"都只涉及《诗经》中的一部分内容，而不包括其全部。比如说，"颂"纳入《诗经》之由，就既不能用"采诗说"来概括，也不能用"献诗说"来解释。具体细节文献有阙，不能马上得出系统严密的论述，不过学者们都在对此进行探索，人们的认识越来越接近历史的真相。

《诗经》的艺术构成，有赋比兴三种。那什么叫赋呢？古人认为赋就是"直言铺陈"。也就是讲，平铺直叙的描写方法就是赋。什么叫比呢？"比"，古人说是"以彼物比此物也"，拿今天的话来说，就是打比方。赋、比、兴里最重要的，在艺术理论和实践上对后世影响最大的是"兴"。什么叫兴呢？古人讲，"兴"就是"先言它物以引起所咏之词也"。就是先说一件事物，来把另外一件事物引出来。比如《诗经》第一篇《关雎》，开篇是"关关雎鸠，在河之洲。窈窕淑女，君子好逑"。"关关雎鸠"，说水鸟在河中的沙洲上雌雄和鸣，发出关关的叫声，比喻"窈窕淑女"，即长得漂亮而贤惠的女子，是君子的好的伴侣。"比"和"兴"往往不能分开，比如前面所说《关雎》以"雎鸠"的和鸣来起兴，引起下文描述君子和淑女的恋爱主题，同时也是以相互挚爱的"雎鸠"

---

① 班固：《汉书》，第 1123 页。
② 徐元诰撰，王树民、沈长云点校：《国语集解》，中华书局 2002 年版。

来比喻男女主人公爱情的坚贞与婚姻的稳固。有些问题学者们从理论上所作的分析虽然看起来比较复杂，读者涵咏讽诵诗篇，对此却可以有各自不同的心得。

《诗经》是中国文化的经典，我们的生活中，到处能够看到它的踪迹。《诗经》中的许多内容作为文学典故为历代文人所学习和援用，许多语汇还活跃在当代汉语中。台湾作家琼瑶曾经把《诗经·秦风》的《蒹葭》稍加改动，配上曲调，一度非常流行。这个例子证明，《诗经》虽然古奥，但是，它经过了两三千年以来人们的诵读、诠释和流传，已经成为中国文化不可分割的一个部分，和我们中国人有着近乎天然的联系，每一个有一定文化修养的中国人都应该对它有一个大略认识。通过《诗经注》这本书，大家一定能够更全面地了解它、喜爱它。

楚简《诗经》类文献研究

《孔子诗论》与先秦诗学

　　上海博物馆藏《战国楚竹书·孔子诗论》的发表，在中国学术史尤其是中国诗学史的研究中具有特殊重要的意义。它反映了中国先秦时期诗学繁荣与发达的程度，给了人们一个在哲学层面重新认识先秦诗学的切入口，并预示着当代先秦诗学研究在整个学科领域的学术进展中将进入一个新的历史阶段。到目前为止，我们对先秦时期中国诗学尤其是诗学批评的认识尚未达到应有的水平。这一现状又严重地影响到中国传统诗学研究乃至整个中国文学批评史、文学思想史的研究。具体说来，先秦文学批评史中以《诗经》为重要经验材料的先秦诗学，尤其是战国中晚期以前的诗学研究材料，主要还局限在《论语》中有限的若干孔子语录。《礼记》中的《乐记》《缁衣》等先秦文献以及《孔子家语》《说苑》等汉魏人整理的文献材料的价值，则因为疑古思潮的影响而大打折扣。先秦文学批评史、文学思想史的研究者们对包括先秦诗学在内的先秦文学思想的定性还仅仅局限在"文学思想的萌芽"这一极为保守的认识水平上，这一情况说明，我们对先秦时期的文学思想、诗学思想的了解程度与它的实际情况距离很远，尚不能在认识论的层面上沟通先秦时期文学思想、诗学思想与先秦哲学的密切联系。这一切必然在我们对包括《孔子诗论》在内的新出简牍的研究中得到纠正。可以相信，随着《孔子诗论》研究的深入，中国先秦诗学乃至整个中国古代文论研究的内容将大为扩充，研究的深度将大为增加，研究的品位将大为提高。

《孔子诗论》显示，先秦时期的中国诗学已经相当地繁荣与发达。这首先表现在其所含先秦诗学著作种类与内容的丰富性。正如在《战国楚竹书·孔子诗论》与先秦诗学学术研讨会上许多专家所指出的那样，根据"诗论"竹简的形制及其他考古学特征来分析，上海博物馆藏《战国楚竹书·孔子诗论》实际上含有不止一种先秦诗论著作。如果加上该书《前言》中所提到的由 7 支简所组成的《诗乐》等艺术理论文献及《孔子诗论》整理者所谓"备用简"中的诗学内容，上海楚简中先秦诗论著作的内容就更为丰富，数量更为可观。在一批简牍中出现如此多的先秦诗学与艺术学著作，从一个侧面说明了战国时期以《诗经》为主要观照对象的先秦诗学传播的广泛性及其繁荣发达的程度。

《孔子诗论》所显示的先秦时期诗学繁荣发达的第二个表现是它在理论上的成熟程度。如果联系《战国楚竹书》其他部分及《郭店楚简》等出土文献所存先秦哲学论著，可以明显看出《孔子诗论》所含先秦诗论著作在理论方面有着坚实的哲学基础，其多样化的批评模式也已经相当成熟。例如，在《孔子诗论》中，曾多次出现"情""性""命""天命"等词语。考察它们出现的规律并联系《战国楚竹书》所收先秦哲学论著《性情论》（即《郭店楚简·性自命出》篇）的有关论述，可知这些词语并非一般的文学批评词汇，而是具有深厚的先秦哲学底蕴的诗学批评术语。

《性情论》说："性自命出，命自天降。道始于情，情生于性。始者近情，终者近义。"又说"生德于中""礼作于情"。[①] 这里所描述的"天—命—性—情—道（即礼）"的理论图式，无疑有助于我们理解

---

① 马承源主编：《上海博物馆藏战国楚竹书（一）》，上海古籍出版社 2001 年版。本文所引上海楚简简文皆出自该书，文字采用通行文字。

《孔子诗论》中的许多断语。如第十六简的"燕燕之情，以其独也"（按："独"作"慎独"解），第十八简的"《杕杜》则情喜其至也"（按："至"指情能达到反其本的程度）。再比如第十六、二十、二十四简中反复出现的"民性固然"一语的深层内涵，也借助这一理论图式得到充分的展现。

在《孔子诗论》中，一种惯常的批评模式是篇名＋断语。如第二十一简："《宛丘》吾善之。《猗嗟》吾喜之。《鸤鸠》吾信之。《文王》吾美之。"在这些对《诗经》具体篇章所作的评论中，出现了一系列具有文学批评术语性质的断语，如"信""美""善""喜"等。仔细考察可知，这些断语都具有特定的审美内涵。例如，"信"在中国古代哲学和伦理学中一般作"诚实不欺，有信用"解，在先秦时期往往与"忠""仁""义"等伦理概念并行，在汉代又往往与"仁""义""礼""智"并用。而在《孔子诗论》中，"信"则成为一个审美范畴，它与"情"有着相互补位的密切关系。例如第二十一简所说的"《鸤鸠》吾信之"，在《诗论》第二十二简中有较更明确的表述："《鸤鸠》曰：'其义一兮，心如结也'，吾信之。"本书《性情论》说："凡声，其出于情也信。然后其入拔人之心也厚。"（第十四简）《郭店楚简·性自命出》篇又有"信，情之方也"（第四十简）；以及"苟有其情，虽未之为，斯人信之矣；未言而信，有美情者也"。正因为《鸤鸠》一篇表现了诗人内心真实而笃厚的情感，所以孔子断之以"信"。

我们知道，情感是文学作品最为重要的美学特征。对文学作品中以个性化的方式所表达的人类普遍感情的理解程度，是艺术哲学发达的重要标尺。《孔子诗论》对许多诗篇表达的情感有深切的感悟和精辟的论述。《诗论》第二十二简："《宛丘》曰：'洵有情，而无望。'吾善之。"相关诗句今本《诗经·宛丘》作"洵有情兮，而无望兮"，《郑笺》释为"信有荒淫之情，其威仪无可观望而则效"。《郑笺》所释完全脱离了诗篇所表达的情感内涵，如果从《郑笺》之说，则诗篇内涵显得淡而无味。比较之下，更可看出《孔子诗论》对《宛丘》这种"不知其所起，一往而深"的"情"所怀抱的深切理解和同情，支持上述理解与同情的哲学背景，则是春秋末年以降孔子所力倡的儒家充满人文关怀情结的"仁"的思想。这一点，在《郭店楚简》所存诸篇先秦哲学论著中多可觅得其踪。

　　《孔子诗论》中许多内容可以与传世文献互证，并往往能够引起我们对传世文献价值的新认识，加深对它们所反映的历史文化内涵的新理解。如《孔子诗论》第二十四简论《召南·甘棠》："吾以《甘棠》得宗庙之敬，民性固然。甚贵其人，必敬其位。悦其人，必好其所为。恶其人者亦然。"许多学者都指出，《孔子家语》和《说苑》中都有与此相似的内容。这种与传世文献相合的情况在《诗论》中并非个别例子。《毛诗序》是重要的《诗》论著作，关于它的年代、作者及性质等问题在历史上有极为歧异的论争，甚至曾被认为是东汉时期的卫宏所作。郭绍虞主编的《中国历代文论选》，王运熙、顾易生主编的《中国文学批评通史·先秦两汉卷》将其置于"两汉文学批评"的位置上，后者认为"它大约完成于西汉中期以前的学者之手"，这代表了到目前为止学术界对这一问题的一般认识。这种判断不能不使它在学术史上的地位大受影响，而《孔子诗论》中多支简所载内容可与《毛诗序》相关联。比如，简文关于《风》《雅》《颂》各类诗篇基本特征的论述与《诗大序》有关论述的精神非常相似。第八简论《小雅》的《雨无正》《节南山》等篇，以为"皆言上之衰也，王公耻之"，使人们自然联想到《毛诗序》中的"变风""变雅"之说。《毛诗序》中还有所谓"四始"的说法，《孔子诗论》特别重视对《关雎》《文王》等诸篇的评论，为这一问题的解决提供了新的视角与材料。《诗经·关雎》篇与《关雎序》历来是《诗经》

学研究的热点,《诗论》中第十、十一、十二、十四等简都涉及《关雎》篇,其内容对相关问题的解决颇具启发性。尤其第十简"《关雎》以色喻于礼",第十四简"以琴瑟之悦,拟好色之愿"等论述尤为重要,能使人们在历史与美学两个方面加深对《诗序》"《关雎》,后妃之德"说所指的理解。

《孔子诗论》作为先秦诗学繁荣发达的标尺,对古代诗学研究具有重要的方法论意义。自王国维先生倡导"双重证据法"这一重要史学方法以来,历史学界奉此利器,推动了整个学科研究水平的大幅度提高,成为 20 世纪的一个重要学术景观。近 20 年以来,中国哲学史的研究者们对《马王堆帛书》《郭店楚简》等简帛文献的研究,同样使中国哲学史的研究上了一个新的台阶。近年来,我们在《文艺研究》杂志的大力扶持下,和一批有识之士一起,倡导在包括中国文学批评史在内的中国古代文学研究领域中加强对出土文献的研究工作,已经取得了一批可喜的学术成果,利用出土文献已经逐渐成为广大古代文学研究工作者的重要学术理念。我们相信,随着包括《孔子诗论》在内的上海楚简的陆续公布和深入研究,先秦诗学研究乃至整个中国古代文学研究一定能够取得更大的学术进展。

(原载《文艺研究》2002 年第 2 期)

关于《孔子诗论》与《毛诗序》关系研究的若干问题

　　《上海博物馆藏战国楚简书·孔子诗论》（以下简称《诗论》）发表以后，引起学术界的广泛关注。讨论的热点问题之一，是它与《毛诗序》之间的关系。由于讨论对象所涉及问题的复杂性，到目前为止，相关问题尚未取得一致意见。一种意见认为，《诗论》的发现可以为两千年来争讼不已的《毛诗序》公案画一个句号；但也有人认为，二者关系不大，性质不同，不具有可比性。如何认定《诗论》与《毛诗序》的关系，并进一步促进《诗经》学相关公案的探讨，已成为亟待解决的问题。

　　最早将《诗论》和《毛诗序》进行比较的是《诗论》的整理者马承源先生。在《诗论》的"附录二"《孔评诗义与〈毛诗〉小序评语对照表》中，整理者将《诗论》与《毛诗》小序作了比较。① 可见，整理者注意到了《诗论》与《毛诗序》的关系，甚或已经在某种程度上将二者判断为性质相同或相似的文献。在讨论中，认为《诗论》和《毛诗序》属于一脉相承的《诗》说系统的学者占有相当数量。著名学者李学勤先生认为，《毛诗序》"与《诗论》孔子语比较，虽有很大变化，仍系一脉相承"②；方铭认为，"《孔子诗论》所阐发的诗论观点，与《诗序》极为

---

　　① 参见马承源主编：《上海博物馆藏战国楚竹书（一）》，上海古籍出版社 2001 年版。本文所引《诗论》简文皆引自此书，文字采用通行文字。
　　② 李学勤：《谈〈诗论〉"诗亡隐志"章》，《文艺研究》2002 年第 2 期。

一致，而且，由于论述语境和方式的差异，《孔子诗论》和《诗序》还可以互相发明"①；江林昌不仅肯定"两者的基本精神是一致的"，而且认为"竹简《诗论》可能就是《毛诗序》的最早祖本"②。

但也有学者认为，《诗论》与《毛诗序》关系不大，二者没有比较价值。彭林认为，《诗论》与自古相传的《诗序》在"体例和性质"上"恰恰相反"，"既是出于不同的需要而作，表述的内容也各有重点。前者为介绍与《诗》的相关知识而作，是《诗》的辅助材料，文字的指向是在《诗》外；后者是就《诗》义而作，文字的指向是在《诗》的深层。整理者将两个不同性质的作品放在一起作所谓的比较，其实是没有意义的，不能说明什么问题"③；姜广辉认为，《诗论》与《毛诗序》比较，"意旨虽有可通，文句几无相同，因此很难说两者有什么传承关系"④。

上述两种对立的观点各有所据，孰是孰非，还要从《诗论》和《毛诗序》文本出发来寻找答案。《诗论》中涉及《诗经》中的 60 篇诗，整理者因其中篇名与现存《诗经》通行本多有不同，以为逸诗颇多，但经过学者们的讨论，大家发现《诗论》所载《诗经》篇名与今本的不同多是异文所致，这 60 篇诗基本可以和今本《诗经》篇名相对应。⑤ 类似的

---

① 方铭：《〈孔子诗论〉与孔子文学目的论的再认识》，《文艺研究》2002 年第 2 期。

② 江林昌：《上博竹简〈诗论〉的作者及其与今传本〈毛诗序〉的关系》，《文学遗产》2002 年第 2 期。

③ 彭林：《"诗序"、"诗论"辨》，《上博馆藏战国楚竹书研究》，上海书店出版社 2002 年版。

④ 姜广辉：《关于古〈诗序〉的编联、释读与定位诸问题研究》，《中国哲学》第 24 辑。

⑤ 如《诗论》第 27 简有"中氏君子"之语，原以为逸诗，后发现不过《蓏斯》之异文，由"中氏"与"蓏斯"音近而字不同所致。第 28 简《又荠》为《墙有茨》，至于其他如《蓼木》与《樛木》，《扬之水》与《汤之水》，《雨亡政》与《雨无正》，《即南山》与《节南山》，等等，多是此类。

情况在历史上并不罕见，例如汉代有著名的齐、鲁、韩、毛"四家诗"。《毛诗》在阐释诗篇大义、论述创作背景、分析"美刺"与"四始"等方面与"三家诗"不同，在篇名、文字等方面也多与"三家诗"有相异之处，如《棠棣》，《韩诗》作《夫栘》；《还》，《齐诗》作《营》①等。既然《诗论》所论的篇名与今本《诗经》基本对应，那么《诗论》所据的《诗经》文本应该与《毛诗》没有大的差别。据《诗论》的整理者统计，《诗论》与《毛诗序》的内容相辅相成的约有30多篇。这一事实可证《诗论》与《毛诗序》属于同一诗说系统。

现存《毛诗序》是配合《诗经》的编次而行的，而《诗论》则是脱离《诗经》文本单独流行的，这是两者的一个明显不同之点。但作为阐释诗篇宗旨大义、创作背景的《毛诗序》原来也是单独刊行的。②后来，随着《序》《传》《笺》《正义》等训诂体例的完整而被后人分篇固定于《诗》的具体篇章之前。《诗论》的单行正与《毛诗序》的原初状态相同。

《诗》与孔子的关系密切。《毛诗序》被认为是孔门《诗》学传承的产物，思想渊源可以上溯到孔子；《诗论》中也多以孔子名义发表对《诗经》的看法。学者们在讨论中比较一致地认为，这些议论虽然并不全部出自孔子手笔，但其主要内容无疑传自孔子。《诗论》的抄写年代经考证是在战国中后期；《毛诗序》的具体产生时间虽尚未能十分确定，但可以肯定的是，它在汉初已经基本成型。同为论《诗》的文字，《诗

---

① 魏源：《诗古微》，岳麓书社1989年版。

② 汉代训诂著作体例皆为单行，《毛诗序》也不例外，王先谦《汉书补注》、陈奂《诗毛氏传疏·序》在谈到《汉书·艺文志》所述《毛诗》二十九卷时，都认为"序别为一卷，故二十九卷"。王引之《经义述闻》也说："《诗》《书》之有序，或别为一卷，或分冠篇首……《毛诗》二十九卷，此盖以序别为一卷，次于二十八卷之后者也。"

论》与《毛诗序》二者所论内容相同，产生时间也相近，渊源上又同属孔门，两者之间必定存在一定的关系。这一点也可从其他出土文献中找到例证，如20世纪70年代在安徽阜阳双古堆1号汉墓出土了西汉初年的《诗经》古本，其中3片残简中有类似《毛诗序》的残文，存"后妃献""风（讽）"等几字。整理者认为："《阜诗》的《诗序》同《毛诗序》相比，尽管文字不能全同，但体例和基本的意思仍相当接近，这就说明它们的渊源应当是相同的，可能出自一位老师。"[1]上博《诗论》的发现，更为此类论《诗》文字出自同一渊源提供了有力证据。黄人二在《"孔子曰诗亡离志乐亡离情文亡离言"句跋》中就认为，若把上博简《诗论》残本和阜阳汉简《诗经》残本合为一本，"稍于《大序》加以补充，于《小序》、《诗经》本文多所补足，再将《小序》析出列于各诗篇之下，则于传世毛本殆无甚不同矣"。[2]

既然《诗论》与《毛诗序》有着《诗》学传承的关系，相关比较可以对《毛诗序》研究和先秦《诗》学研究有所裨益。对于《诗论》与《毛诗序》的具体比较，有从文句结构的对比入手的，如臧克和的《上博楚竹书中的"诗论"文献及范型》提到，《毛诗序》"《关雎》，后妃之德也"这类解释性判断句式应是直承"讼，坪德也"（《诗论》第2简）这一结构来的，据此可以抽绎出"《××》，×××也"的儒学论诗典范格式，这种典范格式就成为《毛诗序》等后世批评的深层结构[3]；也有从说诗方式不同入手研究《诗论》与《诗序》的关系，如李会玲

---

① 胡平生、韩自强：《阜阳汉简〈诗经〉简论》，《文物》1984年第6期。按：最新的研究认为此数字与《诗经》无关。

② 黄人二：《"孔子曰诗亡离志乐亡离情文亡离言"句跋》，简帛研究网，2002年1月25日，http://www.jianbo.org/wssf/2002/huanrener01.htm。

③ 臧克和：《上博楚竹书中的"诗论"文献及范型》，《学术研究》2003年第9期。

从《诗论》和《诗序》用诗观的不同入手，认为《诗论》的《诗》之用在于观"下"之风俗，而《毛诗序》中《诗》之用在于"谲谏"，让"王者"们"知得失，自考正"，这导致了它们说诗方式的差异：《诗论》"言诗之内"，《诗序》"言诗之外"①。《诗论》对《诗》文本中所述之情、志的关注、欣赏、认同及共鸣，是《毛诗序》所没有的。江林昌则分别从《大序》中论《诗》的总体特征、《风》《雅》《颂》的性质以及《小序》的具体解说等方面与《诗论》相关内容一一比较，认为《毛诗序》的基本内容是从《诗论》承袭而来，语句表达的不同是由于前后传承已经隔了八九代人，师徒相传，记录不同，但其精神实质是基本相同的。②

《诗论》和《毛诗序》之间确实有着很多联系，但相同的思想和学术渊源并不能完全证明二者的文本关系，因为《诗论》和《毛诗序》之间精神上的差异和一致几乎同样明显。李学勤先生就此曾经发表过比较辩证的看法，他认为："现在看，《诗论》和《诗序》《毛传》，在思想观点上虽有承袭，实际距离是相当大的，即以《关雎》七篇而论，差别即很明显。……但无论《诗序》还是《毛传》，都确实有《诗论》的影子，这对我们认识《诗》学传承十分重要。"③

在利用《诗论》对《毛诗序》研究的影响方面，首要的问题是《毛诗序》的作者问题。这一问题被认为是学术史上众说纷纭的治经者"第一争诟之端"（《四库全书总目提要》）。《诗论》整理出版后，有关《毛诗序》作者的提法基本不出过去诸说左右。如《诗论》整理者指出，孔子授诗内容中"没有发现如《毛诗》小序所言那样许多'刺'、'美'对

① 李会玲：《〈孔子诗论〉与〈毛诗序〉说诗方式之比较——兼论〈孔子诗论〉在〈诗经〉学史上的意义》，《武汉大学学报》（人文科学版）2003年第5期。

② 江林昌：《上博竹简〈诗论〉的作者及其与今传本〈毛诗序〉的关系》，《文学遗产》2002年第2期。

③ 李学勤：《〈诗论〉说〈关雎〉等七篇释义》，《齐鲁学刊》2002年第2期。

象的实有其人"，"小序中的美、刺之所指，可能多数并非如此，之所
以写得这么明确，可能相当部分是汉儒的臆测"。姜广辉认为："'美刺
说'、'本事说'之类是汉儒自己的创造"，"汉代经师附会传闻，托称
自家《诗》说传自子夏，其实完全可能是重起炉灶"。① 江林昌先生则
认为："《诗论》可能是失传了两千年的子夏《诗序》"，"《毛诗序》确
实传自子夏"，"荀子、毛亨、毛苌等人作了润色加工，甚至于编排调整
的工作"。② 晁福林先生认为，《毛诗序》之作，"可以说是子夏承孔子
授诗之旨而开其端，经过长期传授流传之后，由东汉初年的卫宏最终改
定"③。曹建国、张玖青则提出，考虑到汉代儒家典籍的经典化历程及儒
家为走上思想界统治地位而作的努力，《诗序》的出现不可能太早。而
《传》与《序》同出一人之手，认为毛亨乃一杜撰性人物，作《序》作
《传》者只能是毛苌。④

对于《诗论》整理者以及姜广辉先生的《序》系汉儒所为说，彭林
先生就提出了质疑，认为这就等于认定《毛诗》小序为汉儒的作品，而
这个问题"至今没有定论"；"整理者没有对此进行论证，甚至没有作必
要的说明就下此结论，似乎有欠考虑"。⑤ 江林昌、晁福林二先生的子
夏首创《诗序》而后儒润色之说，前人多有所议，《汉书》载"又有毛
公之学，自谓子夏所传"⑥，只说子夏"传"《诗》，并未明确指出《毛诗

① 姜广辉：《关于古〈诗序〉的编联、释读与定位诸问题研究》，《中国哲学》第
24 辑。
② 江林昌：《上博竹简〈诗论〉的作者及其与今传本〈毛诗序〉的关系》，《文学遗
产》2002 年第 2 期。
③ 晁福林：《从王权观念变化看上博简〈诗论〉的作者及时代》，《中国社会科学》
2002 年第 6 期。
④ 曹建国、张玖青：《论上博简〈孔子诗论〉与〈毛诗序〉阐释差异——兼论〈毛
诗序〉的作者》，简帛研究网，bamboosilk.org/wssf/2003/caozhang02.htm。
⑤ 彭林：《"诗序"、"诗论"辨》，《上博馆藏战国楚竹书研究》。
⑥ 班固：《汉书》，中华书局 1962 年版，第 1708 页。

序》为子夏所作，"自谓"更有自重师门之嫌，同时我们也无法通过《诗论》肯定《毛诗序》是子夏所传。廖名春强调："毛《序》说诗与简文如此不同，因此，很难从《诗论》简文里找到证明毛《序》为子夏所作的直接证据。"① 李学勤先生也认为："《诗序》不可能是子夏本人的作品，只能说是由子夏开始的《诗》学系统的产物。"② 曹建国、张玖青的毛苌作《诗序》说，认为毛亨是郑玄为提高《诗序》地位，以在时间和传承上与"三家诗"相抗衡而杜撰出来的人物，所论就过于简单化。到现在为止，还没有证据否定毛亨作《毛传》说；没有足够充分的证据，不能轻易抹杀毛亨这样一个由可靠传世文献所记载的《诗》学史上的重要人物。

与作者相关联的是《毛诗序》的时代问题。除一般认为《诗序》的时代晚于《诗论》，是在子夏之后至汉代形成外，还有学者认为《诗序》产生早于《诗论》，在孔子之前已经有《诗序》流传。如王小盾、马银琴认为，周代太师"以'六诗'教瞽矇之时"，就"进行了《诗序》的传授"③；刘信芳则提出，"诗序"的流传与《诗序》的编定不是一回事，"诗序"最初是口传的，诗歌的流传客观上会将某些诗的作诗缘起与本事同时传下来。这类口传"诗序"在孔子的时代尚未成编，至汉代被编定，并为毛、郑解《诗》之所本。④

众所周知，现存《诗序》是与《毛诗》及《毛传》密不可分的。《毛诗序》是类似对《诗》进行题解性质的阐述文字。从传世文献中孔子论《诗》的相关记载我们可以看到，《毛诗序》的渊源悠长，核心思想主要

---

① 廖名春：《上博简〈关雎〉七篇诗论研究》，《中州学刊》2002 年第 1 期。

② 李学勤：《〈诗论〉说〈关雎〉等七篇释义》，《齐鲁学刊》2002 年第 2 期。

③ 王小盾、马银琴：《从〈诗论〉与〈诗序〉的关系看〈诗论〉的性质与功能》，《文艺研究》2002 年第 2 期。

④ 刘信芳：《孔子"诗论"对古代诗学研究的重要意义》，《光明日报》2002 年 12 月 11 日。

来自孔子所传的儒家《诗》学。称《诗序》传授始于周太师的说法，混淆了先秦"诗家"与"乐家"两种不同传《诗》路径的传授内容。我们知道，"诗家"传《诗》和"乐家"传《诗》是《诗》传承的两条不同路径。以孔子为代表的"诗家"传《诗》重在"义"，不同于身为"乐家"的周太师所传重在"乐"。《诗论》和《诗序》同为《诗》学传承的产物，都是在"诗家"传《诗》过程中应运而生的，而孔子为"诗家"传《诗》的第一人。《毛诗序》作为汉代诗学门派之一《毛诗》学派所持学术内容的组成部分，不可能早于《诗论》，更不可能产生于孔子之前。王国维先生在《汉以后所传周乐考》一文中早已谈到，"诗家"与"乐家""二家本自殊途，不能相通，世或有以此绳彼者，均未可谓为笃论也"。①至于刘信芳的"口传""诗序"说，既缺乏文献根据，又与众所周知的古代学术传承途径不相符合，不可采信。

《毛诗序》作为"诗家"传《诗》的产物，不言而喻是由孔门诗学的某派传人传授，而由汉代该派开山之祖毛公定稿。历来《毛诗序》作者诸说中，包括孔子说、国史说、子夏说等，皆有托于重言之嫌；诗人自作说、乡野村人妄作说、刘歆伪作说无所依据，乃出自臆测；《后汉书》言卫宏所作《序》绝非今传《毛诗序》；"毛诗"立派之初必已有序，无序何能自立门派？而子夏毛公卫宏合作说、秦汉经师说等非一人一时之作说，看似公允，实则未能理清《毛诗序》的思想渊源、基本定稿和后儒发挥等三方面的具体界限，从而导致了对《毛诗序》定稿者及定稿时间的忽略。《诗序》是解《诗》的文字，不独《毛诗》一家有《序》，齐鲁韩三家《诗》也各自有《序》，阜阳汉简《诗经》反映出汉代其他《诗》学流派同样有《序》。现存《诗序》既然称《毛诗序》，

---

① 王国维：《观堂集林》，中华书局1959年版，第121—122页。

自然就是"毛诗"一派产生后才正式形成的,《毛诗》派不存,毛《序》将焉附?而根据现存文献如《毛诗草木鸟兽虫鱼疏》《汉书》《郑笺》《隋书》《经典释文》等相关《毛诗序》传承的记载,有关《诗序》的作者或曰定稿者的种种迹象都直指大毛公——毛亨。作为《毛诗诂训传》的作者和"毛诗"一派的开宗者,毛亨应该就是《毛诗序》的基本定稿者①。他继承了先师的《诗》学,并有所发挥,由于创建了"毛诗"一派,在这一过程中完成了《毛诗序》的定稿。

在学术意义方面,《诗论》的发现不但为我们研究《毛诗序》的种种问题提供了新的参照,而且"反映了中国先秦时期诗学繁荣与发达的程度,给了人们一个在哲学层面重新认识先秦诗学的切入口,并预示着当代先秦诗学研究在整个学科领域的学术进展中将进入一个新的历史阶段"②。对照其他传世文献,对《诗论》和《诗序》一脉相承的关系及其异同可以有一个更明确的认识。在这一点上,与《关雎》篇相关的内容尤其具有代表性。

《诗论》第十简:"《关雎》以色喻于礼。"第十二简:"反内(纳)于礼,不亦能改乎?"第十四简:"以琴瑟之悦,拟好色之愿,以钟鼓之乐……"

《毛诗序·关雎序》:"《关雎》,后妃之德也,……乐得淑女以配君子,爱在进贤,不淫其色,哀窈窕,思贤才,而无伤善之心焉,是《关雎》之义也。"③

《关雎》作为《诗》的首篇,孔子给予了极高评价,认为该篇"乐

---

① 对毛亨作为《毛诗序》定稿者的问题,由于篇幅所限,此处只作简单陈述,将于他文详证。

② 姚小鸥:《〈孔子诗论〉与先秦诗学》,《文艺研究》2002 年第 2 期。

③ 《毛诗正义》,阮元校刻:《十三经注疏》,中华书局 2009 年版,第 562—569 页。

而不淫，哀而不伤"。《诗论》所云"以色喻于礼""琴瑟之悦""好色之愿""钟鼓之乐"，与孔子所言"乐而不淫"同义，而《毛诗序》所解则是对孔子所论的发挥。"后妃""思贤才"之论，政教意味十足，而非从《诗》的音乐角度论诗。孔子在齐闻韶，三月不知肉味，也曾感叹："师挚之始，《关雎》之乱，洋洋乎盈耳哉！"（《论语·泰伯》）孔子并非排斥声色，《关雎》"洋洋乎盈耳"，但"不淫"，在礼的范围之内，这就是《诗论》所说的"以色喻于礼"。据文献记载，不仅《毛诗》，鲁、韩二家也传自荀子，荀子是《诗经》传承中重要的一环。《荀子·大略》中有这样一段："《国风》之好色也，传曰：'盈其欲而不愆其止，其诚可比于金石，其声可内于宗庙。'"① 《关雎》为《国风》之始，"《国风》之好色也"与"《关雎》之好色也"略同。可见，荀子是按照孔子论《诗》"乐而不淫"来解《诗》的；"内于宗庙"也正是《诗论》中的"内（纳）于礼"，"其诚可比于金石"当然"能改"。这里的"传"应该是和《诗论》类似的解《诗》文字。荀子之以"好色"说《国风》与《诗论》以"好色"说《关雎》，都是承认"好色"为人性之常而借以喻说礼义的教化作用，可以视为一脉相承。"《关雎》之改"即《毛诗序》所说的教化或曰风化。以孔子为代表的"诗教"者的动机，是以《诗》作为经验材料来推行王者的道德精神。

回顾《诗论》出版以来的相关研究可以发现，随着研究的深入，《孔子诗论》与传世文献尤其是《毛诗序》的关系在逐渐明朗。它给我们展现了一条前所未见颇具奇观的地下暗河，这条暗河与《毛诗序》这条在中国《诗》学史上奔腾不息的大川之间有着难以割断的联系。

（原载《中州学刊》2005 年第 3 期，与任黎明合作）

---

① 王先谦撰，沈啸寰、王星贤点校：《荀子集解》，中华书局 1988 年版，第 511 页。

关于上海楚简《孔子诗论》释文考释的若干商榷

上海博物馆所获藏楚简中的一部分已以《上海博物馆藏战国楚竹书（一）》的名义出版。其嘉惠士林，贡献学术之重要意义，为学界所公认。尤其是本书的第一部分《孔子诗论》（以下简称《诗论》），对于先秦诗学具有重要意义，引起大家的强烈兴趣。但本书的整理工作实未能尽善尽美。其中的一个重要原因，是在出土文献与传世本发生文字歧异时没有处理好两者之间的关系。

在出土文献的整理工作中，传世本与出土文献发生文字歧异是常见的现象，如何处理两者之间的关系，是首先应当确立的工作原则之一。许多学者已经指出过，应当慎重对待传世本。传世本文献，尤其是像《毛诗》这样重要的传世经典，经过历代学者尤其是汉代学者的精心研究和整理，是中国历史文献中最为可靠的本子。其中所存在的一些问题，多数在清人的《诗经》研究著作如马瑞辰的《毛诗传笺通释》、王先谦的《诗三家义集疏》，以及戴震、段玉裁、高邮王氏父子等人的相关著作中得到过细心的梳理。我们今天整理《孔子诗论》时，应在汲取历代学者研究成果的基础上充分尊重今本的文本状况，即在一般情况下，将传世本惯用字视为正字。而在《诗论》的整理中，这一原则未能得到很好的贯彻，其中尤以《诗论》第六简释文考释中存在的问题最为突出，故本文首先将其作为例证提出，以与大家共同探讨。

【第六简】《诗论》释文

多士，秉旻（文）之惪（德），虗（吾）敬之。《剌（烈）文》曰：乍竞佳（唯）人，不（丕）显佳惪（德）。於虖（呼）！前王不忘，吾敓（悦）之。昊＝（昊天）有城（成）命，二后受之，贵叔（且）显矣。讼

整理者的考释说：

乍兢佳人，不显佳惪〔德〕。於虖！前王不忘　此为《剌文》引句，今本作"无竞维人"、"不显维德"、"於乎！前王不忘"。因简文"乍"与"亡"字形相近，古"亡"、"无"通用，今本"无"为传抄之讹。郑玄笺、孔颖达疏解"无竞"为"无疆"，与简文义不合。"虖"从虍从口，《说文》所无，简文中亦读为"呼"。①

按，今本《毛诗》有关语句作："无竞维人，四方其训之。不显维德，百辟其刑之，於乎前王不忘。"（《烈文》）本篇三家《诗》无异文。②"维"训"其"，不必改作唯。③"不显"通"丕显"，不必改通行惯用字。④"乎"为经典正字，与"呼"字用法意义皆不同。⑤《诗论》释文读"於虖"为"於呼"，不当。以上所释虽皆为不当之处，然于《诗

---

①　马承源主编：《上海博物馆藏战国楚竹书（一）》，上海古籍出版社 2001 年版，第 133 页。文字采用通行文字。

②　王先谦：《诗三家义集疏》，中华书局 1987 年版，第 1005—1006 页。

③　参见余培林：《诗经正诂》，台湾三民书局 1995 年版，第 523 页。

④　参见高亨：《诗经今注》，上海古籍出版社 1980 年版，第 476、478 页注。

⑤　参见刘淇《助字辨略》、裴学海《古书虚字集释》。

经》文本的意义理解尚不造成特别重大的影响。本篇释文较严重的问题在于整理者误读古书而将"无竞"训为"乍竞"。

《诗经》中"无竞"凡五见，现依其在《毛诗》中出现的顺序征引如下：

> 《大雅·抑》："无竞维人，四方其训之。有觉德行，四国顺之。"《毛传》："无竞，竞也。训，教。觉，直也。"《郑笺》："竞，彊也。人君为政，无彊于得贤人，得贤人则天下教化于其俗。有大德行则天下顺从其政。"

> 《大雅·桑柔》："君子实维，秉心无竞，谁生厉阶，至今为梗。"《毛传》："竞，彊。厉，恶。梗，病也。"《郑笺》："君子谓诸侯及卿大夫也。其执心不彊于善而好以力争。"

> 《周颂·烈文》已见上引。其《郑笺》见后。

> 《周颂·执竞》："执竞武王，无竞维烈。不显成康，上帝是皇。"《毛传》："无竞，竞也。"《郑笺》："竞，彊也。能持彊道者维有武王耳。不彊乎其克商之功业，言其彊也。"

> 《周颂·武》："於皇武王，无竞维烈。"《郑笺》："於乎君哉，武王也。无彊乎其克商之功业，言其彊也。"①

通观《诗经》中"无竞"的用法可发现，它是用来歌颂先王（亦即《烈文》中所说的"前王"）功烈的颂美之词。故《大雅·抑》用它来比较"其在于今，兴迷乱于政"与"弗念厥绍，罔敷求先王，克共明刑"

---

① 《毛诗正义》，阮元校刻：《十三经注疏》，中华书局 2009 年版，第 1195、1204、1262、1270、1287 页。

的政治混乱情况。

结合历代注疏分析"无竞"一语的语义构成，可知《诗论》释文关于今本《诗经》中"无竞"为传抄之讹的说法是站不住脚的。清代学者对此已经做过很好的说明。

马瑞辰《毛诗传笺通释》之《大雅·抑》通释：

> "无竞维人"，《传》："无竞，竞也。"《笺》："竞，彊也。人君为政，无彊于得贤人。"瑞辰按：竞，张参《五经文字》作倞。竞与倞声近而义同，故通用。《尔雅·释言》："竞，彊也。"《说文》："竞，彊语也。从誩，从二人。""倞，彊也。从人，京声。"《广雅》："倞，强也。"无，发声语助，故《传》曰"无竞，竞也"。①

由马瑞辰《毛诗传笺通释》的解说，可以清楚地看出历代对于"无竞"一语的解释在本质上并无歧异。《诗论》所谓"郑玄笺、孔颖达疏解'无竞'为'无疆'，与简文义不合"，是一个错误的结论。

通过上引文，我们已经知道，郑玄在《大雅·抑》的笺中将"无竞"释为"无彊"。通检《毛诗正义》，可知这一解说贯穿在全部相关《郑笺》中。那么，《诗论》所谓"郑玄笺、孔颖达疏解'无竞'为'无疆'"之说是何以产生的呢？经我们仔细研究，原来是整理者读书粗心造成的误解。我们发现，在阮元校刻《十三经注疏（附校勘记）》中，有一个罕见的误字。《周颂·烈文》上引诗句的《郑笺》为"无疆乎维得贤人也。得贤人则国家彊矣，故天下诸侯顺其所为也"②。对照全部《诗经》中有关诗句的《郑笺》，尤其是《大雅·抑》笺"人君为政，无

---

① 马瑞辰撰：《毛诗传笺通释》，中华书局 1989 年版，第 947 页。

② 《毛诗正义》，阮元校刻：《十三经注疏》，第 1262 页。

疆于得贤人"之句，并结合《郑笺》下句内容，可知阮元校刻《十三经注疏（附校勘记）》《毛诗正义》本句《郑笺》之"无疆"为"无彊"之误无疑。

另外，还应该指出，在《孔疏》相关文句中，并无一语道及"无疆"。非但如此，本句的《孔疏》还为《诗论》释文之说提供了反证："《笺》'无彊'至'不忘'，《正义》曰：得贤国强，则四邻畏威慕德。故天下诸侯顺其所为。言诸侯得贤人，则其余诸侯顺之。"① 无论是《孔疏》所引《郑笺》相关语词，还是它对《郑笺》相关语句的疏解，都未如整理者所言认为"无竞"当为"无疆"，相反，它进一步说明了阮元校刻《十三经注疏（附校勘记）》之《毛诗正义》本句"无疆"一词中的"疆"字是错字，不能作为立论的根据。

整理者在《诗论》释文将"无竞"释为"无疆"的另一条主要理由是："因简文'乍'与'亡'字形相近，古'亡'、'无'通用，今本'无'为传抄之讹。"这一推论在金文材料中有绝好的反证。《宗周钟》："隹皇上帝百神，保余小子，朕猷又（有）成亡竞。我隹司（嗣）配皇天，对乍（作）宗周宝钟。"② 本器拓片极为清晰，"亡"字作▉，"乍"字作▉，两字的字形判然有别，绝对不容混淆。《诗论》的整理者本是金文专家，却疏忽了这条宝贵的材料，是殊为可惜的。

至于《孔子诗论》中将"无竞"写为"乍竞"，则可能与楚简的惯用书法有关。裘锡圭先生在《郭店楚简·性自命出》篇的注［三四］，关于其34简"猷斯辵"按语中指出："简文中用作偏旁之'乍'，其形

---

① 《毛诗正义》，阮元校刻：《十三经注疏》，第 1262 页。

② 郭沫若：《两周金文辞大系图录考释》，上海书店出版社 1999 年版，图录第 25 页，考释第 51 页。

往往混同于'亡'。"① 上海楚简与郭店楚简时代相近，据传出土地点也接近，故有此相类的语言现象。换言之，不是传世本《诗经》所作"无竞"一语有误，而是简本在抄写中将"无竞"一语的"无"字混同于"乍"字，故当以传世本《诗经》之"无竞"为正字。

应当指出，在历史上，确有人将"无竞"释为"无疆"。《左传·宣公十二年》随会引《武》"无竞惟烈"，杜预《注》即以为言武王"成无疆之业"。② 从字面来看，《杜注》是有问题的，但细绎其意，仍以"无竞"为颂美武王之词，与我们前面对"无竞"的理解是相一致的。其间的区别，因为本文主题的关系这里就不谈了。另外，从古典文献训释的角度来看，《诗论》释文将"无竞"训为"乍竞"，也甚为不辞，因"无竞"一语本是王国维先生所说《诗》《书》中的成语③，不能随便改变它的构成。至于历来关于"亡竞"一语的解释中存在的其他问题，我们拟于他文另述。

除第六简上述问题外，《诗论》的释文考释中尚有不少类似的问题存在。如第九简将《裳裳者华》释为《裳裳者芋》，第十八简将《杕杜》释为《折杜》，都是比较明显的错误。从出土文献整理的角度来说，我们认为《孔子诗论》中出现的上述问题具有方法论上的意义，故不揣冒昧予以提出，以利于更好地理解这一宝贵文献的内容，并作为今后出土文献整理工作的一个借鉴。不当之处，希望能得到大家的批评指正。

（原载《中州学刊》2002 年第 3 期）

---

① 荆门市博物馆编：《郭店楚墓竹简》，文物出版社 1998 版，第 183 页。

② 《春秋左传正义》，阮元校刻：《十三经注疏》，中华书局 2009 年版，第 4080 页。

③ 王国维：《与友人论〈诗〉〈书〉中成语书》，《观堂集林》，中华书局 1959 年版。

《孔子诗论》第九简黄鸟句的释文与考释

　　《上海博物馆藏战国楚竹书（一）》中《孔子诗论》的释文与考释均存在较多疑问，自发表以来，已经有许多学者对此进行了探讨。其中第九简"黄鸟"句中从心从方的字，释读颇有歧异。笔者对此也有所探索。本文是在诸位释文基础之上进行的一些考释，希望得到大家的指教。第九简的简文是：

> 实咎于其也。《天保》其得禄蔑疆矣，巽寡德故也。《祈父》之责亦有以也。《黄鸟》则困而欲反其故也，多耻者其恻之乎？《菁菁者莪》则以人益也。《裳裳者华》则……

　　我们释为"恻"字的这个字，《诗论》整理本仅作隶定，未作考释。周凤五先生在《〈孔子诗论〉新释文及注解》中读为"方"。该文注12则说："简文从心、方声，原缺释。按，当读为'方'。《论语·宪问》：'子贡方人。'《释文》引郑本作'谤'，训言'人之过恶'。《黄鸟》共三章，反复申言'此邦之人，不可与处'，而思'言旋言归，复我邦族'。所谓'困而欲反其故'是也。或读为'妨'，害也；其人为多耻者所害，忧谗畏饥而思归也，亦通。"① 多耻者为君子，无"谤人""害

---

　　① 上海大学古代文明研究中心、清华大学思想文化研究所编：《上博馆藏战国楚竹书研究》，上海书店出版社 2002 年版，第 153、159 页。

人"之疑，故可知释"方"、释"妨"皆为误读简文。范毓周教授释为"防"，未作解说。① 恐亦与文意有隔。李学勤先生释为"病"②，给我们以很大的启发。"病"从"丙"得声，"丙""方"同为帮母字，音近可通。《周礼·大宰》："大宰之职，……以八柄诏王驭群臣。"《周礼·内史》："内史掌王之八枋之法，以诏王治。"孙诒让《周礼正义》卷五十二："枋，《释文》作柄，云'本又作枋'。案：《大宰职》亦作柄。《说文·木部》云：'枋，木可作车。'与柄义别。古音方声丙声同部，故柄或借枋为之。"③ 由上可知，该字释"病"合于音理，又较"防"字接近该句文意，是较好的释文，然而可能不若本文释"恫"更为恰当。

我们说释"病"未若释"恫"恰当，首先因为从两字的字形构成来说，病字从疒，恫字从心，后者更接近原简字形。而且从我们对"黄鸟"句的理解来说，该字从心更为合理。另一个重要的理由是，恫为《诗经》用字，而《诗论》恰为讨论《诗经》的文献。从文献的性质方面来说，两者有着直接的联系。可见此字释为"恫"，无论从字的形义还是从它在文献中的用法来说，都较释"病"为优。

首先，我们来看"恫"字在《诗经》中的用法及经典文献对它的解释。《小雅·頍弁》二章："未见君子，忧心恫恫。"《毛传》："恫恫，忧盛满也。"④《尔雅·释训》曰："恫恫、弈弈，忧也。"⑤ 恫恫与彭彭音义

① 范毓周：《上海博物馆藏楚简〈诗论〉的释文、简序与分章》，《上博馆藏战国楚竹书研究》，第 175 页。

② 李学勤：《〈诗论〉简的编联与复原》，《中国哲学史》2002 年第 1 期。

③ 孙诒让撰，王文锦、陈玉霞点校：《周礼正义》，中华书局 1987 年版，第 71、2129 页。

④ 《毛诗正义》，阮元校刻：《十三经注疏（附校勘记）》，中华书局 1980 年版，第 481 页。

⑤ 《尔雅注疏》，阮元校刻：《十三经注疏（附校勘记）》，中华书局 1980 年版，第 2590 页。

同，故云忧盛满。综合各种文献对"恮"字的解释，可知"恮"在《诗经》中原为形容忧心之状的字，至《尔雅》已直接训为忧。《尔雅》一书为先秦旧籍，所以"恮"训为"忧"必为战国以后的通说。《毛传》对"恮恮"一语的解释虽然正确，却是随文作注，不表示作为单音词的"恮"字的一般用法。《说文》已将单字"恮"释为忧。《段注》则似乎因为受到《毛传》的影响而忽略了该字的本义。

那么，"恮"字可作为形容忧心之状的字，又何以作为直接表示"忧"的字呢？从今人的语法理论来看，二者一为副词，一为动词，似乎词性差别很大。但我们应当注意到它们意义上的联系，这种联系是形成该字词性转换的基础。

从音义关系的角度来认识语言现象，可知"病"与"恮"二者的意义有相通之处，"病"既可表示身体上之"疾甚"，又可表示精神方面的"忧患"。"病""恮"既皆由"丙"得声，由"丙"得声的"恮"字又有"持"的意思，可见"恮"可有"忧"而持之不去的意思。由《小雅·頍弁》中同训为"忧"的"弈弈"一语的意义分析，也可作为参证。《頍弁》首章："未见君子，忧心弈弈。"《毛传》："弈弈然无所薄也。"《孔疏》："弈弈，忧之状。忧则心游不定，故为无所薄也。下章《传》曰'恮恮，忧盛满'，言忧之多。"① 按"弈"本义为弈棋。弈时双方往往相持不下，又常使人苦心焦虑，即形成《左传》所谓的举棋不定之状（《左传·襄公二十五年》）。"弈弈"连言，作为形容"忧心不定"挥之不去的字，有"弈"字意义的内在根据。这一点，与"恮恮"连言作为忧心持满的形容字，道理相通。

我们前面讲到，"病"和"恮"两字同旁同声，在意义上有相通之

① 《毛诗正义》，阮元校刻：《十三经注疏（附校勘记）》，第481页。

处。从训诂实例来说，"病"也可训为"忧"。《礼记·杂记下》："视不明，听不聪，行不正，不知哀，君子病之。"《郑注》："病犹忧也。"① 如此，似乎此字训"病"、训"恓"无甚差别。但病字此训为引申用法，而非其基本用法。这一点与从心的"恓"字有异，故我们说本文所论及的字释为病，不若训为"恓"的当。

联系《诗论》黄鸟句的整个句子与《小雅·黄鸟》的内容，考虑孔子道德批评标准及用语内涵的一贯性，也可见此字释"恓"较为妥当。

《小雅·黄鸟》描写一个离开邦族的异乡人欲回归家庭（古人社会中的大家庭）的情境。诗篇说：

> 黄鸟黄鸟，无集于穀！无啄我粟！此邦之人，不我肯谷。言旋言归，复我邦族。
>
> 黄鸟黄鸟，无集于桑！无啄我梁！此邦之人，不可与明。言旋言归，复我诸兄。
>
> 黄鸟黄鸟，无集于栩！无啄我黍！此邦之人，不可与处。言旋言归，复我诸父。②

诗篇中的"谷"训"善"，"明"训"盟"，"处"为"居处"。"不我肯谷""不可与明""不可与处"，从内容和层次两方面描写一个身在异乡的人不受善待，难与他人沟通，最终不能立足而陷入困顿的情况。该人欲返回父母之邦属于"困而反则"之类（《周易·同人》卦九三《象》曰）。"困而反则"是吉利的。"多耻者"为什么应该为之忧呢？这要从

---

① 《礼记正义》，阮元校刻：《十三经注疏（附校勘记）》，中华书局1980年版，第1563页。

② 《毛诗正义》，阮元校刻：《十三经注疏（附校勘记）》，第434页。

孔子一贯的思想来理解。孔子论为学，有在思维模式上与此相类的判断。《论语·季氏》："孔子曰：'生而知之者上也；学而知之者次也；困而学之，又其次也；困而不学，民斯为下矣。'"圣人之行在这里不必讨论。"困而不学"，即困而不知反者，非君子所与群，故亦非君子所当忧虑。学而知之，是圣人以外的一般君子即"多耻者"修养中的应有之义，困而后学，不可为则，但尚为君子引为同侪，然而究其陷入困顿之原因实为"可耻"。

从传统说法及当代研究的结论来看，《诗经》尤其是《小雅》的作者都属于广义的贵族国人阶层，即"君子"之列。"困而欲反其故"的《黄鸟》篇的主人公脱离邦族显然非但是不智之举，而且不合于睦于亲族的君子应具之道德，是一种非礼之行为（《诗经》中许多篇章如《常棣》皆标举此意）。孔子一贯强调"礼"与"耻"的关系。《论语·为政》："子曰：'道之以政，齐之以刑，民免而无耻。道之以德，齐之以礼，有耻且格。'"孔子而且认为"非所困而困"是招致耻辱的因由。《易·系辞下》："《易》曰：'困于石，据于蒺藜，入于其宫，不见其妻，凶。'子曰：'非所困而困焉，名必辱；非所居而居焉，身必危。'"《易·系辞下》又说："子曰：'小人不耻不仁，不畏不义。'"① 由此可知，在孔子的思想中，"多耻"与"无耻"，是君子与小人的重要分界线。《黄鸟》篇主人公之致困，即属于"非所困而困"之类。我们在前面讲到过，其人在社会身份上当属君子之列，故"多耻者"即真正的君子必当为之"恂"，即为之忧。

我们说的"真正的君子"并非就古代社会中的一般社会身份而言。而是指如简帛《五行》篇中所言的思想家类型的君子（孔子当然身列其

① 《周易正义》，阮元校刻：《十三经注疏（附校勘记）》，中华书局1980年版，第76页。

中）。《五行》篇说："君子无中心之忧则无中心之智，无中心之智则无中心之悦，无中心之悦则不安，不安则不乐，不乐则无德。"而君子所忧唯道而已（《论语·卫灵公》："君子忧道不忧贫。"）。如此，"多耻者"即真正的君子为《黄鸟》篇的主人公非礼行为及其招致的困境而忧，就不难理解了。综上所述，"《黄鸟》则困而欲反其故也，多耻者其恻之乎？"可解读为"《黄鸟》所言者陷于困顿才想要返回其家族，君子忧虑这种情况"。孔子一贯持有的这一思维方式与道德评价标准，为此简释文的确立提供了良好的参照标准。

附记：

本文所释"恻"字得到张民权博士的提示，特此致谢。

（原载《北方论丛》2002 年第 4 期）

《孔子诗论》第二十九简与周代社会的礼制与婚俗

《孔子诗论》第二十九简是文献整理研究者着力较多的一支简。经过学者们的努力，整理后的该简大致可读如下：

"……患而不知人。《涉溱》其绝，《𡗦而》士，《角枕》妇，《河水》智，……"

"患"字释读依李学勤先生所释，李先生认为，本简当上接二十八简"……《青蝇》知"①。

两简连读则为："《青蝇》知患而不知人。……"如此，两简简文在意义上构成一个有机的整体。"涉溱"原作"涉秦"。《孔子诗论》的整理者马承源先生已经指出，"秦"为"溱"借字，"涉溱"即《郑风·褰裳》。② "𡗦"字《孔子诗论》隶定为"聿"，认为《聿而》当为佚诗，此论似不确。李学勤先生隶定为"保"（从亻、又、木）而未作进一步的解说。与李先生文章载于同期《中国哲学史》的《清华大学简帛讲读班上博简研究综述》说，廖名春"将'𡗦而'读为'倏而'，即'突而'，

---

① 李学勤：《〈诗论〉简的编联与复原》，《中国哲学史》2002年第1期。
② 马承源主编：《上海博物馆藏战国楚竹书（一）》，上海古籍出版社2001年版。

以为指《甫田》，读'角幡'为'角枕'，以为《唐风·葛生》，以《河水》为《伐檀》"。然而，廖名春在同期《中国哲学史》所载《上海博物馆藏诗论简校释》一文中将之释为"著而"，并解释说，该字"许全胜疑读为'著而'，相当于今本《著》，其首句为'俟我于著乎而'，'而'为语气词，今本省略。说是。《著》中描写新郎迎亲，故谓之'士'。"如此，可知廖在所著文定本中已放弃"𧘇而"即《甫田》之说。但我们认为，无论从"𧘇"字释读或《孔子诗论》有关论述所涉及的诗篇主旨，"𧘇而"都应读作"突而"，即《齐风·甫田》篇，而不应当是《著》篇。

首先，在"𧘇而"的解说中应当排除《著》篇。因为《诗经》命篇从无将"著乎而"之类改称"著而"之类的例子，更重要的是，《著》篇的内容与《孔子诗论》有关论述不相符合。

首先来看《著》篇的内容。如前引文所言，传统认为《著》所描写的是古代婚礼中的亲迎一节。其全文如下：

> 俟我于著乎而，充耳以素乎而，尚之以琼华乎而。
> 俟我于庭乎而，充耳以青乎而，尚之以琼莹乎而。
> 俟我于堂乎而，充耳以黄乎而，尚之以琼英乎而。

诗中描写女子观察一名等待她的男子，并特别着意描写了该名男子所佩带的"充耳"及所附玉饰。对此，《毛传》《郑笺》及清代学者《诗》说多有论述。[1] 诗篇内容由字面及历代学者的解说来看，都不曾言及与"士"的深层文化内涵有何重要联系。

---

[1] 详见马瑞辰撰：《毛诗传笺通释》，中华书局1989年版，第299—300页。

推测前述廖名春在正式发表时放弃"𤔲而"为《甫田》说的原因，首先应该是"𤔲"字在文字释读方面的困难。前引《清华大学简帛讲读班上博简研究综述》中，读"𤔲而"为"突而"的前提是将"𤔲而"的"𤔲"字隶定为"儵"，再读"儵而"为"倏而"即"突而"。而从"𤔲"字的字形来看，与"儵"字有一定差距。所以，将"𤔲而"读为"倏而"即"突而"，从字形上来说，当另有解释。

我们认为，从字形来分析，"𤔲而"的"𤔲"字应当视为从"又""休"声。"休""攸"二字在古文字中往往相通。前辈学者对此有通达的解说①，故"𤔲"字可借为从"攸"得声的"倏"字。

与文字释读相表里的是，《齐风·甫田》主旨与《孔子诗论》的有关论述也颇相契合。联系古代社会的礼俗与婚姻制度，可知该诗篇尤其是第三章，与《孔子诗论》所强调的"士"颇有关联。该诗全篇的内容是：

> 无田甫田，维莠骄骄。无思远人，劳心忉忉。
> 无田甫田，维莠桀桀。无思远人，劳心怛怛。
> 婉兮娈兮，总角丱兮。未几见兮，突而弁兮。

《毛传》："婉娈，少好貌。总角，聚两髦也。丱，幼稚也。弁，冠也。"②马瑞辰《毛诗传笺通释》指出，通行本《毛诗》中的这个"丱"字，原当作"卝"③，指未成年人梳成羊角形的发式，该发式即本篇及《诗经》其他篇章中屡次出现的"总角丱"。"弁"大略而言即可以说是"冠"，这里指戴上了冠。从字面上，诗篇是说，所思念的人原是美少

---

① 详见杨树达：《积微居金文说》，中华书局 1997 年版，第 71 页。
② 《毛诗正义》，阮元校刻：《十三经注疏》，中华书局 2009 年版，第 747—478 页。
③ 详见马瑞辰撰：《毛诗传笺通释》，第 307 页。

年；不知不觉，"突而弁"即突然间戴上了"弁"——"冠"。诗篇于此大有深意。

古代社会男子成人时要举行专门的典礼，称为冠礼。这一仪式在现代人类学上通称"成丁礼"。在中国古代社会中，冠礼为五礼之首，《仪礼》的《孔疏》引"郑《目录》云"，"士冠礼于五礼属嘉礼，大小戴及《别录》此皆第一"。①冠礼的重要性是由宗法制的古代社会结构所决定的。该典礼之后，冠者被社会承认为成年男子，从此有执干戈以卫社稷等义务，同时也就有了娶妻生子等成年男子所拥有的权利。据《礼记·曲礼上》，行冠礼的年龄，一般为 20 岁。古代典籍记载，在实际操作中，特殊人物如国君等行冠礼的年龄可以提前。《左传·襄公九年》记载，晋悼公对一同参加围郑之役的鲁国君臣说："国君十五而生子，冠而生子，礼也。"②晋悼公的用意在催促鲁国为襄公行冠礼，于是在返国途中，鲁国群臣"寄卫庙而假钟磬"，为鲁襄公举行了冠礼，其时鲁襄公年仅 12 岁。这类事件从另一个方面说明了古代社会中冠礼之重要性及行冠礼年龄的通例。

综上所述可知，男子始冠在古代社会中具有特别的意义，表示冠者已被社会承认为成年人，即"被承认为氏族的完全成员"③。所以"突而弁兮"的含义正如《郑笺》所说，表示其"无几何突耳加冠为成人也"④。由于古代社会中的"成人"指具有"士"身份的男性社会成员，这就揭示了"弁"与"士"的内在关联。

---

① 《仪礼注疏》，阮元校刻：《十三经注疏》，中华书局 2009 年版，第 2037 页。

② 《春秋左传正义》，阮元校刻：《十三经注疏》，中华书局 2009 年版，第 4218 页。

③ 李学勤：《古代的礼制与宗法》，《中国古代文化史讲座》，中央广播大学出版社 1984 年版。

④ 《毛诗正义》，阮元校刻：《十三经注疏》，第 748 页。

由《仪礼·士冠礼》等古代文献可知,《甫田》篇之所以特意将"总角丱"与"突而弁"对举,是因为在行冠礼时要改变少年人"总角"的发式,由羊角式的两个发髻改为盘发在头顶,以利固定"弁"即"冠"。发式的这一改变引人注目,故成为具有象征性的描写对象。对本篇主旨而言,这一形象也是诗篇叙述重点所在,故"诗论"取其作为篇名。这一取向,也可由本简结构及简文其他部分的内容加以证明。

第二十九简的结构中,我们首先注意到与前述《突而》即《甫田》主旨相对应的"《角枕》妇"一语。廖名春在《上海博物馆藏诗论简校释》中已经指出:"《唐风·葛生》是描写妇人怀夫,故谓之'妇'。"①这一判断是正确的。下面我们简要分析《甫田》篇的"士"与《角枕》篇即《葛生》篇的"妇"之间的内在联系。

《甫田》与《葛生》两者之间的一个重要关联是古代社会中人们的婚姻伦理观念。

先说《葛生》的"妇"。在古代社会中,"妇"这一称谓具有特定的社会文化内涵。它不简单地仅表示女性的性别特征及其一般婚姻关系,而且表明一个女子是具有特定身份的家庭成员与社会成员,即男子的主要配偶。"妇"的身份和行为被家庭和社会赋予特定的伦理意义。我们曾经在分析《大雅·思齐》相关内容时引用《礼记·郊特牲》说明这一点。《礼记·郊特牲》说:"信,妇德也。壹与之齐,终身不改。"这一古代伦理强调妻子对丈夫的忠实与顺从。《礼记·郊特牲》还说:"男帅女,女从男,夫妇之义由此始也。"②这说明,有关"妇"的这些规定是中国古代伦理哲学的重要核心。在以男性为中心的古代社会里,强调这

---

① 廖名春:《上海博物馆藏诗论简校释》,《中国哲学史》2002年第1期。
② 《礼记正义》,阮元校刻:《十三经注疏》,中华书局2009年版,第3155页。

些具有特别的意义。①《葛生》中的女子表现出了对丈夫"壹与之齐，终身不改"的情操，所以孔子断之为"妇"。

与"妇"这一针对女性的伦理规范相对应，古代社会对男子也有相应的伦理要求。这一要求在《诗论》中，被孔子概括为"士"。《左传》中的两个故事对我们认识古人对"士"的具体伦理要求可以提供帮助。

《左传·昭公元年》载郑国徐无犯之妹貌美，公孙楚和公孙黑皆向徐家求婚。经协商，各方都同意由女方当事人选择。届时，"子皙（公孙黑）盛饰入，布币而出。子南（公孙楚）戎服入，左右射，超乘而出。女自房观之曰：'子皙信美矣，抑子南夫也。夫夫妇妇，所谓顺也。'适子南氏"②。徐无犯之妹所说的"夫夫妇妇"，指在理想的古代婚姻中，男子应当符合男子的伦理规范，女子应当符合女子的伦理规范。女子的伦理规范即"妇"，而男子的伦理规范即"士"。所以《郑风·褰裳》中女主人公骂她的情人说："子不我思，岂无他士。"在上引《左传》故事中，当事人认为，"士"的标准不在（或主要不在）其服饰之美，而在于他是否具有男子应当具有之气概。

《左传·昭公二十八年》记载了叔向所讲述的另一个类似的故事："昔贾大夫恶，娶妻而美，三年不言不笑。御以为皋，射雉获之，其妻始笑而言。贾大夫曰：'才之不可以已。我不能射，女遂不言不笑。'"③"射"是古代社会对"士"的重要要求，贾大夫虽丑而能射，显露了他作为"士"的才干之所在，故其妻终于有所满意。女子应当遵循妇德，而男子要表示出"士"应当具有的气概与才质。徐无犯之妹的选择与贾大夫之妻的爱憎不是偶然的个人行为，它不但反映了古代社会中

① 姚小鸥：《诗经三颂与先秦礼乐文化》，北京广播学院出版社2000年版。
② 《春秋左传正义》，阮元校刻：《十三经注疏》，第4390—4391页。
③ 《春秋左传正义》，阮元校刻：《十三经注疏》，第4602页。

人们的婚姻伦理观念的一个侧面，而且更反映了《左传》作者的思想伦理倾向。鉴于《左传》一书和孔子思想的密切联系，不能想像《诗论》会有与之相反的伦理判断。

相比较之下，《著》篇所描写的内容与此则完全不能相合。我们在前面说过，传统认为《著》的主要内容是描写婚期男子的亲迎之礼。一般《诗经》研究者对此少有异议。被当代《诗经》史研究者称为独立思考派的方玉润的《诗经原始》，也不过仅仅怀疑诗中描写的场景应为男方家中而已。① 但以诗篇内容与古代礼制相对照，可知以《著》篇描写为婚礼亲迎之说是不甚可靠的。

古代迎娶的时间是在黄昏，故《楚辞》中有"约黄昏以为期"的句子（《离骚》）。众所周知，"婚"字为后起字，"结婚"一词本身就可以证实古代迎娶在黄昏这一事实。《仪礼·士昏礼》不但明确指出亲迎时间是在黄昏，而且特别指出迎娶途中要有从者"执烛前马"，以为迎娶队伍照明。在这样的光线条件下，新娘如何能在相当远的距离上辨别新郎头上细小佩饰的青黄呢？况且《士昏礼》还指出，昏期女子需先"立于房中南面"等待新郎的到来，女方家长则"玄端迎于门外"，揖让之后，女子即降阶登车，哪里会有新郎亲迎时反复等待的空间呢？况且，即使《著》篇所描写的是亲迎之礼，诗篇所描写的情节也不会让孔子得出"士"的结论来。因为诗中的男子颇类前引《左传·昭公元年》故事中"盛饰入"的公孙黑的做派，而与符合"士"的伦理标准的公孙楚的行事则大相径庭。讨论至此，关于"䍐而"究竟为《甫田》篇抑或为《著》篇的问题，不难明断。

最后，我们再简单谈一谈与本文主题有关的本简其他问题。今本

---

① 详见方玉润：《诗经原始》，中华书局 1986 年版，第 231 页。

《诗经》一般取名于首句,《诗论》中的《诗经》篇名却与今本往往不相一致。这一点,已经受到大家的注意。就本简而言,相连的三个篇名《涉溱》《突而》和《角枕》都没有取自首句。更为重要的是,孔子对这三篇诗的评论都是只用一个具有伦理意义内涵的单字作为断语。《甫田》的"士"和《葛生》的"妇"我们已经在前面作了较为详细的论证,"《涉溱》其绝"的"绝"也是如此。在本简中,"其"是不具实意的虚字,"绝"与二十七简"《北风》不绝"的"绝"含义相同,都是用作判断男女交往行为的富于伦理意义的语词①,从作为社会伦理范畴来说,"绝"与"士"和"妇"颇有关联。这些都可以作为"𩵋而"当为《诗经》篇名及所属篇目名称的旁证。

总之,"𩵋而"即《齐风·甫田》篇的确认,不但从文字和句读方面而言对二十九简的释读是一个进展,而且有助于我们认识《诗论》若干部分的结构,并从其所述内容与先秦礼乐制度的关系方面证明了它与先秦儒家思想的内在关联。这一点对我们认识《诗论》的性质也有一定的帮助。

(原载《北方论丛》2006 年第 1 期)

---

① 参见《邶风·谷风》《鄘风·柏舟》等篇《小序》。

上海楚简《诗经》篇名的正字问题

　　上海博物馆所藏部分楚简以《上海博物馆藏战国楚竹书（一）》的名义出版以来，引起学术界的极大关注。被整理者称为《孔子诗论》（以下或简称《诗论》）的该书的第一部分，对于《诗经》研究来说，尤其具有文献价值。《诗论》的内容极为丰富，仅其所含《诗经》篇目，据附录一《竹书本与今本诗篇名对照表》，就有 59 篇之多。据研究，实际篇目尚不止此数。① 内容如此丰富的这批出土文献资料，给整理工作带来一系列问题。《诗论》所涉及《诗经》篇名的正字问题，就是其中的一例。

　　《诗经》篇目在《诗论》中有不少以异名出现，还有一些《诗经》篇目在《诗论》中出现时虽然没有使用异名，但篇名用字与《毛诗正义》及以《毛诗正义》为底本的各种《诗经》通行本有所不同。除此之外，《诗经》分类学上的一些专门语辞如"风""雅""颂"等，在《诗论》中也都有异文、异称出现。这些异文及异称对《诗经》本体及《诗经》学史上的若干问题的研究都有重要意义。因此，引起学界和传媒的关注。本文讨论《诗经》篇名的正字问题，其他专门语词的正名及正字问题留待他文解决。

---

　　①　李学勤先生等释出了《诗论》未释出的《葛覃》等篇名。参见李学勤：《〈诗论〉简的编联与复原》，下引李先生文同；廖名春：《上海博物馆藏诗论简校释》；两文同载《中国哲学史》2002 年第 1 期。

《孔子诗论》的整理者对《诗论》中《诗经》篇名的正字问题已经有所注意，并在《诗论》的释文和考释中，将此作为研究的重点之一[①]，然而该书的有关论述存在若干疑问。下面我们首先以《诗论》第九简释文中存在的问题为例进行讨论。

【第九简】实咎于其也。《天保》其得禄蔑疆矣，巽寡德故也。《祈父》之责亦有以也。《黄鸟》则困而欲反其故也，多耻者其恫之乎？《菁菁者莪》则以人益也。《裳裳者华》则……

《诗论》隶定的简文中，"祈父"的"祈"字作"誖"；"黄鸟"的"鸟"字从鸟从口；《菁菁者莪》的"菁"字作从缶从青；《裳裳者华》的"裳"作"从尚从示"，"华"作"芋"。"恫"字为笔者所释，意为"忧"。关于此字的详细解说见拙文《〈孔子诗论〉第九简黄鸟句的释文与考释》。

《诗论》的整理者说："'靖'从缶从青，《说文》所无。今本《诗·小雅·南有嘉鱼之什》有《菁菁者莪》，简文系原篇名。"又说："'裳裳者芋'即今本《诗·小雅·甫田之什·裳裳者华》原篇名。'裳'、'裳'通假。华，《说文》云：'从艸，从𠌶。'是声可通。毛亨传：'裳裳，犹堂堂也。''堂堂'是张皇之辞。《说文》云：'芋，大叶实根骇人，故谓之芋也。从艸，于声。'段玉裁注云：'凡于声字，多训大，芋之为物，叶大根实，二者皆甚骇人'，而'华（華）'无骇人之理，则'芋'或为诗句之本义字。"由上可知，《诗论》的整理者以简文中的"芋"字等为《诗经》相关篇名的正字，这种认识值得商榷。

---

① 参见马承源主编：《上海博物馆藏战国楚竹书（一）》释文考释部分《孔子诗论》附一《竹书本与今本诗篇名对照表》，上海古籍出版社 2001 年版，第 160—161 页。

今按《诗论》整理者所引《说文》有误，申说意义亦不明确。"华"字繁体作"華"。《说文》："華，荣也。从艸琴。"《段注》："琴亦声，此以会意包形声也。"按"華"字从"岙"（按今通作"垂"）"亏"声，"亏"即楷书"于"。《段注》："亏亦声，此以会意包形声也。"由上引文可知，"芌"字和"华（華）"字皆从"于"得声。段玉裁《说文解字注》及朱骏声《说文通训定声》等清人研究成果已经表明，凡从"于"得声字皆有"大"的意思。既然"芌""華"两字皆系从"于"得声，那么就不能像《诗论》整理者所认为的那样，以是否训为"大"来决定"芌""華"两字何者为《裳裳者华》篇名正字。文献与当代语言实践都证明，华（繁体作"華"，今通作"花"）虽"无骇人之理"，却并不妨碍用盛大之辞来形容它，直到今天仍然如此。

从对《裳裳者华》一篇及同属《诗经·小雅》的《皇皇者华》等其他相关《诗经》篇章的内容分析入手，可以证明在《裳裳者华》的篇名中，"华"为正字，"芌"是楚简文献中的借字。《裳裳者华》内容如下：

一

裳裳者华，其叶湑兮。我觏之子，我心写兮；我心写兮，是以有誉处兮。

二

裳裳者华，芸其黄矣。我觏之子，维其有章矣；维其有章矣，是以有庆矣。

三

裳裳者华，或黄或白。我觏之子，乘其四骆；乘其四骆，六辔沃若。

四

左之左之，君子宜之。右之右之，君子有之。维其有之，是以
似之。①

从诗篇内容来看，《裳裳者华》是一篇歌颂"君子"的诗篇，诗中
以盛开的花朵起兴，赞美该君子的仪容、服饰与驾车的技艺。称他能行
君子之道，必能继承其祖业。诗篇二章"裳裳者华，芸其黄矣"与三章
"裳裳者华，或黄或白"，都是对盛开花朵的描写。不但《毛传》《郑笺》
等皆为此说，并无异义，而且《诗经》中其他篇章也有相同或相似的诗
句可为证明。《小雅·苕之华》首章言"苕之华，芸其黄矣"，二章言
"苕之华，其叶青青"。诗篇中青黄对举，青者为叶，则黄者为华（花）
无疑。

花朵盛开除可用"裳裳"即"堂堂"形容外，还可用"皇皇"即
"煌煌"来形容。《诗经·小雅》有《皇皇者华》一篇，其首章曰："皇
皇者华，于彼原隰，駪駪征夫，每怀靡及。"《毛传》："皇皇犹煌煌
也。"②煌煌本形容光芒四射的样子，这里形容花朵盛开的灿烂之状，"皇
皇"与"堂堂"一样，是盛张之辞。先师华钟彦教授在《〈诗经会通〉
新解》中曾指出，正因为"皇皇"盛开的花朵易于为人们所注目，所以
"征夫"为王事而不能顾及到它就形成了一个鲜明的文学形象。③读者可
能已经注意到，"堂堂""皇皇"（"皇"或作"煌"）、"堂皇""堂堂皇
皇"至今仍作为盛张之辞保留在现代汉语中。

---

① 《毛诗正义》，阮元校刻：《十三经注疏（附校勘记）》，中华书局1980年版，第
479—480页。

② 《毛诗正义》，阮元校刻：《十三经注疏（附校勘记），第407页。

③ 华钟彦：《〈诗经会通〉新解》，《文学遗产》1988年第6期。

花之盛开在《诗经》中还用别的类似语辞来表达。《小雅·常棣》："常棣之华，鄂不韡韡。"《说文》："韡，盛也。从华，韦声。"前引《常棣》诗句形容花之盛开，以及形容盛张之辞的"韡"字从"華"这一事实，进一步表明"华（華）"即"花"在古人的心目中，确实与盛张之辞有着深刻的内在联系。华象征着繁盛与尊贵，所以《小雅·裳裳者华》以盛开的花朵起兴，以象征"君子"的车马服饰之盛。《说文段注》曾指出，"木为之华，草为之荣"，华"又为光华、华夏字"。现代汉语有"光荣"一词，是华即花在中国传统历史文化中为荣誉象征的语言学证据。

综上所述，可知华即花在古代是荣誉与兴盛的象征，故《诗经》中常以之作为描写君子及其事业的语汇。以各种因素综合判断，本篇《诗经》篇名当以《裳裳者华》为正，而《裳裳者芋》则无说（用训诂学的术语来说就是"不词"），可以断定这里的"芋"必为借字。所以说，《诗论》的整理者以"华无骇人之理"为由，断定《裳裳者华》篇名中的"华"当为"芋"是不能成立的。同理，在《菁菁者莪》这一篇名中，"菁"字也当为正字，而从缶从青的"䔥"字当为借字。《诗论》整理者以其为正字也是不恰当的。

类似的情况还出现在《诗论》第十八简中。

【第十八简】因《木瓜》之保（报），以俞（抒）其悁者也。《杕杜》则情，喜其至也。

简文"抒""悁"从李学勤先生释文，"杕"字《诗论》隶定为"折"。其考释认为"折""杕"两字的字形接近，"如果是这样，则今本有可能是传抄之误"。这一判断基于出土的简本可靠程度必然高于传世的今本这一前提。从方法论的角度来说这一判断是不可取的，从《诗经》有关篇章内容的分析来看，也是不能成立的。

按《诗经》中有三篇诗的内容与此有关。其中直名为《杕杜》的两篇，名为《有杕之杜》的一篇。即《唐风》的《杕杜》与《有杕之杜》和《小雅》的《杕杜》。历来《诗经》注家都以"杕"字为形容"杜"树孤立之状的形容字。若以《诗论》定为"折"字，则上述《诗经》篇章的有关内容及这些篇名的意义都难以得到解说。

不久前，我曾撰写一篇小文，指出《诗论》的有关释文考释在讨论《周颂·烈文》"无竞维人"一句时，以简本"乍兢"为正字，以"无竞"为误字的断语是不恰当的。[①] 在出土文献的整理中，不能轻易改动传世文献的重要文字。对《诗经》这样经过历代学者精心整理，在文化史上影响很大的经典文献更应如此对待。由于这种情形发生在《诗经》篇名用字上，影响尤为严重，所以再撰此短文申说此意，以与大家共同讨论，希望能够得诸位的批评指正。

（原载《河南大学学报》[社会科学版] 2003 年第 1 期）

---

① 姚小鸥:《〈孔子诗论〉第六简释文考释的若干问题》,《中州学刊》2002 年第 3 期。

《周易》经传与《孔子诗论》的哲学品格

　　《诗经》是我国第一部诗歌总集，围绕着《诗经》进行的文学—艺术批评是中国文学批评的开端和中国早期艺术理论的重要构成部分。《周易》经传是中国先秦文献中最早的有系统的哲学著作，《周易》对先秦《诗》说有深刻的影响。但长期以来，学术界对此尚缺乏具体的阐说。《上海博物馆藏战国楚竹书·孔子诗论》①（以下简称《诗论》）是新发现的最早的、最有系统的古代《诗》论著作，有关材料公布之后，引起了学术界的热烈讨论。

　　表现《诗论》与《周易》经传密切关系的典型文例之一是《诗论》第二十三简。其中的"鹿鸣"句，各家释读多有歧异②。我们发现，该句正确的读法应该是："《鹿鸣》以乐始而会，以道交，见善而效，终乎不厌人。"将上述简文的断句及释读与《鹿鸣》全篇文辞对照，密合无间。

　　首先看《小雅·鹿鸣》的诗句。该篇的首章说：

---

① 马承源主编：《上海博物馆藏战国楚竹书（一）》，上海古籍出版社 2001 年版。
　　② 诸家释文为："《鹿鸣》以乐词而会，以道交见善而效，终乎不厌人。"（马承源主编：《上海博物馆藏战国楚竹书（一）》）"《鹿鸣》以乐司而会以道，交见善而学，终乎不厌人。"（李学勤：《〈诗论〉简的编联与复原》，《中国哲学史》2002 年第 1 期）"《鹿鸣》以乐始而会以道，交见善而效，终乎不厌人。"（廖名春：《上海博物馆藏诗论简校释》，《中国哲学史》2002 年第 1 期）"《鹿鸣》以乐始而会以道，交见善而效终乎？不厌人。"（范毓周：《上海博物馆藏楚简〈诗论〉的释文、简序与分章》，收入《上博馆藏战国楚竹书研究》，上海书店出版社 2002 年版）

呦呦鹿鸣，食野之苹。我有嘉宾，鼓瑟吹笙。吹笙鼓簧，承筐是将。人之好我，示我周行。

其三章说：

呦呦鹿鸣，食野之芩。我有嘉宾，鼓瑟鼓琴。鼓瑟鼓琴，和乐且湛。我有旨酒，以燕乐嘉宾之心。①

所谓"以乐始而会"，指上引诗句所述以笙、簧、琴、瑟等乐器奏乐娱宾而开始宴乐。句中的"乐"指奏乐，"始"意为开始，"会"为"今日良宴会"之"会"。我们曾经指出，"筐"是宴飨时盛装食物所用的大型容器②。周代人们往往特意制作宴会需用之大型食器。《多友鼎》即为其例，"……多友敢对扬公休，用作尊鼎，用朋用友，其子子孙孙永宝用"③。《鹿鸣》描写以奏乐开始，主人以丰富的食物和"旨酒"来款待与会的嘉宾，这就是"以乐始而会"的具体内容。

"终乎不厌人"，紧扣《鹿鸣》篇的结尾"我有旨酒，以燕乐嘉宾之心"。该语句与"以乐始而会"相呼应，形成对诗篇的完整评述。关于本简，特别需要解说的是"以道交"与"见善而效"的识断。

在先秦时期人们的礼乐观念中，"以乐始而会"与"以道交"之间有着密切的联系。《礼记·乐记》说："是故先王之制礼乐，人为之节。……射乡食飨，所以正交接也。……礼乐刑政，四达而不悖，则王道备矣。"④

① 《毛诗正义》，阮元校刻：《十三经注疏》，中华书局 2009 年版，第 865、867 页。
② 姚小鸥：《诗经三颂与先秦礼乐文化》，北京广播学院出版社 2000 年版。
③ 用李学勤先生释文，见中国社会科学院考古研究所编辑：《新出金文分域简目》，中华书局 1983 年版。引文尽量以通行文字书写。
④ 《礼记正义》，阮元校刻：《十三经注疏》，中华书局 2009 年版，第 3315 页。

宴会不但是人们交往的重要媒介，而且它关涉到"王道"这一古代政治
的根本问题。在先秦时期的社会伦理中，君子与何人交，如何交，应依
照一定的原则进行。这些原则，从根本上来说，就是"以道交"。

《郭店楚简·性自命出》篇说："闻道反上，上交者也。闻道反下，
下交者也。闻道反己，修身者也。上交近事群，下交得众近从正（政），
修身近至仁。同方而交，以道者也。不同方而□□□□。同悦而交，以
德者也。不同悦而交，以猷者也。"①所谓"同方而交，以道者也"正可
与《诗论》"以道交"相比较。

进一步的研究可以发现，"以道交"的"交"是先秦时期一个具有
哲学意味和深刻文化内涵的语辞。将该语辞在《周易》中出现的语言环
境作一分析，更可洞明此意。《泰》卦《彖》曰："泰，小往大来，吉，
亨。则是天地交而万物通也。上下交而其志同也。"《否》卦《彖》曰：
"天地不交而万物不通也。上下不交而天下无邦也。"《归妹》《彖》曰：
"归妹，天地之大义也。天地不交而万物不兴。归妹，人之终始也。"②由
上引文可知，在《易传》中，人们认为"交"是天地化成万物的必要条
件。天地不交则万物不通，天地交则万物兴。人道与天道相合，故"归
妹"既是"人之始终"，同时又可以提高到"天地之大义"来认识。具
体到现实社会的人际关系，《易传》提出"上下交而其志同"，"上下不
交而天下无邦"。这就从哲学上阐明了《诗经》中大量宴飨诗存在的根
据及其审美意义的社会伦理基础。

《易·系辞下》还阐明了君子与人"交"的若干原则："子曰：'知
几其神乎？君子上交不谄，下交不渎，其知几乎？'""子曰：'君子安

① 荆门市博物馆编：《郭店楚墓竹简》，文物出版社1998年版，第55—58简。
② 《周易正义》，阮元校刻：《十三经注疏》，中华书局2009年版，第54、56、131页。

其身而后动，易其心而后语，定其交而后求。君子修此三者，故全也。危以动则民不与也，惧以语则民不应也，无交而求则民不与也。莫之与则伤之者至矣。《易》曰：莫益之，或击之，立心勿恒，凶。'"①"见善而效"同为君子与人交的原则之一。"见善而效"的句型与"见贤思齐"（《论语·里仁》）同。其意义本自《鹿鸣》第二章。该章说：

> 呦呦鹿鸣，食野之蒿。我有嘉宾，德音孔昭。视民不恍，君子是则是效。我有旨酒，嘉宾式燕以敖。

诗篇中的"嘉宾""德音孔昭""视民不恍"（"视"通"示"），以善德为仪型，故足以作为"君子"即贵族们效法的榜样。"见善而效"的"善"字，不仅仅是一般地说明"嘉宾"的德行，而具有特别的哲学意蕴。《系辞上》说："一阴一阳之谓道，继之者善也，成之者性也。"②在《易传》作者来看，善是源于道而合于道的。这是很高的道德评价与要求。

在《周易》的哲学思想中，"善"与"德"密切相联，尤其从《易传》所述各命题的逻辑关系上看如此。《系辞上》说："广大配天地，变通配四时，阴阳之义配日月，易简之善配至德。"金景芳先生指出，"易简之善配至德"的"易"是《系辞》"乾以易知"的"易"；"简"是"坤以简能"的"简"。③如此，"易简之善"即乾坤之善、天地之善，所以能配至德。此足证在《易传》中"善"与"德"是相配的。人们知道《易传》与孔子的密切关系，所以《孔子诗论》中的有关论述与《易传》

---

① 《周易正义》，阮元校刻：《十三经注疏》，第 184—185 页。
② 《周易正义》，阮元校刻：《十三经注疏》，第 161 页。
③ 金景芳：《周易系辞传新编详解》，辽海出版社 1998 年版。

相合是完全合乎逻辑的。

"见善而效"的反面是仿效不善之事或行为，这是君子所不为的。所以《小雅·十月之交》说"天命不彻，我不敢效我友自逸"。这一例证从一个侧面印证了《诗论》有关内容产生的历史背景。

《鹿鸣》中所含之道德意义广泛存在于《雅》诗的颂美诗中，《小雅》中类似的诗有《天保》《南有嘉鱼》《南山有台》《蓼萧》《湛露》《彤弓》《菁菁者莪》等多篇。《蓼萧》说："蓼彼萧斯，零露湑兮。既见君子，我心写兮。燕笑语兮，是以有誉处兮。"（一章）诗篇中称赞主人"其德不爽""令德寿岂"，强调道德的称举。同样强调上述理念的《天保》，则以形象生动、词采飞扬而传颂不绝。《天保》说："天保定尔，俾尔戬穀。罄无不宜，受天百禄。降尔遐福，维日不足。"（二章）"天保定尔，以莫不兴。如山如阜，如冈如陵。如川之方至，以莫不增。"（三章）"神之吊矣，诒尔多福。民之质矣，日用饮食。群黎百姓，遍为尔德。"（五章）对于《天保》的主旨，《毛诗序》说："《天保》，下报上也。君能下下，以成其政；臣能归美，以报其上焉。"①《诗序》对于诗篇大意的概括并不能算错，但语焉未详，远不如《诗论》所言中肯。

《诗论》第九简对有关诗篇性质的论述，表现了《诗论》与《周易》经传的密切关系。第九简的简文说：

> ……实咎于其也。《天保》其得禄蔑疆矣，巽寡德故也。《祈父》之责亦有以也。《黄鸟》则困而欲反其故也，多耻者其病之乎？《菁菁者莪》则以人益也。《裳裳者华》则……②

① 《毛诗正义》，阮元校刻：《十三经注疏》，第899、880、881页。
② "实咎于其也"，"实"字据廖名春《上海博物馆藏诗论简校释》引李锐《札记》释。

简文"实"字从李锐《札记》所释。"巽"字各家有异说,我们认为当如字读,说详后。"病"字从李学勤先生释,意为"忧"。

"实咎于其也",前当接第八简尾"伐木"。则全句读为"《伐木》,实咎于其也"。《伐木》说"宁适不来,微我有咎",所以《诗论》说"实咎于其也",即表面看来不咎,而"实咎"。《诗序》:"《伐木》,燕朋友故旧也。自天子至于庶人,未有不须友以成者。亲亲以睦,友贤不弃,不遗故旧,则民德归厚矣。"① 依《诗序》,似乎《伐木》当为美诗,不当言"咎"之。但《诗经》学史上亦有以其为刺诗者。陈奂《诗毛氏传疏》说:"李贤注《后汉书·朱穆传》引蔡邕《正交论》:'周德始衰,《伐木》有"鸟鸣"之刺。'《风俗通义·穷通》篇同,是《鲁诗》说以《伐木》为刺诗也。"② 以上是汉代《诗经》学家的意见。那么,作为先秦旧文的《孔子诗论》为什么评论《伐木》时说"实咎于其"呢?诗篇所言不符合"惧以始终"之要求,故言"实咎于其也"。这与包括《易传》在内的先秦文献所载孔门哲学的一贯思想有关。《周易·乾·文言》:"九三曰:'君子终日乾乾。夕惕若。厉,无咎。'何谓也?子曰:'君子进德修业。忠信,所以进德也;修辞立其诚,所以居业也。'"③《伐木》所言"宁适不来,微我不顾""宁适不来,微我有咎"与"修辞立其诚"之原则显然有一定的距离。另,《系辞下》:"惧以终始,其要无咎。此之谓《易》之道也。"④《伐木》言"迨我暇矣,饮此湑矣",与"惧以始终"之敬慎态度也有一定的差距。故以孔子的一贯思想来说,应当

① 《毛诗正义》,阮元校刻:《十三经注疏》,第 877 页。

② 陈奂:《诗毛氏传疏》,《儒藏》精华编,北京大学出版社 2009 年版,第 33 册,第 433 页。

③ 《周易正义》,阮元校刻:《十三经注疏》,第 27 页。

④ 《周易正义》,阮元校刻:《十三经注疏》,第 189 页。

"咎"之。

"《天保》其得禄蔑疆矣，巽寡德故也。"对于《天保》主人公"得禄蔑疆"之缘由，《诗论》断为"巽寡德故"。那么，什么是"巽寡德故"呢？

传统认为《天保》是歌颂君主的诗篇，所以称其德为"寡德"①。"巽"字《说文》训为"具"，"巽寡德故"即"具寡德故"。以此解释该字，完全可以读通。如此，该句言诗篇所歌颂的对象具有"寡德"，故"得禄蔑疆"。但"巽"字在这里还有更好的、更符合《诗论》风格，更具理论意义的解释。按"巽"在《周易》中含有"化"的意思。《诗论》用此意论证《天保》主人公之"得禄蔑疆"是由其以德化下之缘故。

《易·系辞下》（五章）："巽，德之制也。""德之制"是什么意思呢？《巽》卦《彖传》："重巽以申命。"《象传》："随风，巽。君子以申命行事。"② 这里的"命"是"天命"或"性命"的"命"，而不是行政命令的"命"。所以《系辞下》说："昔者圣人之作《易》也，将以顺性命之理。是以立天之道曰阴与阳，立地之道曰柔与刚，立人之道曰仁与义。"③ "制"是"生、化"之意，即《易传》所谓"生生之谓易"④。《郭店楚简·性自命出》篇说："性自命出，命自天降。道始于情，情生于性。始者近情，终者近义。"又说："理其情而出内（入）之，然后复以教。教，所以生德于中者也。"⑤ 在这一"天、命、性、情、道（德）"

① 于弗《金石简帛诗经研究》（哈尔滨师范大学 2002 年博士学位论文）认为"寡德"之"寡"当读为"颁"，意为"分赐"。其读有据。本文认为，"颁"训"大头"（参见《说文段注》），这里释为"大"。"颁德"即"大德"。

② 《周易正义》，阮元校刻：《十三经注疏》，第 142 页。

③ 《周易正义》，阮元校刻：《十三经注疏》，第 196 页。

④ 《周易正义》，阮元校刻：《十三经注疏》，第 162 页。

⑤ 荆门市博物馆编：《郭店楚墓竹简》，第 179 页。

的结构中，可见"道（德）"与"命"的密切关系。在"申命行事"的过程中，可能会有种种变化，所以《系辞》又说"巽以行权"。《象传》所说《巽卦》之卦象是"随风"。"随风"作为"申命行事"之"象"，的确是非常形象的。

孔子说过："君子之德风，小人之德草。草上之风必偃。"（《论语·颜渊》）何晏《注》："加草以风，无不仆者，犹民之化于上。"① 此可为《巽卦》"君子以申命行事"的"随风"之象的说解。综合先秦有关文献尤其是《易传》的有关说法，可知此处以"巽"释为"化"不误。此训《易传》中还有旁证。《易·系辞下》："子曰：乾坤其《易》之门邪？乾，阳物也；坤，阴物也。阴阳合德而刚柔有体。以体天地之撰，以通神明之德。""天地之撰"的"撰"，旧注释为"数"。金景芳先生认为此说"不见得对。实际上，'天地之撰'指的是天地的变化，是外部的表现。'体天地之撰'，就是成变化的意思。'德'是内部性质。'通神明之德'，就是'行鬼神'的意思"②。按："撰"即"巽"。"体天地之撰"是《彖传》屡言的"化成天下"之意。"通神明之德"不一定是《系辞》所谓"行鬼神"。这里的"神明"一词似不指鬼神，而与《郭店楚简·太一生水》之"神明"义近。《太一生水》说："太一生水，水反辅太一成天。天反辅太一，是以成地。天地复相辅也，是以成神明。神明复相辅也，是以成阴阳。阴阳复相辅也，是以成四时。四时复相辅也，是以生沧热。沧热复相辅也，是以成湿燥。湿燥复相辅也，成岁而止。"③ 在《太一生水》中，天地、神明与阴阳虽然有生成转化的关系，但位次相接。细绎《系辞》之文，可以体察到"体天地之撰"与"通神明之德"为互

---

① 《论语注疏》，阮元校刻：《十三经注疏》，第5439页。

② 金景芳：《周易系辞传新编详解》。

③ 荆门市博物馆编：《郭店楚墓竹简》，第125页。

文，即为前引金景芳先生所言"成变化"之意。

我们在前引《郭店楚简·性自命出》时，提出那里的"道"与"德"意近。关于这一点除了《性自命出》文章中的内证外，《易传》中存在有力的旁证。《系辞上》："一阴一阳之谓道，继之者善也，成之者性也。仁者见之谓之仁，知者见之谓之知。百姓日用而不知，故君子之道鲜矣。"前引《天保》四章"神之吊矣，诒尔多福"与首章"天保定尔，俾尔戬穀"意近，即《诗论》23 简所言之"得禄蔑疆"。《天保》四章之"民之质矣，日用饮食。群黎百姓，遍为尔德"，《郑笺》："群众百姓遍为汝之德，言则而象之。"高亨先生据此以"化"释"为"①，确为有见。诗篇言主人公"知""百姓""日用饮食"，人民皆为其德所化，而"神诒多福"即《诗论》所谓"得禄蔑疆"之意。如此，《天保》文辞与《诗论》对其所作的判语合若符契，了无疑义。

《诗论》的整理者对简文"《黄鸟》则困而欲反其故"一语未作解说，而本句实含深意。《诗经》中以《黄鸟》命名者有《秦风·黄鸟》与《小雅·黄鸟》，《诗论》所论为后者。诗篇描写一个身在异乡的人不受善待，难与他人沟通而陷于困顿，《诗论》评判该篇内容所用之"困"字为《周易》常用语词。《易·系辞下》："《易》曰：'困于石，据于蒺藜，入于其宫，不见其妻，凶。'子曰：'非所困而困焉，名必辱；非所居而居焉，身必危。'"②《易·系辞下》所谓的"《易》曰"云云，为《周易·困卦》六三爻辞。

《周易·同人》卦九三《象》曰："乘其墉，义弗克也。其吉，困而反则也。"③《黄鸟》的主人公欲返回父母之邦即属于"困而反则"之类。

---

① 高亨：《诗经今注》，上海古籍出版社 1980 年版。

② 《周易正义》，阮元校刻：《十三经注疏》，第 183 页。

③ 《周易正义》，阮元校刻：《十三经注疏》，第 58 页。

"困而反则"是吉利的,"多耻者"为什么应该为之忧呢？这要从孔子一贯的思想来理解。孔子论为学,有在思维模式上与此相类的判断。《论语·季氏》："孔子曰：'生而知之者上也；学而知之者次也；困而后学,又其次也；困而不学,民斯为下矣。'""困而不学",即困而不知反者,非君子所与群,故亦非君子所当忧虑。学而知之,君子即"多耻者"修养中的应有之义,"困而知反"者尚可为君子引为同侪,故为之忧。

从传统说法及当代研究的结论来看,《诗经》尤其是《小雅》作者的社会身份为贵族国人,即"君子"之属。《周易·同人》卦《象》曰："天与火,同人,君子以类族辨物。"韩伯康《注》："君子小人各得所同。"孔颖达《疏》："族聚也,言君子法此《同人》以类而聚也。"① "困而欲反其故"的《黄鸟》篇主人公脱离邦族是不智之举,而且不合于君子所应具的睦于亲族之道德,故由"非所困而困"招致耻辱。《易·系辞下》："子曰：'小人不耻不仁,不畏不义。'"《黄鸟》篇主人公之致困,既属于"非所困而困"之类,故"多耻者"即真正的君子为其招致的困境而忧,就不难理解了。

表现《诗论》与《周易》经传密切关系的较为明显的例证还有《诗论》二十六简,简文说：

> ……忠。《邶·柏舟》闷。《谷风》悲。《蓼莪》有孝志。《隰有苌楚》得而悔之也。(用李学勤先生释文)

"《邶·柏舟》闷"句,《诗论》的《释文考释》说："孔子言其诗意曰'闷',也与《邶风·柏舟》的诗句相合：'耿耿不寐,如有隐忧',

---

① 《周易正义》,阮元校刻：《十三经注疏》,第57页。

'忧心悄悄，愠于群小。觏闵既多，受侮不少'。又如'心之忧矣，如匪浣衣。静言思之，不能奋飞'。皆为诗人愠郁忧愁之叹，孔子评为'闷'。"①《诗论》整理者判定"《邶·柏舟》"即《邶风·柏舟》是正确的，但"孔子言其诗意曰'闷'"，何以"与《邶风·柏舟》的诗句相合"，整理者并未加以详细解说。我们发现，孔子对该篇诗的一字评语"闷"，大有可体味之处。

按"闷"是《易传》中的专门术语。《乾》卦《文言》："初九曰'潜龙勿用'，何谓也？子曰：'龙德而隐者也，不易乎世，不成乎名，遁世无闷，不见是而无闷；乐则行之，忧则违之。确乎其不可拔，潜龙也。'"《孔疏》："遁世无闷者，谓遁避世；虽逢无道，心无所闷。不见是而无闷者，言举世皆非，虽不见善而心亦无闷。上云遁世无闷，心处僻陋，不见是而无闷，此因见世俗行恶，是亦无闷，故再起无闷之文。"②《易·大过》《象传》："君子以独立不惧，遁世无闷。"《疏》："明君子于衰难之时，卓尔独立，不有畏惧。隐遁于世而无忧闷，欲有遁难之心，其操不改。凡人遇此则不能然，唯君子独能如此，是其过越之义。"③

细绎《邶风·柏舟》诗句，可知用"愠郁忧愁"来概括该篇的基本内容并不恰当。因为"愠"训"怒"，诗中言作者由于"愠于群小"而"受侮不少"。篇中愠怒的是欺侮诗人的群小，诗人自己并不敢"愠"。诗篇中诉说自己"薄言往诉，逢彼之怒"，因为无处诉说，只有"寤辟有摽"，即半夜里自己拍打着胸脯生闷气（高亨《诗经今注》）。如果与《易传》中"遁世无闷"的"君子"相比较，《柏舟》的主人公既"不能

奋飞",无法脱离令人苦闷的环境,又不能"独立不惧",当然谈不到"不见是而无闷",更谈不到"乐则行之,忧则违之"了。如此,可见《诗论》中关于《邶风·柏舟》"闷"的一字评语准确形象,具有深刻的哲理性和丰富的思想内涵。这样的评论,信乎出于孔子之手。

"《隰有苌楚》得而悔之也。"本句诸家未有通达的解说。该评论所用的词语和思想亦与《易传》密切相关。《隰有苌楚》说:"隰有苌楚,猗傩其枝。夭之沃沃,乐子之无知。"(一章)"隰有苌楚,猗傩其华。夭之沃沃,乐子之无家。"(二章)"隰有苌楚,猗傩其实。夭之沃沃,乐子之无室。"(三章)①于茀《金石简帛诗经研究》认为,此诗的主旨为有家室者羡慕无室无家者。②此说与清人如陈奂《诗毛氏传疏》所论意近,可采。羡慕他人而自悔,可与《周易》的思想方法联系起来理解。《系辞上》说:"是故吉凶者失得之象也,悔吝者忧虞之象也。"高亨先生指出:"悔恨之情与悲痛为轻,悔恨之事不及咎凶之重,《周易》所谓'悔',其实不过困厄而已。"③《周易》在判定"吉、吝、厉、悔、咎、凶"时,往往与"失""得"相联系。如《晋》六五:"悔亡,失得勿恤,往吉,无不利。"《噬嗑》六五:"噬干肉,得黄金,贞厉,无咎。"④《隰有苌楚》的主人公既羡慕他人无家,当为有家有室者,亦即属于有得。乐极生悲,诗篇言其"乐",意在言外,乃作诗之法。《诗论》言其"悔",乃直言其质,是说诗之法。《诗序》说:"《隰有苌楚》,疾恣也。国人疾其君之淫恣,而思无情欲者也。"⑤"思无情欲者"之说,表面看来

---

① 《毛诗正义》,阮元校刻:《十三经注疏》,第814—815页。
② 于茀:《金石简帛诗经研究》,哈尔滨师范大学2002年博士学位论文。
③ 高亨:《周易古经通说》第六篇《吉吝厉悔咎凶解》,《周易古经今注》,中华书局1984年版。
④ 《周易正义》,阮元校刻:《十三经注疏》,第101、75页。
⑤ 《毛诗正义》,阮元校刻:《十三经注疏》,第814页。

去人情甚远，但作为依古人说诗之法，可以找到与《诗论》相通之处。

　　我们知道，作为古代的占筮之书的《周易》，本极富哲理，然其以哲学著作名世，又当归功于《易传》的完成。《易传》在传统上被称为"十翼"，汉代以来被承认为孔子所作。《史记·孔子世家》："孔子晚而喜《易》，序《彖》《系》《象》《说卦》《文言》。"《正义》："夫子作《十翼》，谓《上彖》《下彖》《上象》《下象》《上系》《下系》《文言》《序卦》《说卦》《杂卦》也。"①《汉书·艺文志》："文王以诸侯顺命而行道，天人之占可得而效，于是重《易》六爻，作上下篇。孔氏为之《彖》《象》《系辞》《文言》《序卦》之属十篇。"②所以《周易正义·卷首》"第六论夫子十翼"说："其《彖》《象》等十翼之辞，以为孔子所作，先儒更无异论。"③宋代以来兴起的疑古思潮，对孔子作《易传》有所怀疑，但近年来学者通过对传世及出土文献尤其是简帛文献的研究，重新肯定了孔子与《易传》的密切关系，并肯定了孔子在哲学上对《易》学的划时代贡献，在更高的理论层次上再次明确了孔子在中国哲学史上的地位。④

　　众所周知，《诗经》与《周易》一样，也和孔子具有密切的关系。《论语》及其他可靠的古代文献记载孔子曾对《诗经》进行过整理工作。汉代诸家所传《诗》学，据有关文献记载都是孔子通过子夏一系进行传递的。汉代以来流传至今的《诗》说，尤其是《毛诗序》，也皆源于孔门的学术传承。由于疑古思潮的影响，孔子说《诗》、传《诗》的记载一度也和《易传》的年代与性质一样，受到一些学者的怀疑。这一怀疑

①　司马迁：《史记》，中华书局 1982 年版，第 1937 页。
②　班固：《汉书》，中华书局 1962 年版，第 1704 页。
③　《周易正义》，阮元校刻：《十三经注疏》，第 19 页。
④　参见李学勤：《周易经传溯源》，长春出版社 1992 年版。

集中表现在对《毛诗序》《韩诗外传》等汉代整理完成的《诗经》学的有关重要文献价值的否定。近年来，学术界在扬弃以"古史辨"派为代表的疑古思潮的基础上，对有关中国早期历史的思想观念与研究方法进行了新的表述，李学勤先生关于"走出疑古时代"的理论就是这方面的代表。"走出疑古时代"的理论建立在对中国历史文献包括出土文献研究的基础上。近年来的简帛文献研究对此做出了重要贡献。以本文的论题而言，上海楚简《孔子诗论》，从历史年代与思想内容两个方面证明了汉代以来关于孔门传《诗》记载的可信。尽管从目前已经发表的材料来看，《诗论》不全部出自孔子手笔，但其主要内容传自孔子，殆无疑问。以上背景为我们今天探讨《诗》《易》关系与先秦时期的中国《诗》学思想提供了前提。

通过以上讨论，我们可以认定《诗论》对《诗经》诸篇进行评述时所使用的话语系统与《周易》经传高度重叠，在思想方法上，《诗论》与《周易》经传有着密切的内在联系。这对我们认识周代以来，尤其是春秋以降的《诗》学与《易》学源流及探究周代《诗》学批评的哲学意味极具启发性。它不仅揭示了《孔子诗论》作为现存已知中国先秦时期最早的、较为系统的诗学批评的哲学品格，而且对我们进一步认识《易传》的性质、作者和时代有所帮助。这一事实的揭示必将对中国古代乐论与先秦诗学思想史的研究产生深刻的影响，值得人们对此进行更为深入而广泛的研究。

（原载《文学评论》2003 年第 5 期）

《清华大学藏战国竹简》与《诗经》学史的若干问题

  《清华大学藏战国竹简》（简称清华简）中含有大量《诗经》类文献。它们的公布给《诗经》学研究带来新的气象。学术史上许多长期争讼不决的问题，因为这批新材料的发现而出现转机。诸如《诗经》编订成书的时间及途径，孔子与《诗经》的关系尤其是"删诗"问题及"佚诗"问题，先秦两汉《诗经》的传承与汉代的《诗经》传本问题等，都有了新的材料或新的研究视角。有些问题由这批新材料而得以解决，暂时不能定论者也可由此获得极大的推进。清华简第三辑《周公之琴舞》篇中，成王所作"敬毖""琴舞九絉（卒）"的编排及各"启"（今本《诗经》称为"篇"）出现的"乱曰"①，就是前所未闻的新知，吸引了众多学者的关注。学者们认为，《诗经》尤其是《周颂》体制问题的研究因此而得到新的门径。凡此种种，凸显了清华简不可替代的学术价值。今择其要者，简述如下。

  首先谈谈"孔子删诗"问题。《史记·孔子世家》说："古者《诗》三千余篇，及至孔子，去其重，取可施于礼义，上采契后稷，中述殷周之盛，至幽厉之缺，始于衽席，故曰'《关雎》之乱以为《风》始，

---

① 清华大学出土文献研究与保护中心编，李学勤主编：《清华大学藏战国竹简（叁）》，中西书局 2012 年版，第 132 页。

《鹿鸣》为《小雅》始，《文王》为《大雅》始，《清庙》为《颂》始'。三百五篇孔子皆弦歌之，以求合《韶》《武》《雅》《颂》之音。礼乐自此可得而述，以备王道，成六艺。"① 对于《史记》所载"孔子删诗"说，孔颖达在《毛诗正义》中提出不同看法，他说："案书传所引之诗，见在者多，亡逸者少，则孔子所录，不容十分去九。马迁言古诗三千余篇，未可信也。"② 自此以后，学者争讼不已。戴维《诗经研究史》说："这个问题，自唐代孔颖达挑起战端，经宋儒清儒而民国古史辨派三次大的争论，至今仍无定论。双方利用的文献基本上已搜寻殆尽，就现有的文献资料再起大的争论想彻底解决这一问题，已诚属不可能，只有等待文献进一步的发现了。"③

《清华大学藏战国竹简（壹）》，曾公布过若干有关《诗经》的材料。其中有与今本《诗经·唐风·蟋蟀》同名且内容大致相同的篇章《蟋蟀》，也有为今人所未知的"逸篇"。《清华大学藏战国竹简（叁）》中公布了更多的材料，包括《周公之琴舞》和《芮良夫毖》等。《周公之琴舞》篇中含有周公所作"琴舞九絉（卒）"中的"元纳启"（第一篇）及成王所作"琴舞九絉（卒）"的全部"九启"（即当今本《诗经》的九篇）。其中的"元纳启"为今本《诗经·周颂·敬之》篇的另本。从统计学的角度来说，《周公之琴舞》中的诗篇数与今本《诗经·周颂》所存相关诗篇数的对比为十比一，恰恰是司马迁所言古诗与孔子删定之比。当然，不能如此简单处理新出文献与学术公案之间的关系，事情往往复杂得多。但无论如何，这一新发现对于《诗经研究史》作者前述论

---

① 司马迁：《史记》，中华书局 1982 年版，第 1936—1937 页。

② 《毛诗正义》，阮元校刻：《十三经注疏（附校勘记）》，中华书局 1980 年版，第 263 页。

③ 戴维：《诗经研究史》，湖南教育出版社 2001 年版，第 35 页。

断的呼应是不容忽视的。

　　与"孔子删诗"相关联的还有所谓"逸诗"问题。按照传统的说法，清华简中的多数《诗经》类文献属于"逸诗"。春秋战国之际到秦汉间的经籍史传乃至诸子等文献，如《左传》《国语》《论语》《孟子》《墨子》《仪礼》《礼记》中，多有引《诗》，其所引诗篇或诗句不见于汉代以后所传《诗经》者，被称为"逸诗"。"逸诗"一名首见于汉代高诱为《战国策》和《吕氏春秋》所作的注中。他将这些文献中出现的类乎《诗经》文体而不见于汉代所传《诗经》文本的篇章称为"逸诗"。欧阳修在《诗本义》中将"逸诗"的产生与"孔子删诗"明确联系起来，并对太史公的记载加以肯定。我们指出这一点，是因为有些当代研究者将先秦典籍中记载的一些非《诗经》体的童谣、俚歌和谚语等也称为"逸诗"，这是很不正确的。

　　自宋代王应麟《诗考》以来，历代不乏"逸诗"的搜集和整理者。研究者所依据的资料大体相同，对于"逸诗"数量的判定则基于收录标准的宽严而不同。赵翼《陔余丛考》考定的"逸诗"为二十二篇，而郝懿行《诗经拾遗》所收多达一百七十五篇。据说，当代学人有搜罗至数百者，其标准之宽泛可想而知。然而，过去研究者都没有料到会有简帛文献中《诗经》类文献的发现这一学术转机。①

　　《上海博物馆藏战国楚竹书（一）》中《孔子诗论》的公布，曾引起学术界的热议。相比而言，同样出于上博简的"逸诗"《交交鸣乌》和《多薪》两篇，虽有廖名春等著文讨论②，但并未引起学界的广泛关注。据分析，上博简与清华简抄写的时代与流传地域相近，将两者放在

---

①　参见李琳珂：《先秦逸诗研究》，河南大学 2006 年硕士学位论文。
②　廖名春：《楚简〈逸诗·交交鸣乌〉补释》，《中国文化研究》2005 年第 1 期。

一起考量，更应该引起人们对相关问题的思考。

这两批竹简中的《诗经》篇章及"逸诗"都属于战国中期偏晚楚国所传《诗经》类文献。许慎在《说文解字序》中谈到了战国时期各诸侯国在文化上的差异。他说："诸侯力政，不统于王，恶礼乐之害己，而皆去其典籍。分为七国，田畴异亩，车涂异轨，律令异法，衣冠异制，言语异声，文字异形。"①《说文解字序》的上述说法强调春秋战国时期因政治权力分散而造成的文化多元性，这种认识在历史上影响深远。上博简公布之初，人们尚多考虑楚地文献的文化独特性，清华简则使我们进一步认识到先秦时期华夏文化的统一性，以及此类文献文化价值的普适性。

"逸诗"讨论的深入，必然涉及到与《诗经》相关的"诗""乐"关系及"诗"之传承途径及次第。前述清华简中成王所作"琴舞九絉（卒）"之"乱曰"出现在每"启"的后半，与今本《周颂》相异。有关"乱"与《诗经》的关系，文献中曾有记述。《论语》说："师挚之始，《关雎》之乱，洋洋乎盈耳哉！"②《国语·鲁语》也提到《商颂》的"辑之乱曰"③。"乱曰"为何在今本《诗经》中消失，应当给予合理的解释。仔细分析，可推测这与《诗经》传承路径与传本有关。

先秦两汉时期的传《诗》，有"诗家"与"乐家"之别。以孔子为代表的"诗家"传《诗》重在其义，作为乐官系统代表的周太师传"诗"则重在乐之操作及功能。在这一文化背景下观照《周公之琴舞》中的"乱曰"，可见其尚带有"乐家"传诗的印痕。今人所读到的《诗经》又称《毛诗》，与汉代今文经学派齐、鲁、韩三家所传《诗经》文本一样，皆为"诗家"所传之《诗》。从总体上来说，前述清华

① 许慎撰，段玉裁注：《说文解字注》，上海古籍出版社 1981 年版，第 757—758 页。
② 杨伯峻译注：《论语译注》，中华书局 1980 年版，第 83 页。
③ 上海师范大学古籍整理组校点：《国语》，上海古籍出版社 1978 年版，第 216 页。

简中的《诗经》类文献亦然。《上海博物馆藏战国楚竹书（四）》中的《采风曲目》所录①，为典型的乐家传本。将之与传世本《诗经》、清华简《诗经》文献对照，可见三者之间的联系与区别。在传世本《诗经》中，"洋洋乎盈耳哉"的"《关雎》之乱"完全消失了。清华简《诗经》类文献中，尚有标明乐舞表演过程的"乱曰"。上博简《采风曲目》之《硕人》篇前，有"乐调分类声名""宫穆"这一乐工标记语，必为乐官所传"诗"之操作文本无疑。

王国维《汉以后所传周乐考》认为，"诗家"与"乐家""二家本自殊途，不能相通。世或有以此绳彼者，均未可谓为笃论也"。②王国维言"诗""乐"二家"不能相通"云云，系从其相异处言之，尤指孔子以后战国秦汉间之传《诗》者。至于孔子及其以前《诗》之传授则当别论。

众所周知，先秦君子风范的体现之一就是六艺皆通。《论语·子罕》载："达巷党人曰：'大哉孔子，博学而无所成名。'子闻之，谓门弟子曰：'吾何执？执御乎？执射乎？吾执御矣。'"③孔子谦称仅能"执御"（即驾车），但其无疑同样精于他业，包括"乐"在内。据《庄子·天运》篇记载，孔子曾对老子说："丘治《诗》《书》《礼》《乐》《易》《春秋》六经，自以为久矣，孰知其故矣。"④孔子不但熟悉乐经，而且对乐的操作层面也不生疏，故三百五篇皆能弦歌。《论语·八佾》："子语鲁大师乐，曰：'乐其可知也，始作，翕如也；从之，纯如也，皦如也，绎如也，以成。'"⑤能够与一国最高级别的乐官进行深层次的艺术交流，

---

① 马承源主编：《上海博物馆藏战国楚竹书（四）》，上海古籍出版社2004年版，第159页。

② 王国维：《观堂集林》，中华书局1959年版，第121—122页。

③ 杨伯峻译注：《论语译注》，第87页。

④ 王先谦：《庄子集解》，中华书局1987年版，第130页。

⑤ 杨伯峻译注：《论语译注》，第32页。

显见孔子对"乐"的知识与能力是毋庸置疑的。这是"诗家"《诗经》传本与"乐家"相通的血缘纽带。

有关汉代《诗经》的传承，经学家们有各种解说。就《毛诗》而言，大凡有出自孔子，出自孔门高弟子夏，经由先秦大儒荀卿乃至大小毛公诸说，未定一尊而皆有其故。清华简《诗经》类文献的文本分析，无疑可为上述各说带来新的解释。

由于文献有阙，历史上的《诗经》学史讨论往往各说各话。清华简中的《诗经》类文献可为《诗经》学史的讨论增添学术理据。清华简第三辑中《周公之琴舞》的"乱曰"，更使人们得以窥见早期"诗家"《诗经》传本中带有的乐家传本的某些印迹。这一现象与先秦社会的总体文化特征密切相关。随着秦汉以后"乐家"退出社会意识形态的核心地位，其传本的影响逐渐消失。其文化遗存则以乐府曲唱文本的形式保存在汉代以后各正史的乐志中，成为观察这一文化现象的参照物。这一演变的机理及过程均极为复杂，容当异日细申论之。

（原载《文艺研究》2013 年第 8 期）

试论清华简《周公之琴舞》的文本性质

　　《清华大学藏战国竹简（叁）》中的《周公之琴舞》，在体制和结构上与今本《诗经》有异，引起学者对其文本性质的关注。

　　李学勤首先将这篇文献介绍给学术界，他说："《周公之琴舞》的性质是一种乐章，堪与备受学者重视的《大武》乐章相比……《周公之琴舞》乃是与之结构相仿的乐诗，以周公还政、成王嗣位为其内容，这不仅是佚诗的发现，也是佚乐的发现。"[①]李守奎认为，《周公之琴舞》中成王所作歌诗九章使我们得见《周颂》演奏完整篇章的全貌。[②]吴万钟认为"依王国维所言的传《诗》体系看，《周公之琴舞》应该属于乐家传的一种乐歌文本"[③]。总之，多数学者认为应将《周公之琴舞》定为"乐家"之诗。

　　从《周公之琴舞》的篇名即可推测所涉伴奏乐器、舞容等若干先秦诗乐要素。《周公之琴舞》或又名《周公之颂诗》。整理者说："篇题'周公之琴舞'写在首简背面上端，字迹清晰。值得注意的是本篇与《芮良夫毖》形制、字迹相同，内容也都是诗，当为同时书写。《芮良夫毖》首简背面有篇题'周公之颂志（诗）'，曾被刮削，字迹模糊。

　　① 李学勤：《新整理清华简六种概述》，《文物》2012 年第 8 期。
　　② 李守奎：《清华简〈周公之琴舞〉与周颂》，《文物》2012 年第 8 期。
　　③ 吴万钟：《〈清华简·周公之琴舞〉之启示》，《中国诗歌研究》第十辑，社会科学文献出版社 2004 年版。

该篇题与其正面内容毫无联系，疑是书手或书籍管理者据《周公之琴舞》的内容概括为题，误写在'芮良夫毖'的简背，发现错误后刮削未尽……《周公之琴舞》又称'周公之颂志（诗）'的可能性很大。"①由此可知，书手曾对《周公之琴舞》篇名的选择产生犹疑。其实二者各反映了该篇的部分特征：称其为"琴舞"，着重表明它的伴奏乐器为"琴"；称其为"颂诗"，重在言其舞容。"颂"谓之舞容，"颂诗"除文辞外，还包括乐、舞等艺术形式。②

一

判断《周公之琴舞》是否为乐家之诗，除篇名外，还须从文本的形式和内容入手，对它进行具体分析。《周公之琴舞》包括周公和成王所作两组诗篇。其开篇曰：

> 周公作多士敬（儆）毖，琴舞九絉。元内（纳）启曰：无悔享君，罔坠其孝，享惟慆帀，孝惟型帀。
>
> 成王作敬（儆）毖，琴舞九絉。元内（纳）启曰：敬之敬之，天惟显帀，文非易帀。毋曰高高在上，陟降其事，卑监在兹。乱曰：遹我夙夜不逸，敬（儆）之，日就月将，教其光明。弼持其有肩，示告余显德之行。（下略）③

① 清华大学出土文献研究与保护中心编，李学勤主编：《清华大学藏战国竹简（叁）》，中西书局 2012 年版，第 132 页。
② 参见姚小鸥、杨晓丽：《〈周公之琴舞·孝享〉篇研究》，《中州学刊》2013 年第 2 期。
③ 清华大学出土文献研究与保护中心编，李学勤主编：《清华大学藏战国竹简（叁）》，第 133 页。

周公和成王所作"儆愍"前之小序皆有"琴舞九絉"字样，正文并以"元纳启曰"开篇。周公所作仅存"元纳启"以下四句。成王所作"琴舞"九启皆存，篇中有"再启""三启"等语，每"启"中都有"乱曰"。《周公之琴舞》与今本《诗经》的差异，从成王所作"元纳启"与今本《周颂·敬之》的比较来看，尤为明显。《敬之》文辞如下：

> 敬之敬之，天维显思，命不易哉！无曰高高在上，陟降厥士，日监在兹。维予小子，不聪敬止。日就月将，学有缉熙于光明。佛时仔肩，示我显德行。①

与《敬之》的对勘，可以使人们更深刻地认识到简文所保存的战国传本的文本面貌。"琴舞九絉""启曰""乱曰"等乐舞术语，显示了《周公之琴舞》所具有的乐歌特征。简文整理者说：

> 絉，字见《玉篇》："绳也。"简文中读为"卒"或"遂"。《尔雅·释诂》："卒，终也。""九絉"义同"九终"、"九奏"等，指行礼奏乐九曲。《逸周书·世俘》"篇人九终"，朱右曾《逸周书集训校释》："九终，九成也。"
>
> 元，始。内，读为"纳"，进献。元纳，首献之曲。启奏九曲，每曲分为两部分，开始部分称"启"，终结部分称"乱"。篇中成王所作共九章，每章都有"启"与"乱"两部分。"元内启"义为首章之启。②

---

① 《毛诗正义》，阮元校刻：《十三经注疏（附校勘记）》，中华书局1980年版，第598—599页。

② 清华大学出土文献研究与保护中心编，李学勤主编：《清华大学藏战国竹简（叁）》，第134—135页。

上述解说得到多数学者的赞同，但有些问题仍需进一步讨论。[①] 将"琴舞九絉"之"絉"释为"终""成"，似有不妥。我们曾经指出："在先秦礼乐制度中，'成'与'终'是所示内容区别很大的两个术语。'成'表示某一完整的'乐'的演出的完成；而术语'终'则表示'乐'中某些较小的单位的演出完成。"[②] 尽管有此类疑问，《周公之琴舞》和乐歌的联系不容否认。

《周公之琴舞》中成王所作"琴舞九絉"的每"启"都含有"乱曰"一语。"乱曰"后面的文辞即为传统诗学所称的"乱辞"。今本《诗经》无"乱辞"，但从文献记载来看，春秋及其以前所传"诗"之文本中多有"乱辞"。《国语·鲁语下》载闵马父答景伯问曰："昔正考父校商之名《颂》十二篇于周大师，以《那》为首，其辑之乱曰：'自古在昔，先民有作。温恭朝夕，执事有恪。'"韦昭注："辑，成也。凡作篇章，义既成，撮其大要以为乱辞。诗者，歌也，所以节儛者也。如今三节儛矣，曲终乃更，变章乱节，故谓之乱也。"[③] "商之名《颂》十二篇"既校之于周太师，其为乐歌文本无疑。

从文辞的角度来说，"乱"起到收束全篇的作用。从乐曲的角度来看，"乱"为曲终部分，是乐歌演奏的高潮。《论语·泰伯》："子曰：'师挚之始，《关雎》之乱，洋洋乎盈耳哉。'"郑玄《注》："师挚，鲁大师之名……鲁大师挚识《关雎》之声，而首理其乱，有洋洋盈耳，听而美之。"[④]《史记·孔子世家》："《关雎》之乱以为《风》始。"[⑤] 从以上

---

① 参见赵敏俐：《〈周公之琴舞〉的组成、命名及表演方式蠡测》，《文艺研究》2013年第8期。

② 姚小鸥：《诗经三颂与先秦礼乐文化》，北京广播学院出版社2000年版，第53页。

③ 徐元诰撰，王树民、沈长云点校：《国语集解》，中华书局2002年版，第205页。

④ 《论语注疏》，阮元校刻：《十三经注疏（附校勘记）》，中华书局1980年版，第2487页。

⑤ 司马迁：《史记》，中华书局1959年版，第1936页。

记载来看,《关雎》篇原亦有"乱"。"乱"是乐舞的重要组成部分,《礼记·乐记》载孔子与宾牟贾论《大武》舞:

> 子曰:"居,吾语汝。夫乐者,象成者也。总干而山立,武王之事也。发扬蹈厉,大公之志也。《武》乱皆坐,周、召之治也。"①

魏文侯与子夏论古乐也涉及舞之"乱":

> 子夏对曰:"今夫古乐,进旅退旅,和正以广,弦匏笙簧,会守拊鼓。始奏以文,复乱以武。治乱以相,讯疾以雅。君子于是语,于是道古。修身及家,平均天下。此古乐之发也。"②

《乐记》又载:

> 乐者,心之动也。声者,乐之象也。文采节奏,声之饰也。君子动其本,乐其象,然后治其饰。是故先鼓以警戒,三步以见方,再始以著往,复乱以饬归,奋疾而不拔,极幽而不隐,独乐其志,不厌其道,备举其道,不私其欲。③

作为乐舞的高潮,《大武》舞之"乱"象征周、召之治。由子夏所言可知,古乐舞以多种乐器伴奏,舞"乱"尤重节奏。《乐记》"复乱以

---

① 《礼记正义》,阮元校刻:《十三经注疏(附校勘记)》,中华书局1980年版,第1542页。
② 《礼记正义》,阮元校刻:《十三经注疏(附校勘记)》,第1538页。
③ 《礼记正义》,阮元校刻:《十三经注疏(附校勘记)》,第1536—1537页。

饬归",《正义》曰:"乱,治也。复谓舞曲终,舞者复其行位而整治,象武王伐纣既毕,整饬师旅而还归也。"[1] 显见"乱"乃用于收束全舞。

据《文心雕龙·辨骚》篇,《楚辞》对《诗经》多有承继。从篇章结构来看,"乱辞"是一个重要方面。《离骚》《涉江》《哀郢》《抽思》《怀沙》《招魂》六篇有"乱曰"。王逸以"总撮其要"来解释《离骚》中的"乱"。[2] 后世学者指出《楚辞》中的"乱"系继承诗乐而来。朱熹《楚辞集注》说:"乱者,乐节之名。"并引《国语》《史记》《仪礼》等相关资料以为佐证。[3] 吴仁杰言:"诗乐所以节舞者也,故其诗辞之终,《商颂》辑之乱是已;乐曲之终,《关雎》之乱是已。《离骚》有乱辞,实本之诗乐。"[4] 蒋骥《山带阁注楚辞》说:"余意乱者,盖乐之将终,众音毕会,而诗歌之节,亦与相赴,繁音促节,交错纷乱,故有是名耳。孔子曰,'洋洋盈耳',大旨可见。"[5]

"乱曰"等术语的存在,可证《周公之琴舞》确具有某些乐歌文本特征。尽管如此,将其定为乐家之诗,理由尚不充分。

乐家之诗承自先秦乐官系统。《仪礼》《礼记》等载有诸仪典演奏篇目,然传世文献皆未见先秦乐歌具体形态,出土文献可稍补不足。《上海博物馆藏战国楚竹书(四)》中的《采风曲目》,载有标明宫调等音乐要素的乐歌篇目。与《采风曲目》相对照,同书所载《多薪》《交交鸣鸟》的文本形态类似今本《诗经》。整理者将其定名为《逸诗》。《采风曲目》和《逸诗》为同出文献,抄写时间当大致相同。二者和《诗

① 《礼记正义》,阮元校刻:《十三经注疏(附校勘记)》,第1537页。

② 洪兴祖撰,白化文等点校:《楚辞补注》,中华书局1983年版,第47页。

③ 朱熹集注:《楚辞集注》,上海古籍出版社1979年版,第26页。

④ 游国恩主编,金开诚补辑,董洪利、高路明参校:《离骚纂义》,中华书局1980年版,第496页。

⑤ 蒋骥:《山带阁注楚辞》,上海古籍出版社1984年版,第192页。

经》都有某种关联，从命名来看，整理者已经注意到它们之间的差异。《采风曲目》的第一简和第二简为：

【第一简】 又䫶》■，《子奴思我》■。宫穆：《硕人》，《又文又䫶》■。宫䚋（巷）：《丧之末》■。宫谇：《疋芏月》，《埜又莱》■，《出门昌（以）东》■。宫祝：《君寿》

【第二简】 □》■，《牺岜（嫩）人》，《毋迊（过）虐（吾）门》■，《不寅之媓》■。䫶商：《娿（要）丘又（有）䫶》■，《奚言不从》■，《豊又酉（酒）》■。趡商：《高木》■。谇商：《锥①

整理者说，《采风曲目》"记载的内容是五声中宫、商、峇（徵）、羽各声名所属歌曲的篇目，没有发现角音的声名。这些歌曲的篇目除《硕人》见于《诗·卫风》外，其余皆查不到有文献记录。声名所附的前、后缀词，也不见有先秦史料可资稽核"②。方建军对《采风曲目》做了进一步的整理和解释。他指出，"又䫶""又文又䫶"等语应是独立于篇名之外和音乐有关的术语。方建军说：

《采风曲目》还有一些文字可能也与音乐有关，如简文中出现的"又䫶"、"又文又䫶"即是。"又"通"有"，"又文"即"有文"。这里的"文"，可能指"乐文"……可引申为记录音乐作品的乐谱。"又䫶"即"有䫶"。《广韵》："䫶，指声。"《集韵》："筋，《说文》'手足指节鸣也'。或作䫶、㩭，通作肕。"以此推之，"䫶"

① 马承源主编：《上海博物馆藏战国楚竹书（四）》，上海古籍出版社2004年版，第164、165页。

② 马承源主编：《上海博物馆藏战国楚竹书（四）》，第161页。

或为手指磨擦发出的声响，引申为节奏或节拍。①

无论是将"文"理解为"文辞"，抑或如方建军所言为"乐谱"，《采风曲目》含有宫调等各类音乐术语是可以确定无疑的。这些事实说明所载相关篇目必为可配乐演唱的乐家传本。下面，我们结合文献对此做进一步探讨。《大戴礼记·投壶》篇记载了先秦乐歌在汉代的流传情况：

> 凡《雅》二十六篇。其八篇可歌，歌《鹿鸣》《狸首》《鹊巢》《采蘩》《采蘋》《伐檀》《白驹》《驺虞》；八篇废，不可歌；七篇《商》《齐》可歌也；三篇间歌。《史辟》《史义》《史见》《史童》《史谤》《史宾》《拾声》《睿挟》。②

王国维指出："《投壶》所记诗之部居次第，均与四家诗不同，盖出先秦以后乐家之所传。"③王氏又根据《乐记》所载师乙关于声歌的分类和汉代杜夔所传雅乐，考证《投壶》所存古乐十八篇为周秦之间乐家旧第。王国维说：

> 此诗乐二家，春秋之季，已自分途。诗家习其义，出于古师儒。孔子所云言诗、诵诗、学诗者，皆就其义言之，其流为齐、

---

① 方建军：《楚简〈采风曲目〉释义》，《音乐艺术》2010 年第 2 期。
② 王聘珍：《大戴礼记解诂》，中华书局 1983 年版，第 244 页。王国维说："《史辟》以下八篇孔氏广森补注以为即废不可歌之八篇。"参见王国维：《汉以后所传周乐考》，《观堂集林》，中华书局 1959 年版，第 118 页。
③ 王国维：《汉以后所传周乐考》，《观堂集林》，第 118 页。

鲁、韩、毛四家。乐家传其声，出于古太师氏。子贡所问于师乙者，专以其声言之，其流为制氏诸家。诗家之诗，士大夫习之，故诗三百篇至秦汉具存。乐家之诗，惟伶人世守之，故子贡时尚有《风》《雅》《颂》《商》《齐》诸声……迄永嘉之乱而三代之乐遂全亡矣。二家本自殊途，不能相通，世或有以此绳彼者，均未可谓为笃论也。①

汉代所存先秦乐歌曲目，不限《投壶》诸篇。《毛诗》中的"笙诗"亦属此类。今本《诗经·小雅》中的《南陔》《白华》《华黍》《由庚》《崇丘》《由仪》六篇有目无辞，被称为"笙诗"。据前代学者研究，"笙诗"实为流传至汉代的乐家歌诗传本。朱熹《诗集传》说：

> 《乡饮酒礼》，鼓瑟而歌《鹿鸣》《四牡》《皇皇者华》，然后笙入堂下，磬南北面立，乐《南陔》《白华》《华黍》。《燕礼》亦鼓瑟歌《鹿鸣》《四牡》《皇华》，然后笙入立于县中，奏《南陔》《白华》《华黍》。《南陔》以下，今无以考其名篇之义，然曰笙、曰乐、曰奏，而不言歌，则有声而无词明矣。所以知其篇第在此者，意古经篇题之下必有谱焉，如《投壶》鲁、薛鼓之节而亡之耳。②

《诗集传》于《鱼丽》篇下注：

> 按《仪礼·乡饮酒》及《燕礼》，前乐既毕，皆间歌《鱼丽》，

---

① 王国维：《汉以后所传周乐考》，《观堂集林》，第 121—122 页。
② 朱熹集注：《诗集传》，上海古籍出版社 1980 年版，第 109 页。

笙《由庚》；歌《南有嘉鱼》，笙《崇丘》；歌《南山有台》，笙《由仪》。间，代也。言一歌一吹也。然则此六者，盖一时之诗，而皆为燕飨宾客上下通用之乐。①

朱熹意识到"笙诗"和乐家的种种关联。他说，"笙诗"既"曰笙、曰乐、曰奏，而不言歌，则有声而无词明矣"。关于"笙诗"有无文辞的论争，自《毛传》"有其义而亡其辞"起。②朱熹《诗序辨说》："所谓有其义者，非真有。所谓亡其辞者，乃本无也。"③朱熹所说"笙诗"非真有其义，指无文辞所显示的具体思想内涵，说明其为乐家所传。朱熹指出，古经篇题之下必有谱。其具体形态，朱熹认为如《投壶》鲁、薛鼓之节。《礼记·投壶》所载鲁、薛鼓谱为：

鼓○□○○○□○□○○○□半○□○□○○○○□□○□○鲁鼓
○□○○□○○□○○□○○□□○半○□○□○○○□○
薛鼓

取半以下为投壶礼，尽用之为射礼。

关于上述鼓谱，郑玄《注》："此鲁、薛击鼓之节也。圜者击鼙，方者击鼓。古者举事，鼓各有节。闻其节，则知其事矣。"④鼓谱为古乐谱之一种。⑤由此，可推知乐歌文本中节奏的呈现方式为特定符号记录，

① 朱熹集注：《诗集传》，第110页。
② 详见《毛诗正义》，阮元校刻：《十三经注疏（附校勘记）》，第418、419页。
③ 朱熹：《诗序辨说》，影印复旦大学图书馆藏明崇祯毛氏汲古阁刻本，第277页。
④ 《礼记正义》，阮元校刻：《十三经注疏（附校勘记）》，第1667页。
⑤ 参见王德埙：《中国乐曲考古学理论与实践》，贵州人民出版社1998年版，第277页。

与《采风曲目》所示可互为补充。

如《礼记》所言，上谱尽用之为射礼。对射礼仪节进行的讨论，可揭示鲁、薛鼓之节在射礼中的重要作用。射礼的主要程序是"三番射"，第三番射要求按鼓音的节奏来发射，是"射"的最高要求。杨宽对其仪程有如下描述：

> 当一切"射"的准备工作做好后，司射就升堂"请以乐（音乐）乐（欢乐）于宾"，并对乐正发出命令，随即到堂下发布发射命令说："不鼓不释。"就是说：如果不按照鼓的节奏发射，不能"释算"计数。接着退回原位，命令大师（乐师）说："奏《驺虞》，间若一。"就是说：奏《驺虞》这首歌曲，节奏的间隙要均匀一律。于是乐工便奏《驺虞》，三耦、宾和主人、大夫、众宾依次听从鼓音的指挥而发射。①

由上引文可知，节奏为乐歌的重要组成部分。前引《大武》舞"先鼓以警戒"，是节奏在乐舞中具有重要地位的例证。

朱熹虽然认识到"笙诗"的乐歌文本性质，但他未注意到春秋之后"诗乐二家"殊途传承，所传篇目和次第相异。他按照《乡饮酒礼》《燕礼》所载乐歌次第，将"笙诗"置于《毛诗》中重新编排。姚际恒《诗经通论》则明确指出，"笙诗"为汉代所存乐歌文本，系误编入《毛诗》中。他说："六笙诗本不在《三百篇》中，系作序者所妄入；既无其诗，

---

① 杨宽：《西周史》，上海人民出版社1999年版，第720—721页。射礼分乡射礼和大射礼，"两种礼在第三番射中奏的乐，有些不同。乡射礼用鼓来节奏，大射礼所用乐器有钟、镈、磬、鼓、应鼙、朔鼙、簜、鼗等。乡射礼奏的乐章是《驺虞》，大射仪则奏《狸首》"。（参见《西周史》，第724页）

第存其篇名于《诗》中。"姚氏对《毛诗》所存"笙诗"之序进行驳斥，说其"既不见笙诗之辞，第据其名妄解其义，以示《序》存而诗亡"。①

"笙诗"原不在《毛诗》中，可从多种文献推知。《汉书·艺文志》曰："孔子纯取周诗，上采殷，下取鲁，凡三百五篇，遭秦而全者，以其讽诵，不独在竹帛故也。"②《诗经》既由"讽诵"而得存，则其中不应存在无文辞的篇目。汉代齐、鲁、韩三家皆无"笙诗"。从《毛诗》本身编排来看，《小雅》中亦原无"笙诗"。③

朱熹对古乐的认识，远不止于对"笙诗"的讨论。朱熹《仪礼经传通解》对赵彦肃所传"《风》《雅》十二诗谱"进行讨论时说：

> 《大戴礼》颇有阙误，其篇目都数皆不可考。至汉末年止存三篇，而加《文王》，又不知其何自来也。其后改作新辞，旧曲遂废。至唐开元，《乡饮酒礼》其所奏乐乃有此十二篇之目，而其声今亦莫得闻矣。此谱乃赵彦肃所传，云即开元遗声也。古声亡灭已久，不知当时工师何所考而为此也。窃疑古乐有唱有叹，唱者发歌句也，和者继其声也。诗词之外，应更有叠字散声以叹发其趣，故汉、晋之间，旧曲既失其传，则其词虽存而世莫能补，为此故也。若但如此谱直以一声协一字，则古《诗》篇篇可歌，无复乐崩之叹矣，夫岂然哉！又其以清声为调，似亦非古法。然古声既不可考，则姑存此以见声歌之仿佛，俟知乐者考其得失云。④

① 姚际恒：《诗经通论》，中华书局 1958 年版，第 258 页。

② 班固：《汉书》，中华书局 1962 年版，第 1708 页。

③ 参见赵茂林：《由"笙诗"看〈毛诗序〉完成时间》，《南京师范大学文学院学报》2011 年第 1 期。

④ 朱熹：《仪礼经传通解》，《朱子全书》，上海古籍出版社、安徽教育出版社 2002 年版，第 516—527 页。

朱熹对古乐形态的推测合于事理，惜未举有文本佐证。汉代保存了大量先秦礼乐制度。六朝承汉余绪。汉魏六朝歌诗与先秦乐舞有着承继关系。① 相关研究对讨论先秦歌诗的文本形态具有重要参考意义。

《汉书·艺文志》载："《河南周歌诗》七篇。《河南周歌声曲折》七篇。《周谣歌诗》七十五篇。《周谣歌诗声曲折》七十五篇。"② 沈钦韩《汉书艺文志疏证》："曲折者，若投壶礼记鲁鼓、薛鼓之节。"③ "曲折"为乐谱之一种。王先谦《汉书补注》："此上诗声篇数并同，声曲折，即歌声之谱，唐云乐句，今曰板眼。"④ 杨荫浏《中国古代音乐史稿》说："若说前者为歌曲的词，则后者的所谓'声曲折'，有极大的可能，就是乐谱。"⑤ 研究者对"声曲折"的具体形态有不同看法，除上述"乐谱"说以外，还有"曲线说""曲谱说""旋律谱本说"⑥ 等。可以肯定的是，从文本类型来说，"声曲折"属于与文学文本相对应的乐家歌诗传本。

因文献体例的关系，《汉书·艺文志》未能尽显汉代所存乐家歌诗传本的具体形态。《宋书·乐志》载有若干汉魏六朝乐府歌诗，其文本形态可分为三种。下面，对此逐一进行分析，以见诗、乐两家文本之异同。

第一种是文学文本。《汉鼓吹铙歌十八曲》中的《上邪曲》即为其例：

---

① 参见张永鑫：《汉乐府研究》，江苏古籍出版社1992年版，第35页。
② 班固：《汉书》，第1755页。
③ 沈钦韩撰，尹承整理：《汉书艺文志疏证》，《二十五史艺文经籍志考补萃编》（第二卷），清华大学出版社2011年版，第122页。
④ 王先谦：《汉书补注》，上海古籍出版社2008年版，第3023页。
⑤ 杨荫浏：《中国古代音乐史稿》，人民音乐出版社2004年版，第134页。
⑥ 李娜：《"声曲折"研究综述》，《音乐研究》2002年第1期。关于汉以后历代乐谱种类及其存佚情况，参见王德埙：《中国乐曲考古学理论与实践》。

　　上邪，我欲与君相知。长命无绝衰。山无陵，江水为竭，冬雷震震夏雨雪，天地合，乃敢与君绝。①

　　此种文本为公众所熟知，其性质与今传本《诗经》诸篇相类，兹不赘述。

　　第二种为戏剧歌舞科仪本。这类文本中含有科范字和舞台指示字等。《宋书》《乐府诗集》所载《公莫巾舞歌行》为此类文本的代表。《公莫巾舞歌行》自晋代以后即无人知晓其义，杨公骥首先将其破译，指出它是"我们今天所能见到的我国最早的一出有角色、有情节、有科白的歌舞剧。尽管剧情比较简单，但它却是我国戏剧的祖型"。②《公莫巾舞歌行》中的唱词，显示了古乐演唱方式的特点。

　　值得注意的是，今传乐府歌诗中有些篇章可见到古代乐舞术语"乱曰"的遗留，如《妇病行》等。《妇病行》中除"乱曰"这一和乐舞有关的术语外，还有对白、科范字等指示表演的成分。③有些汉乐府文本中虽也有"乱曰"，但已经看不出指示表演的痕迹了。如《孤儿行》：

　　孤儿生，孤子遇生，命独当苦！父母在时，乘坚车，驾驷马。父母已去，兄嫂令我行贾。南到九江，东到齐与鲁。腊月归来，不敢自言苦。

　　…………

　　乱曰：里中一何譊譊，愿欲寄尺书，将与地下父母，兄嫂难与

---

　　①　沈约：《宋书》，中华书局 1974 年版，第 643 页。
　　②　参见杨公骥：《西汉歌舞剧巾舞〈公莫舞〉的句读和研究》，《中华文史论丛》1986 年第 1 辑。
　　③　参见王克家：《汉代戏剧研究》，中国传媒大学 2013 年博士学位论文。

久居。①

《孤儿行》的"乱曰"位于篇尾，作用类似《楚辞》中的"乱曰"。它虽然继承了古代乐歌形式的某些方面，但总体上来说，其文本形态与前所述第一种文学文本相类。

第三种为乐人所传乐府歌诗曲唱本。《乐府诗集》卷一九《宋鼓吹铙歌三首》解题引《古今乐录》说："凡古乐录，皆大字是辞，细字是声。"② 这类文本难以读通，被认为是"声辞杂写"造成的。刘宋"今鼓吹铙歌"和《汉鼓吹铙歌十八曲》中的《石留》篇是典型代表。

对乐府歌诗曲唱文本的解读历来是公认的学术难题，虽经明清诸儒着力笺释，近人诂训考论，问题仍未全部解决。孙楷第独辟蹊径，他在对《宋书·乐志》所载"今鼓吹铙歌"及"铎舞歌诗"进行研究时，发现了乐府歌诗曲唱文本解读的一些规律。他指出，刘宋"今鼓吹铙歌"《上邪曲》实际上是晋代傅玄所造鼓吹曲《大晋承运期》的曲唱本。兹将《大晋承运期》和《上邪曲》对比如下③：

傅玄《大晋承运期》：

> 大晋承运期，德隆圣皇。时清宴，白日垂光。应录图，陟帝
> 位，继天正玉衡，化行象神明。至哉，道隆虞与唐。元首敷洪化，

---

① 郭茂倩：《乐府诗集》，中华书局 1979 年版，第 567 页。

② 郭茂倩：《乐府诗集》，第 285 页。

③ 孙楷第说明，傅曲中凡字下加圈的，是与"今鼓吹铙歌"《上邪曲》相当的字。在"今鼓吹铙歌"《上邪曲》中，凡括号里的字，是傅曲中的本词本字。（参见孙楷第：《沧州集》，中华书局 2009 年版，第 321—322 页）本文将孙楷第加圈的字改为加点，所录是在其校本基础上的改进本（参见姚小鸥：《关于刘宋"今鼓吹铙歌"〈上邪曲〉的研究》，《北方论丛》2005 年第 1 期）。

百寮股肱并忠良，民大康。隆隆赫赫，福祚盈无疆。

刘宋"今鼓吹铙歌"《上邪曲》：

　　大竭（大晋）夜乌自（承）云（运）何来堂（德）吾来（隆）声（圣）乌奚姑悟姑尊庐圣（圣）子黄（皇）尊来（时）清（清）婴（宴）乌白（白）日为随（垂）来郭（光）吾微令吾

　　应龙（应录）夜乌由道何来直子为（陟帝位）乌奚如悟姑尊庐鸡（继）子听（天）乌虎行为（化行象）来明（明）吾微令吾

　　诗则（至哉）夜乌道禄（道隆）何来黑洛道（虞与唐）乌奚悟如尊尔尊庐起黄华（敷洪化）乌伯辽（百寮）为国日忠雨（曰忠良）令吾

　　伯辽（百寮）夜乌若（为）国何来日忠雨（曰忠良）乌奚如悟姑尊庐面道康（民大康）尊录龙（隆隆）永乌赫赫（赫赫）福祚夜音（福祚盈）微令吾

　　从篇名来看，乐府歌诗曲唱文本往往以"声"命名。上引傅玄《大晋承运期》的刘宋曲唱本《上邪曲》即以汉代旧曲命名。傅玄《征辽东》的曲唱本即刘宋"今鼓吹铙歌"中的《艾如张曲》，亦为此类。① 从文本内容来说，刘宋"今鼓吹铙歌"《上邪曲》中有些字采用与《大晋承运期》音同或音近的字，另加有衬字若干。其中的讹变，当为传抄所致。这是乐人对所歌依声录入，不计其义的结果。② 凡此，皆反映了汉

---

① 参见孙楷第：《沧州集》，第 322 页。
② 姚小鸥：《关于刘宋"今鼓吹铙歌"〈上邪曲〉的研究》，《北方论丛》2005 年第 1 期。

魏六朝时期歌诗的乐家传本与通常人们所知乐府诗的区别。

我们受孙楷第的启发，对《汉鼓吹铙歌十八曲·石留》篇进行解读，揭示了《石留》篇的原本面貌。《宋书》所载《石留曲》全篇如下：

> 石留凉阳凉石水流为沙锡以微河为香向始鯀冷将风阳北逝肯无敢与于杨心邪怀兰志金安薄北方开留离兰 [①]

《石留》篇与刘宋"今鼓吹铙歌"《上邪曲》的文本类型相同，皆为"声辞杂写"的曲唱本。我们解读《石留》篇时，先剥离其乐工标记语"开留离兰"四字，再依韵脚断句。最后，参照参唱文本规律，对各句加以校正。

以"石水流为沙锡以微河为香向"句为例。"'水流为沙'的'沙'字当为'何'字之讹。系由'何'记为'河'，又由'河'字误传抄为'沙'。'锡以'为唱句中的衬字，由'兮'字拖腔而分记为两字，'以'为'锡'字的曼声余韵。'微'在六朝曲唱文本中常用作衬字，这里用作'为'的复唱记音字。'河'即'何'之讹。'香'、'向'两字同为'向'的记音字。记为两字，也是由于演唱中受唱腔影响而发生语音变化所造成。该句校为'石水流为（沙）[何]锡以[兮]（微）[为]（河）[何]为（香）向？'其中'石'字涉上句而衍，全句读为'水流为何兮为何向？'" [②]
经整理后的《石留》全篇文辞如下：

> 石 [上] 流凉阳凉，

---

① 沈约：《宋书》，第643—644页。
② 姚小鸥：《〈汉鼓吹铙歌十八曲〉的文本类型与解读方法》，《复旦学报》（社会科学版）2005年第1期。

（石）水流为何兮为何向？

始兮何泠，

将风扬。

北逝肯无？

敢与于扬。

心邪怀兰志，

今安薄北方。

——开留离兰

以上整理本的文本形态和风格与传世汉乐府诗相近。它的解读说明了对"声"辞演唱方式和记录方法的把握是认识曲唱文本的关键。①

上所引《上邪曲》中的"如悟姑尊""吾微令吾"，《石留》篇中的"锡以"，以及《巾舞歌辞》中的"吾何婴，海何来婴，海何来婴，四海吾"，分别为前引朱熹所言古乐演唱中的"叠字"或"散声"②。

《汉书·礼乐志》载："汉兴，乐家有制氏，以雅乐声律世世在大乐官，但能纪其铿锵鼓舞，而不能言其义。"③汉代乐家承自先秦乐官系统，对古乐"但能纪其铿锵鼓舞，而不能言其义"，说明其传承有所缺失。关于汉魏六朝乐家传承诗乐的情况，《宋书·乐志》言："今鼓吹铙歌，虽有章曲，乐人传习，口相师祖，所务者声，不先训以义。今乐府铙歌，校汉、魏旧曲，曲名时同，文字永异，寻文求义，无一可了。"④

---

① 姚小鸥：《关于刘宋"今鼓吹铙歌"〈上邪曲〉的研究》，《北方论丛》2005 年第 1 期。

② 参见姚小鸥：《〈巾舞歌辞〉校释》，《文献》1988 年第 4 期。

③ 班固：《汉书》，第 1043 页。

④ 沈约：《宋书》，第 204 页。

汉魏六朝乐府中的曲唱文本系由乐工所记行内传本，声辞杂写，记音之字或发生讹变，或一字多音，或有复唱记音，造成这些文本内容不为后人知悉。凡此，皆可见乐家歌诗传本的复杂性和研究的难度。

结合学者对《采风曲目》的研究成果，参考朱熹对"笙诗"和"古乐"的讨论，对照汉魏六朝乐府歌诗文本形态，可知《周公之琴舞》中虽然存在若干乐舞术语，但不宜遽判为乐家传本。综合来看，《周公之琴舞》与汉乐府《孤儿行》的文本形态相类，它们虽继承了古代诗乐的某些形式，但称其为文学文本最为相宜。

《周公之琴舞》的主体部分呈现的是诗家所重之"义"，而非乐府所传之"声"。篇中小序交代诗篇的创作背景，明确诗篇性质。这与《毛诗序》十分相似。[1]

《周公之琴舞》中，周公所作《孝享》篇虽仅存四句，却较完整地表达了"享"先祖、"孝"父母的思想内容，体现了先秦礼乐文化的基本精神。[2]成王所作各启具体内容有别，或为自儆之言，或为告诫臣下之语，彰显了礼乐文化基本精神的话语在诗篇中贯穿始终。[3]

二

如上所述，《周公之琴舞》中周公和成王所作两组诗篇，从内容讲，与今本《诗经》之"颂"诗并无本质区别。至于篇中"乱曰"等乐舞术

---

① 参见姚小鸥、杨晓丽：《〈周公之琴舞·孝享〉篇研究》，《中州学刊》2013年第7期。

② 参见姚小鸥、杨晓丽：《〈周公之琴舞·孝享〉篇研究》，《中州学刊》2013年第7期。

③ 参见姚小鸥、李文慧：《〈周公之琴舞〉诸篇释名》，《中国诗歌研究》第十辑。

语的存留，是先秦诗家未将乐工标记语全部剥离所致。究其原委，与诗家和乐家共同的渊源相关。

诗家与乐家皆可追溯到先秦乐官系统。文献记载有先秦乐官系统的传诗情况。《周礼·大司乐》：

> 以乐德教国子：中、和、祗、庸、孝、友。以乐语教国子：兴、道、讽、诵、言、语。以乐舞教国子：舞《云门》《大卷》《大咸》《大韶》《大夏》《大濩》《大武》。①

《周礼·大师》：

> 大师……教六诗：曰风，曰赋，曰比，曰兴，曰雅，曰颂。以六德为之本，以六律为之音。②

《礼记·王制》：

> 乐正崇四术，立四教。顺先王《诗》《书》《礼》《乐》以造士。春秋教以《礼》《乐》，冬夏教以《诗》《书》。王大子、王子、群后之大子，卿大夫、元士之適子，国之俊选，皆造焉。③

古人习"诗"，不是一般地学习知识和技能，更重要的是作为人们

---

① 《周礼注疏》，阮元校刻：《十三经注疏（附校勘记）》，中华书局 1980 年版，第787 页。

② 《周礼注疏》，阮元校刻：《十三经注疏（附校勘记）》，第 795—796 页。

③ 《礼记正义》，阮元校刻：《十三经注疏（附校勘记）》，第 1342 页。

思想和行为的规范来学习的。① 先秦时期"诗"广泛地应用于社会生活中，是邦国间交往的重要工具。《左传》赋诗只是春秋时期人们用"诗"进行政治和外交活动的一个侧影。②

春秋末期，礼崩乐坏，乐官系统受到严重破坏。《论语·微子》："大师挚适齐，亚饭干适楚，三饭缭适蔡，四饭缺适秦，鼓方叔入于河，播鼗武入于汉，少师阳、击磬襄入于海。"③ 天子失官，私学兴起，从乐官系统所传诗乐衍生出诗家之诗和乐家之诗。

春秋末期，诗家自乐官系统的传诗体系中分离出来。这从学理上来说有其必然性。春秋及其以前所传"诗"中，以文辞为载体的诗之"义"本具有相对独立性。《左传·襄公十四年》载：

> 公（卫献公）饮之酒，使大师歌《巧言》之卒章。大师辞，师曹请为之。初，公有嬖妾，使师曹诲之琴，师曹鞭之。公怒，鞭师曹三百。故师曹欲歌之，以怒孙子，以报公。公使歌之，遂诵之。④

师曹吟诵诗篇，彰明诗意，是"诗"之文辞独立于乐而存在的著名例证。《国语·周语》："故天子听政，使公卿至于列士献诗，瞽献曲，史献书，师箴，瞍赋，曚诵，百工谏，庶人传语，近臣尽规，亲戚补察，瞽史教诲……"⑤ 公卿列士所献之"诗"与"曲""书"并论，皆用

---

① 参见姚小鸥：《诗经译注》，当代世界出版社 2009 年版，第 2 页。

② 《春秋左传正义》，阮元校刻：《十三经注疏（附校勘记）》，中华书局 1980 年版，第 1931—1932 页。

③ 《论语注疏》，阮元校刻：《十三经注疏（附校勘记）》，第 2530 页。

④ 《春秋左传正义》，阮元校刻：《十三经注疏（附校勘记）》，第 1957 页。

⑤ 徐元诰撰，王树民、沈长云点校：《国语集解》，第 11—12 页。

于对王的讽谏，成为历代论诗的重要典故。①

孔子是诗家第一人。②孔子最先开办私学，"诗"是孔门传习的重要内容。《论语》载孔子论"诗"甚夥。《为政》："诗三百，一言以蔽之，曰：'思无邪。'"《八佾》："《关雎》乐而不淫，哀而不伤。"《泰伯》："兴于诗，立于礼，成于乐。"《子路》："诵诗三百，授之以政，不达；使于四方，不能专对；虽多，亦奚以为？"《阳货》："小子何莫学夫诗？诗，可以兴，可以观，可以群，可以怨。迩之事父，远之事君，多识于鸟兽草木之名。"③孔子重视"诗"中所蕴含的道德与政治伦理，强调"诗"的应用功能。这些，都须从"诗"之义出发。

早期诗家对乐的具体操作程序亦十分熟悉。孔子对与"诗"相关的用乐情况非常关注。《论语·子罕》载孔子曰："吾自卫反鲁，然后乐正，《雅》《颂》各得其所。"④《史记·孔子世家》："三百五篇孔子皆弦歌之，以求合《韶》《武》《雅》《颂》之音。礼乐自此可得而述，以备王道，成六艺。"⑤我们曾指出："先秦君子风范的体现之一就是六艺皆通。……孔子谦称仅能'执御'（即驾车），但其无疑同样精于他业，包括'乐'在内。据《庄子·天运》篇载，孔子曾对老子说：'丘治《诗》《书》《礼》《乐》《易》《春秋》六经，自以为久矣，孰知其故矣。'孔子不但熟悉乐经，而且对乐的操作层面也不生疏，故三百五篇皆能弦

---

① 参见姚小鸥：《成相杂辞考》，《文艺研究》2000 年第 1 期。

② 姚小鸥、任黎明：《关于〈孔子诗论〉与〈毛诗序〉关系研究的若干问题》，《中州学刊》2005 年第 3 期。

③ 《论语注疏》，阮元校刻：《十三经注疏（附校勘记）》，第 2461、2468、2487、2507、2525 页。

④ 《论语注疏》，阮元校刻：《十三经注疏（附校勘记）》，第 2491 页。

⑤ 司马迁：《史记》，第 1936—1937 页。

歌。"①《论语·八佾》："子语鲁大师乐，曰：'乐其可知也，始作，翕如也；从之，纯如也，皦如也，绎如也，以成。'"②能够与一国最高级别的乐官进行深层次的艺术交流，显见孔子关于"乐"的知识与能力是毋庸置疑的。③与诗、乐的关系，反映出孔子在礼乐文化传承中的关键地位。

孔子删诗是"诗家"成立过程中的重要事件。《史记·孔子世家》："古者《诗》三千余篇，及至孔子，去其重，取可施于礼义，上采契后稷，中述殷周之盛，至幽厉之缺，始于衽席，故曰'《关雎》之乱以为《风》始，《鹿鸣》为《小雅》始，《文王》为《大雅》始，《清庙》为《颂》始。'"④孔子删诗，确定了《诗经》的篇目。其后，学者得据以发明章句，延续不衰。从统计学的角度来说，《周公之琴舞》中的诗篇数与今本《诗经·周颂》所存相关诗篇数的对比为十比一，恰恰是司马迁所言古诗与孔子删定之比。⑤这为孔子删诗说增添了有力的论据。

孔门弟子传"诗"是早期"诗家"传承的重要阶段。七十子对"诗"的演奏层面亦未尝忽视。《论语·先进》："子曰：'由之瑟，奚为于丘之门？'"邢昺《疏》："子路性刚，鼓瑟不合《雅》《颂》，故孔子非之云：'由之鼓瑟，何为于丘之门乎？'所以抑其刚也。"⑥七十子虽皆受学于孔子，但所习不同，各有专长，唯子夏兼通"六艺"。《论语·先进》载："德行：颜渊，闵子骞，冉伯牛，仲弓。言语：宰我，子贡。政事：冉

---

① 姚小鸥：《〈清华大学藏战国竹简〉与〈诗经〉学史的若干问题》，《文艺研究》2013年第8期。

② 《论语注疏》，阮元校刻：《十三经注疏（附校勘记）》，第2468页。

③ 姚小鸥：《〈清华大学藏战国竹简〉与〈诗经〉学史的若干问题》，《文艺研究》2013年第8期。

④ 司马迁：《史记》，第1936页。

⑤ 姚小鸥：《〈清华大学藏战国竹简〉与〈诗经〉学史的若干问题》，《文艺研究》2013年第8期。

⑥ 《论语注疏》，阮元校刻：《十三经注疏（附校勘记）》，第2499页。

有，季路。文学：子游，子夏。"① 清代朱彝尊《经义考》曰：

> 孔门自子夏兼通"六艺"而外，若子木之受《易》，子开之习《书》，子舆之述《孝经》，子贡之问《乐》，有若、仲弓、闵子骞、言游之撰《论语》，而传《士丧礼》者，实孺悲之功也。②

由文献记载来看，子夏习"诗"重其文辞。《汉书·艺文志》载："毛公之学，自谓子夏所传。"③《后汉书·徐防传》载徐防上疏曰："《诗》《书》《礼》《乐》，定自孔子；发明章句，始于子夏。"④ 诗家传至汉代产生了齐、鲁、韩、毛等流派。

孔门的"诗"学传承，显示了诗、乐两家的关联及分途之枢机。姚际恒《诗经通论》说："三百篇经圣人手定，褎然巨帙，传之于学士大夫，朝夕弦诵，宜乎其独存也。"⑤ 乐家传承仅限于行业内部，有特定的传播对象。

由对诗、乐二家的源流考辨可知，春秋之后，二家殊途传承，所重有别。《周公之琴舞》产生于诗、乐二家分流之际，向人们展示了诗家的早期文本形态。

诗家早期传本之所以保存了"乱曰"等乐舞术语，从外部要素来说，因其传承有自；从内部要素来说，是由于这些术语在篇章文辞上起到了划分结构、显示要旨的重要作用，有其保留的内在必然性。⑥

---

① 《论语注疏》，阮元校刻：《十三经注疏（附校勘记）》，第 2498 页。
② 朱彝尊：《经义考》卷二八一，文物出版社 1992 年版。
③ 班固：《汉书》，第 1708 页。
④ 范晔：《后汉书》，中华书局 1965 年版，第 1500 页。
⑤ 姚际恒：《诗经通论》，第 259 页。
⑥ 参见李颖：《清华简〈周公之琴舞〉与楚辞"九体"》，《中国诗歌研究》第十辑。

考"乱曰"有三层含义。其一，标志乐舞的转换，如"《武》乱皆坐"。其二，乐奏之义，如"治乱以相"。① 其三，收束全篇，即韦昭所言"撮其大要以为乱辞"，这种形式为《楚辞》及汉乐府所继承。《周公之琴舞》中"乱曰"的用法为最后一种。

《周公之琴舞》保存了部分乐舞术语，这在出土文献中并非孤例。《清华大学藏战国竹简（壹）·耆夜》：

> 王夜爵酬毕公，作歌一终曰《乐乐旨酒》……王夜爵酬周公，作歌一终曰《輶乘》……周公夜爵酬毕公，作歌一终曰《赑赑》……周公或夜爵酬王，作祝诵一终曰《明明上帝》……周公秉爵未饮，蟋蟀降于堂，（周）公作歌一终曰《蟋蟀》……②

《耆夜》所载五篇歌诗皆称"终"，学者并未因此而对其文本性质有所怀疑。

综上所述，《周公之琴舞》系未经汉儒整理的诗家传本早期形态，故保存有若干关于乐舞的术语。在诗家的传承历史中，这些乐舞术语逐渐被剥离，最终在汉代定型为今本《诗经》。《周公之琴舞》的文本特征及其性质，决定了它在《诗经》学中上具有重要意义。

（原载《文艺研究》2014 年第 5 期，与孟祥笑合作）

---

① 参见何涛：《"乱"为乐奏考》，《乐府学会成立大学暨第四届乐府歌诗国际学术研讨会论文集》，北京，2013 年 8 月。

② 清华大学出土文献研究与保护中心编，李学勤主编：《清华大学藏战国竹简（壹）》，中西书局 2010 年版，第 150 页。

《周公之琴舞·孝享》篇研究

《周公之琴舞》是《清华大学藏战国竹简（叁）》中的一篇。其文曰："周公作多士敬（儆）怭（毖），琴舞九絉（卒）。元内（纳）启曰：无悔享君，罔坠亓（其）考（孝），亯（享）佳（惟）慆币，考（孝）佳（惟）型币。成王作敬（儆）怭（毖），琴舞九絉（卒）。（下略）"[①]

由上述引文可知，《周公之琴舞》篇包括周公所作"琴舞九絉（卒）"及成王所作"琴舞九絉（卒）"。其中，前一部分即周公所作"琴舞九絉（卒）"应是狭义的"周公之琴舞"。本文即以此为研究对象。

一、"琴舞"释名

"周公之琴舞"的篇题值得玩味。简文的抄写者使用"周公之琴舞"而非"成王之琴舞"作为篇题，直接原因可能是"周公之琴舞"排列在前，但这种排列也反映了抄写者的某种选择。

《周公之琴舞》"周公作多士敬怭"，所称"周公"，与"成王"同出，当为周公旦。用"周公"之称谓，可知该小序不作于当时，而作于

---

① 清华大学出土文献研究与保护中心编，李学勤主编：《清华大学藏战国竹简（叁）》，中西书局 2012 年版，第 133 页。释文尽量用通行文字，圆括号"（ ）"内的文字是原整理者标出的通假字。

传诗者。据文献记载，周公在西周初年曾摄政称王。①《尚书》的《康诰》《多士》诸篇径称周公之言为"王若曰"，即为历史之记录。②"周公"是后人对他的称呼。由此可知《周公之琴舞》中周公所作歌诗前的小序当为后人所加。

从理论上来说，《周公之琴舞》篇的命名，除有"周公之琴舞"与"成王之琴舞"的不同选择外，还存在"周公之琴舞"与"周公之颂诗"两个题名之间的选择问题。

关于《周公之琴舞》的篇章名称，整理者说："篇题'周公之琴舞'写在首简背面上端，字迹清晰。值得注意的是本篇与《芮良夫毖》形制、字迹相同，内容也都是诗，当为同时书写。《芮良夫毖》首简背面有篇题'周公之颂志（诗）'，曾被刮削，字迹模糊。"③这表明，《周公之琴舞》篇的抄写者似乎曾在"周公之琴舞"和"周公之颂诗"两个篇名之间犹豫，而最终选择以"周公之琴舞"作为篇名。

既然"周公之琴舞"与"周公之颂诗"，均可用来作为该篇篇名，抄写者选择"周公之琴舞"而非"周公之颂诗"作为篇名，必然对其意义侧重有所考量。下面试稍作讨论。

"颂"，《说文》："貌也。"④《释名·释言语》："颂，容也。"王先谦证补："毕沅曰：古容貌之容亦作颂。"⑤ 阮元："'颂'之训为'形容'者，本义也，且'颂'字即'容'字也。""颂"指舞容，《诗经》三

---

① 司马迁：《史记》，中华书局 1982 年版，第 132 页。

② 《尚书正义》，阮元校刻：《十三经注疏（附校勘记）》，中华书局 1980 年版，第 203 页。

③ 清华大学出土文献研究与保护中心编，李学勤主编：《清华大学藏战国竹简（叁）》，第 132 页。

④ 许慎撰，段玉裁注：《说文解字注》，上海古籍出版社 1988 年版，第 416 页。

⑤ 王先谦：《释名疏证补》，上海古籍出版社 1984 年版，第 4 页。

颂各篇皆有舞容，故称为"颂"。①《诗经・商颂》《周颂》《鲁颂》，即商之舞容、周之舞容、鲁之舞容。陈子展："《颂》作为宗庙祭祀之乐章演出，当是采用载歌载舞、有声有色、美先人之盛德而形容之之形式。"②"颂"之谓"舞容"，是因为除"诗"之文辞外，它还包括了乐、舞等艺术形式。

《墨子》有"诵诗三百，弦诗三百，歌诗三百，舞诗三百"之语，孙诒让指出《郑风・子衿》毛传"古者教以诗乐，诵之歌之，弦之舞之"③与此义同。"诗"本为诗（狭义）、乐、舞三者合一的艺术形式，颂诗尤其如此。《诗经》三颂各篇原本皆为涵有音乐、舞容的文辞。下面举《周颂・清庙》篇为例，略加分析。

> 《礼记・文王世子》："适东序，释奠于先老。……登歌《清庙》。……下管象，舞《大武》。"《郑注》："象，周武王伐纣之乐也，以管播其声，又为之舞。"
>
> 《礼记・明堂位》："以禘礼祀周公于大庙……升歌《清庙》，下管象，朱干玉戚，冕而舞《大武》。皮弁素积，裼而舞《大夏》。"
>
> 《礼记・祭统》："夫大尝禘，升歌《清庙》，下而管象。朱干玉戚以舞《大武》。"④

《清庙》篇乃"诗、歌、乐、舞、象的综合艺术"⑤。若无音乐、舞

① 阮元：《揅经室集》，中华书局 1993 年版，第 18、19 页。
② 陈子展：《诗经直解》，复旦大学出版社 1983 年版，第 1066 页。
③ 孙诒让撰，孙启治点校：《墨子间诂》，中华书局 2001 年版，第 456 页。
④ 《礼记正义》，阮元校刻：《十三经注疏（附校勘记）》，中华书局 1980 年版，第 1410、1489、1607 页。
⑤ 傅道彬：《诗可以观》，中华书局 2010 年版，第 81 页。

蹈等艺术内涵，则《清庙》之隆重难以彰显。

《诗序》对颂诗之舞容有所叙述。《周颂·维清·小序》："《维清》，奏象舞也。"《郑笺》："象舞，象用兵时刺伐之舞。"《周颂·武·小序》："《武》，奏《大武》也。"《郑笺》："《大武》，周公作乐所为舞也。"①《鲁颂·有駜》则在篇中明言其舞容。

下面试从"琴舞"二字的构成分析其性质。"琴"，《说文》："洞越，练朱五弦。"②"琴"为乐器名。《周南·关雎》："琴瑟友之。"《郑风·女曰鸡鸣》："琴瑟在御。"《小雅·鼓钟》："鼓瑟鼓琴。"③先秦祭祀等礼乐表演场合常以琴伴奏。《尚书·益稷》："夏击鸣球，搏拊琴瑟以咏，祖考来格。"④《尚书大传》："古者帝王升歌《清庙》之乐，大琴练弦达越，大瑟朱弦达越。"⑤"琴瑟"等乐器属"弦"乐器。《礼记·乐记》："乐师辨乎声诗，故北面而弦。"《郑注》："弦，谓鼓琴瑟也。"⑥综上所述，琴舞当为以琴伴奏表演的形式，与之相类似的舞名还有羽舞、鼓舞等。

羽舞是舞者手持羽的舞蹈形式。《周礼·舞师》："舞师，掌教兵舞，帅而舞山川之祭祀；教帗舞，帅而舞社稷之祭祀；教羽舞，帅而舞四方之祭祀；教皇舞，帅而舞旱暵之事。"《孔疏》："钟氏染鸟羽，象翟鸟凤皇之羽，皆五采，此舞者所执，亦以威仪为饰。……帗舞、羽舞、皇舞，形制皆同也。"⑦鼓舞谓配合鼓声的舞蹈形式。《小雅·宾之初筵》：

① 《毛诗正义》，阮元校刻：《十三经注疏（附校勘记）》，中华书局1980年版，第584、597页。

② 许慎撰，段玉裁注：《说文解字注》，第633页。

③ 《毛诗正义》，阮元校刻：《十三经注疏（附校勘记）》，第274、340、467页。

④ 《尚书正义》，阮元校刻：《十三经注疏（附校勘记）》，第219页。

⑤ 皮锡瑞：《尚书大传疏证》，光绪丙申师伏堂刊本。

⑥ 《礼记正义》，阮元校刻：《十三经注疏（附校勘记）》，第1538页。

⑦ 《周礼注疏》，阮元校刻：《十三经注疏（附校勘记）》，中华书局1980年版，第721页。

"籥舞笙鼓，乐既和奏。"《毛传》："秉籥而舞，与笙鼓相应。"《孔疏》："舞在笙鼓之上，明其与之相应。乐器多矣，燕之所用，不止于此，作者举鼓舞而言耳，此皆燕时乐也。"①

羽舞、鼓舞，皆乐舞形式，各以舞具及伴奏乐器为名。琴舞之为乐舞，表示在舞的过程中，以琴为主奏乐器。

"琴舞"与"颂诗"从不同角度来关注"诗"的艺术呈现。"颂诗"强调"颂"，即"舞容"。"琴舞"则除"舞"外还强调"琴"，即表演过程中的用乐。《清华简》的抄写者选择以"周公之琴舞"而非"周公之颂诗"为篇题，反映了先秦礼乐文化的丰富内涵，显现了《诗经》传承史上某些演变之迹。

二、小序

《周公之琴舞》开篇"周公作多士敬毖，琴舞九絉（卒）"为周公所作歌诗的小序。

现存《诗经》《尚书》皆有序。《毛诗序》是毛诗学派为《诗经》所作的序，多为阐明诗篇宗旨大义，揭示诗篇创作背景。如《小雅·天保序》："下报上也。君能下下以成其政，臣能归美以报其上焉。"《小雅·采薇序》："遣戍役也。文王之时，西有昆夷之患，北有猃狁之难，以天子之命，命将率，遣戍役，以守卫中国，故歌《采薇》以遣之，《出车》以劳还，《杕杜》以勤归也。"②不独《毛诗》一家有《序》，齐、鲁、韩三家《诗》也各自有《序》，阜阳汉简《诗经》反映出汉代其他

---

① 《毛诗正义》，阮元校刻：《十三经注疏（附校勘记）》，第485—486页。
② 《毛诗正义》，阮元校刻：《十三经注疏（附校勘记）》，第412—413页。

《诗》学流派同样有《序》。①

"周公作多士敬悊"句中，"敬悊"二字揭示出周公所作"琴舞"的创作目的，"琴舞九紑（卒）"说明歌诗的性质及篇章结构，与诗序的体例相符。下面我们对该小序稍作疏解。

"多士"，众士也。《大雅·文王》："济济多士，文王以宁。"《孔疏》以为，多士"是上世显之人，则诸侯及公卿大夫此文皆兼之"。②《尚书·多士》："猷告尔多士，予惟时其迁居西尔。"《孔传》："以道告汝众士。"③

"敬"，慎戒也。《周颂·敬之》："敬之敬之，天维显思。"《诗序》："《敬之》，群臣进戒嗣王也。"④《尚书·吕刑》："敬之哉！官伯、族姓，朕言多惧。"《孔传》："我言多可戒惧，以儆之。"⑤"敬"从本质上强调对人们内在品格的要求，是周礼的核心精神，具有哲学意味和深刻的思想内涵。⑥

"悊"，文献中多作慎解。《周颂·小毖》："予其惩而毖后患。"《郑笺》："毖，慎也。天下之事，当慎其小。小时而不慎，后为祸大。"《大雅·桑柔》："为谋为毖，乱况斯削。"《毛传》："毖，慎也。"⑦

按："悊"乃训诫之辞，是表现先秦"敬"这一"礼"的精神内核的文体形式。《周颂·小毖》篇，清华简《芮良夫毖》篇，皆以"毖"

---

① 姚小鸥、任黎明：《关于〈孔子诗论〉与〈毛诗序〉关系研究的若干问题》，《中州学刊》2005年第3期。

② 《毛诗正义》，阮元校刻：《十三经注疏（附校勘记）》，第504页。

③ 《尚书正义》，阮元校刻：《十三经注疏（附校勘记）》，第220页。

④ 《毛诗正义》，阮元校刻：《十三经注疏（附校勘记）》，第598页。

⑤ 《尚书正义》，阮元校刻：《十三经注疏（附校勘记）》，第251页。

⑥ 王克家：《〈诗经·周颂·闵予小子之什〉研究》，中国传媒大学2009年硕士学位论文。

⑦ 《毛诗正义》，阮元校刻：《十三经注疏（附校勘记）》，第660、599页。

为篇章题名。《小毖》篇"强调了人主内心戒惧，黾勉于事的观念"①，其中"予其惩而毖后患"句突出自我省察、自励自觉的"敬"的观念。《芮良夫毖》"敬之哉君子，天猷畏矣"②，告诫众人要敬畏天命，内自戒惧。

对照成王所作"琴舞九絑（卒）"为九启（通常以为的九篇）的形式，可知周公所作"琴舞九絑（卒）"也当有九篇，现仅存首篇（元内启）四句。

《周公之琴舞》列成王所作歌诗共九启（九篇），小序又称之为"琴舞九絑（卒）"。"九絑（卒）"即指"九启"。"絑"，《周公之琴舞》注释曰："字见《玉篇》：'绳也。'简文中读为'卒'或'遂'。"③"卒"在文献中有"终"义。《尔雅·释诂》："卒，终也。"④《尚书·舜典》："卒乃复。"《孔传》："卒，终。"⑤《邶风·日月》："父兮母兮，畜我不卒。"《郑笺》："卒，终也。"⑥用在乐章上，"终"乃先秦有关"乐"的术语，用指乐章之构成形式。

"终"，《清华大学藏战国竹简（壹）》注释曰："古时的诗都可入乐，演奏一次叫作'一终'。"⑦《清华简》注释中将"终"释为演奏次

① 姚小鸥、王克家：《〈周颂·小毖〉考论》，《中国文化研究》2012年第3期。

② 清华大学出土文献研究与保护中心编，李学勤主编：《清华大学藏战国竹简（叁）》，第145页。

③ 清华大学出土文献研究与保护中心编，李学勤主编：《清华大学藏战国竹简（叁）》，第134页。

④ 《尔雅注疏》，阮元校刻：《十三经注疏（附校勘记）》，中华书局1980年版，第2577页。

⑤ 《尚书正义》，阮元校刻：《十三经注疏（附校勘记）》，第251页。

⑥ 《毛诗正义》，阮元校刻：《十三经注疏（附校勘记）》，第299页。

⑦ 清华大学出土文献研究与保护中心编，李学勤主编：《清华大学藏战国竹简（壹）》，中西书局2010年版，第152页。

数，未臻详明。

文献中有关于"终"的记载。《逸周书·世俘》："奏其大享三终。""献《明明》三终。"① 《仪礼·大射》："乃歌《鹿鸣》三终。""乃管《新宫》三终。"② 《礼记·乡饮酒义》："工入，升歌三终……笙入，三终，间歌三终，合乐三终。"③

上述引文中的《明明》指《大明》，属于《大雅》④；《鹿鸣》属于《小雅》。《明明》与《鹿鸣》等篇章从乐曲的构成上说，当指一组曲的一支。"献《明明》三终"，当指《明明》一章演奏三遍完成。"歌《鹿鸣》三终"指《小雅》中的《鹿鸣》一章演奏三遍完成。故"终"在作音乐术语讲时，指一组曲中的一支歌曲或乐曲的演唱或演奏完毕。⑤

先秦音乐术语中，与"终"相对应的是"成"。"成"指某一完整的乐的组合的演出完成。将该组乐演出一遍，称为一成，数遍即称数成。⑥《尚书·益稷》："箫韶九成，凤皇来仪。"《孔传》："备乐九奏，而致凤皇。"⑦ "九奏"，即演奏九遍。《吕氏春秋·古乐》："夏籥九成。"高诱注："九成，九变。"⑧ "终"是"成"中较小的音乐单位。⑨

---

① 黄怀信等撰，李学勤审定：《逸周书汇校集注》，上海古籍出版社 1995 年版，第 453、454 页。

② 《仪礼注疏》，阮元校刻：《十三经注疏（附校勘记）》，中华书局 1980 年版，第 1033—1034 页。

③ 《礼记正义》，阮元校刻：《十三经注疏（附校勘记）》，第 1684 页。

④ 黄怀信等撰，李学勤审定：《逸周书汇校集注》，第 454 页。卢文弨云："惠云：'《明明》即《大明》。'"

⑤ 参见姚小鸥：《诗经三颂与先秦礼乐文化》，北京广播学院出版社 2000 年版，第 52 页。

⑥ 参见姚小鸥：《诗经三颂与先秦礼乐文化》，第 48 页。

⑦ 《尚书正义》，阮元校刻：《十三经注疏（附校勘记）》，第 127 页。

⑧ 许维遹撰：《吕氏春秋集释》，中华书局 2009 年版，第 126 页。

⑨ 姚小鸥：《诗经三颂与先秦礼乐文化》，第 52 页。

由于"卒""终"互训,"卒"也指一组曲中的一支歌曲或乐曲的演唱或演奏完毕,"琴舞九卒"指九篇歌诗的演奏完毕。由此可知,"琴舞九卒"中包含九篇歌诗。

此外,现存《清华简(叁)》周公所作四句歌诗之前有"元内(纳)启曰"一语,亦可说明周公所作歌诗不止此四句。《周公之琴舞》篇整理者注:"'元内启'义为首章之启。"[1] 元内(纳)启为"首章之启",对照成王所作"琴舞九絉(卒)"有"元内(纳)启""再启""三启"……"九启"的形式,可知,周公所作"琴舞九絉(卒)"也当存在"再启""三启"等。

按,《周公之琴舞》篇整理者注:"启,乐奏九曲,每曲分为两部分,开始部分称'启',终结部分称'乱'。"[2]《芮良夫毖》篇"再启曰"后无"乱",则可知"启"可单独使用。曹子建有《七启》诗,其前小序曰:"昔枚乘作《七发》,傅毅作《七激》,张衡作《七辩》,崔骃作《七依》,辞各美丽。余有慕之焉,遂作《七启》。"[3] 曹植《七启》文体形式类似枚乘《七发》等"七体"。"七体"的文章一般有七个层次,"七启"之得名即以"七"与"启"的结合。

三、《孝享》疏证

《周公之琴舞》中成王所作歌诗之"元内(纳)启"部分即今本

---

[1] 清华大学出土文献研究与保护中心编,李学勤主编:《清华大学藏战国竹简(叁)》,第135页。

[2] 清华大学出土文献研究与保护中心编,李学勤主编:《清华大学藏战国竹简(叁)》,第135页。

[3] 萧统编,李善注:《文选》,上海古籍出版社1986年版,第1576页。

《诗经·敬之》。以此相参照，可知《周公之琴舞》各篇若在《诗经》中皆当各有专名，周公所作"元内（纳）启"之四句歌诗依例可命名为《孝享》。

"享"，贡献也。《说文》："享，献也。"《段注》："下进上之词也。"① 《尔雅·释诂》："享，献也。"② 《商颂·殷武》："莫敢不来享。"《郑笺》："享，献也。"③

"享"多用于朝聘或祭祀场合，指向时王或先祖进献贡品及雅乐。《尚书·梓材》："庶邦享，作兄弟，方来，亦既用明德。后式典集，庶邦丕享。"《孔传》："众国朝享于王。"④ 《周礼·大宗伯》："以肆献祼享先王，以馈食享先王，以祠春享先王，以禴夏享先王，以尝秋享先王，以烝冬享先王。"⑤ 《小雅·大田》："以享以祀，以介景福。"《商颂·烈祖》："以假以享，我受命溥将。"⑥ 大兴祭祀的目的是为享鬼神，享先祖，希望得到鬼神和先祖庇佑。先秦时期，"享先祖""享鬼神"的观念盛行，以"享先祖""享鬼神"为目的的祭祀为周代礼乐制度的重要组成部分。

"孝"，《说文》："孝，善事父母者。"《段注》："礼记：孝者，畜也。顺于道不逆于伦，是之谓畜。"⑦ 《尚书·尧典》："克谐以孝。"《论语·学而》："其为人也孝悌。"

"孝"为周代礼乐文化的基本内容。《尚书·康诰》："元恶大憝，

---

① 许慎撰，段玉裁注：《说文解字注》，第 229 页。
② 《尔雅注疏》，阮元校刻：《十三经注疏（附校勘记）》，第 2577 页。
③ 《毛诗正义》，阮元校刻：《十三经注疏（附校勘记）》，第 627 页。
④ 《尚书正义》，阮元校刻：《十三经注疏（附校勘记）》，第 144 页。
⑤ 《周礼注疏》，《十三经注疏（附校勘记）》，第 758 页。
⑥ 《毛诗正义》，阮元校刻：《十三经注疏（附校勘记）》，第 477、621 页。
⑦ 许慎撰，段玉裁注：《说文解字注》，第 398 页。

矧惟不孝不友。"《孔传》："言人之罪恶，莫大于不孝不友。"①《毛诗大序》："成孝敬，厚人伦。"②《周礼·师氏》："以三德教国子：一曰至德，以为道本；二曰敏德，以为行本；三曰孝德，以知逆恶。教三行：一曰孝行，以亲父母；二曰友行，以尊贤良；三曰顺行，以事师长。"《周礼·大司乐》："以乐德教国子：中、和、祗、庸、孝、友。"③《仪礼·士冠礼》："孝友时格，永乃保之。"④先秦时期，"孝"是社会生活的第一要义。

"孝享"，在文献中常用于祭祀先祖，表达子孙的孝敬。《小雅·天保》："吉蠲为饎，是用孝享。"《孔疏》："善洁为酒食之馔，是用致孝敬之心而献之。"⑤《周颂·载见》："率见昭考，以孝以享。"《郑笺》："使助祭也，以致孝子之事，以献祭祀之礼，以助考寿之福。"⑥《周易·萃卦·彖辞》："'王假有庙'，致孝享也。"《孔疏》："享，献也。聚道既全，可以至于'有庙'，设祭祀而'致孝享'也。"⑦《孝经·圣治章》："夫圣人之德，又何以加于孝乎？"邢昺《疏》："尊父祖以配天，崇孝享以致敬。"⑧可见，"孝享"二字在文献中连用乃为表达人们善事父母、敬事先祖的思想。《孝享》篇中内容完全符合"孝享"的上述精神内核。

---

① 《尚书正义》，阮元校刻：《十三经注疏（附校勘记）》，第 123 页。

② 《毛诗正义》，阮元校刻：《十三经注疏（附校勘记）》，第 270 页。

③ 《周礼注疏》，阮元校刻：《十三经注疏（附校勘记）》，第 730、787 页。

④ 《仪礼注疏》，阮元校刻：《十三经注疏（附校勘记）》，第 957 页。

⑤ 《毛诗正义》，阮元校刻：《十三经注疏（附校勘记）》，第 412 页。

⑥ 《毛诗正义》，阮元校刻：《十三经注疏（附校勘记）》，第 596 页。

⑦ 《周易正义》，阮元校刻：《十三经注疏（附校勘记）》，中华书局 1980 年版，第 58 页。

⑧ 《孝经注疏》，阮元校刻：《十三经注疏（附校勘记）》，中华书局 1980 年版，第 2553 页。

"无悔享君"："悔"，恨也。《说文》："悔，恨也。"《段注》："悔者，自恨之意。"①《周易·系辞上》："悔吝者，忧虞之象也。"《孔疏》："悔者，其事已过，意有追悔之也。"②"无悔"即无恨、无遗憾。如《大雅·抑》："庶无大悔。"《大雅·皇矣》："其德靡悔。""无悔""靡悔"皆作无恨、无遗憾解。"享"，献也。该句义指不留遗憾地贡献君上及先祖。

"冈坠其孝"："冈"，无也。《大雅·民劳》："以谨冈极。"《郑笺》："冈，无。"③《小雅·蓼莪》："欲报之德，昊天冈极。"朱熹《诗集传》："冈，无。"④贾谊《吊屈原文》："遭世冈极兮。"吕延济注："冈，犹无也。"⑤"坠"，失也。《国语·晋语二》："知礼可使，敬不坠命。"韦昭注："坠，失也。"《国语·楚语下》："自先王莫坠其国。"韦昭注："坠，失也。"⑥《文选·讽谏》："宗周以坠。"李善注引应劭曰："坠，失也。"⑦"孝"，善事父母（见前述）。该句义指对待父母不失孝敬。

"享惟慆币"：享，献也（见前述）。"惟"，语助词。"慆"，悦也。《说文》："慆，说也。"《段注》："《尚书大传》：'师乃慆。'注曰：'慆，喜也。'"⑧《慧琳音义》卷九"慆耳"注引《仓颉篇》："慆，和悦貌也。"⑨"币"，句末语气词。该句义为在祭祀先祖或朝聘时王时，要心怀

① 许慎撰，段玉裁注：《说文解字注》，第512页。
② 《周易正义》，阮元校刻：《十三经注疏（附校勘记）》，第76页。
③ 《毛诗正义》，阮元校刻：《十三经注疏（附校勘记）》，第548页。
④ 朱熹集注：《诗集传》，中华书局1958年版，第146—147页。
⑤ 《六臣文选注》卷三十，《四部丛刊·集部》，上海涵芬楼刻本。
⑥ 徐元诰撰，王树民、沈长云点校：《国语集解》，中华书局2002年版，第294、523页。
⑦ 萧统编，李善注：《文选》，第917页。
⑧ 许慎撰，段玉裁注：《说文解字注》，第507页。
⑨ 释慧琳：《一切经音义》，丛书集成本。

欢喜。

"孝惟型币":"孝",善事父母(见前述)。"型",效法。《说文》:"铸器之法也。"《段注》:"引申之为典型。"①"型",文献中多写作"刑"。《尚书·尧典》:"观厥刑于二女。"《孔传》:"刑,法也。"②《大雅·文王》:"仪刑文王,万邦作孚。"《毛传》:"刑,法。"《周颂·我将》:"仪式刑文王之典。"《毛传》:"刑,法。"③该句义指效法、恭敬父母的行为。

由上述文字训释可知,周公所作四句歌诗的含义是:不遗余力地服务贡献于君上及先祖,对父母不失孝敬,贡献时内心充满欢喜,效法恭敬父母的行为。

古人在篇章命名时,一般选取首章首句或全篇最重要的内容作为篇题。如《周颂·噫嘻》篇名取该诗首句"噫嘻成王"之"噫嘻","噫嘻"二字体现了盛赞耕种之宏大场面的赞叹语气。《周颂·丰年》篇名取首句"丰年多黍多稌"之"丰年","丰年"二字概括了丰收之盛。④将周公所作四句歌诗命名为《孝享》,符合古人命篇规则,并檃括了周公所作歌诗大意。

文献中称周公制礼作乐,《尚书》中的《多士》《多方》《无逸》和《诗经》中的《大武》《三象》等,皆传为周公所作。然近代以来的学者或怀疑周公制礼作乐的真实性。《清华大学藏战国竹简(壹)·耆夜》篇记载周公作《蟋蟀》⑤,文献公布后,曾有学者对《蟋蟀》的作者是周公

① 许慎撰,段玉裁注:《说文解字注》,第688页。
② 《尚书正义》,阮元校刻:《十三经注疏(附校勘记)》,第123页。
③ 《毛诗正义》,阮元校刻:《十三经注疏(附校勘记)》,第505、588页。
④ 参见姚小鸥:《先秦礼乐文化与〈周颂〉农事诗的历史演变》,《学术界》2011年第11期。
⑤ 清华大学出土文献研究与保护中心编,李学勤主编:《清华大学藏战国竹简(壹)》,第150页。

存有疑问 ①。《清华大学藏战国竹简（叁）·周公之琴舞》明确指出《孝享》篇的作者为周公，为周公制礼作乐的说法提供了新的文献支撑，可证周公不仅为周代礼乐制度建立之整体规划者，亦为周代礼乐文化的践行者。

（原载《中州学刊》2013 年第 7 期，与杨晓丽合作）

---

① 参见曹建国：《论清华简中的〈蟋蟀〉》，《江汉考古》2011 年第 2 期。

《周公之琴舞》诸篇释名

　　《清华大学藏战国竹简（叁）·周公之琴舞》包括"周公作多士敬（儆）毖"和"成王作敬（儆）毖"两部分。[①] 其中，周公所作"多士敬毖"仅存"元纳启"以下四句，成王所作敬毖"琴舞九絑（卒）"被完整保留下来，系以九启的形式连缀而成。学者多认为，这种结篇方式与先秦典籍所载《大武》构成相类。[②]《大武》多以独立篇章的形式散见于今本《诗经》，各有篇名。周公与成王所作敬毖各启与今本《诗经·周颂》诸篇相当，依例应冠名。我们曾将周公所作敬毖之"元纳启"命名为《孝享》[③]，这里不再述及。本文讨论成王所作敬毖"琴舞九絑（卒）"，试为命名。

一、《敬之》

　　元纳启曰：

　　敬之敬之，天惟显帀，文非易帀。毋曰高高在上，陟降其事，卑监在兹。乱曰：遹我夙夜不逸，敬（儆）之，日就月将，教其光

---

　　① 清华大学出土文献研究与保护中心编，李学勤主编：《清华大学藏战国竹简（叁）》，中西书局 2012 年版，第 133 页。
　　② 参见李学勤：《新整理清华简六种概述》，《文物》2012 年第 8 期。
　　③ 参见姚小鸥、杨晓丽：《〈周公之琴舞·孝享〉篇研究》，《中州学刊》2013 年第 7 期。

明。弼持其有肩，示告余显德之行。①

本启与今本《诗经·周颂·敬之》内容基本一致，言上天无所不察，为人君者当恪敬天命，日就月将，奋进不止。② 今本《诗经》以《敬之》名篇，与其思想内涵相符。

二、《思慎》

再启曰：

假哉古之人，夫明思慎，用仇其有辟，允丕承丕显，思攸亡致。乱曰：已，不造哉！思型之，思毗彊之，用求其定，裕彼熙不落，思慎。

本篇为成王诫群臣之语，希望群臣追法古之贤者，勤勉王事，以使天下安定兴旺。开篇"假哉古之人，夫明思慎"，赞美"古之人"品行高尚，戒惧敬慎。"假"，《尔雅·释诂》解释为"嘉也"。③《大雅·假乐》："假乐君子，显显令德。"《毛传》："假，嘉也。"④《礼记·中庸》

---

① 清华大学出土文献研究与保护中心编，李学勤主编：《清华大学藏战国竹简（叁）》，第133页。本文所引成王之"琴舞九絉（卒）"全部出自《清华大学藏战国竹简（叁）》，并根据整理者所作相关文字的隶定，诗篇采用通行字；又本文所引简文整理者意见亦出自该书，下文不再另外说明。

② 参见王克家：《〈周颂·敬之〉与周礼核心精神的构成》，《文艺评论》2013年第4期。

③ 《尔雅注疏》，阮元校刻：《十三经注疏（附校勘记）》，中华书局1980年版，第2576页。

④ 《毛诗正义》，阮元校刻：《十三经注疏（附校勘记）》，中华书局1980年版，第540页。

引作"嘉乐君子"①。"古之人",谓古之贤者。"明",《大雅·皇矣》"其德克明",《郑笺》:"照临四方曰明。"②

"思慎"是本篇的核心。"慎",《尔雅》释为"诚也"。③《说文》释为"谨也"。《段注》:"未有不诚而能谨者。"④"慎"是君子言行举止的重要准则,承载着周代礼乐文化的道德伦理与审美要求,古人将其视为君主治国的必备条件。《国语·周语下》:"慎,德之守也。"⑤《尚书·微子之命》:"恪慎克孝,肃恭神人。"⑥《邶风·燕燕》:"淑慎其身。"《诗经》中常"敬慎"连用,如《大雅·民劳》:"敬慎威仪,以近有德。"《大雅·抑》:"敬慎威仪,维民之则。"⑦"敬"重于肃,"慎"重于谨,二者浑言则同,析言则异。《仪礼·聘礼》云"入门主敬,升堂主慎"⑧,可见"敬""慎"二者之间的联系与区别。

"用仇其有辟,允兂承兂显,思攸亡敓",言古之人"思慎"而能够很好地辅佐君主,继承并光大先人之志。"仇",当依《尔雅·释诂》释为"匹也"。⑨《兔罝》:"赳赳武夫,公侯好仇。"孔颖达《正义》:"赳赳然有威武之夫,有文有武,能匹耦于公侯之志,为公侯之好匹。"⑩"仇"

---

① 《礼记正义》,阮元校刻:《十三经注疏(附校勘记)》,中华书局 1980 年版,第 1628 页。

② 《毛诗正义》,阮元校刻:《十三经注疏(附校勘记)》,第 520 页。

③ 《尔雅注疏》,阮元校刻:《十三经注疏(附校勘记)》,第 2569 页。

④ 许慎撰,段玉裁注:《说文解字注》,第 502 页。

⑤ 上海师范大学古籍整理组校点:《国语》,上海古籍出版社 1978 年版,第 98 页。

⑥ 《尚书正义》,阮元校刻:《十三经注疏(附校勘记)》,中华书局 1980 年版,第 200 页。

⑦ 《毛诗正义》,阮元校刻:《十三经注疏(附校勘记)》,第 298、548、554 页。

⑧ 《仪礼注疏》,阮元校刻:《十三经注疏(附校勘记)》,中华书局 1980 年版,第 1073 页。

⑨ 《尔雅注疏》,阮元校刻:《十三经注疏(附校勘记)》,第 2569 页。

⑩ 《毛诗正义》,阮元校刻:《十三经注疏(附校勘记)》,第 281 页。

或写作"逑",《周南·关雎》:"君子好逑。"《毛传》:"逑,匹也。"孔颖达《正义》:"《诗》本作逑,《尔雅》多作仇,字异音义同也。"①

"允丕承丕显,思攸亡斁",与《周颂·清庙》"不显不承,无射于人斯"②略同。"亡斁"又作"无斁""无射",是古之"成语"。"成语"指《诗》《书》中所习用的,在一定的历史语境中形成的具有特定内涵和固定搭配的词语,它们承载着古人关于社会、历史、文化、自然等方面的许多基本观念。"无斁"于《诗经》中凡五见,"无射"于《诗经》中凡三见。《诗经》诸篇所言"无斁(无射)",是对人们"无怠于事"之美德的赞语。"无斁(无射)"在金文中多作"亡斁",多为子孙所陈先祖之德。有学者指出,"无斁"乃"贵族阶级歌颂其德行隽美、承业事君无怠及上天无怠其国祚福禄之常命之专用成词。乃统治阶级之雅言"。③其说是。

"乱曰"部分是王与群臣的共勉之语。

"已,不造哉",整理者指出,此句意略同《闵予小子》"遭家不造",《郑笺》:"造,犹成也。……遭武王崩,家道未成。"④

"思型之,思毘彊之",二句勉励群臣追法古之人,黾勉从事。"型",效法之意。"毘",整理读为"懋",劝勉之意。"彊",整理者指出,典籍多作"强",《尔雅·释诂》释为"勤也"。⑤

---

① 《毛诗正义》,阮元校刻:《十三经注疏(附校勘记)》,第 273 页。
② 《毛诗正义》,阮元校刻:《十三经注疏(附校勘记)》,第 583 页。
③ 姜昆武:《诗书成词考释》,齐鲁书社 1989 年版,第 79 页。"无斁"的详细解释,可参看姚小鸥、李文慧:《〈诗〉〈书〉成词与〈周颂·振鹭〉篇的文化解读》,《中州学刊》2011 年第 6 期。
④ 《毛诗正义》,阮元校刻:《十三经注疏(附校勘记)》,第 598 页。
⑤ 《尔雅注疏》,阮元校刻:《十三经注疏(附校勘记)》,第 2574 页。参见清华大学出土文献研究与保护中心编,李学勤主编:《清华大学藏战国竹简(叁)》,第 137 页。

"用求其定，裕彼熙不落，思慎"，言思慎以致天下安定兴旺。"裕"，句首语气词。"熙"，《尔雅·释诂》释为"光也"，光大、兴旺之意。[1]"落"，《国语·吴语》："民人离落。"韦昭注："落，殒也。"[2]

末句"思慎"重言前文"夫明思慎"。《诗经》中有以二字作为诗篇结句的情况。《周颂·赉》："文王既勤止，我应受之。敷时绎思，我徂维求定。时周之命，於！绎思。"[3]"於"是感叹词。末句"绎思"，以二字为结句，重文"敷时绎思"。

本篇反映周人戒惧戒慎的思想观念，言思慎守德，事君无教，方能致天下兴旺。篇中两次出现"思慎"一语，前后呼应，突出主题。故此本篇当命名为《思慎》。

三、《渊》

三启曰：

德元惟何？曰渊亦抑，严余不懈，业业畏忌，不易威仪，在言惟克，敬之！乱曰：非天谵德，緐莫肯造之，夙夜不懈，懋敷其有悦，裕其文人，不逸监余。

本篇言德之首在于内心笃诚，威仪抑抑，言语谨慎。

开篇明义，曰："德元惟何？曰渊亦抑。""德元"，即德之首。"渊"，整理者解释为"深邃、深沉"。《邶风·燕燕》："仲氏任只，其心塞渊。"孔颖达《正义》："言仲氏有大德行也，其心诚实而深远

① 《尔雅注疏》，阮元校刻：《十三经注疏（附校勘记）》，第 2573 页。
② 上海师范大学古籍整理组校点：《国语》，第 595—596 页。
③ 《毛诗正义》，阮元校刻：《十三经注疏（附校勘记）》，第 605 页。

也。"①"渊"是君子的至高品德。《礼记·中庸》:"唯天下至诚,为能经纶天下之大经,立天下之大本,知天地之化育。夫焉有所倚?肫肫其仁!渊渊其渊!浩浩其天!苟不固聪明圣知达天德者,其孰能知之?"②君子常因具有"渊"的品德,而见载于史册。《尚书·微子之命》:"乃祖成汤,克齐圣广渊,皇天眷佑,诞受厥命。"③《左传·文公十八年》:"昔高阳氏有才子八人,苍舒、隤敳、梼戭、大临、龙降、庭坚、仲容、叔达,齐圣广渊,明允笃诚,天下之民,谓之八恺。"④

"抑",《诗经》中常用来形容威仪之美,《大雅·抑》:"抑抑威仪,维德之隅。"《郑笺》:"人密审于威仪抑抑然,是其德必严正也。古之贤者,道行心平,可外占而知内。如宫室之制,内有绳直,则外有廉隅。"⑤

"渊"和"抑"分别指德的内外表现。"德元惟何?曰渊亦抑",言君子当内心笃诚,思虑深远且有美好的威仪。

"严余不懈,业业畏忌,不易威仪,在言惟克",叙述"渊"和"抑"的具体内涵。

"严余不懈,业业畏忌"言"渊"所反映的心理状态和行为准则,即时刻敬慎而不懈怠。"严",《商颂·殷武》:"天命降监,下民有严。"《毛传》:"严,敬也。"⑥"业业",《大雅·云汉》:"兢兢业业。"《毛传》:"兢兢,恐也。业业,危也。"⑦"畏忌",整理者解为"谨慎"。

---

① 《毛诗正义》,阮元校刻:《十三经注疏(附校勘记)》,第298页。

② 《礼记正义》,阮元校刻:《十三经注疏(附校勘记)》,第1635页。

③ 《尚书正义》,阮元校刻:《十三经注疏(附校勘记)》,第200页。

④ 《春秋左传正义》,阮元校刻:《十三经注疏(附校勘记)》,中华书局1980年版,第1861—1862页。

⑤ 《毛诗正义》,阮元校刻:《十三经注疏(附校勘记)》,第554页。

⑥ 《毛诗正义》,阮元校刻:《十三经注疏(附校勘记)》,第628页。

⑦ 《毛诗正义》,阮元校刻:《十三经注疏(附校勘记)》,第562页。

《仪礼·士虞礼》："小心畏忌，不惰其身。"①

"不易威仪，在言惟克"，从威仪和言语两方面反映了"抑"的内涵。整理者指出，"不易"为古习语，屡见于《诗》《书》及金文。《大雅·文王》："命之不易。"②"不易"，言不可怠慢。③"在言惟克"，整理者认为，此句意近《大雅·抑》"慎尔出话，敬尔威仪"。"克"，《春秋·宣公八年》："雨，不克葬。"杜预注："克，成也。"④

说明"渊"和"抑"的具体内涵后，诗人以"敬之"一句作为总结。成王所作敬毖"琴舞九絉（卒）"首篇亦言"敬之"，今本《诗经·周颂》并以之名篇，由此用语可见成王所作敬毖"琴舞九絉（卒）"各启之间的联系。

"乱曰"部分为诗人自我勉励之语。

"非天詻德，緊莫肯造之"，这两句是说上天并非禁止德行，而是没有人能成就它。⑤"詻"，整理者读为"廞"，《尔雅·释诂》解释为："廞，兴也。"⑥有学者认为"詻"当读为"禁"，楚简从"金"声之字有用为"禁"之例。⑦"緊"，语助词。"造"，成也，参见《思慎》"不造哉"的解释。

"夙夜不懈，懋敷其有悦"，言当敬慎勉励而又乐于播布美德。"夙夜"为古之"成语"，字面意思是指早和晚，核心内涵是"敬"。"夙

---

① 《仪礼注疏》，阮元校刻：《十三经注疏（附校勘记）》，第 1176 页。

② 《毛诗正义》，阮元校刻：《十三经注疏（附校勘记）》，第 505 页。

③ 参见王克家：《清华简〈敬之〉篇考释》，《清华大学藏战国竹简与先秦经学文献国际学术研讨会论文集》，北京，2013 年。

④ 《春秋左传正义》，阮元校刻：《十三经注疏（附校勘记）》，第 1873 页。

⑤ 参见黄杰：《再读清华简（三）〈周公之琴舞〉笔记》，简帛网，2013 年 1 月 14 日。

⑥ 《尔雅注疏》，阮元校刻：《十三经注疏（附校勘记）》，第 2576 页。

⑦ 参见黄杰：《再读清华简（三）〈周公之琴舞〉笔记》，简帛网，2013 年 1 月 14 日。

夜"一词见于《诗经》十二篇中，凡十六例。除《召南·行露》之"岂
不夙夜，谓行多露"疑为断简，意不能明外，其他皆指敬慎于事。[①]"夙
夜不懈"意同《大雅·韩奕》"夙夜匪解"[②]，敬慎之意。"懋"，勉也。
"敷"，训为"布"。《小雅·小旻》："旻天疾威，敷于下土。"《毛传》：
"敷，布也。"[③]

"裕其文人，不逸监余"，言先祖时瞻视垂顾。"裕"，句首语气词。
"文人"，整理者解释为"古称先祖之有文德者"。《大雅·江汉》："告
于文人。"《毛传》："文人，文德之人也。"孔颖达《正义》："谓先祖有
文德者，故云文德之人。"[④]

本篇反映了周代人们对"德元"的认识。君子修德，首先要做到内
善而外美，外在的威仪是内在品质的表现。诗句"夙夜不懈，懋敷其有
悦"，言发自内心地播布美德。可见周人更看重内心的敬畏，即在德元
"渊"和"抑"中，更偏重"渊"。与《大雅·抑》相参照，将此篇命名
为《渊》。

四、《文》

四启曰：

文文其有家，保监其有后，孺子王矣，丕宁其有心。愸愸其在
位，显于上下。乱曰：通其显思，皇天之功，昼之在视日，夜之在

---

① 参见姚小鸥、李文慧：《〈诗〉〈书〉成语与〈周颂·振鹭〉篇的文化解读》，《中
州学刊》2011 年第 6 期。

② 《毛诗正义》，阮元校刻：《十三经注疏（附校勘记）》，第 570 页。

③ 《毛诗正义》，阮元校刻：《十三经注疏（附校勘记）》，第 448 页。

④ 《毛诗正义》，阮元校刻：《十三经注疏（附校勘记）》，第 574 页。

视辰。日入罪举不宁，是惟宅。

本篇言为君者当黾勉于事，敬慎其位，依天时而行政令，从而使天下安宁。

"文文其有家，保监其有后"，言黾勉为政，方可得以世享。有学者将"文文"释为"亹亹"。① 按，马瑞辰《毛诗传笺通释》："《说文》无亹字，斖者斖之省，隶变为亹，或作斖。斖从斖省，从西，分声；亹从斖省，从西，文声；分、文古音同部，故字同音亦同也。古音微与文通，故《周官》郑司农《注》曰：'斖读为徽。'徽从微省声，音近眉，故古钟鼎文眉寿字多作斖，又作亹。"② 由此可知，"文"与"亹"音同义同。马瑞辰指出："亹亹、娓娓、勉勉、明明、没没、勿勿、穆穆、旼旼，皆以声近互转，字当以忞忞为正。"③《尔雅·释诂》："亹亹、蠠没……勉也。"郭璞《注》："蠠没犹黾勉。"邢昺《疏》："云'蠠没犹黾勉'者，以其声相近，方俗语有轻重耳。《邶风·谷风》云：'黾勉同心。'"④ 故亹亹当为黾勉之意。《论语》"文莫吾犹人也"，马瑞辰引刘台拱曰："文莫即勉强。"⑤《广雅·释诂》："文，勉也。"⑥ 由以上论述可知，"文文"与"亹亹"同为黾勉之义。"文文其有家"，意略同《大雅·棫朴》"勉勉我王，纲纪四方"⑦。

---

① 香港浸会大学陈致教授释"文文"为"亹亹"。参见李学勤：《论清华简〈周公之琴舞〉的结构》，《深圳大学学报》（人文社会科学版）2013 年第 1 期。

② 马瑞辰撰：《毛诗传笺通释》，中华书局 1989 年版，第 794—795 页。

③ 马瑞辰撰：《毛诗传笺通释》，第 796 页。

④ 《尔雅注疏》，阮元校刻：《十三经注疏（附校勘记）》，第 2570 页。

⑤ 马瑞辰撰：《毛诗传笺通释》，第 795—796 页。

⑥ 王念孙：《广雅疏证》，中华书局 1983 年版，第 84 页。

⑦ 《毛诗正义》，阮元校刻：《十三经注疏（附校勘记）》，第 515 页。

亹勉于事是君子行为处事的基本准则。《礼记·礼器》:"是故昔先王之制礼也,因其财物而致其义焉尔,故作大事必顺天时,为朝夕必放于日月,为高必因丘陵,为下必因川泽。是故天时雨泽,君子达亹亹焉。"孔颖达《正义》:"天以高圆为质,地以下方为体,天子爱物为用,故天地感祭而降雨泽,天子皆爱物生而勉勉劝乐,所以与天地合德也。"①《诗经》中常用亹亹、明明等词赞美君子勤勉于事。如《大雅·文王》:"亹亹文王,令闻不已。"《大雅·大明》:"明明在下,赫赫在上。"《鲁颂·有驷》:"夙夜在公,在公明明。"②

"孺子王矣,丕宁其有心",意思是今稚子承袭王位,应心态安定。"孺子王矣",《尚书·立政》载周公语:"呜呼! 孺子王矣。继自今,我其立政、立事、准人、牧夫,我其克灼知厥若,丕乃俾乱。相我受民,和我庶狱庶慎,时则勿有间之。自一话一言,我则末惟成德之彦,以乂我受民。"孔颖达《正义》:"既正位为王,事不可不慎。"③

"愸愸其在位,显于上下","愸",《说文》解释说:"楚颍之间谓忧曰愸。"④"上下",整理者以为,指天神和人间。《国语·周语上》"夫王人者,将导利而布之上下者也,使神人百物无不得其极",韦昭注:"上谓天神,下谓人物也。"⑤这两句诗言在位心怀忧惧,恭敬祇畏,以得显于神人百物间。

"乱曰"部分言当勤勉于事,时刻察举不宁,使天下得安。

"通其显思,皇天之功",可译为"多么光明显著啊,上天的功德!"

---

① 《礼记正义》,阮元校刻:《十三经注疏(附校勘记)》,第 1440 页。
② 《毛诗正义》,阮元校刻:《十三经注疏(附校勘记)》,第 504、506、610 页。
③ 《尚书正义》,阮元校刻:《十三经注疏(附校勘记)》,第 232 页。
④ 许慎撰,段玉裁注:《说文解字注》,中华书局 1988 年版,第 513 页。
⑤ 上海师范大学古籍整理组校点:《国语》,第 12—13 页。

"遹",句首语气词。"思",语气词,用于句末。^①"显",光明,显著。
"皇天之功",即上天的功业,《尚书·梓材》:"皇天既付中国民,越厥
疆土,于先王肆。"^②

"昼之在视日,夜之在视辰",整理者指出,清华简《说命下》作
"昼女(如)视日,夜女(如)视辰,时罔非乃载"。^③整理者将"女"
读为"如"。按:"女"应读为"汝",这两句的字面意思是:你要在白
天观察太阳,在夜晚观察星辰,这其中蕴含着深刻的天文学和政治学意
义。古人常"察日、月之行以揆岁星顺逆","察日辰之会,以治星辰
之位"^④,依天时而行政令。《周易·系辞下》:"古者包牺氏之王天下也,
仰则观象于天,俯则观法于地。"^⑤《淮南子·时则训》:"孟春之月,招
摇指寅,昏参中,旦尾中。……布德施惠,行庆赏,省徭赋。立春之
日,天子亲率三公九卿大夫以迎岁于东郊,修除祠位。"若不依时令为
政,则国不宁,"孟春行夏令,则风雨不时,草木早落,国乃有恐。行
秋令,则其民大疫,飘风暴雨总至,藜莠蓬蒿并兴。行冬令,则水潦为
败,雨霜大雹,首稼不入"。^⑥故太史公曰:"自初生民以来,世主曷尝
不历日月星辰?及至五家、三代,绍而明之,内冠带,外夷狄,分中国
为十有二州,仰则观象于天,俯则法类于地。天则有日月,地则有阴
阳。天有五星,地有五行。天则有列宿,地则有州域。三光者,阴阳之

---

① 清华大学出土文献研究与保护中心编,李学勤主编:《清华大学藏战国竹简(叁)》,
第139页。
② 《尚书正义》,阮元校刻:《十三经注疏(附校勘记)》,第208页。
③ 清华大学出土文献研究与保护中心编,李学勤主编:《清华大学藏战国竹简(叁)》,
第139页。
④ 司马迁:《史记》,中华书局1959年版,第1312、1327页。
⑤ 《周易正义》,阮元校刻:《十三经注疏(附校勘记)》,中华书局1980年版,第
86页。
⑥ 《淮南子》,《诸子集成》本,上海书店1986年版,第69—70页。

精，气本在地，而圣人统理之。"①

本篇"昼之在视日，夜之在视辰"意与清华简《说命下》"昼女（汝）视日，夜女（汝）视辰"相同，但其语气及句式有所不同，这是由于文体不同而造成的。清华简《说命下》"昼女（汝）视日，夜女（汝）视辰"，是君主对傅说的命辞，采用了倒装句式，原句应作"女（汝）昼视日，女（汝）夜视辰"。本篇"昼之在视日，夜之在视辰"是诗的语言，乃成王之自勉。其中，"之"为介词，"在"为审视之意，较"昼女（汝）视日，夜女（汝）视辰"显礼敬之意。

"日入罪举不宁，是惟宅"，这两句诗的意思是应当时察举不宁，使天下得安。"入"，《广雅》释为"得也"。②"举"，意同《周礼·司门》"凡财物犯禁者举之"之"举"，郑玄《注》："犯禁，谓商所不资者，举之没入官。"③"宅"④，《说文》释为"人所托居也"，《段注》："引伸之凡物所安皆曰宅。"⑤宅，即安定之意。

本启言君子当勤勉于事，纲纪天下。"文文"为本启核心内涵，故本启当命名为《文》。按，《周颂·雍》："有来雍雍，至止肃肃。"⑥诗篇取"雍雍"中的"雍"字为名，本启命名依循其例。

---

① 司马迁：《史记》，第 1342 页。
② 王念孙：《广雅疏证》，第 97 页。
③ 《周礼注疏》，阮元校刻：《十三经注疏（附校勘记）》，中华书局 1980 年版，第738 页。
④ "宅"，整理者指出，一说或读为"度"，法度；或疑字当释为"引"，意为延续久长。《礼记·王制》孔颖达《正义》："郑注云'宅读曰吒，惩刈之器'，谓五刑之流皆有器。"此处，"宅"释为"安"较好。
⑤ 许慎撰，段玉裁注：《说文解字注》，第 338 页。
⑥ 《毛诗正义》，阮元校刻：《十三经注疏（附校勘记）》，第 596 页。

五、《思忧》

五启曰:

於呼! 天多降德, 滂滂在下, 攸自求悦, 诸尔多子, 逐思忧
之。乱曰: 桓称其有若, 曰享答余一人, 思辅余于艰, 迺逴惟民,
亦思不忘。

本篇为成王勉励众公卿大夫之语, 言天既降德, 众人需笃诚修德,
辅助王室, 以安万民。

"天多降德, 滂滂在下", 言天降大德, 广被四方。"滂滂",《广
雅·释训》释为"流也"。①《陈风·泽陂》:"涕泗滂沱。"整理者认为,
此以水喻降德之广被。

"攸自求悦", 整理者认为, 此句言人各自求德而乐之。"攸", 裴
学海《古书虚字集释》训为"所以"。②《尚书·大诰》"予惟往求朕攸
济",《孔传》:"往求我所以济渡。"③

"诸尔多子, 逐思忧之","多子",《尚书·洛诰》:"予旦以多子,
越御事, 笃前人成烈, 答其师, 作周孚先。"孔颖达《正义》:"'子'
者, 有德之称, 大夫皆称'子', 故以'多子'为众卿大夫。"④"逐",
整理者读为"笃", 当依《尔雅·释诂》解释为"厚也"。⑤"忧",《说
文》释为"诚也"。⑥古人关于"诚"的思想观念可为"忧"之观念的

---

① 王念孙:《广雅疏证》, 第 184 页。
② 参见裴学海:《古书虚字集释》, 上海书店 1935 年版, 第 67 页。
③ 《尚书正义》, 阮元校刻:《十三经注疏 (附校勘记)》, 第 198 页。
④ 《尚书正义》, 阮元校刻:《十三经注疏 (附校勘记)》, 第 216 页。
⑤ 《尔雅注疏》, 阮元校刻:《十三经注疏 (附校勘记)》, 第 2575 页。
⑥ 许慎撰, 段玉裁注:《说文解字注》, 第 505 页。

相关注脚。《礼记·中庸》:"诚者,天之道也。诚之者,人之道也。诚者,不勉而中,不思而得,从容中道,圣人也。诚之者,择善而固执之者也。""至诚之道,可以前知。国家将兴,必有祯祥。国家将亡,必有妖孽。见乎蓍龟,动乎四体。祸福将至,善必先知之,不善必先知之。故至诚如神。""诚者,物之终始,不诚无物。是故君子诚之为贵。诚者,非自成己而已也,所以成物也。成己,仁也。成物,知也。性之德也,合外内之道也。"①《孟子·离娄章句上》:"思诚者,人之道也。"②诗言"逐思忧之",蕴含了君王对公卿大夫的勉励和期许。

"乱曰"部分言笃诚修德者能辅佐君王,安定天下。

"桓称其有若,曰享答余一人,思辅余于艰",言笃诚修德者能够享答君王。"桓",《尔雅·释训》:"桓桓,威也。""称",《尔雅·释言》释为"好也"。"若",审慎、郑重之意。③"有若"指贤者,这里指笃诚修德者。《尚书·君奭》:"君奭,我闻在昔成汤既受命,时则有若伊尹,格于皇天。在太甲,时则有若保衡。在太戊,时则有若伊陟臣扈,格于上帝,巫咸乂王家。"④"余一人",为君王自称。

"迺褆惟民,亦思不忘",言使民众安康。"褆",《说文》释为"安福也"。⑤"忘",整理者读为"荒"。《大雅·桑柔》:"哀恫中国,具赘卒荒。"《郑笺》:"哀痛乎,中国之人,皆见系属于兵役,家家空虚。"⑥

① 《礼记正义》,阮元校刻:《十三经注疏(附校勘记)》,第1632—1633页。
② 《孟子注疏》,阮元校刻:《十三经注疏(附校勘记)》,中华书局1980年版,第2721页。
③ 参见姚小鸥:《"王若曰"与周公称王问题》,待刊。
④ 《尚书正义》,阮元校刻:《十三经注疏(附校勘记)》,第223页。
⑤ 许慎撰,段玉裁注:《说文解字注》,第3页。《说文》:"褆,安也。"《段注》:"本安下有福。"
⑥ 《毛诗正义》,阮元校刻:《十三经注疏(附校勘记)》,第559页。

"思忧"是本启的核心内容，反映了周人对君子的品行要求及先秦人笃诚修德的观念，故本篇当命名为《思忧》。

六、《辑余》

六启曰：

其余冲人，服在清庙，惟克小心，命不夷歇，对天之不易。乱曰：弼敢荒在位，宠威在上，警显在下。於呼！式克其有辟，用容辑余，用小心，持惟文人之若。

本篇是成王祭祀先王时的自誓之词，言年幼而承大命，当敬慎于位，使天下辑睦。

"余冲人"，为成王自称。整理者指出，"余冲人"即《尚书》"予冲人"，见《盘庚》《金滕》《大诰》等。"冲人"，《尚书·盘庚》："肆予冲人，非废厥谋。"《孔传》解释说："冲，童。童人，谦也。"孔颖达《正义》："冲、童声相近，皆是幼小之名。自称童人，言己幼小无知，故为谦也。"①

"服在清庙，惟克小心"，言祭祀于清庙，恭敬谨慎。"服"，整理者训为"事"。"清庙"，《周颂·清庙》之《郑笺》："清庙者，祭有清明之德者之宫也，谓祭文王也。"②"克"，能也，言承大命。

"命不夷歇，对天之不易"，"命"，整理者认为指天命。"夷"，杨

---

① 《尚书正义》，阮元校刻：《十三经注疏（附校勘记）》，第 172 页。
② 《毛诗正义》，阮元校刻：《十三经注疏（附校勘记）》，第 583 页。

树达释为句中语助词。① "歇"，《尔雅·释诂》释为"竭也"。② "对"，意同《大雅·江汉》"对扬王休"之"对"，《郑笺》："对，答。"③ 又，《井侯簋》："追考（孝）对，不敢坠。"王辉先生指出："对，报答，称颂，常与扬连用。"④ "对扬"是臣下对天子的敬答之语，有承袭发扬先祖或天子美德之意。⑤ "命不夷歇，对天之不易"言天命不尽，当发扬天之大德而不懈怠。

"乱曰"部分言慎乃有位，以致天下和睦安宁。

"弼敢荒在位，宠威在上，警显在下"，这三句是成王自勉之语，言不敢不敬慎于位。"弼"，整理者读为"弗"。"荒"，《国语·吴语》："荒成不盟。"韦昭注："荒，空也。"⑥ "宠威在上，警显在下"，意略同《大雅·大明》"明明在下，赫赫在上"。

"式克其有辟"，"式"，句首语助词。"克"，《尔雅·释言》释为"能也"⑦，整理者以为是"肩任"之意。"有辟"，整理者以为指国君。此句言承担天子的重任。

"用容辑余，用小心"，"用容辑余"即"余辑用容"。"余"即"予"，指成王。"辑"，《尔雅·释诂》释为"和也"。⑧《左传·僖公十五年》"群臣辑睦"⑨是其例。"辑"字蕴含了成王纲纪天下的理想。古有用"辑"

---

① 参见杨树达：《词诠》，中华书局 2006 年版，第 348 页。

② 《尔雅注疏》，阮元校刻：《十三经注疏（附校勘记）》，第 2576 页。

③ 《毛诗正义》，阮元校刻：《十三经注疏（附校勘记）》，第 574 页。

④ 王辉：《商周金文》，文物出版社 2006 年版，第 62 页。

⑤ 参见姚小鸥、李文慧：《〈周颂·载见〉与西周朝觐礼》，《中国诗歌研究》第九辑，社会科学文献出版社 2013 年版。

⑥ 上海师范大学古籍整理组校点：《国语》，第 596 页。

⑦ 《尔雅注疏》，阮元校刻：《十三经注疏（附校勘记）》，第 2584 页。

⑧ 《尔雅注疏》，阮元校刻：《十三经注疏（附校勘记）》，第 2573 页。

⑨ 《春秋左传正义》，阮元校刻：《十三经注疏（附校勘记）》，第 1807 页。

表示天下得治者，如《尚书·汤诰》："俾予一人，辑宁尔邦家。"《孔传》："言天使我辑安汝国家。"①《诗经·公刘》："笃公刘，匪居匪康。乃场乃疆，乃积乃仓。乃裹餱粮，于橐于囊，思辑用光。"《毛传》："思辑用光，言民相与和睦，以显于时也。"《郑笺》："厚乎，公刘之为君也。……思在和其民人，用光大其道，为今子孙之基。"②

"容"和"小心"乃成王致天下辑睦的方式。"容"，《左传·昭公九年》："服以旌礼，礼以行事，事有其物，物有其容。"杜预注："容，貌也。"③"容"，当指威仪，威仪是君主治国的必备条件。《左传·襄公三十一年》："有威而可畏，谓之威，有仪而可象，谓之仪。君有君之威仪，其臣畏而爱之，则而象之，故能有其国家，令闻长世。臣有臣之威仪，其下畏而爱之，故能守其官职，保族宜家。顺是以下，皆如是，是以上下能相固也。"④"小心"，《大雅·大明》"维此文王，小心翼翼"，《郑笺》："小心翼翼，恭慎貌。"⑤"容"和"小心"与三启《渊》篇"德元"内涵亦复相关。

"持惟文人之若"，言承继先人审慎、敬重的品德，有追法先人之意。"若"，意同《思忧》"桓称其有若"之"若"，审慎、郑重之意。⑥"文人"，即文德之人，这里指先王，详见《渊》篇。

诗篇语言庄重谨慎而满怀抱负，显示出成王纲纪天下的志向。"辑余"为本篇核心词，言成王承担天子重任，欲致天下和睦，故将本篇命名为《辑余》。《周颂》中有与"辑余"结构相同的篇名，如《闵予小

① 《尚书正义》，阮元校刻：《十三经注疏（附校勘记）》，第 162 页。
② 《毛诗正义》，阮元校刻：《十三经注疏（附校勘记）》，第 541 页。
③ 《春秋左传正义》，阮元校刻：《十三经注疏（附校勘记）》，第 2057 页。
④ 《春秋左传正义》，阮元校刻：《十三经注疏（附校勘记）》，第 2016 页。
⑤ 《毛诗正义》，阮元校刻：《十三经注疏（附校勘记）》，第 507 页。
⑥ 参见姚小鸥：《"王若曰"与周公称王问题》，待刊。

子》，"闵"，《郑笺》："悼伤之言也。"① "予小子"，是成王告先王宗庙时的自称。

七、《有息》

七启曰：

思有息，思悥在上，丕显其有位，右帝在落，不失惟同。乱曰：遹余恭害息，孝敬非息荒。咨尔多子，笃其谏劲，余彔（逯）思念，畏天之载，勿请福之愆。

本篇言欲求天下繁盛、上天得悦，当恭敬从事，同时也勉励公卿大夫笃于建言。

"思有息"，言欲天下繁盛。"思"，通"斯"，句首语气词。"息"，《说文》释为"喘也"。《段注》："此云息者喘也，浑言之。人之气急曰喘，舒曰息。引伸为休息之称。"②《广雅·释诂一》："息，安也。"③ 按："息"可引申为安定使之繁盛之意。《周礼·大司徒》："以保息六，养万民。一曰慈幼，二曰养老，三曰振穷，四曰恤贫，五曰宽疾，六曰安富。"《郑注》："保息，谓安之使蕃息也。"④

"有息"，意同《左传·隐公十年》"继好息民"。武王克商后，使天下民人休养生息成为周人敬守天下的主要任务，故周代初期以后的一段历史时期内，周人的主流思想观念由崇尚武力变为保安民人。《左

① 《毛诗正义》，阮元校刻：《十三经注疏（附校勘记）》，第598页。
② 许慎撰，段玉裁注：《说文解字注》，第502页。
③ 王念孙：《广雅疏证》，第13页。
④ 《周礼注疏》，阮元校刻：《十三经注疏（附校勘记）》，第706页。

左侧竖排：诗经与楚简诗经类文献研究

传·宣公十二年》记载楚庄王语:"夫文,止戈为武。……夫武,禁暴、
戢兵、保大、定功、安民、和众、丰财者也。"①诸侯邦国往往息民而
致国家繁盛。《左传·襄公九年》:"晋侯归,谋所以息民。魏绛请施舍,
输积聚以贷。自公以下,苟有积者,尽出之。国无滞积,亦无困人。公
无禁利,亦无贪民。祈以币更,宾以特牲,器用不作,车服从给。行之
期年,国乃有节。三驾而楚不能与争。"②

"思憙在上",言悦于上天。"憙",《说文》:"说也。"《段注》:"说
者,今之悦字。……古有通用喜者,如《封禅书》:'天子心独喜其
事。'"并引颜师古曰:"喜下施心是好憙之意。"③整理者认为,"思憙在
上"意与铭文"喜侃前文人"类同。④

"丕显其有位,右帝在落,不失惟同",意略同《大雅·文王》"文
王陟降,在帝左右",言前文人在上帝左右,庇佑瞻视天下。"有位",
整理者疑指前文人在帝侧之位。"不失",整理者读为"不佚",与三启
《渊》之"不逸"同义。

"乱曰"部分言欲天下"有息",当恭慎、孝敬,公卿大夫则当多
建言。

"遹余恭害怠,孝敬非怠荒",言当恭慎、孝敬而不懈怠。"害",整
理者训为"何"。《周南·葛覃》"害浣害否",《毛传》:"害,何也。"⑤

① 《春秋左传正义》,阮元校刻:《十三经注疏(附校勘记)》,第 1882 页。
② 《春秋左传正义》,阮元校刻:《十三经注疏(附校勘记)》,第 1944 页。
③ 许慎撰,段玉裁注:《说文解字注》,第 205 页。
④ 清华大学出土文献研究与保护中心编,李学勤主编:《清华大学藏战国竹简(叁)》,
第 141 页。宋华强《新蔡简"百之""赣之"解》:"钟铭'昭各'、'喜侃乐'这一类话
总是连在一起出现,而且总是出现在表示祭祷的'追孝'、'敦祀'后面,和新蔡简'乐
之'、'百之'、'赣之'的情况如出一辙,都是古人在祭祷仪式后要举行娱神降神仪式的
反映。"(简帛网,2006 年 8 月 13 日首发)
⑤ 《毛诗正义》,阮元校刻:《十三经注疏(附校勘记)》,第 277 页。

恭、孝是周代礼法的重要内容。《尚书·太甲中》："奉先思孝，接下思恭。"① 恭是君子待人接物必备的美好品德。《大雅·抑》："温温恭人，维德之基。"② 先秦时期，孝是维系宗法社会稳定的基本伦理观念，含有追法先人之意。如《论语·述而》："孝弟也者，其为仁之本欤！"③ 清华简《孝享》篇："孝惟型帀。"④

"咨尔多子，笃其谏劭"，这两句的大意是勉励群臣黾勉王事，多多建言。"咨"，《大雅·荡》："文王曰咨，咨女殷商。"《毛传》："咨，嗟也。"⑤ "多子"，这里指公卿大夫，参见五启《思忧》"多子"的解释。"劭"，《尔雅·释诂》释为"勉也"，意同"亹亹"。

"余彔（逯）思念"，"彔"，字见甲骨文，是一个夜间的时称。⑥ 这里整理者疑读为"逯"，《广韵》："逯，谨也。""思念"，《国语·楚语下》："吾闻君子唯独居思念前世之崇替，与哀殡丧，于是有叹，其余则否。"⑦

"畏天之载"，指敬畏天事。《大雅·文王》："上天之载，无声无臭。"《毛传》："载，事。"《郑笺》："天之道，难知也。耳不闻声音，鼻不闻香臭。"⑧

"勿请福之愆"，"愆"，过也。此句是祈福之意。

① 《尚书正义》，阮元校刻：《十三经注疏（附校勘记）》，第165页。
② 《毛诗正义》，阮元校刻：《十三经注疏（附校勘记）》，第556页。
③ 《论语注疏》，阮元校刻：《十三经注疏（附校勘记）》，中华书局1980年版，第2457页。
④ 参见姚小鸥、杨晓丽：《〈周公之琴舞·孝享〉篇研究》，《中州学刊》2013年第7期。
⑤ 《毛诗正义》，阮元校刻：《十三经注疏（附校勘记）》，第553页。
⑥ 参见黄天树：《黄天树古文字论集》，学苑出版社2006年版，第185—188页。
⑦ 上海师范大学古籍整理组校点：《国语》，第578页。
⑧ 《毛诗正义》，阮元校刻：《十三经注疏（附校勘记）》，第505页。

"有息"一词显示出诗人心怀天下的理想抱负，按照颂诗命名多取句首词语的原则，将本篇命名为《有息》。

八、《谟》

八启曰：

> 佐事王聪明，其有心不易，威仪谧谧，大其有谟，匄泽恃德，不畀用非雍。乱曰：良德其如台？曰享人大……罔克用之，是坠于若。

本启简文有缺，但诗篇大意尚可知，言当勉力辅佐王室，光大先人功业。

"佐事王聪明，其有心不易"，言作王之耳目，不懈怠于王事。"佐事"，整理者理解为辅佐之意。"聪明"，《尚书·尧典》："昔在帝尧，聪明文思，光宅天下。"孔颖达《正义》："言聪明者，据人近验则听远为聪，见微为明，若离娄之视明也，师旷之听聪也；以耳目之闻见喻圣人之智慧，兼知天下之事，故在于闻见而已，故以聪明言之。"[1]《尚书·皋陶谟》："天聪明，自我民聪明。"《孔传》："言天因民而降之福，民所归者天命之。天视听人君之行，用民为聪明。"[2]

"威仪谧谧"，意略同"威仪棣棣"。《邶风·柏舟》："威仪棣棣，不可选也。"《毛传》："君子望之俨然可畏，礼容俯仰各有威仪耳。棣

---

① 《尚书正义》，阮元校刻：《十三经注疏（附校勘记）》，第118页。

② 《尚书正义》，阮元校刻：《十三经注疏（附校勘记）》，第139页。

棣，富而闲习也。"①"谧"，《玉篇》释为"静也"。②

"大其有谟"，意略同《周颂·清庙》"秉文之德"，言光大先人之功业。"谟"，《尔雅·释诂》释为"谋"，功业之意。《大禹谟》《皋陶谟》皆以"谟"名篇，以叙述前人功业。《大禹谟》孔颖达《正义》："典是常行，谟是言语，故传于典云'行之'，于谟云'言之'，皆是顺考古道也。"③《皋陶谟》之《孔传》："夫典、谟，圣帝所以立治之本，皆师法古道以成不易之则。"④

"有谟"，当指"文王谟"，意同"文王之典""文王之德"，指文王灭商而抚有天下的整体战略构想和军事武功。⑤《尚书·君牙》："丕显哉，文王谟！丕承哉，武王烈！启佑我后人，咸以正罔缺。尔惟敬明乃训，用奉若于先王，对扬文武之光命，追配于前人。"⑥

"佐事王聪明，其有心不易，威仪谧谧"，皆是"大其有谟"的表现。

"匄泽恃德"，言依凭文王之德。"匄"，《汉书·文帝纪》："匄以启告朕。"颜师古注："匄，亦乞也。"⑦

"不畀用非雍"，言若不和顺，则天不畀之。有学者指出，"不畀"为《诗》《书》成语，"《尚书》凡用畀字，皆专以言天赐与之意。……否定曰'不畀'，则正言曰'畀'"。⑧"雍"，意同《周颂·雍》"有来雍

①　《毛诗正义》，阮元校刻：《十三经注疏（附校勘记）》，第 297 页。
②　顾野王：《大广益会玉篇》，中华书局 1987 年版，第 43 页。
③　《尚书正义》，阮元校刻：《十三经注疏（附校勘记）》，第 134 页。
④　《尚书正义》，阮元校刻：《十三经注疏（附校勘记）》，第 138 页。
⑤　参见姚小鸥：《诗经三颂与先秦礼乐文化》，北京广播学院出版社 2000 年版，第 75—82 页。
⑥　《尚书正义》，阮元校刻：《十三经注疏（附校勘记）》，第 246 页。
⑦　班固：《汉书》，中华书局 1962 年版，第 116 页。
⑧　姜昆武：《诗书成词考释》，齐鲁书社 1989 年版，第 72—73 页。

雍"之"雍雍",《郑笺》解释为"和也"。^①

本启"乱曰"部分有缺文，从残存的简文来看，大意是说若不具良德，则对先祖有失于敬。

"良德其如台？曰享人大……罔克用之，是坠于若"，整理者指出，"如台"多见于《尚书》，《史记》训为"奈何"。"享"，孝也。马瑞辰《毛诗传笺通释》："享祀亦曰孝祀，《楚茨》诗'苾芬孝祀'是也；致享亦曰致孝，《论语》'而致孝乎鬼神'是也。"^②"若"，审慎、敬重之意，与《思忡》"桓称其有若"、《辑余》"持惟文人之若"二句之"若"意同。

周人认为，文王之德启佑后人，多士须秉承之而不懈怠。"谟"为众公卿大夫所承继光大的对象，亦道出了本篇主旨，故命名为《谟》。

九、《庸》

九启曰：

於呼！弼敢荒德，德非墮帀，纯惟敬帀，文非动帀，不坠修彦。

乱曰：遹我敬之，弗其坠哉，思丰其复，惟福思庸，黄耇惟盈。

本篇大意是成王表示要勤于修德，自求多福。

"弼敢荒德"，言不敢荒废德行。"弼敢"，整理者读为"弗敢"。

"德非墮帀，纯惟敬帀，文非动帀"，乃"弼敢荒德"的具体表现。

① 《毛诗正义》，阮元校刻：《十三经注疏（附校勘记）》，第596页。
② 马瑞辰撰：《毛诗传笺通释》，第1086页。

"德非墮帀"，言敬慎修德。"墮"，整理者读为"惰"，不敬之意。"帀"，《诗经》通作"思"，语气词。

"纯惟敬帀"，言敬于事才能拥有"纯"的美德。"纯"，《周颂·维天之命》："文王之德之纯"，《毛传》："纯，大。"《郑笺》："纯亦不已也。"① 马瑞辰《毛诗传笺通释》："《说文》：'焞，明也。'引《春秋传》曰'焞燿天地'。纯与焞通用，《汉书·扬雄传》'光纯天地'，纯亦明也。此承上'於乎不显'言之，不显，显也；显，明也；纯亦明也。文与明义相引伸。《方言》、《广雅》并曰：'纯，文也。'《中庸》引此诗而释之曰：'盖曰文王之所以为文也，纯亦不已。'正训纯为文。《说文》：'纯，丝也。'崔觐说《易》曰：'不杂曰纯。'纯本美丝之称，假以状德之明而不杂，故义为明，为文，又为大耳。"②

"文非动帀"，"文"，文德。《国语·周语下》："夫敬，文之恭也。"韦昭注："文者，德之总名也。"③ "动"，整理者以为是变化之意。这里应理解为怠慢。"文非动帀"意同《敬之》"文非易帀"，言敬修文德。

"不坠修彦"，整理者解释为不失善美之人。"修"，整理者训为"善"，与"彦"意近。"彦"，《尔雅·释训》："美士为彦。"④《郑风·羔裘》："彼其之子，邦之彦兮。"⑤

本启"乱曰"部分承前文不敢荒于修德，言敬慎于事，自求多福。

"遹我敬之，弗其坠哉"，言勤勉修德而不懈怠。整理者认为，这两句可与《尚书·金縢》"无坠天之降宝命，我先王亦永有依归"相参看。

---

① 《毛诗正义》，阮元校刻：《十三经注疏（附校勘记）》，第584页。
② 马瑞辰撰：《毛诗传笺通释》，第1044页。
③ 上海师范大学古籍整理组校点：《国语》，第96页。
④ 《尔雅注疏》，阮元校刻：《十三经注疏（附校勘记）》，第2591页。
⑤ 《毛诗正义》，阮元校刻：《十三经注疏（附校勘记）》，第340页。

"思丰其复，惟福思庸，黄耇惟盈"，言丰大其庇护，光大福祉。"丰"，《说文》："艸盛丰丰也。"《段注》："引伸为凡丰盛之称。"①《郑风·丰》"子之丰兮"，《毛传》："丰，丰满也。"②"复"，庇护。《小雅·蓼莪》："顾我复我，出入腹我。"高亨《诗经今注》："复借为覆，庇护之意。"③

诗言"惟福思庸"，意在自勉，正是前句"遹我敬之"的注解。"庸"，整理者训为大。"惟福思庸"意略同《大雅·文王》"自求多福"，《郑笺》："常言当配天命而行，则福禄自来。"④在周人的思想观念中，天命靡常，需勤勉于事才能保有大福。《礼记·礼器》"祭祀不祈"，《郑注》："祭祀不为求福也。《诗》云'自求多福'，福由己耳。"⑤《孟子·公孙丑上》："国家闲暇，及是时，明其政刑。虽大国，必畏之矣。……今国家闲暇，及是时，般乐怠敖，是自求祸也。祸福无不自己求之者。《诗》云：'永言配命，自求多福。'"⑥

"黄耇惟盈"，"盈"，满也。《召南·鹊巢》："维鹊有巢，维鸠盈之。"《毛传》："盈，满也。"《郑笺》："满者，言众媵姪娣之多。"⑦

诗篇末三句用"丰""庸""盈"三个词语表明了诗人的志向，即勤于修德，惠于民人。"庸"为本篇的核心内涵，在后世儒家思想体系中得以发扬光大。故将本篇命名为《庸》。

① 许慎撰，段玉裁注：《说文解字注》，第 274 页。
② 《毛诗正义》，阮元校刻：《十三经注疏（附校勘记）》，第 344 页。
③ 高亨：《诗经今注》，上海古籍出版社 1980 年版，第 308 页。
④ 《毛诗正义》，阮元校刻：《十三经注疏（附校勘记）》，第 505 页。
⑤ 《礼记正义》，阮元校刻：《十三经注疏（附校勘记）》，第 1434 页。
⑥ 《孟子注疏》，阮元校刻：《十三经注疏（附校勘记）》，第 2690 页。
⑦ 《毛诗正义》，阮元校刻：《十三经注疏（附校勘记）》，第 284 页。

诗经与楚简诗经类文献研究

为成王所作敬毖"琴舞九絉（卒）"之各启命名，是《诗经》学史的重要工作，若能得当，将对研究颂诗的结构形式及其性质有所助益。《周公之琴舞》中，成王所作敬毖"琴舞九絉（卒）"是一个有机结合的整体，在很大程度上反映了周人道德体系的建立。侯外庐在《中国思想通史》中指出，"有孝有德"是贯通周代文明社会的道德纲领，"在这纲领之下，周初新的道德概念出现甚多，如敬、穆、恭、懿等"。① 这种系统的道德观念，使周人抚有天下，正如王国维先生所言，周之制度典礼实为道德而设，欲知周公之圣，与周之所以王，必于是乎观之矣！②

（原载《中国诗歌研究》第十辑，与李文慧合作）

---

① 侯外庐主编：《中国思想通史》，人民出版社 1967 年版，第 93 页。
② 参见王国维：《殷周制度论》，《观堂集林》，中华书局 1959 年版，第 477、480 页。

《周公之琴舞》"视日""视辰"与商、周天道观之传承 *

清华简《周公之琴舞》载成王作"琴舞九絉（卒）"，其第四启曰《文》①，篇中言："昼之才（在）视日，夜之才（在）视辰。日入罪举不宁，是惟宅。"整理者指出，引文中"视日""视辰"的解说，当结合同载于《清华大学藏战国竹简（叁）》的《说命下》进行探讨。《说命下》中，商王命傅说之语有："昼女视日，夜女视辰，时罔非乃载。"②上引两部文献皆有"视日""视辰"之语，其间涉及天道与人事的关系。探讨"视日""视辰"蕴含的意义，有助于我们理解商周两代天道观的传承关系。

一、先秦时期的观天象与行政令

"视日"与"视辰"对举，就字面而言，分别指在昼日和夜晚观察天象。"辰"，整理者解释为"星辰"，并引朱骏声《说文通训定声》

———————————

＊　本文系教育部人文社会科学重点研究基地重大项目"《清华大学藏战国竹简》《诗经》类文献综合研究"（14JJD750001）研究成果。

① 参见姚小鸥、李文慧：《〈周公之琴舞〉诸篇释名》，《中国诗歌研究》第十辑，社会科学文献出版社2014年版。

② 清华大学出土文献研究与保护中心编，李学勤主编：《清华大学藏战国竹简（叁）》，中西书局2012年版，第128页。

"辰"字条云:"辰者,二十八宿也。"① 这种解释不很准确。《尚书·益稷》:"予欲观古人之象,日、月、星、辰、山、龙、华、虫……"《孔传》:"日月星为三辰。"② 由此可知,"辰"可概指日月星辰。清华简中"视辰"与"视日"对举,则"辰"当指夜晚所能见到的包括月在内的诸多天体。

通过考察可知,"视日""视辰"之语具有丰富的思想文化内涵,非仅如字面所言之观察天象,而是蕴含着先秦时期人们的天文观念和政治学理念。

《周易·系辞下》:"古者包牺氏之王天下也,仰则观象于天,俯则观法于地。观鸟兽之文,与地之宜,近取诸身,远取诸物,于是始作八卦,以通神明之德,以类万物之情。"③ 包牺氏,即伏羲氏。据此可知,伏羲氏取法天地,作八卦,通神明,开启了先哲对天的理性思考和精神崇拜。

有关伏羲氏与《周易·系辞下》所述事迹之历史年代的可信性,淮阳平粮台纺轮所存"易卦"符号提供了出土文物材料的证据。李学勤先生在《谈淮阳平粮台纺轮"易卦"符号》一文中指出,2006 年在河南淮阳大朱村平粮台古城遗址城内东北隅采集到的陶纺轮上所刻划符号系"离卦",这件纺轮的年代,应属层位乃平粮台三期,距今有 4500 年。④ 由此可知,这件刻划有"离卦"卦画的陶轮,虽然比传说中的伏羲氏年

---

① 清华大学出土文献研究与保护中心编,李学勤主编:《清华大学藏战国竹简(叁)》,第 130 页。

② 《尚书正义》,阮元校刻:《十三经注疏(附校勘记)》,中华书局 1980 年版,第 141 页。

③ 《周易正义》,阮元校刻:《十三经注疏(附校勘记)》,中华书局 1980 年版,第 86 页。

④ 李学勤:《谈淮阳平粮台纺轮"易卦"符号》,《光明日报》2007 年 4 月 12 日。

代稍晚些，但亦足证先民观象历史之悠久。

伏羲氏之后，人们对天的认识更渐深入，逐步建立了对日月星辰及其运行规律的系统性的理论。帝尧时期，已有专门的官员司天，治历授时。《尚书·尧典》：

> 乃命羲和，钦若昊天，历象日月星辰，敬授人时。……日中星鸟，以殷仲春。厥民析，鸟兽孳尾。……日永星火，以正仲夏。厥民因，鸟兽希革。……宵中星虚，以殷仲秋。厥民夷，鸟兽毛毨。……日短星昴，以正仲冬。厥民隩，鸟兽氄毛。帝曰："咨！汝羲暨和。期三百有六旬有六日，以闰月定四时成岁。允釐百工，庶绩咸熙。"①

由上引文可以看出，古人认为天文历法的首要功用是正天时，以不违万物之自然有序。《左传·文公元年》："先王之正时也，……履端于始，序则不愆；举正于中，民则不惑；归余于终，事则不悖。"② 太史公司马迁在《史记》中对此总结说："盖黄帝考定星历，建立五行，起消息，正闰余，于是有天地神祇物类之官，是谓五官。各司其序，不相乱也。民是以能有信，神是以能有明德。民神异业，敬而不渎，故神降之嘉生，民以物享，灾祸不生，所求不匮。"③ 由此可知，先秦历代王者根据不断完善的天文历法，正天时，建官职，以顺万物之序。

定星历、正天时的意义，一如上引《尧典》所言，系按照万物生长

① 《尚书正义》，阮元校刻：《十三经注疏（附校勘记）》，第119—120页。
② 《春秋左传正义》，阮元校刻：《十三经注疏（附校勘记）》，中华书局1980年版，第1836页。
③ 司马迁：《史记》，中华书局1959年版，第1256页。

规律开展农事等活动。从施政角度来说，正天时的重要目的是使政令通达。古人"察日、月之行以揆岁星顺逆"，"察日辰之会，以治星辰之位"。①依天时而行政令是先秦时期的哲学理念和政治法则。《左传·昭公七年》："国无政，不用善，则自取谪于日月之灾。故政不可不慎也。务三而已，一曰择人，二曰因民，三曰从时。"②《汉书·艺文志》概述了天文的意义："天文者，序二十八宿，步五星日月，以纪吉凶之象，圣王所以参政也。《易》曰：'观乎天文，以察时变。'然星事殑悍，非湛密者弗能由也。夫观景以遣形，非明王亦不能服听也。"③

时令乃施行政令的基准。《淮南子·时则训》："制度阴阳，大制有六度：天为绳，地为准，春为规，夏为衡，秋为矩，冬为权。绳者，所以绳万物也。准者，所以准万物也。规者，所以员万物也。衡者，所以平万物也。矩者，所以方万物也。权者，所以权万物也。"④《礼记·月令》详细记载了周代按照时令所行之政事，每时之祭祀、农事、政令等都有所不同。"孟春之月，日在营室，昏参中，旦尾中。……是月也，天子乃以元日，祈谷于上帝。乃择元辰，天子亲载耒耜，措之于参保介之御间，帅三公九卿诸侯、大夫，躬耕帝藉。"若违时令，则国不宁。《礼记·月令》："孟春行夏令，则雨水不时，草木蚤落，国时有恐。行秋令则其民大疫，猋风暴雨总至，藜莠蓬蒿并兴。行冬令，则水潦为败，雪霜大挚，首种不入。"⑤

《诗经·鄘风·定之方中》记卫文公迁于楚丘，依天时而营宫室，

① 司马迁：《史记》，第1312、1327页。
② 《春秋左传正义》，阮元校刻：《十三经注疏（附校勘记）》，第2048—2049页。
③ 班固：《汉书》，中华书局1962年版，第1765页。
④ 刘文典撰，冯逸、乔华点校：《淮南鸿烈集解》，中华书局1989年版，第188页。
⑤ 《礼记正义》，阮元校刻：《十三经注疏（附校勘记）》，中华书局1980年版，第1352—1356、1357页。

系文献所载周人依天时而行政令的典型事例。《毛诗序》谓该篇所言为"美卫文公也。卫为狄所灭,东徙渡河,野处漕邑。齐桓公攘戎狄而封之。文公徙居楚丘,始建城市而营宫室,得其时制,百姓说之,国家殷富焉"。篇中曰:"定之方中,作于楚宫。揆之以日,作于楚室。"孔颖达《正义》:"言定星之昏正四方而中,取则视之以正其南,因准极以正其北,作为楚丘之宫也。度之以日影,度日出之影与日入之影,以知东西,以作为楚丘之室也。……言公非直营室得其制,又能树木为豫备,故美之。"[①] 由此可见,君主"视日""视辰",顺天时而行, 政通人和。故《左传·文公六年》有言:"时以作事,事以厚生,生民之道,于是乎在矣。"[②]

在先秦人们的思想观念中,日月星辰及其运行规律不仅是农事和政事的标准,且关乎天命所归。古人认为天赋王权,王者即位往往要观天象,察看天命是否在己。《尚书·舜典》记载舜初即位,首务即观测天象:"正月上日,受终于文祖。在璿玑玉衡,以齐七政。肆类于上帝,禋于六宗,望于山川,遍于群神。"《孔传》:"在,察也。璿,美玉。玑、衡,王者正天文之器,可运转者。七政,日月五星各异政。舜察天文,齐七政,以审己当天心与否。"[③]舜由观天象而察是否得天之赐命,既得之,方祭祀天地山川,正式即位,由此可知古人对天道之慎重。

日月星辰乃"天"之具体表征,《淮南子·天文训》:"日月者,天之使也;星辰者,天之期也。"[④] 从一定意义来说,"视日""视辰"代

---

① 《毛诗正义》,阮元校刻:《十三经注疏(附校勘记)》,中华书局1980年版,第315页。

② 《春秋左传正义》,阮元校刻:《十三经注疏(附校勘记)》,第1845页。

③ 《尚书正义》,阮元校刻:《十三经注疏(附校勘记)》,第126页。"王者正天文之器","王",原误"玉",据阮校改。

④ 何宁:《淮南子集释》,中华书局1998年版,第178页。

表了先秦人们对天道的思考和探索，体现了王室敬天保民的思想观念。《诗经·小雅·十月之交》："日月告凶，不用其行。四国无政，不用其良。彼月而食，则维其常。此日而食，于何不臧。"①《左传·昭公七年》晋侯就日蚀引此诗而问于士文伯，对曰："不善政之谓也。国无政，不用善，则自取谪于日月之灾。"②清华简《芮良夫毖》："民乃嚣嚣，靡所屏依，日月星辰，用交乱进退，而莫得其次。"③可见，古人认为日月星辰的运行昭示着天道，是民所依归，日月紊乱则天道不行，国必有灾。

二、申论"视日""视辰"的哲学及政治学意义

上文所述，已经初步涉及了"视日""视辰"所蕴含的哲学和政治学意义。下面进一步阐述清华简《周公之琴舞》和《说命下》中，"视日""视辰"所体现的这方面的丰富内涵。

清华简《说命下》"昼女视日，夜女视辰，时罔非乃载"，整理者将句中的"女"读为"如"。按："女"读为"汝"，则句意更加通顺。此句采用了倒装句式，原句应为"女（汝）昼视日，女（汝）夜视辰，时罔非乃载"，这是君主对傅说的命辞，也蕴含诰教之意。清华简《说命下》："王曰：'说！余既諟劼毖女（汝），使若玉冰，上下罔不我仪。'"④王国维曾指出，"'毖'与'诰教'同义"。《尚书·酒诰》中，"毖"字凡三见：

① 《毛诗正义》，阮元校刻：《十三经注疏（附校勘记）》，第446页。
② 《春秋左传正义》，阮元校刻：《十三经注疏（附校勘记）》，第2048页。
③ 清华大学出土文献研究与保护中心编，李学勤主编：《清华大学藏战国竹简（叁）》，第146页。
④ 清华大学出土文献研究与保护中心编，李学勤主编：《清华大学藏战国竹简（叁）》，第128页。

厥诰毖庶邦庶士。

汝劼毖殷献臣。

王曰："封，汝典听朕毖。"①

王国维认为：

> "汝典听朕毖"，亦与上"其尔典听朕教"文例正同。则"毖"
> 与"诰教"同义。《传》释"劼"为"固"，释"毖"为慎，亦大失
> 经旨矣。②

从清华简《说命下》的文例来看，王国维以为《尚书》中"劼毖"
为"诰毖"之讹，未必；然而王氏言"典听朕毖"例同"典听朕教"，
从而推断"'毖'与'诰教'同义"是可取的。清华简《芮良夫毖》
中，"毖"字在诗篇《小序》和正文的篇末重出：

> 吾用作毖再终，以寓命达听。（第二十八简）
> 芮良夫乃作毖再终。（《芮良夫毖·小序》）

"作毖再终"句的文例与《尚书·酒诰》"典听朕毖"相类。整理者
谓《芮良夫毖》乃"训诫之辞"，似即依王氏前述论断而定。

"时罔非乃载"句中，"罔"，《尔雅》释为"无"。"载"，意义当同
《尚书·舜典》"有能奋庸熙帝之载"中"载"字，《孔传》释为"事

---

① 《尚书正义》，阮元校刻：《十三经注疏（附校勘记）》，205—208 页。

② 王国维：《与友人论〈诗〉〈书〉中成语书》，《观堂集林》，中华书局 1959 年版，
第 79 页。

也"①，即国政之意。"时罔非乃载"一句点明了"视日""视辰"的重要意义，即天时乃国事之准绳。总之，"昼女（汝）视日，夜女（汝）视辰，时罔非乃载"，全句的意思是君主以朝事授傅说，要求他依天时而行政令。

《周公之琴舞》"昼之才（在）视日，夜之才（在）视辰"，是成王所作"多士敬毖"中第四启的诗句，属于"毖"的文体，也蕴含诰教之意。②第四启的"乱"曰："逷其显思，皇天之功，昼之才视日，夜之才视辰。日入罪举不宁，是惟宅。"其中"日入罪举不宁，是惟宅"，谓当时刻察举不宁，使天下得安。显系成王对臣下的告诫之词，由此可推知"昼之才（在）视日，夜之才（在）视辰"的意义所在。

顺便指出，《周公之琴舞》的"元纳启"系《周颂·敬之》别本。有关《敬之》的内涵，我们曾经分析，其全篇可分为两个部分，前半言敬天，后半系时王自警戒慎之词。③两相对照，可以对"视日""视辰"意义有更为明晰的认识。

三、"视日"的两种含义及其历史文化背景

由以上论述可知，清华简《说命下》和《周公之琴舞》中所言"视日""视辰"皆与国事相关，为君主诰教执政大臣之语。《说命下》中，傅说是商王朝的执政卿士。清华简《说命上》："说来，自从事于殷，王

---

① 《尚书正义》，阮元校刻：《十三经注疏（附校勘记）》，第 130 页。
② 参见姚小鸥、高中华：《论清华简〈芮良夫毖〉的文体性质》，待刊。
③ 参见姚小鸥：《诗经三颂与先秦礼乐文化的演变》，商务印书馆 2019 年版，第 175 页。

用命说为公。"① 《国语·楚语上》："（武丁）得傅说以来，升以为公。"②
《墨子·尚贤中》："武丁得之，举以为三公，与接天下之政，治天下之
民。"③ 由是可知，傅说身份尊贵，位于天子一人之下，其令行于邦君御
事。《令方彝铭》曰：

> 王令周公："子明保尹三事四方，受卿事寮。"……明公朝至于
> 成周，遂舍三事令，眔卿事寮，眔诸尹，眔里君，眔百工，眔诸
> 侯、甸、男，舍四方令。（《集成》9901）

李学勤先生指出，铭文中的周公"尹（治理）三事四方"，其身份
正是执政之卿。④ 铭文中的周公既"舍三事令"，复"舍四方令"，可知
兼司王朝内外，政令所达，及于邦君、御事。这一身份，学者或称之为
"首席执政大臣"⑤。傅说之位与周公相仿。

周代中期以后，"视日"有用作对高级官员的尊称。据学者统计，
现公布的楚简文献中，"视日"凡14见⑥。如《上海博物馆藏战国楚竹书
（四）·昭王毁室》：

> 卜命尹陈省为视日。（第三简）⑦

———————

① 清华大学出土文献研究与保护中心编，李学勤主编：《清华大学藏战国竹简
（叁）》，第122页。

② 徐元诰撰，王树民、沈长云点校：《国语集解》，中华书局2002年版，第503页。

③ 孙诒让撰，孙启治点校：《墨子间诂》，中华书局2001年版，第59页。

④ 参见李学勤：《卿事寮、太史寮》，《缀古集》，上海古籍出版社1998年版。

⑤ 参见杜勇：《清华简〈祭公〉与西周三公之制》，《历史研究》2014年第4期。

⑥ 参见张峰：《〈上博八〉考释三则》，《哈尔滨师范大学社会科学学报》2011年第
6期。

⑦ 马承源主编：《上海博物馆藏战国楚竹书（四）》，上海古籍出版社2004年版，
第184页。

又如《上海博物馆藏战国楚竹书（七）·君人者何必安哉》：

> 范戊曰："君王有白玉三回而不戋，命为君王戋之，敢告于视日。"（乙本简 1—2）①

吴晓懿先生认为，"视日应当是一种官员轮值的职司，疑类似于《左传》襄公二十五年：'崔子称疾不视事'和《汉书·王尊传》：'今太守视事已一月矣'中的'视事'，是由某官兼任'巡视'之职，……另外，视日应该与赵武灵王时曾设立的'司日'一词接近，为当日之官，出纳王命。"②李零以为"视日"是"当值官员的代称。"③陈伟先生认为，"视日"似当是对楚高级官员的尊称，或竟借指楚王，具体所指因说话的场合而定。④以上各家解释虽有小异，然共同指出了被称为"视日"者所具相当之身份地位。

秦汉之际，仍见"视日"作为重要的官职名称出现在文献中。《史记·陈涉世家》："周文，陈之贤人也，尝为项燕军视日，事春申君，自言习兵，陈王与之将军印，西击秦。"⑤

从语义学的角度来说，以上所言"视日"中的语素"日"，似为"日常"之意，与"视辰"对举的"视日"之义有所区别。但仔细考校，

---

① 马承源主编：《上海博物馆藏战国楚竹书（七）》，上海古籍出版社 2008 年版，第 209 页。
② 吴晓懿：《〈上海博物馆藏战国楚竹书（四）〉所见官名辑证》，《简帛》第五辑，上海古籍出版社 2010 年版。
③ 李零：《视日、日书和叶书——三种简帛文献的区别和定名》，《文物》2008 年第 12 期。
④ 陈伟：《关于楚简"视日"的新推测》，《华学》第八辑，紫禁城出版社 2006 年版。
⑤ 司马迁：《史记》，第 1954 页。

两者之间实有某些微妙的关联。简而言之，这种关联即是古代天人合一的哲学观念及其在政治学上的体现。这一点，在汉代以后人们的观念中仍可觅得其踪。《史记·陈丞相世家》载孝文帝以国事问左丞相陈平及其对答：

> 孝文皇帝既益明习国家事，朝而问右丞相勃曰："天下一岁决狱几何？"……"天下一岁钱谷出入几何？"……上亦问左丞相平。平曰："有主者。"上曰："主者谓谁？"平曰："陛下即问决狱，责廷尉；问钱谷，责治粟内史。"上曰："苟各有主者，而君所主者何事也？"平谢曰："主臣！陛下不知其驽下，使待罪宰相。宰相者，上佐天子理阴阳，顺四时，下育万物之宜，外镇抚四夷诸侯，内亲附百姓，使卿大夫各得任其职焉。"[1]

上引文中，"理阴阳，顺四时"即是"视日"背后所蕴含的意义。

清华简《周公之琴舞》和《说命下》所言之"视日""视辰"，都包含了君主对执政之卿在哲学观念和政治观念上的要求，反映出殷周两代在天道观方面的传承关系。这提示我们重新考虑殷周之间有关"天"的观念。郭沫若认为，商代卜辞中"称至上神为帝，为上帝，但决不曾称之为天，……凡是殷代的旧有典籍如果有对至上神称天的地方，都是不能信任的东西"[2]。然而，从清华简《说命下》"视日""视辰"的意义来看，在商代，王室的施政哲学中就包含敬天保民的思想。王者观天象，不仅仅是要把握天道之变化，更重要的是时刻保持敬慎，统理天下。

---

① 司马迁：《史记》，第2061—2062页。

② 郭沫若：《先秦天道观之进展》，《郭沫若集》，中国社会科学出版社2005年版，第48页。

司马迁在《史记·天官书》的赞语中说："自初生民以来，世主曷尝不历日月星辰？及至五家、三代，绍而明之，内冠带，外夷狄，分中国为十有二州，仰则观象于天，俯则法类于地。天则有日月，地则有阴阳。天有五星，地有五行。天则有列宿，地则有州域。三光者，阴阳之精，气本在地，而圣人统理之。"① 天人合一，固然是古代社会普遍的观念，而以此为理念来统理天下，则是人君特有的职责所在。《周公之琴舞》中，成王言"昼之才（在）视日，夜之才（在）视辰"，其意即在于此。

古人认为"殷人尊神，率民以事神，先鬼而后礼……周人尊礼尚施，事鬼敬神而远之"②，强调了殷周二代在文化制度方面的差异。王国维《殷周制度论》说："中国政治与文化之变革，莫剧于殷、周之际。"③然而，先哲有言，启示我们殷周文化的传承延续。《论语》曰"周监于二代"，又言："殷因于夏礼，所损益可知也；周因于殷礼，所损益可知也。"④ 从"视日""视辰"的思想内涵来看，周人所继承的不仅是夏商两代的社会制度，而且继承了商人的哲学理念。

结语：文献年代与殷周文化的历史传承

在即将结束本文的讨论时，我们还要谈一下清华简《说命》与《周公之琴舞》的年代。有关《说命》的年代，李学勤先生曾有极为精彩的论证。他在《论清华简〈说命〉中的卜辞》一文中，指出《说命》中存

---

① 司马迁：《史记》，第 1342 页。
② 《礼记正义》，阮元校刻：《十三经注疏（附校勘记）》，第 1642 页。
③ 王国维：《观堂集林》，第 451 页。
④ 《论语正义》，阮元校刻：《十三经注疏（附校勘记）》，第 2467、2463 页。

在"失仲"以"正反对贞"占卜的卜辞。李先生说:"我们要强调说明,正反对贞这种格式或规律,是在殷墟甲骨出土以后,经过学者反复研究才能得出的。从其他材料了解的古代占卜,并没有告诉我们这一点。由此看来,清华简《说命上》记录的失仲卜辞应该有其所本。"李先生据此,并联系失仲卜辞的其他内容进行分析,得出如下结论:"《说命》真正是包含着商代以下很难拟作的内涵。它和传世的《盘庚》等篇的价值,应该可以相提并论。"[1]

以上李学勤先生所言,清华简《说命》与"传世的《盘庚》等篇的价值,应该可以相提并论",并不是一般性的学术判断,而是有着深刻的学术史的背景。大家都知道,自古史辨派兴起,疑古,特别是怀疑古书,是一个大的学术话题。但即使如古史辨派的领袖人物顾颉刚先生,对《尚书》的《盘庚》篇也是信以为真的。顾氏之语见于《古史辨》第一册顾氏所著《论〈今文尚书〉著作时代书》。[2]理解这一学术背景,即可由李先生此断语引申出如下结论:清华简《说命》篇传于殷商时代无疑。

至于《周公之琴舞》作于成王时期,本应无疑义。因其"元纳启"即第一章,系今本《诗经·周颂·敬之》的别本,但有学者提出一些理由对此否认。比如,李守奎教授认为:"《周公之琴舞》周公与成王诗前面的序中出现的'琴',应当是战国时代重新组织编排所致。"[3]实际上,正如李守奎教授本人所引《诗经》文例显示,在《周南·关雎》和《小雅·鹿鸣》等多篇公认春秋以前的《诗经》篇章中,都有"琴"的

---

① 李学勤:《夏商周文明研究》,商务印书馆 2015 年版,第 241 页。
② 顾颉刚编著:《古史辨》,上海古籍出版社 1982 年版,第一册,第 201 页。
③ 李守奎:《先秦文献中的琴瑟与〈周公之琴舞〉的成文时代》,《吉林大学社会科学学报》2014 年第 1 期。

出现，这一事实无可辩驳地证明，"琴舞"一词的存在不能作为《周公之琴舞》年代的反证。总而言之，关于清华简"视日""视辰"对举意义的探讨，对我们更好地从传承和发展的角度，理解殷周两代礼乐文化的关系具有重要意义。

最后，我们还应该指出，传统《诗经》学对《周颂》的性质判为："美盛德之形容，以其成功，告于神明者也。"① 由《周公之琴舞》"昼之才（在）视日，夜之才（在）视辰"之语，可知《周颂》所录，非仅此属，尚具有更为丰富的内涵，值得做进一步的深入探究。至于"视日"由行为而职事的演变之迹，是一个专门话题，本文就不具体展开了。

（原载《中原文化研究》2022 年第 2 期，与李文慧合作）

---

① 《毛诗正义》，阮元校刻：《十三经注疏（附校勘记）》，第 272 页。

《芮良夫毖·小序》与《毛诗序》的书法体例问题

《芮良夫毖》是收录于《清华大学藏战国竹简》第三辑的《诗经》类文献。其开篇共有四十个字，是先秦"诗序"的遗存，具有重要的研究价值。我们曾经撰写《〈清华大学藏战国竹简·芮良夫毖·小序〉研究》（以下简称《小序研究》）一文予以初步讨论。[①] 本文拟从《芮良夫毖·小序》的书写体例及其与《毛诗序》的关系入手，就相关问题做进一步的论述。

在《小序研究》一文中，我们曾经指出，《芮良夫毖·小序》（以下简称《小序》）的体例是"檃括作品内容，以为引首"。如果将《小序》与诗篇正文做进一步的对比，可以看到，序文的主要部分采撷或化用诗篇文句组织而成。类似书写特征见于《毛诗》的"小序"。为便于论述，现移录《芮良夫毖》篇《小序》如下。序曰：

> 周邦骤有祸，寇戎方晋，厥辟、御事各营其身，恒争于富，莫治庶难，莫恤邦之不宁。芮良夫乃作毖再终，曰。[②]

---

① 姚小鸥：《〈清华大学藏战国竹简·芮良夫毖·小序〉研究》，《中州学刊》2014年第 5 期。

② 清华大学出土文献研究与保护中心编，李学勤主编：《清华大学藏战国竹简（叁）》，中西书局 2012 年版，第 145 页。本文所引清华简《芮良夫毖》篇之正文及整理

以下是《小序》与《芮良夫毖》诗篇正文相关内容的对照（着重号为笔者所加）：

小序	正文
寇戎方晋	寇戎方晋（第十简）
各营其身	度用失营（第十六简）
恒争于富	恒争献其力（第十三简）
	富而无况（第四简）
莫治庶难	□□庶难（第十二简）①
	不逢庶难（第二十一简）
	敖不图难（第七简）
莫恤邦之不宁	恤邦之不臧（第六简）
	邦用不宁（第十七简）
乃作毖再终	吾用作毖再终（第二十八简）

两相比较，不难发现，《小序》的文句，或完全取自诗篇正文，如"寇戎方晋"一句。或者摘录正文若干词语，加以组织，取其大意，如"各营其身"句中的"营"字，"恒争于富"句中的"恒争"，"莫治庶难"句中的"庶难"，及所组成的相关语句。

类似书法亦见于《毛诗》的"小序"。下面以《小雅·鹿鸣》为例

（接上页）者注，均据该本，下引不另出注。释文采用宽式。若干释文及标点较整理报告有所调整。参见姚小鸥、高中华：《清华简〈芮良夫毖〉疏证》，《中国诗歌研究》第十四、十五辑，社会科学文献出版社 2017 年版。

① "庶难"上缺二字，据《芮良夫毖》全篇文义及经典文献语例，可补作"勤恤"。参见高中华、姚小鸥：《清华简〈芮良夫毖〉缺文试补》，《文献》2018 年第 3 期。

略加阐述。《鹿鸣序》曰：

> 《鹿鸣》，燕群臣嘉宾也。既饮食之，又实币帛筐篚，以将其厚意。然后忠臣嘉宾得尽其心矣。[①]

《鹿鸣序》与《鹿鸣》篇正文相关语句对照如下：

鹿鸣序	正文
燕群臣嘉宾	我有嘉宾（一、二、三章）
	嘉宾式燕以敖（二章）
既饮食之	呦呦鹿鸣，食野之苹（一章）
	呦呦鹿鸣，食野之蒿（二章）
	呦呦鹿鸣，食野之芩（三章）
	我有旨酒，嘉宾式燕以敖（二章）
实币帛筐篚，以将其厚意	承筐是将（一章）
然后忠臣嘉宾得尽其心	以燕乐嘉宾之心（三章）
	人之好我，示我周行（一章）

如上所举，《鹿鸣序》"燕群臣嘉宾"，对应诗篇正文"我有嘉宾""嘉宾式燕以敖"诸句；《鹿鸣序》"实币帛筐篚"，对应"承筐是将"句。"将其厚意""嘉宾得尽其心"两句，则阐发诗意，而略有引申。

按《鹿鸣》所歌为周代贵族社会中的宴飨礼，据《郑笺》和《孔

---

① 《毛诗正义》，阮元校刻：《十三经注疏（附校勘记）》，中华书局1980年版，第405页。以下所引《毛诗》经、序、传、笺、疏，均据该本，不另出注。

疏》，礼典过程中有"酬币""侑币"等仪注。主人赠礼物于宾以侑酒，谓之"酬币"；赠礼物于宾以劝食，谓之"侑币"。"承筐是将"，言主人盛币帛于筐篚而奉之嘉宾，以示礼敬，故《序》曰"将其厚意"。《序》文"忠臣嘉宾得尽其心"云云，则主要依据首章"人之好我，示我周行"诸句归纳。"人"指嘉宾，"我"为主人。"周行"，《毛传》训为"至道"。"示我周行"言嘉宾尽心告主人以"至道"，故《序》曰"得尽其心"。"既饮食之"句中的"饮食"，则关涉"旨酒"等语词。至于《鹿鸣》首章"食野之苹"及二章"食野之蒿"、三章"食野之芩"等语，于诗篇为起兴，与下文意义内涵密切，不止于简单的文辞对应，此系《诗》学常识，兹不赘述。

由上述可知，《鹿鸣序》于诗意虽有所发挥，然皆于正文有所本。诸关键语词，如"食""筐""将""心"等，均直接摘自诗篇。查《小雅·车攻》《北山》诸篇"小序"檃括诗意的情形，与《鹿鸣序》类似。兹选取相关内容分述如后。《车攻序》曰：

> 《车攻》，宣王复古也。宣王能内修政事，外攘夷狄，复文、武之境土。修车马，备器械，复会诸侯于东都，因田猎而选车徒焉。

《车攻序》与《车攻》篇正文相关语句对照如下：

车攻序	正文
修车马，备器械	我车既攻，我马既同（一章）
	决拾既佽，弓矢既调（五章）
会诸侯于东都	驾言徂东（一章）
	赤芾金舄，会同有绎（四章）

　　因田猎而选车徒　　　　驾言行狩（二章）

　　　　　　　　　　　　之子于苗，选徒嚣嚣（三章）

　　上引文中，"会诸侯于东都"云云，系从"赤芾金舄，会同有绎"而来。《毛传》："诸侯'赤芾金舄'，舄，达屦也。时见曰会，殷见曰同。绎，陈也。""赤芾金舄"系诸侯之服制，故指代诸侯。由此可见，《车攻序》有撷取诗篇词语之本意而加以解说的样态。这与前述序文中，"摘录诗篇正文若干词语，加以组织，取其大意"的构成方法，在实质上并无不同，可视为其变体。

　　《北山序》曰：

　　　　《北山》，大夫刺幽王也。役使不均，己劳于从事，而不得养其父母焉。

　　《北山序》与《北山》篇正文的相关语句对照如下：

北山序	正文
役使不均，己劳于从事	大夫不均，我从事独贤（二章）
	或燕燕居息，或尽瘁事国。
	或息偃在床，或不已于行。（四章）
不得养其父母	王事靡盬，忧我父母（一章）

　　《北山》诗篇中"不已于行"之"行"，即"行役"之意。《诗经》中多有其例。《邶风·击鼓》"土国城漕，我独南行"之"南行"，意即被役使前往南方。《小雅·何草不黄》"何草不黄？何日不行？何人不将？

经营四方。何草不玄？何人不矜？哀我征夫，独为匪民。"诗中"何日不行"，即无日不为征夫行役之意。故《序》径言"役使不均"。《唐风·鸨羽》："肃肃鸨羽，集于苞栩。王事靡盬，不能蓺稷黍。父母何怙？"因"王事靡盬，不能蓺稷黍"，从而产生"父母何怙"之叹。《北山序》"不得养其父母"即由此出。这与《车攻序》从"赤芾金舄，会同有绎"化出"会诸侯于东都"之书法体例相类。

至于《小雅》中的《鸿雁》《大东》《何草不黄》诸篇"小序"书法，类《车攻》《北山》所用，而词语多有变化。其演变之迹与本文主题稍远，具体内容不再详述。

上博简《孔子诗论》在性质上是与《毛诗序》相关联的《诗》学文献，其中同样存在前述檃括诗篇文句以为论述的情况。《孔子诗论》第二十三简：

《鹿鸣》以乐始而会，以道交，见善而效，终乎不厌人。①

"以乐始而会"，言宴会开始，奏乐娱宾。其本于诗篇"我有嘉宾，鼓瑟吹笙"，以及"吹笙鼓簧""鼓瑟鼓琴"等句。"以道交"，本于"人之好我，示我周行"句，述君子交往的原则。"见善而效"，本于诗篇"视民不恌，君子是则是效"句。"终乎不厌人"，则紧扣篇尾"我有旨酒，以燕乐嘉宾之心"诸句。② 上述《孔子诗论》对于诗篇的说解，紧扣诗篇正文的情形，与《毛诗序》的情形正相类似。《孔子诗论》是

---

① 马承源主编：《上海博物馆藏战国楚竹书（一）》，上海古籍出版社 2001 年版，第 152 页。本释文在隶定、句读上与之有别。详见本书第 196 页注②。

② 参见姚小鸥：《〈周易〉经传与〈孔子诗论〉的哲学品格》，《文学评论》2003 年第 5 期。

战国中期偏晚的写本，与清华简《芮良夫毖》的抄写年代相近。①两相比较，可知《小序》的说诗方法为战国经师《诗》学传述之常例。

关于《诗》之文本与《诗序》的关系，有学者认为："《诗》序的主旨，是在介绍'言诗之外'的材料，而不在'诗文之中'。这就决定了《诗》序的文字大体不会深入《诗》的本文。"②从前引文例来看，这一说法并不确切。如所述及，无论《小序》，抑或《孔子诗论》，对于诗篇的说解，皆深入诗篇文本。《毛诗序》中亦颇有这一特点。除前举例外，《卫风·伯兮》小《序》"言君子行役，为王前驱"中的"为王前驱"句，完全取自《伯兮》篇正文，与《小序》中的"寇戎方晋"之语完全摘自诗篇正文的方式，高度一致。凡此，皆显示早期"诗序"深入诗篇本文的书法特点，在《毛诗序》那里得到了继承和发展。

应当指出的是，从《小序》看，作序者不但深入诗篇本文，对于诗篇的创作背景，也有着相当研究，从而在序文中有所述及。《小序》的说解，证明它是芮国国君芮良夫的作品。芮良夫系西周晚期的重要政治家，他曾一度出任厉王朝最高执政大臣。③诗人的国事之忧，见于诗篇，于情理当然。

传世及出土文献都载有厉王时期与周边民族所进行的战争。古本《竹书纪年》："厉王无道，戎狄寇掠，乃入犬丘，杀秦仲之族，王命伐戎，不克。"④《后汉书·东夷传》："厉王无道，淮夷入寇，王命虢仲征，

① 参见马承源主编：《上海博物馆藏战国楚竹书（一）》前言；李学勤：《清华简整理工作的第一年》，《初识清华简》，中西书局 2013 年版。

② 彭林：《"诗序"、"诗论"辨》，《上博馆藏战国楚竹书研究》，上海书店出版社 2002 年版。

③ 参见高中华、姚小鸥：《试论清华简〈芮良夫毖〉的文本性质》，《中州学刊》2016 年第 1 期。

④ 方诗铭、王修龄：《古本竹书纪年辑证》，上海古籍出版社 2005 年版，第 57 页。

不克。"① 金文文献《翏生盨铭》"王征南淮夷"（《集成》4459—4461），《鄂侯驭方鼎铭》"王南征"（《集成》2810），则述及厉王南征事。② 厉王时期战乱频兴，以致达到"靡国不泯"的境地（《大雅·桑柔》）。清儒或谓"厉王时征伐甚罕"③，恐非的论。

《小序》以"周邦骤有祸，寇戎方晋"开篇，准确抓住诗篇中的关键字，用以描述诗篇创作的历史背景。如赵平安先生所指出的，"简文所述芮良夫作悬的背景和文献所载厉王时史实适相印证"④。《小序》如此叙事，绝非偶然。检《毛诗序》中的《采薇》《车攻》《苕之华》诸篇小序也都述及相关史实，以为诗篇背景。《采薇序》"文王之时，西有昆夷之患"。《车攻序》"宣王能内修政事，外攘夷狄，复文、武之境土"。《苕之华序》"幽王之时，西戎东夷交侵，中国师旅并起"。诸序所言是否完全合乎诗篇创作之背景，容再讨论。然而，这一说诗思路及方法，其传承有自，无庸置疑。关于《毛诗序》的作者及编者，自来有"国史"一说。⑤ 从《小序》重视诗篇历史背景这一点来看，此说似非空穴来风。在《诗序》的形成过程中，"国史"或与之身份相类之人，或曾起过重要作用。

《芮良夫毖》篇《小序》与《毛诗》"小序"体例上的相似之处尚不止上文所述。如本文开篇所引，《小序》以"芮良夫乃作毖再终"结句，交待诗篇作者（"芮良夫"）与诗篇创作意图（"作毖"之"毖"系诰教之意）。⑥ 类似书法亦见于《毛诗序》，如《小雅·大东序》：

---

① 范晔：《后汉书》，中华书局 1965 年版，第 2808 页。
② 参见李学勤：《新整理清华简六种概述》，《文物》2012 年第 8 期。
③ 王引之：《经义述闻》，江苏古籍出版社 2000 年版，第 166 页。
④ 赵平安：《〈芮良夫毖〉初读》，《文物》2012 年第 8 期。
⑤ 参见张西堂：《诗经六论》，商务印书馆 1957 年版，第 122—123 页。
⑥ 参见高中华、姚小鸥：《论清华简〈芮良夫毖〉的文本性质》，《中州学刊》2016 年第 1 期。

　　《大东》，刺乱也。东国困于役而伤于财，谭大夫作是诗以告病焉。

　　上引《大东序》末句"谭大夫作是诗以告病焉"，点明诗篇作者（"谭大夫"）和作诗意图（"告病"），这与《小序》的叙事结构完全相同。《小雅·何人斯序》等篇体例亦与之相类。① 值得注意的是，《大东》全篇并无一语述及"谭大夫"。朱熹谓："谭大夫未有考，不知何据。恐或有传耳。"② 《芮良夫毖》两启，无一语提及"芮良夫"其人，《小序》云"芮良夫乃作"者，亦"恐或有传"，如朱子断《大东序》所论。朱熹以疑《序》见称，"恐或有传"云云，见其审慎。有关芮良夫与《芮良夫毖》的关系，除《小序》的说解外，上文所指出的《芮良夫毖》所述历史情势以及篇中文句，与传世文献所载芮良夫之语多相契合，亦可为证。③

　　在与《芮良夫毖》同出的清华简《周公之琴舞》中，周公及成王所作两组歌诗之前亦皆各有《序》，其体例与《小序》可相参照。两《序》之文辞分别如下：

　　　　周公作多士敬（儆）毖，琴舞九絉（卒）。

----

　　① 《何人斯序》："《何人斯》，苏公刺暴公也。暴公为卿士而谮苏公焉，故苏公作是诗以绝之。"亦于末句指明诗篇作者及作诗意图。

　　② 朱熹：《诗序辨说》，文渊阁《四库全书》，台湾商务印书馆1983年版，第69册，第32页。

　　③ 如《芮良夫毖》"敬哉君子，恪哉毋荒""毋自纵于逸，以放不图难"，与《逸周书·芮良夫》篇之"敬思以德，备乃祸难"可相比较。《芮良夫毖》"其由不颠覆"，与《逸周书·芮良夫》篇之"及尔颠覆"用语相类。《国语·周语上》载芮良夫谏厉王"专利"，及《芮良夫毖》"屯云满溢，曰余未均"，皆述及财富之聚敛。

　　　　成王作敬（儆）毖，琴舞九絉（卒）。①

　　上引"周公作多士敬毖"与"成王作敬毖"，表明"周公"与"成王"系诗篇作者，"敬毖"的表述，包含了阐明诗篇创作动机的意味。《周公之琴舞》之《序》与《小序》体例上的类同，也证明了本文所述战国时期经师《诗》学传述的特点。

　　《毛诗序》乃汉人《诗》说影响最为深远者，同时，又争议最大，甚至被称为"说经之家第一争诟之端"②。近年来，简帛文献中《诗经》类文献以及《诗》说内容涌现，为《毛诗序》的研究提供了新的材料与视角。本文考较《芮良夫毖》篇《小序》与《毛诗》"小序"的书法体例，在此基础上讨论早期"诗序"的若干特点。相信这一工作对于推进早期"诗序"的具体形态及特点的研究，对于先秦《诗》学传承的勾勒，乃至对进一步深入《毛诗序》形成过程的探讨，皆不无助益。

　　　　　　　　　（原刊于《中州学刊》2019 年第 1 期，与高中华合作）

------

　　① 清华大学出土文献研究与保护中心编，李学勤主编：《清华大学藏战国竹简（叁）》，第 133 页。

　　② 永瑢等：《四库全书总目》，中华书局 1965 年版，第 119 页。

论清华简《芮良夫毖》的文本性质

《清华大学藏战国竹简》(以下简称"清华简")中含多种《诗》类文献。收录于第三辑的《芮良夫毖》,文势与《诗经·大雅》相类,具有重要的研究价值。对此,整理者做了大量工作,提供了基本可以读通的文本。由于该文献内容古奥,且牵涉问题复杂,故尚有诸多重要问题未能厘正。《芮良夫毖》一篇的文本性质即为其一。这一问题与篇中若干关键语词的训释密切相关,"厥辟"一语即当先予讨论。

"厥辟"出现在《芮良夫毖》开篇《小序》中。①其谓:

> 周邦骤有祸,寇戎方晋。厥辟、御事各营其身,恒争于富,莫治庶难,莫恤邦之不宁。芮良夫乃作毖再终。②

"厥辟",整理者注:"意为'其主',这里指周厉王。"以"厥辟"指"周厉王",系目前学界多数人的意见。在这一认识的基础上,论者多将《芮良夫毖》与献诗制度相联系,或认为该篇系芮良夫"呈进的

---

① 清华简《芮良夫毖》的开篇部分为该篇《小序》,系先秦《诗序》之遗存。说见姚小鸥:《〈清华大学藏战国竹简·芮良夫毖·小序〉研究》,《中州学刊》2014 年第 5 期。

② 清华大学出土文献研究与保护中心编,李学勤主编:《清华大学藏战国竹简(叁)》,中西书局 2012 年版,第 145 页。以下所引《芮良夫毖》正文及注释均据该书,不另出注。为便排版,释文采用通行文字。

一篇规谏作品"①，或乃芮良夫的"献诗陈志"②，又或谓"净谏"君王之"愍诗"③。总之，诸说皆以《芮良夫愍》为进献天子的规谏之作。其所立论即源于上引《小序》"厥辟"一词之训释。

本文认为，将《芮良夫愍·小序》（以下简称"《小序》"）之"厥辟"视为"周厉王"，实乃误解。

前人训诂成例，以《诗》《书》互训。《芮良夫愍》为《诗》类文献，故《尚书》相关文例对理解这一用语具重要参考价值。《小序》"厥辟、御事"并称，与《尚书》屡见之"邦君、御事"相类。如：

> 《大诰》：尔庶邦君，越尔御事。
> 《酒诰》：邦君御事小子。
> 《梓材》：邦君越御事。④

"御"，训治，"御事"即"治事之臣"。⑤"越"，训与。⑥《梓材》"邦君越御事"，与《酒诰》"邦君、御事"同。

《尚书》将"御事"与"邦君"对举时，又屡与其他称谓连言。如《大诰》：

---

① 陈鹏宇：《清华简〈芮良夫愍〉套语成分分析》，《深圳大学学报》（人文社会科学版）2014年第2期。

② 马芳：《从清华简〈周公之琴舞〉、〈芮良夫愍〉看"愍"诗的两种范式及其演变轨迹》，《学术研究》2015年第2期。

③ 邓佩玲：《谈清华简〈芮良夫愍〉"愍"诗所见之净谏》，《清华简与〈诗经〉研究国际学术研讨会论文集》，中西书局2015年版。

④ 《尚书正义》，阮元校刻：《十三经注疏（附校勘记）》，中华书局1980年版，第199、206、208页。

⑤ 曾运乾：《尚书正读》，中华书局1964年版，第123页。

⑥ 王引之：《经传释词》，江苏古籍出版社2000年版，第17页。

肆予告我友邦君，越尹氏庶士御事。

尔庶邦君，越庶士御事。

义尔邦君，越尔多士尹氏御事。①

"尹"，孔颖达《疏》："正也，诸官之正。"②"庶"训"众"③，"庶士"犹"多士"。"尹士""庶士"皆就治事官长言，故可与"御事"并称。④

语言为思想的载体。某一表述方式，往往承载着特定的思想观念。相关思想观念又多植根于当时的社会制度。经典文献所载尤其如此。"邦君""御事"对举，基于周代以分封为背景的基本政治结构。文献表明，周人行政系统由王畿划分内外，《尚书·酒诰》称之为"内服"与"外服"：

越在外服，侯甸男卫邦伯。越在内服，百僚庶尹，惟亚惟服，宗工，越百姓里居。⑤

"外服"指王畿以外之邦君（"侯甸男"等），"内服"指王畿内执事诸人（"百僚庶尹"等）。两者各有分属，往往对举。⑥上举《尚书》诸篇以"邦君""御事"并称，正基于此。《诗经》中亦有类似用法：

---

① 《尚书正义》，阮元校刻：《十三经注疏（附校勘记）》，第 198—199 页。

② 《尚书正义》，阮元校刻：《十三经注疏（附校勘记）》，第 199 页。

③ 顾颉刚、刘起釪：《尚书校释译论》，中华书局 2005 年版，第 1271 页。

④ 参见李学勤：《释多君、多子》，《甲骨文与殷商史》（第一辑），上海古籍出版社 1983 年版。

⑤ 杨筠如：《尚书覈诂》，陕西人民出版社 1959 年版，第 190 页。

⑥ 参见杨宽：《西周史》，上海人民出版社 2003 年版，第 325 页。

> 三事大夫，莫肯夙夜。邦君诸侯，莫肯朝夕。(《小雅·雨无正》)

> 百辟卿士，媚于天子。不解于位，民之攸墍。(《大雅·假乐》)①

"三事大夫"，胡承珙谓："在内卿大夫之总称，对下'邦君'句为在外诸侯之统称。"②"百辟卿士"，陈奂言："'百辟'，谓外诸侯也；'卿士'，谓内诸侯也。"③胡、陈两说皆得要领。

由上所述，知"邦君"与"御事"并称，乃古人惯例。《小序》"厥辟、御事"连言类此，故此处"厥辟"当指诸侯无疑。推求上下文义，益可见此说不误。

查《小序》述及诗篇大意，言"厥辟、御事各营其身"，此绝非斥天子语。"营"取义环绕，有谋度之意。依古人观念，"王身"为"营""保"之对象，绝无斥王"营身"之理。《诗·大雅·烝民》：

> 王命仲山甫：式是百辟，缵戎祖考，王躬是保。④

《毛传》："仲山甫，樊侯也。""王躬"，即王身。《烝民》篇谓宣王命仲山甫承继先祖，表率诸侯，以保卫王身。又《毛公鼎铭》记毛公受命，天子命其"以乃族干吾王身"(《集成》2841)，"干"即《周

---

① 《毛诗正义》，阮元校刻：《十三经注疏（附校勘记）》，第447、541页。
② 胡承珙：《毛诗后笺》，黄山书社1999年版，第981页。
③ 陈奂：《诗毛氏传疏》，《儒藏》精华编，北京大学出版社2009年版，第34册，第728页。
④ 《毛诗正义》，阮元校刻：《十三经注疏（附校勘记）》，第568页。

南·兔罝》"公侯干城"之"干"，此义后通作"扞"；"吾"读"御"。①二字皆保卫意。《尚书·文侯之命》载平王锡命晋文侯，有"伊恤朕躬"②语。"恤"即忧恤，与"营""保"之义相成。如所共知，周初"封建亲戚以蕃屏周"③，以收拱卫王畿之效。诸侯藩卫天子，王臣营恤王身，为周人大伦。"保王身""恤王躬"乃当然之义。若臣下不恤王躬，反营己身，即属失职。周公诰群臣曰"毋惟尔身之营"④，《小序》指斥诸人"各营其身"，皆出于此种观念。故训"厥辟"为"诸侯"，正合文义。若以为指斥"天子"，则扞格难通了。⑤

判定《小序》"厥辟"为诸侯，对于正确认识《芮良夫毖》的文本性质意义重大。

如本文开篇所述，学界普遍以《芮良夫毖》为进呈天子之"献诗"，而该说源于"厥辟"一词之训释。"厥辟"既非指天子，"献诗"说自然失去依据。我们认为，《芮良夫毖》绝非上献天子的谏诗，而是诰教之诗。这一点，可由"毖"字本身得到说明。

《说文·比部》："毖，慎也。从比，必声。"⑥《广雅·释诂》："毖，比也。"王念孙据此指出"毖"有慎密之义。他说：

---

① 陈梦家：《西周铜器断代》，中华书局 2004 年版，第 300 页。

② 《尚书正义》，阮元校刻：《十三经注疏（附校勘记）》，第 254 页。

③ 《春秋左传正义》，阮元校刻：《十三经注疏（附校勘记）》，中华书局 1980 年版，第 1817 页。

④ 见清华简《皇门》篇。"营"字释读据马楠《〈芮良夫毖〉与文献相类文句分析及补释》，《深圳大学学报》（人文社会科学版）2013 年第 1 期。

⑤ 陈剑先生曾在会议发言中提出"厥辟""当指'御事'的上一级贵族主，而非周厉王"（转引自邬可晶：《读清华简〈芮良夫毖〉札记三则》，《古文字研究》第 30 辑，中华书局 2014 年版），在指出"厥辟"并非"周厉王"这一点上，与本文的观点相合。

⑥ 许慎：《说文解字》，中华书局 1963 年版，第 169 页。

毖为比密之比。《说文》："毖，慎也。从比，必声。"……又云："比，密也。"密与慎同义。故《系辞传》云："君子慎密而不出也。"①

《说文》《广雅》皆以"毖"字从"比"。简帛文献中，"毖"又从言作"詖"（清华简《芮良夫毖》、上博简三《彭祖》），或从心作"怭"（清华简《周公之琴舞》），分别强调言说与心志，与"毖"构形略异而实为一字。

《说文》训"毖"为"慎"，强调该字意符"比"所包含的慎密之义。但这一训释与《芮良夫毖》所见"毖"字语例不合。按"毖"字在《小序》及诗篇正文结尾处反复出现，分别是：

> 吾用作毖再终，以寓命达听。（第二十八简）
> 芮良夫乃作毖再终。（《小序》）

"作毖再终"文例与《尚书·酒诰》"典听朕毖"相类。"毖"字的训释，当从王国维先生读《尚书》，训为"诰教"。按，《酒诰》"毖"字三见：

> 厥诰毖庶邦庶士。
> 汝劼毖殷献臣。
> 王曰："封，汝典听朕毖。"②

---

① 王念孙：《广雅疏证》，中华书局 2004 年版，第 105 页。
② 《尚书正义》，阮元校刻：《十三经注疏（附校勘记）》，中华书局 1980 年版，第 206—208 页。

王国维认为上引文中"劫毖"即"诰毖"之讹。他说：

> "汝典听朕毖"，亦与上"其尔典听朕教"文例正同。则"毖"
> 与"诰教"同义。《传》释"劫"为"固"，释"毖"为慎，亦大失
> 经旨矣。[①]

王国维先生指明"典听朕毖"例同"典听朕教"，故推断"毖与诰
教同义"。[②] 整理者谓《芮良夫毖》乃"训诫之辞"[③]，一定程度上印证了
王氏的这一论断。

"毖"训为"诰教"，揭示了作"毖"者与听"毖"者之间的身份关
系，即诰毖者身份较听受者为高。上举《酒诰》中，三处"毖"字皆为
此用。[④] 两相对照，可知《芮良夫毖》亦然。

据《小序》，《芮良夫毖》的作者为芮良夫，其发言对象为邦君御
事。后者身份明确，兹不赘述。至于芮良夫的身份，当为王朝执政卿
士。以下就此略作论述。

《诗经·大雅·桑柔·序》："芮伯刺厉王也。"《郑笺》："芮伯，畿

---

① 王国维：《与友人论〈诗〉〈书〉中成语书》，《观堂集林》，中华书局 1959 年版，
第 79 页。王国维先生认为"劫毖"系"诰毖"之讹，近年学者有不同意见（参见清华大
学出土文献研究与保护中心编，李学勤主编：《清华大学藏战国竹简（叁）》，第 130 页）。
但这一问题不影响对"毖"字义训的考察。

② 清代学者王引之已有类似看法。参见王引之：《经义述闻》，江苏古籍出版社 2000
年版，第 95 页。

③ 赵平安：《〈芮良夫毖〉初读》，《文物》2012 年第 8 期。又《周公之琴舞》有
"敬毖"一语，与《芮良夫毖》"毖"字用法可相参证。

④ "厥诰毖庶邦庶士"，指文王诰毖诸侯；"劫毖殷献臣"，指康侯诰毖卫地殷遗；
"汝典听朕毖"，为周王毖康叔。并见《酒诰》经文及传、疏。

内诸侯，王卿士也，字良夫。"① 按文献所见"卿士"有广狭两义。广义
为诸卿之通称，狭义指执政之卿。后者位尊，仅在天子一人之下。②《郑
笺》所说"卿士"，盖执政之卿。按芮为姬姓，周畿内诸侯，周初以来
与王室关系密切。《顾命》载成王临终，顾命大臣六人，芮伯为其一。③
芮君爵位尊显。传世芮器铭勒"芮公"者达十数件之多。④ 考古发现表
明，至春秋初期，芮君仍身份显赫，随葬"七鼎六簋"⑤，规格与"春
秋早期的虢国相仿佛"⑥，而虢公曾多次担任王室卿士⑦。今本《竹书纪
年》载厉王八年，"芮良夫戒百官于朝"⑧。凡此，均从不同侧面支持郑
玄之说。

由《芮良夫毖》文辞本身，亦可为上述推测提供理据。其关键在简
文"冲人"一语：

朕惟冲人……（第二十四简）

"冲人"，读如"童人"⑨，属谦称。该语词见于传世文献及简帛文献
者如下：

---

① 《毛诗正义》，阮元校刻：《十三经注疏（附校勘记）》，第 558 页。

② 李学勤：《卿事寮、太史寮》，《缀古集》，上海古籍出版社 1998 年版。

③ 《尚书正义》，阮元校刻：《十三经注疏（附校勘记）》，第 237 页。

④ 张懋镕：《芮国铜器初探》，《中原文物》2008 年第 2 期。

⑤ 陕西省考古研究院等：《陕西韩城梁带村遗址 M27 发掘简报》，《考古与文物》
2007 年第 6 期。

⑥ 张懋镕：《芮国铜器初探》，《中原文物》2008 年第 2 期。

⑦ 参见顾栋高：《春秋大事表》，中华书局 1993 年版，第 1675—1684 页；王治国：
《金文所见西周王朝官制研究》，北京大学 2013 年博士学位论文，第 99 页。

⑧ 王国维：《今本竹书纪年疏证》，《王国维遗书》，上海书店 1983 年版，第 12 册，
第 79 页。

⑨ 《尚书正义》，阮元校刻：《十三经注疏（附校勘记）》，第 172 页。

盘庚言于有众："肆予冲人……"(《尚书·盘庚下》) ①

王若曰："洪惟我幼冲人/肆予冲人/越予冲人……"(《尚书·大诰》) ②

(成王)执书以泣，曰："惟予冲人弗及知……"(《尚书·金滕》) ③

(成王作敬毖)六启曰："其余冲人……"(清华简《周公之琴舞》) ④

(周)公若曰："肆朕冲人……"(清华简《皇门》) ⑤

上引文中，清华简《皇门》"公若曰"之"公"指周公旦。此外，"冲人"或为商王盘庚自称，或为周王自称，刘起釪先生等曾据《尚书》诸篇谓"冲人"为"王朝统治者自谦的称呼"⑥，可见该词使用者的身份非同寻常。《芮良夫毖》中，芮良夫自称"朕惟冲人"，用法与上举相当，而"朕"字的使用又突显了该句的庄重意味。⑦

总之，诸多证据表明，郑玄言芮良夫任周王卿士之说可以信据。其具体身份，如上文所述，或即王朝执政卿士。依西周制度，执政卿士身

① 《尚书正义》，阮元校刻：《十三经注疏(附校勘记)》，第 172 页。

② 《尚书正义》，阮元校刻：《十三经注疏(附校勘记)》，第 198—199 页。

③ 《尚书正义》，阮元校刻：《十三经注疏(附校勘记)》，第 197 页。

④ 清华大学出土文献研究与保护中心编，李学勤主编：《清华大学藏战国竹简(叁)》，第 133 页。

⑤ 清华大学出土文献研究与保护中心编，李学勤主编：《清华大学藏战国竹简(壹)》，中西书局 2010 年版，第 164 页。

⑥ 顾颉刚、刘起釪：《尚书校释译论》，中华书局 2005 年版，第 296 页。

⑦ 学者指出，"朕"有尊崇之义，"使用'朕'称代自己时，有自尊或尊崇与自己有关的人或事物的意味"。见洪波：《上古汉语第一人称代词"余(予)""我""朕"的分别》，《语言研究》1996 年第 1 期。

份尊贵，位在天子一人之下，其令行于邦君御事。《令方彝铭》曰：

> 王令周公："子明保尹三事四方，受卿事寮。"……明公朝至于
> 周，遂舍三事令，眔卿事寮，眔诸尹，眔里君，眔百工，眔诸侯、
> 甸、男，舍四方令。(《集成》9901)

李学勤先生指出，铭文中的周公"尹（治理）三事四方"，其身份正是执政之卿。[①]"三事"和"四方"，与前文所引《酒诰》的"内服"与"外服"相当。[②]《令方彝铭》中的周公既"舍三事令"，复"舍四方令"，可知兼司王朝内外，政令所达，及于邦君、御事。这一身份，学者或称之为"首席执政大臣"。[③]

芮良夫既为执政卿士，作瑟诰教诸侯及御事，合乎情实。《芮良夫瑟》篇中确不乏诰教、戒敕之言。兹举文意显明者如下：

> 敬哉君子，恪哉毋荒！畏天之降灾，恤邦之不臧。（第六简）
> 凡百君子，及尔荩臣。胥收胥由，胥谷胥均。（第九简）
> 以力及作，燮仇启国。以武及勇，卫相社稷。（第十四简）

以上诸引文中，凡敬恪毋荒、同恤患难、卫相社稷诸语，洵为执政卿士之口吻。

总之，《芮良夫瑟·小序》之"厥辟"指诸侯而言。《芮良夫瑟》为诰教邦君御事之诗，而非上献天子之作。需要指出的是，学者误训《小

---

① 李学勤：《卿事寮、太史寮》，《缀古集》。
② 杨树达：《积微居金文说》，中国科学院 1952 年版，第 23—24 页。
③ 杜勇：《清华简〈祭公〉与西周三公之制》，《历史研究》2014 年第 4 期。

序》"厥辟"为天子，只是误解《芮良夫毖》文本性质的直接原因。其深层原因，或受《毛诗序》"美刺"说之影响。对于《诗》学史上的这一重要问题，容异日申论之。

（原载《中州学刊》2016 年第 1 期，与高中华合作）

《清华大学藏战国竹简·芮良夫毖·小序》研究

  《清华大学藏战国竹简（叁）》收有韵文一篇，共二十八支简，满简书写三十字左右。整理者依内容及古书命名惯例，名之为《芮良夫毖》。^①这是一篇蕴含丰富的历史文献，在文献学上有重要意义。仅其开篇四十字，就值得认真研究。本文试做初步探讨。兹引其辞如下：

    周邦骤有祸，寇戎方晋，厥辟、御事各营其身，恒争于富，莫治庶难，莫恤邦之不宁。芮良夫乃作毖再终，曰：（引者按：以下为《芮良夫毖》正文）^②

  这段文字非常重要。李学勤先生在《新整理清华简六种概述》中已将其先行拈出，简要介绍。^③赵平安教授《〈芮良夫毖〉初读》将其与《尚书·康诰》前段文字等进行了比较，认为从文献性质来说，《芮良夫毖》当为《尚书》类文献。^④这些讨论具有启发性。本文在此基础上进

---

  ① 《芮良夫毖》整理者：《说明》，清华大学出土文献研究与保护中心编，李学勤主编：《清华大学藏战国竹简（叁）》，中西书局 2012 年版，第 144 页。引文采用通行文字。

  ② 清华大学出土文献研究与保护中心编，李学勤主编：《清华大学藏战国竹简（叁）》，第 145 页。

  ③ 参见李学勤：《新整理清华简六种概述》，《文物》2012 年第 8 期。

  ④ 参见赵平安：《〈芮良夫毖〉初读》，《文物》2012 年第 8 期。

一步讨论这段文字的性质及其他相关问题。

《〈芮良夫毖〉初读》指出："《芮良夫毖》的结构和《周书》多篇相似，都是两段式，先交待背景，然后详载君臣之言。"① 至于"两段"之间的关系及各段的文体性质，文中未明确。我们认为，《芮良夫毖》前段上述四十字为小序，其后为正文。关于其文体特征及意义，兹分述如下。

先秦古书正文即主要叙述部分前往往有引论性质的文字，可称为"序辞"或"序言"。《楚辞·招魂》开头"朕幼清以廉洁"等六句，叙述作文之背景，可称为《序辞》。《〈芮良夫毖〉初读》所引《尚书》的《多士》《多方》及《康诰》前部文字则可称为《序言》。我们之所以做出这一区分，是因为前者为"楚辞体"，且与正文一起皆为作者本人所作，系作品的有机组成部分；后者显系文献记录者或编辑者所加，从文体及内容两方面来说不属作品本身之构成。如《多士》前之"惟三月，周公初于新邑洛，用告商王士"② 这十五字用以说明周公作《多士》的时间、地点及诰命之对象，并非《多士》本身的组成部分。

古书中的这种"序言"与现存《诗经》《尚书》的"序"（《毛诗序》《尚书序》）有相似之处。现存《诗经》《尚书》的"序"多交待其写作背景，亦有钩稽文献大意或叙述作文要旨者。《尚书》中，前引《多士》篇文字系交待背景，而《说命·序》则在交待背景时兼钩稽大意。《说命·序》曰："高宗梦得说。使百工营求诸野，得诸傅岩，作《说命》三篇。"③ 我们比较《芮良夫毖》前《小序》，可知二者皆系檃括作品内

<hr>

① 赵平安：《〈芮良夫毖〉初读》，《文物》2012年第8期。
② 《尚书正义》，阮元校刻：《十三经注疏（附校勘记）》，中华书局1980年版，第219页。
③ 《尚书正义》，阮元校刻：《十三经注疏（附校勘记）》，第174页。

容，以为引首。应当说明的是，现行《尚书》的《说命》三篇虽由清华简的发现而铁证为伪古文，但由清华简《傅说之命》的内容亦可知，附于今《古文尚书·说命》前之《书序》的作者曾亲见真古文《尚书》。

《康诰》前《序言》情况特殊，应专门提出讨论。其辞曰：

> 惟三月哉生魄，周公初基作新大邑于东国洛，四方民大和会。侯、甸、男、邦、采、卫，百工、播民，和见士于周。周公咸勤，乃洪大诰治。①

这篇文字与《康诰》内容完全不能相合，历代学者多疑其为错简。②引文中"侯、甸、男、邦、采、卫，百工、播民，和见士于周"句，赵平安教授《〈芮良夫毖〉初读》断作"侯甸男邦，采卫百工，播民和见，士于周。"③阮元校刻《十三经注疏》本《尚书》断为："侯甸男邦采卫，百工播民和，见士于周。"刘盼遂《观堂学书记》记载王国维讲课说："师云，此一段疑不能明。"又说："侯甸男邦采卫，师云，五服中加邦者所以俪句。"④检索《尚书》诸篇相关词语，可知静安先生此说并非的论。除《康诰》外，《尚书》诸篇中"侯甸男"等爵称连用者大体如下：

> 越在外服，侯甸男卫邦伯，越在内服，百僚庶尹、惟亚惟服宗工，越百姓里居，罔敢湎于酒。（《酒诰》）

---

① 《尚书正义》，阮元校刻：《十三经注疏（附校勘记）》，第202页。
② 参见臧克和：《〈尚书〉文字校诂》，上海教育出版社1999年版，第306—307页。
③ 赵平安：《〈芮良夫毖〉初读》，《文物》2012年第8期。
④ 王国维：《古史新证》，清华大学出版社1994年版，第274页。

　　汝劼毖殷献臣、侯甸男卫，矧太史友、内史友，越献臣百宗工。(《酒诰》)

　　越七日甲子，周公乃朝，用书命庶殷侯甸男邦伯。厥既命殷庶，庶殷丕作。(《召诰》)

　　庶邦侯甸男卫，惟予一人钊报诰。(《康王之诰》)①

　　由以上讨论可知，《康诰》前这段文字不但非"康诰"的固有内容，且有衍误。更由文中"周公"之称谓，可知其必为战国人所作《尚书》某篇序言而误植此篇之首。《康诰》既屡言"王若曰"，知此时周公已称王，一篇之内，关键处称谓断无相互龃龉之理。如此可证，此序非西周史官所记，而必为东周人所作。由一般所知《诗》《书》传承而言，成于战国经师之手的可能性最大。

　　以上是基于将《芮良夫毖》判为《尚书》类文献进行的讨论，说明《芮良夫毖》前四十字具有"序言"的性质而非文献固有的内容。下面就此话题继续进行讨论，并涉及《芮良夫毖》本身的文体性质。

　　在讨论本节所言"《芮良夫毖·小序》为先秦《诗序》遗存"这一判断之前，先简要说明《芮良夫毖》本身为《诗经》类文献。这是进一步讨论的基础和前提。

　　众所周知，现存《诗经》为汉代《毛诗》传本，各篇前皆有序，称《毛诗序》。传统将《毛诗序》分"大序"和"小序"，我们依多数人的意见称《关雎序》以下大段序文为《大序》，各篇之序称《小序》。如此，则《芮良夫毖》前之"序"可依经学史惯例称"小序"。将《毛诗序》与《芮良夫毖·小序》比较，有助于我们加深对这一文献性质的

---

① 《尚书正义》，阮元校刻：《十三经注疏（附校勘记）》，第 207、211、244 页。

认识。

《芮良夫毖·小序》中有"芮良夫乃作毖再终"一句，为讨论提供了理据。"终"是周代礼乐制度所用术语之一。经学文献表明，在周代礼乐制度的操作系统中，"终"表示"成"，即"备乐"中较小的音乐单位（一般指某一支歌曲或乐曲）的演唱或演奏完毕。[①] 兹引若干文献为证。

《仪礼·燕礼》：

> 工歌《鹿鸣》《四牡》《皇皇者华》……笙入，立于县（悬）中。奏《南陔》《白华》《华黍》……乃间歌《鱼丽》，笙《由庚》；歌《南有嘉鱼》，笙《崇丘》；歌《南山有台》，笙《由仪》。遂歌乡乐。《周南》：《关雎》《葛覃》《卷耳》。《召南》：《鹊巢》《采蘩》《采蘋》。太师告于乐正曰："正歌备。"

《郑注》：

> 正歌者，声歌及笙各三终，间歌三终，合乐三终为一备。备亦成也。[②]

《礼记·乡饮酒义》：

> 工入，升歌三终，主人献之。笙入三终，主人献之。间歌三

---

① 姚小鸥：《诗经三颂与先秦礼乐文化》，北京广播学院出版社 2000 年版。
② 《仪礼注疏》，阮元校刻：《十三经注疏（附校勘记）》，中华书局 1980 年版，第1021 页。

终，合乐三终。工告乐备，遂出。①

《逸周书·世俘解》："献《明明》三终。""龠人奏《崇禹生开》三终。"②《仪礼·大射》："乃歌《鹿鸣》三终。""乃管《新宫》三终。"③亦皆为例证。

以上"终"字的用法，出于音乐体制，兼有动词和名词之意。《吕氏春秋·音初篇》："二女作歌一终，曰《燕燕往飞》，实始作为北音。"④这一记载明确"终"字的名词用法。由于清华简之发现，知"终"字于古人观念中，意义相当于汉人以下所言《诗》之"篇"或"章"。

《清华大学藏战国竹简（壹）》中"终"字的这一用法在出土文献中首次出现，充分揭示其意义。

《耆夜》篇：

王舍爵酬毕公，作歌一终，曰《乐乐旨酒》："乐乐旨酒，宴以二公。任仁兄弟，庶民和同。方壮方武，穆穆克邦。嘉爵速饮，后爵乃从。"

《耆夜》还有"王舍爵酬周公，作歌一终"（下略）；"周公舍爵酬毕公，作歌一终"；"周公或舍爵酬王，作祝诵一终"等。尤其值得注意的是，《耆夜》中言："周公秉爵未饮，蟋蟀骤降于堂，周公作

---

① 《礼记正义》，阮元校刻：《十三经注疏（附校勘记）》，中华书局 1980 年版，第 1684 页。

② 黄怀信等撰，李学勤审定：《逸周书汇校集注》，上海古籍出版社 2007 年版，第 428、429 页。

③ 《仪礼注疏》，阮元校刻：《十三经注疏（附校勘记）》，第 1033—1034 页。

④ 陈奇猷校释：《吕氏春秋校释》，学林出版社 1984 年版，第 335 页。

歌一终，曰《蟋蟀》（下引文略）。"周公所作《蟋蟀》篇与今本《诗经》对照，虽有异文，但可知系出同一母本。《耆夜》中所记或竟为其本事。①

《芮良夫毖·小序》言"芮良夫乃作毖再终，曰"，后即述韵文一篇，"二启曰"后又述韵文一篇。

由此可知《芮良夫毖》必为"诗""歌"类文体。其文势与内容又与《诗经》大小《雅》相仿，故当判定为《诗经》类文献。《〈芮良夫毖〉初读》定其为《尚书》类文献，似有不妥。

下面谈一谈《芮良夫毖·小序》与传世《毛诗序》之关系。前文曾指出，《芮良夫毖·小序》与《古文尚书·说命·序》等相似，"皆系檃括作品内容，以为引首"。又说"现存《诗经》《尚书》的'序'多交待其写作背景，亦有钩稽文献大意或作文要旨者"。我们还要指出，今本《诗经》中所存《毛诗序》虽多言"美""刺"而为人诟病，然其中实不乏交待作品背景或檃括作品内容者。兹举数例如下：

> 《七月》，陈王业也。周公遭变故，陈后稷先公风化之所由，致王业之艰难也。（《七月·序》）
>
> 周公救乱也。成王未知周公之志，公乃为诗以遗王，名之曰《鸱鸮》焉。（《鸱鸮·序》）
>
> 《鹿鸣》，燕群臣嘉宾也。既饮食之，又实币帛筐篚，以将其厚意，然后忠臣嘉宾得尽其心矣。（《鹿鸣·序》）
>
> 《采薇》，遣戍役也。文王之时，西有昆夷之患，北有猃狁之

---

① 清华大学出土文献研究与保护中心编，李学勤主编：《清华大学藏战国竹简（壹）》，中西书局 2010 年版，第 150 页。

难。以天子之命，命将率遣戍役，以守卫中国。故歌《采薇》以遣
之，《出车》以劳还，《杕杜》以勤归也。(《采薇·序》)^①

下面，结合内容具体分析《芮良夫毖·小序》与该篇正文之关系，
以见其与《毛诗序》的异同。《芮良夫毖·小序》与《芮良夫毖》正文
之对照如下：

小序	正文
周邦骤有祸，寇戎方晋	寇戎方晋（第十简）
厥辟、御事各营其身	莫称其位（第十五简）
恒争于富	富而无倪，用莫能止（第四简）
	恒争献其力，畏燮方仇（第十四简）
莫治庶难	□□庶难（第十二简）
莫恤邦之不宁	恤邦之不臧（第六简）
	自起残虐，邦用不宁（第十七简）
	而邦受其不宁（第十八简）
芮良夫乃作毖再终^②	

以上为初步对比。实际上，诗篇中多以先王之敬事对比"今"之
"厥辟、御事各营其身"，以正喻反，乃《诗经》诸篇常见文法。从《芮
良夫毖·小序》之书法可以窥见《毛诗序》以正喻反、以反美正的影

---

① 《毛诗正义》，阮元校刻：《十三经注疏（附校勘记）》，中华书局1980年版，第
388、394、405、412—413页。
② 清华大学出土文献研究与保护中心编，李学勤主编：《清华大学藏战国竹简（叁）》，
中西书局2012年版，第145—146页。

子。由上述简单分析我们可以初步得出如下结论:《芮良夫毖·小序》为先秦《诗序》之遗存。它向人们展示了先秦时期《诗序》的原始面貌,在文献学上具有重要意义。

（原载《中州学刊》2014 年第 5 期）

《诗经》与清华简之"雦"命

前辈学者如高亨等人早已指出,《周易》卦爻辞中存在着与《诗经》相类的语词及句式。简帛文献所见其他《易》类文献亦多本《诗》语设占。清华简《筮法》中就有这样的例证。

《筮法》将"常见的占问事项分作十七类,称为'十七命'"①,其中"雦"命筮辞二则,其第一则云:

　　凡雦,三男同女,女在悔上,妻夫相见,雦。

"雦",整理者注:"疑即'售'字,指售卖而言。"整理者断"雦"为"售"是正确的,然"售卖"连言,用字未确。由《诗经·邶风·谷风》经传可得其正解。《谷风》第五章说:

　　不我能慉,反以我为仇。既阻我德,贾用不售。

"贾用不售",《郑笺》谓"如卖物之不售"。② 朱熹《诗集传》谓

---

① 清华大学出土文献研究与保护中心编,李学勤主编:《清华大学藏战国竹简(肆)》,中西书局 2013 年版。下引简文及整理者注释皆出自该本,不另说明。
② 《毛诗正义》,阮元校刻:《十三经注疏》,中华书局 2009 年版,第 641 页。

"虽勤劳如此，而不见取，如贾之不见售也"。① 可见"贾"训为"卖"，而"售"意为"卖出"。

今本《诗经·谷风》中的"售"字，本当作"雠"。阮元《毛诗注疏校勘记》云：

> 售，小字本、相台本同。唐石经"售"字磨改。案钱大昕《唐石经考异》云："盖本作'雠'。"段玉裁云："'雠'正字，'售'俗字。《史记》《汉书》尚多用'雠'。"今考《释文》"售，布救反"，是《释文》本作"售"，石经磨改所从也。②

清华简《筮法》"售"作"雠"，正用本字。上文所引"雠"命筮辞中，"三男同女，女在悔上，妻夫相见"为卦象的具体内容。"雠"为断占结果。该卦象何以断占为"雠"即"售"，值得进一步探究。

"三男同女，女在悔上"，整理者已有详注。"妻夫相见"，整理者注：

> 兑与艮左右相对，为少女、少男，是为"妻夫相见"。

以"相对"释"相见"，乃就卦象而言。其具体意指，似可作进一步说明。按"相见"一词又见于"死生"及"雨旱"两命，为《筮法》专门术语之一。其中"死生"命筮辞云：

> 筮死妻者，相见在上，乃曰死。

---

① 朱熹集注：《诗集传》，中华书局 1958 年版。
② 《毛诗正义》，阮元校刻：《十三经注疏》，第 648 页。

筮死夫者，相见在上，乃曰死。

整理者注：

右上震依《周易·说卦》第十章为长男，左上巽为长女，两者"相见在上"。

右上坎为中男，左上离为中女，亦"相见在上"。

"雨旱"命筮辞：

金木相见在上，阴。
水火相见在下，风。

整理者注：

据《卦位图》，本卦例上方兑在西方，属金，巽在东南，属木，是"金木相见在上"卦象。

下方艮在东北，属水，坎在南方，属火，是"水火相见在下"卦象。

上引"雉""死生""雨旱"三命中"相见"之象共五组：少男与少女，长男与长女，中男与中女，金与木，水与火，皆"相反而相成"（《汉书·艺文志》）。于此，可推知"相见"之意。

按，《尔雅·释诂》："遘、遇，见也。"① 《周易》经传凡言及"遘"

---

① 《尔雅注疏》，阮元校刻：《十三经注疏》，中华书局 2009 年版。

"遇"者,多就阴阳对待而言。"遘",《易》又作"姤"。①《姤卦·彖传》谓:"姤,遇也。柔遇刚也。"又云:"天地相遇,品物咸章。"②《筮法》之"相见",实蕴相反相成意。

又《筮法》"水火相见",似可比较《周易·说卦传》"水火不相射""水火相逮"之语。《说文》"逮,及也";"不相射",帛书《易传》作"相射"。古人认为,水火"相灭亦相生"(《汉书·艺文志》),"水火异处,则庶类无生成之用,品物无变化之理"(《周易正义》孔疏),"相射""相逮",言其作用变化之功。

夫妇为敌体。《易传》云"女正位乎内,男正位乎外"(《家人·彖传》);《太玄》谓"夫妻反道,维家之保"(《戾·次四》),司马光注云:"夫治外,妻治内,内外相成以保其家"(《太玄集注》)。"妻夫相见",得遂其遘,故《筮法》断占为"售"。

由《邶风·谷风》经传,可窥见《筮法》"雠"命旨趣。《谷风》篇之主旨,《毛诗序》谓"刺夫妇失道也"。诗人以"卖物之不售"比妇之见弃于夫,《筮法》断夫妻相见,曰卖物之得售。用法相类。

《谷风》篇的作年,孔颖达《正义》谓于卫宣公时(前718—前700)。《筮法》篇所载数字卦"与天星观简、包山简、葛陵简等楚简所载实占的数字卦形式基本一致"③,可知写定于战国。《筮法》与《谷风》以"售"言事,语词相类,逻辑相通。合理解释当是《筮法》篇作者化用《诗经》成典,施诸占辞。

同为战国筮书的王家台秦简《归藏》中亦有类《诗》之语。其《介

---

① 《姤卦》之"姤",《经典释文》:"薛云古文作遘。郑同。"陆德明:《经典释文》,中华书局1983年版,第27页。

② 《周易正义》,阮元校刻:《十三经注疏》,中华书局2009年版。

③ 李学勤:《清华简〈筮法〉与数字卦问题》,《文物》2013年第8期。

卦》云:"交交黄鸟,集彼秀虚。"①王辉先生曾指出,《介卦》"交交黄鸟,集彼秀虚"与《秦风·黄鸟》"交交黄鸟,止于棘"句式相类。②进一步研究可以发现,《介卦》与《小雅·黄鸟》在句式与取象上更近。《小雅·黄鸟》首章云:

> 黄鸟黄鸟,无集于穀,无啄我粟。此邦之人,不我肯谷。言旋言归,复我邦族。③

《小雅·黄鸟》"无集于穀"句与《归藏·介卦》"集彼秀虚"同用"集"字。《介卦》言黄鸟"集于有穗之墟,有禾实可食,自甚豫乐"④,而诗人以黄鸟之"集木啄粟"(《毛传》语)伤己之无谷,旨在言其"困"。《孔子诗论》第9简云:"《黄鸟》则困而欲反其故也。"⑤"困"为《周易》六十四卦卦名之一,《诗论》用"困"字断《黄鸟》篇旨,可见作者兼通《易》理。又《诗论》第26简谓"《邶·柏舟》闷"。"闷"亦为《周易》专门术语,出自《乾卦·文言》"遁世无闷"。

众所周知,《诗经》与《周易》均与孔子关系密切。《诗》《易》并传,孔子以来成为学统。孔门高弟子夏兼擅《诗》《易》,七十子后学荀卿亦然,汉初《韩诗外传》更多次以《诗》《易》并举,此为学术史之尤著明者。我们曾经指出,《孔子诗论》"对《诗经》诸篇进行评述时所使用的话语系统与《周易》经传高度重叠,在思想方法上,《诗论》与

① 王辉:《王家台秦简〈归藏〉校释(28则)》,《江汉考古》2003年第1期。
② 王辉:《王家台秦简〈归藏〉校释(28则)》,《江汉考古》2003年第1期。
③ 《毛诗正义》,阮元校刻:《十三经注疏》,第929页。
④ 王辉:《王家台秦简〈归藏〉校释(28则)》,《江汉考古》2003年第1期。
⑤ 马承源主编:《上海博物馆藏战国楚竹书(一)》,上海古籍出版社2001年版,第137页。

《周易》经传有着密切的内在联系"①。凡是，皆可见战国时期《易》学对于《诗》说影响之大。清华简《筮法》与王家台秦简《归藏》，则表明《诗经》对于先秦时期《易》类文献浸润之深。这一现象的揭示，对于认识春秋以降的《诗》学及《易》学源流或不无启示。

（原载《光明日报》2015 年 2 月 26 日《文学遗产》专栏，

与高中华合作）

---

① 姚小鸥：《〈周易〉经传与〈孔子诗论〉的哲学品格》，《文学评论》2003 年第 5 期。

安大简《诗经·葛覃》篇"穫"字的训释问题

安徽大学藏战国竹简整理和研究团队近期推出一批文章，介绍"安大简"的若干基本情况，并发布了一些研究成果。其中的《诗经》异文材料涉及《诗经》文献学研究的若干重要问题。徐在国《〈诗·周南·葛覃〉"是刈是濩"解》（以下简称《"是刈是濩"解》）①所举异文尤其引起我们的注意，兹在彼基础上作进一步的探讨。

如题目所示，《"是刈是濩"解》主要讨论《周南·葛覃》篇"是刈是濩"句中"濩"字的解读问题。"是刈是濩"句中的"濩"字，安大简作"穫"。徐在国上述文章据此以为，今本《毛诗》中的"濩"为借字，而简文中的"穫"为正字。他说：

> "濩"字多训为"煮"，或读为"镬"，训为"煮"，似乎已经成为学术界的定论。但我们认为"濩"字当读为"穫"，二字谐声，相互通假。将"濩"字读为"穫"，或许有学者产生疑问，但我们有安徽大学藏战国楚简《诗经·葛覃》的坚实证据。《诗·周南·葛覃》"是刈是濩"，安徽大学藏战国楚简《诗经·葛覃》作

---

① 徐在国：《〈诗·周南·葛覃〉"是刈是濩"解》，《安徽大学学报》（哲学社会科学版）2017 年第 5 期。下引本篇不再出注。

"是刘是穫"。"穫""濩"为异文，可以证明毛诗"濩"当读为"穫"，训为刘。"濩"字传统的训释为"煮"是有问题的。

《"是刘是濩"解》认为，该句"穫"字，与同句中的"刘"字恰可构成同义关系，"正所谓'统言则同，析言则异'"。文章列举《诗经》中的《小雅·鹿鸣》《大雅·皇矣》及《鲁颂·闷宫》等诸多文例，试图证明这一论点。然而考校可知，此说实由对《诗经》误读而引起的误解。

按："是刘是濩"这类句式，可以概括为"是 A 是 B"这一句法模式，此为《诗经》常见文法。该句式中前后 A 及 B 两字意义相类，但并非同意反复，而是表达意义方面的递进关系。为了说明这一点，谨将《"是刘是濩"解》所引《诗经》诸篇文例移录如下，逐条加以简析。

《诗·小雅·鹿鸣》："呦呦鹿鸣，食野之蒿。我有嘉宾，德音孔昭。视民不恍，君子是则是效。"《毛传》："是则是效，言可法效也。"

按：上引《鹿鸣》"是则是效"句中，"则"意为"准则"，"效"意为"效法"，全句言"嘉宾"德行高尚，"君子"当以其为标准而仿效之。

《诗·大雅·皇矣》："临冲闲闲，崇墉言言。执讯连连，攸馘安安。是类是祃，是致是附，四方以无侮。临冲茀茀，崇墉仡仡。是伐是肆，是绝是忽。四方以无拂。"孔颖达疏："《释天》云：'是类是祃，师祭也。'……此传言'于内曰类，于外曰祃'。谓境之外内，内非城内也。'致、附'承'类、祃'之下，则亦是敬神之事，故知致者，致其社稷群神；附者，附其先祖，为之立后。"《毛传》："肆，疾也。忽，灭也。"郑玄笺云："伐，谓击刺之。肆，犯突也。《春秋传》曰：'使勇而无刚者肆之。'"

按：上引《大雅·皇矣》篇中"是类是祃"的意义，正如《"是刈是濩"解》引孔颖达《正义》所说："此传言'于内曰类，于外曰祃'。谓境之外内，内非城内也。""内"与"外"在地理关系上，构成一种意义上的递进，与诗篇所叙述军队行进一致。"是致是附"句，如《正义》所言，为敬神时，先祭"社稷群神"等自然神，再附祭其先祖，亦有行为上之递进关系。马瑞辰《毛诗传笺通释》认为："祭祀未有专名致者；附，祭先祖卒哭之祭，其子孙自为之，亦非师祭也。"他引何楷说，认为"致"当为"致人民土地"；而"附当读如拊循之拊"（按：马氏之意即讨伐后拊循其民）。① 如此，同样具有意义上的递进关系。"是伐是肆"言对敌人打击时之"击刺"与"犯突"，"是绝是忽"言对敌军之斩断与杀灭，亦皆有意义之递进。不赘述。

《诗·鲁颂·閟宫》："徂来之松，新甫之柏。是断是度，是寻是尺。"孔颖达疏："于是斩断之，于是量度之。其度之也，于是用八尺之寻，于是用十寸之尺。"

按：《閟宫》此章言鲁国宗庙之宫室修筑。篇中"是断是度"句中的两个动词，如孔颖达《正义》所言，意为"斩断"与"量度"，两者意义不同。马瑞辰比较下句，以为此处之"度"字，当为"剫"之省

---

① 马瑞辰撰：《毛诗传笺通释》，中华书局 1989 年版，第 865 页。

借。《说文》："劂，判也。"是其意为剖判，较旧说更为合理，可从。全句言木料之加工，先伐断之，后解为方料，秩序井然。"是寻是尺"，言木料既伐，度量时先粗略、再精细之先后顺序，意义显豁。以上《阙宫》诸句中相关词汇皆非同意反复。

> 《诗·大雅·生民》："恒之糜芑，是任是负。以归肇祀。"孔颖达疏："以任、负异文，负在背，故任为抱也。"

按：上引文出自《大雅·生民》第六章，而《"是刈是濩"解》所引未全。该章全文为："诞降嘉种，维秬维秠，维糜维芑。恒之秬秠，是获是亩。恒之糜芑，是任是负。以归肇祀。"[①]其中《"是刈是濩"解》未引之"是获是亩"句亦为"是 A 是 B"句式。

"是获是亩"，《郑笺》："成熟则获而亩计之。"孔颖达《正义》："至熟则于是获刈之，于是亩计之。"[②]《正义》与《郑笺》所释相类，皆言收获而后按面积估算产量。从其意义的递进关系而言，表述清晰。

"是任是负"句，孔颖达疏："以任、负异文，负在背，故任为抱也。"孔颖达所言"任、负异文"，以及"负在背""任为抱"，可作为我们论证该句亦为表动作递进关系之"是 A 是 B"句式的基础。《说文》："任，保也。"段玉裁注："按上文云'保，养也'，此云'任，保也'。二篆不相属者，保之本义，《尚书》所谓'保抱'。任之训保，则保引申之义。如今言保举是也。"[③]由段玉裁注所引《尚书·召诰》文例可知，

---

① 《毛诗正义》，阮元校刻：《十三经注疏（附校勘记）》，中华书局 1980 年版，第531 页。

② 《毛诗正义》，阮元校刻：《十三经注疏（附校勘记）》，第 531 页。

③ 许慎撰，段玉裁注：《说文解字注》，上海古籍出版社 1981 年版，第 375 页。

保之本义为抱持小儿。《生民》第六章所述，诚为孔颖达《正义》所言："后稷以天为己下此四谷之故，则遍种之，成熟则获而亩计之，抱负以归，于郊祀天。"①我们在此要指出的是，"任""负"为运载嘉谷时两个不同运输环节的不同劳作行为。在诗篇中，并非简单的异文。依情理言，"任"为田间集中所获而"亩计之"之短途运输时的动作；长途运输至郊祀之所，怀抱显然不是有效方便之运输方式，而必须以背负了。

既知《"是刘是穫"解》所引《诗经》"是 A 是 B"句式文例在意义上皆为递进关系，下面直述《葛覃》篇相关语句的情况。《葛覃》篇"是刘是穫"句中，"刘""穫"两字在意义上亦复为递进关系。该诗全篇内容的疏解，可对此提供进一步的说明。为此，谨移录该篇全文并加以简释：

　　葛之覃兮，施于中谷，维叶萋萋。黄鸟于飞，集于灌木，其鸣喈喈。

　　葛之覃兮，施于中谷，维叶莫莫。是刘是穫，为绤为绤，服之无致。

　　言告师氏，言告言归。薄汙我私，薄浣我衣。害浣害否，归宁父母。

《葛覃》首章"施于中谷，维叶萋萋"云云，言葛之藤蔓延于谷中，由其生长状况开篇（比兴义此处从略）。②二章"是刘是穫，为绤为绤"句，《毛传》："穫，煮之也。"言刘取葛藤并煮治之，取其茎皮纤维而

① 《毛诗正义》，阮元校刻：《十三经注疏（附校勘记）》，第531页。
② 孔颖达《正义》引"舍人曰"："是刘，刘取之。是穫，煮治之。"《毛诗正义》，阮元校刻：《十三经注疏（附校勘记）》，第276页。

织成精粗不等之葛布，以备制衣之用。① 第三章在二章"服之无斁"的基础上，言及诗篇主人公"浣衣"之举与"归宁"之愿。

孔颖达《正义》串讲《葛覃》全篇大意说："言葛之渐延蔓兮，所移在于谷中，生长不已，其叶则莫莫然成就。葛既成就，已可采用，故后妃于是刈取之，于是濩煮之。煮治已讫，后妃乃缉绩之，为绵为绤。言后妃整治此葛以为绵绤之时，志无厌倦，是后妃之性贞专也。"② 诗篇所述主题是否为后妃之德性贞专，容再讨论，但全篇意义层层递进，前后连贯，浑为一体，盖无疑义。若以"濩"为"穫"之假借，言"刈""穫"同意，则篇中叙事环节有所缺失。古人必不肯如此。

行文至此，有必要再讨论一下"是刈是濩"句中的"濩"字的通假问题。有关"是刈是濩"句中"濩"系本字抑或借字，前人有所讨论。马瑞辰《毛诗传笺通释》以为"濩即镬之假借"，"镬所以煮，因训镬为煮"；其并举"《少牢馈食礼》有羊镬、豕镬"为旁证。③ 按马氏此说盖依《说文》。《说文·水部》："濩，雨流霤下貌。"段玉裁注："霤，屋水流下也。今俗语呼檐水溜下曰滴濩，乃古语也。或假濩为镬，如《诗》'是刈是濩'是也。"④ "濩即镬之假借"说，乃以"是刈是濩"句中"濩"为借字，"镬"为正字。依此，从现代语法理论的角度来看，"镬所以煮，因训为煮"的解释，系以名词活用为动词。

有关"是刈是濩"句中的"濩"字的训释，还有一个值得提及的材料是《经典释文》引《韩诗》云："刈，取也。濩，瀹也。"《说文·水

---

① 《毛传》："精曰绵，粗曰绤。"《毛诗正义》，阮元校刻：《十三经注疏（附校勘记）》，第276页。

② 《毛诗正义》，阮元校刻：《十三经注疏（附校勘记）》，第276页。

③ 参见马瑞辰撰：《毛诗传笺通释》，第37页。

④ 许慎撰，段玉裁注：《说文解字注》，第557页。

部》："瀹，渍也。"① 为什么《韩诗》以"瀹"即"渍"来训释"濩"
呢？这就涉及古代纺织史的一个工艺流程问题。植物纤维的提取要通过
脱胶这一工艺环节，以获取可纺纤维。先秦时期提取植物纤维的工艺主
要是沤渍法和煮练法。沤渍是早期人类首先掌握的植物纤维脱胶工艺。
《诗经·陈风·东门之池》对此有所反映。该篇说：

> 东门之池，可以沤麻。彼美淑姬，可与晤歌。
>
> 东门之池，可以沤纻。彼美淑姬，可与晤语。
>
> 东门之池，可以沤菅。彼美淑姬，可与晤言。

《毛传》："池，城池也。沤，柔也。"《郑笺》："于池中柔麻，使可
缉绩作衣服。"孔颖达《正义》："沤是渐渍之名，此云'沤，柔'者，
谓渐渍使之柔韧也。"② 诗篇所言，即通过沤渍使麻、纻、菅等植物的纤
维脱胶并柔化，以供纺织之用。

《毛传》关于"是刈是濩"句的解释来自《尔雅》。《尔雅·释训》：
"是刈是濩。濩，煮之也。"邢昺《疏》引舍人曰"是刈，刈取之。是
濩，煮治之"③，是皆以煮练法释之。

综上所述，有关《葛覃》篇"是刈是濩"句中"濩"字，《毛诗》
训"煮"，《韩诗》训"瀹"即"渍"。一为煮练法，一为沤渍法，具体
工艺手段有别，然俱以其为葛藤纤维加工之工艺流程，并无相异。④

---

① 许慎撰，段玉裁注：《说文解字注》，第 562 页。

② 《毛诗正义》，阮元校刻：《十三经注疏（附校勘记）》，第 377 页。

③ 《尔雅注疏》，阮元校刻：《十三经注疏（附校勘记）》，中华书局 1980 年版，第 2591 页。

④ 先秦时期的这一植物纤维加工工艺，为当代纺织科技史学界所公认。参见赵承泽主编：《中国科学技术史·纺织卷》，科学出版社 2002 年版。

就《说文》所释字义而言，以安大简《诗经·葛覃》篇之"穧"为正字，亦有不妥。《说文》："穧，刈谷也。"葛为野生蔓草，并非谷物。古人辨析草木鱼虫之名物细密，在叙述刈草时，不会遽用刈谷字。我们顺带在此指出，"是刈是濩"句，历史上确实另有异文。敦煌抄本《诗经》中，"是刈是濩"句的"濩"字有抄为"雘"者。^① 其与安大简之作"穧"者，同为借字。此处不再叙述理由。

如所周知，《尔雅》乃先秦旧籍，《毛诗》训诂本于《尔雅》，可见以"煮"训"濩"乃先秦旧义。《韩诗》为西汉三家《诗》之一。汉代经学师法、家法严谨，说必有自。总之，《毛》《韩》二家此篇之《诗》说，虽有小异，并无实质不同，足见以"濩"为治葛之工艺，乃古人共识。且此说与古代纺织工艺发展之进程相合，故绝无疑义。若以"濩"为"穧"之假借，谓"刈""穧"同意，不独于《诗经》文法不合，训诂有乖，亦且使《葛覃》全篇叙事环节缺失，于诗义实有未安，故不可取。

（原载《中州学刊》2018 年第 2 期）

---

① 参见程燕：《诗经异文辑考》，安徽大学出版社 2010 年版，第 8 页。

新出楚简与《诗经·驺虞》篇的解读

2015 年初，安徽大学出土文献与中国古代文明研究协同创新中心入藏一批战国竹简。其年代经专家鉴定和物理检测，被确认为属于战国中期。其内容系包括《诗经》在内的多种珍贵书籍文献。据报道，这批竹简中的《诗经》全部为《国风》，有《周南》《召南》等，共 58 篇。这是《诗经》学史上的惊人发现。

大家都知道，1977 年在安徽阜阳双古堆一号汉墓中发现的《诗经》残简，虽"文字残剩无多"，但仍引起学界的极大关注，其影响至今不衰。安大简《诗经》所存《诗经》诸篇为先秦遗物，且距孔子编订《诗经》的时代不远，诗篇的内容清晰完整，其在学术史上的价值自不待言。

2017 年以来，整理者陆续发表相关研究文章，对于安大简《诗经》的具体内容有所披露。其中《驺虞》篇的异文，引起我们极大的兴趣。所得略述如后，以供大家参考。

《驺虞》是一篇短小的诗歌。该篇只有两章，每章三句，共 26 字，内容如下：

> 彼茁者葭，壹发五豝，于嗟乎驺虞！
> 彼茁者蓬，壹发五豵，于嗟乎驺虞！ ①

---

① 《毛诗正义》，阮元校刻：《十三经注疏》，中华书局 2009 年版。

本篇为《国风》中字数最少者，在整个《诗经》中，亦仅次于《周颂》中的《维清》（18字）、《赉》（25字）等极少数篇什。《周颂》诸篇不分章，据清华简《周公之琴舞》可以推断，系采自原本某章编入，其短小有因。这样一篇短小的诗篇，历来却因言简意赅而极富争论，成为难解的学案。安大简《诗经》的发现，为这些学案的深入解读提供了新资料。

黄德宽教授《略论新出战国楚简〈诗经〉异文及其价值》①一文引用的安大简《驺虞》篇文字，各章末尾的感叹句没有今传本"于嗟乎驺虞"等句中的第三字"乎"。这一点与阜阳汉简《诗经》的《驺虞》残简相类。阜阳汉简《诗经》的《驺虞》残篇，共存9字（其中经文5字），内容为："貑于嗟驺虞此右驺虞。"②由此残简可知，汉代初年流传的《诗经》文本中，《驺虞》篇章数与今传本相同，皆为两章。其句式则与安大简相同。

安大简《诗经·驺虞》篇与今本的最大相异之处，也是它的最大亮点，乃是共有三章。第三章的文字为："彼茁者莒，一发五䝮，于嗟从麆！"

人们知道，在中国的传统哲学思想中，二与三有很大的不同。"二"具备了阴阳对举的两造，而"三生万物"，使主体更加富于张力。从审美的角度来说，《诗经》的两章结构形成基本的对举平衡关系，而三章则使前述平衡关系更富于动态特征。李炳海教授在《〈诗经·国风〉的篇章结构及其文化属性和文本形态》一文中，曾统计过《诗经·国风》中三章成篇的数字。他发现孔子最为推崇的《周南》《召南》中，三章

---

① 黄德宽：《略论新出战国楚简〈诗经〉异文及其价值》，《安徽大学学报》2018年第3期。

② 胡平生、韩自强：《阜阳汉简诗经研究》，上海古籍出版社1988年版。

成篇的比例很大，其中《召南》14 篇中，有 12 篇为三章构成。[①] 如果加上现在发现的《驺虞》篇文本，《召南》三章成篇的诗达 13 篇。也就是说，几乎《召南》全部皆系三章为篇。这一事实值得玩味。不过就我们关注的重点来说，前述安大简的新材料，对于我们考索《驺虞》一篇中的关键名物，进而判定诗篇主旨，具有更大的意义。

《驺虞》首章言"壹发五豝"，二章言"壹发五豵"，涉及"豝"与"豵"两种兽类。自《毛传》《郑笺》，至清代《诗经》学名著如马瑞辰《毛诗传笺通释》、陈奂《诗毛氏传疏》，于此多所讨论。诸家多言及"豝"与"豵"究系家畜抑或田豕（即野猪），并其大小年数。许多论断与此相关。

我们首先结合诗篇本文及古注，从若干角度来讨论本篇的关键词"驺虞"。"驺虞"究为何指，历来众说纷纭，而这一名目与诗篇主旨又密切相关，故为《诗》家所关注。关于"驺虞"的训释，古来有"义兽"说与"天子掌鸟兽官"说两大类。《毛传》主"义兽"说："驺虞，义兽也。白虎黑文，不食生物。"马瑞辰《毛诗传笺通释》赞同此说。[②]陈奂《诗毛氏传疏》引《礼记·郊特牲》"迎虎为其食田豕也"，认为"驺虞"当如《毛传》所言为老虎，并进一步说明，系所谓："春蒐亚驱豝豵，其即《礼记》迎虎之意与？"[③]按《礼记·郊特牲》云："迎猫，为其食田鼠也。迎虎，为其食田豕也。迎而祭之也。"郑玄《注》："迎其神也。"[④]由上引可知，"迎虎"即迎老虎之神而祭祀之，属于上古礼俗的

---

① 李炳海：《〈诗经·国风〉的篇章结构及其文化属性和文本形态》，《中州学刊》2006 年第 4 期。

② 详见马瑞辰撰：《毛诗传笺通释》，中华书局 1989 年版，第 104、106 页。

③ 陈奂：《诗毛氏传疏》，中国书店 1984 年版。

④ 《礼记正义》，阮元校刻：《十三经注疏》，中华书局 2009 年版。

重要内容。

安大简第三章有"一发五麋"句，在诗篇中引入了第三种动物名目"麋"。它在很大程度上改变了人们历来讨论的基础，推翻了陈奂判断"驺虞"属性时所引"迎虎说"的文献及民俗学依据。《礼记·郊特牲》所言礼俗的生活基础，是祭祀的目的在于驱除田鼠、野猪等祸害庄稼的兽类。"麋"为鹿类动物，其生活空间为林麓。显然与前述"迎虎"之俗不能直接建立关联。

一般认为，"驺虞"为"天子掌鸟兽官"之说出自三家《诗》，实《毛诗》中亦有此说之痕迹。《毛传》解释"壹发五豝"说："豕牝曰豝。虞人翼五豝，以待公之发。"①意思是说，虞人作为掌管山泽田猎的官员，在"公"行猎时，驱逐野兽，以待射猎。按古来有此制度。孔颖达《正义》说："田猎有使人驱禽之义。知虞人驱之者，以田猎则虞人之事，故《山虞》云：'若大田猎，则莱山田之野。'《泽虞》云：'若大田猎，则莱泽野。'天子田猎使虞人，则诸侯亦然，故《驷驖》笺云'奉是时牡者，谓虞人'。"②

怎样理解"壹发五豝"等句呢？首先，这与古代的前述田猎制度密切相关。历代学者都将句中"发"字解为发射箭矢。问题在句首"壹"字的训释。或以为"壹"字当作"一"，理解为数词。其说由来已久。《毛诗传笺通释》指出："贾谊《新书》及郑《笺》已误'壹发'为一发矢。"③若此，射一矢而中五兽，于理不合。孔颖达解为驱五兽而仅发一矢，不伤其余。《正义》曰："国君于此草生之时出田猎，壹发矢而射五豝。兽五豝唯壹发者，不忍尽杀。仁心如是，故于嗟乎叹之，叹国

---

① 《毛诗正义》，阮元校刻：《十三经注疏》。
② 《毛诗正义》，阮元校刻：《十三经注疏》。
③ 马瑞辰撰：《毛诗传笺通释》，第104页。

君仁心如驺虞。驺虞，义兽，不食生物，有仁心，国君亦有仁心，故比之。"① 按《正义》此论曲说明显，兹不详述。高亨先生《诗经今注》因《说文》引"壹发五豝"为"一发五豝"，以及"发"与"拨"音近可相通假等理由，将"壹发五豝"解为"一拨开芦苇发现五头小野猪"。② 现存安大简本句亦作"一发五豝"，以此看来，高说似乎有理。

将本篇与《小雅·吉日》对读，细绎文本，可知高说乃误解。《吉日》记周王行猎："既张我弓，既挟我矢。发彼小豝，殪此大兕。"③ "发彼小豝"犹言"射中那小野猪"，与"壹发五豝"句式相类，内容也相似。古人田猎以多获为美德，田猎时，仁心不猎杀云云，不符合礼制。"一拨开芦苇发现五头小野猪"之说，则不合情理。"豵"相比而言虽小兽，然已半岁到一岁（各家解说不同），如何还能聚于一个小小的芦苇丛中？且其长大，已可为猎物。如《豳风·七月》所言："二之日其同，载缵武功。言私其豵，献豜于公。"《诗经今注》且言此为牧童所歌。④ 真乃智者之失，野猪如何能够放牧？以《诗》证《诗》，以理揆之，皆可知此说难以成立。

关于"壹发五豝"的"壹"字，马瑞辰《毛诗传笺通释》引《小雅·小宛》"壹醉日富"例，认为此处"壹"为发语词，不当为数词讲。⑤ 杨树达《词诠》指出"壹"字与"一"通用，可为副词，释为"一旦""皆"等义。⑥ 如此解释，本句与《吉日》"发彼小豝"句更为密合。可以互证。

---

① 《毛诗正义》，阮元校刻：《十三经注疏》。

② 高亨：《诗经今注》，上海古籍出版社1980年版，第34页。

③ 《毛诗正义》，阮元校刻：《十三经注疏》。

④ 高亨：《诗经今注》，第33页。

⑤ 马瑞辰撰：《毛诗传笺通释》，第104页。

⑥ 杨树达：《词诠》，中华书局2006年版。

诗经与楚简诗经类文献研究

"驺虞"一名，与上诸引文中的"虞人"及"山虞""泽虞"等职名是何关系呢？前人已指出，贾谊《新书》等称"驺"为天子田猎之所①，如此，则"驺虞"与"山虞""泽虞"相类，皆职官之名。至于安大简"于嗟从唐"的异文，有待另文专论。

经以上缕述，可以结合《毛诗序》讨论《驺虞》主旨了。《驺虞序》说："《驺虞》，《鹊巢》之应也。《鹊巢》之化行，人伦既正，朝廷既治，天下纯被文王之化，则庶类蕃殖，蒐田以时，仁如驺虞，则王道成也。"②《驺虞序》中，文王之化，是《诗》家所概括的诗篇的文化价值和思想意义，而"庶类蕃殖，蒐田以时"是本篇叙事的核心。也就是说，诗篇通过"彼茁者葭，壹发五豝"等诗句，歌颂了周代礼乐制度下的自然生态和社会秩序，反映了主流的思想意识。可以推断，孔子在编订《诗经》时，将本篇放置于重要的地位，与此相关。

（原载《光明日报》2018 年 11 月 12 日第 13 版，"文学遗产"专栏）

---

① 《毛诗正义》，阮元校刻：《十三经注疏》。
② 参见贾谊撰，闫振益等校注：《新书校注》，中华书局 2000 年版，第 214 页。

安大简《诗经》与《秦风·黄鸟》篇的
章次问题

　　安徽大学藏战国竹简《诗经》的一个引人注目之处，是诸篇章次多有与今本《诗经》相异者。以《秦风》为例，其存诗十篇，《晨风》《无衣》仅有残句，完整和基本完整的八篇中，章次与今存《毛诗》不同者达四篇之多，值得提出来专门讨论。本文选取《黄鸟》一篇试作探究。

　　《秦风·黄鸟》共三章，为方便叙述，兹引全篇如下：

　　交交黄鸟，止于棘。谁从穆公？子车奄息。维此奄息，百夫之特。临其穴，惴惴其慄。彼苍者天，歼我良人！如可赎兮，人百其身！

　　交交黄鸟，止于桑。谁从穆公？子车仲行。维此仲行，百夫之防。临其穴，惴惴其慄。彼苍者天，歼我良人！如可赎兮，人百其身！

　　交交黄鸟，止于楚。谁从穆公？子车鍼虎。维此鍼虎，百夫之御。临其穴，惴惴其慄。彼苍者天，歼我良人！如可赎兮，人百其身！①

---

① 《毛诗正义》，阮元校刻：《十三经注疏》，中华书局 2009 年版。

安大简《秦风·黄鸟》篇的文字与今本《诗经》大体相同，个别不同之处，如"奄息"作"奄思"，"仲行"作"中行"，属于常见的文字通假，可暂且不论。其章次则与传世本《诗经》有异。传世本第一章在简本中置于最后，成为第三章。第二章和第三章的位置则依次前移。通过《黄鸟》文本自身和相关文献记载所提供的资料，从古代礼制及《诗经》的比兴艺术和叙事规律等方面着眼，总体来看，今本三章的次序更为合理，下面就此逐点分述。

关于该篇的主旨，《小序》说："《黄鸟》，哀三良也。国人刺穆公以人从死，而作是诗也。"《郑笺》："三良，三善臣也，谓奄息、仲行、鍼虎也。"①秦穆公以三良为殉之事，亦见于《左传·文公六年》："秦伯任好卒。以子车氏之三子奄息、仲行、鍼虎为殉，皆秦之良也。国人哀之，为之赋《黄鸟》。"②从诗史互证的角度来说，《左传》的这一记载是第一等重要的证据。据孔颖达在《毛诗正义》中说，在唐代所传《左传》文本中，"子车氏"记为"子舆氏"，"舆、车字异义同"。③这处异文从一个侧面说明《左传》的记载不是来自《诗经》，而是有着独立的史料来源。《左传》中，记某氏之子，意即某氏的儿子。《左传·隐公三年》："秋，武氏子来求赙。"《杜注》："武氏子，天子大夫之嗣也。"孔颖达《正义》："武氏者，天子大夫之姓。直云'武氏子'，不书其字，则其人未成为大夫也。"④由上可知，《左传·文公六年》"子车氏之三子"一语，意谓奄息、仲行、鍼虎皆为子车氏的儿子，系兄弟三人，这对《黄鸟》篇的章次判断有着重要意义。

---

① 《毛诗正义》，阮元校刻：《十三经注疏》。
② 《春秋左传正义》，阮元校刻：《十三经注疏》，中华书局 2009 年版。
③ 《毛诗正义》，阮元校刻：《十三经注疏》。
④ 《春秋左传正义》，阮元校刻：《十三经注疏》。

　　如所周知，中国古代是一个礼制社会，尊卑长幼之序，是礼制的首要内容。《礼记·曲礼》言："君臣上下父子兄弟，非礼不定。"①《左传》记载的子车氏三子的排序，在《黄鸟》篇中的体现，就是第一章首先记述奄息，第二章述及仲行，尾章则言鍼虎。因诗篇既歌咏兄弟三人，自然是以长幼排序，不会是弟在前而兄长反置其后。

　　子车氏三子的长幼之序，可以从古代的名字制度来进行考察。这一问题在学术史上曾有提及，而尚未在当代《诗经》研究中得到充分讨论，须加以辨明。关于"子车奄息"，《毛传》说："子车，氏。奄息，名。""子车仲行"，《毛传》无释。《郑笺》说："仲行，字也。""子车鍼虎"，《毛传》《郑笺》皆无释。② 以《毛传》体例，前文既已注"奄息"为名，其后的"仲行""鍼虎"就不再出注，即默认其亦为名，而郑玄以为其中有名、字之别。按：古人的名和字都是某人私名，名和字之间既有联系，又有区别。据礼书记载，"名"由父亲所取。而"字"则是成人行冠礼时，由"宾"根据冠者的"名"之义所取。"字"的构成有三部分，其中必有"伯、仲、叔、季（或孟、仲、叔、季）"作为排行字。所以《仪礼·士冠礼》所记字辞曰："……伯某甫。"又说："仲、叔、季，唯其所当。"贾公彦《疏》就此解释道："二十冠时与之作字，犹孔子生三月名之曰丘，至二十冠而字之曰仲尼。有兄曰伯，居第二则曰仲。"③《诗经·大雅·烝民》中所记有辅佐宣王中兴的名臣"仲山甫"。"仲山甫"的"仲"为其在家族中的诸子排序，"甫"又写为"父"，系通用的男子美称，往往可以省略。由此，我们可以知道，"子车仲行"在子车氏诸子中排行第二，诗人将其置于的诗篇的第二章中记

---

① 《礼记正义》，阮元校刻：《十三经注疏》，中华书局 2009 年版。

② 《毛诗正义》，阮元校刻：《十三经注疏》。

③ 《仪礼注疏》，阮元校刻：《十三经注疏》，中华书局 2009 年版。

述即缘于此。

关于"仲行"系"字"而非称"名"，清代著名经学家马瑞辰曾有不同看法。他在《毛诗传笺通释》引用《传》《笺》诸说后提出："然奄息、鍼虎皆名，则仲行亦名耳。"① 马氏对《诗经》训诂多有灼见，然三良皆名、仲行非字之说则太显拘泥。其实，孔颖达在《正义》中对此已有通达的解释。他说："《传》以奄息为名，仲行亦为名。《笺》以仲行为字者，以伯、仲、叔、季为字之常，故知仲行是字也。然则鍼虎亦名矣。或名或字，取其韵耳。"② "或名或字，取其韵耳"，一语道破事物的本质。诗人利用有限的语言空间，在历史叙事与艺术表达之间，做出最为合理的剪裁，不愧诗歌艺术的经典。

诗篇三章以"交交黄鸟，止于棘""交交黄鸟，止于桑""交交黄鸟，止于楚"起兴，引出子车氏三子奄息、仲行、鍼虎为秦穆殉葬之事。考察其所比、所兴，亦可窥见《黄鸟》一篇章次安排之匠心。

关于《诗经》中赋、比、兴的意蕴，有各种解释，朱熹《诗集传》所释较为稳妥。《诗集传》说："比者，以彼物比此物也。""兴者，先言他物以引起所咏之辞也。"③《黄鸟》何以用"止棘""止桑""止楚"起兴，说各不同。《毛传》《郑笺》和《孔疏》认为：黄鸟止于"棘、桑、楚"为得其所，"人以寿命终亦得其所，今穆公以良臣从死，是不得其所也"。④ 是以为《黄鸟》篇的兴象所用类乎反讽。马瑞辰《毛诗传笺通释》则言："《传》《笺》说皆非诗义。诗盖以黄鸟之止棘、止桑、止楚，为不得其所，兴三良之从死为不得其死也。棘、楚皆小木，桑亦非

————————

① 马瑞辰撰：《毛诗传笺通释》，中华书局1989年版，第391页。
② 《毛诗正义》，阮元校刻：《十三经注疏》。
③ 朱熹集注：《诗集传》，中华书局1958年版。
④ 《毛诗正义》，阮元校刻：《十三经注疏》。

黄鸟所宜止。《小雅·黄鸟》诗'无集于桑',是其证也。又按:诗刺三良从死,而以止棘、止桑、止楚为喻者,棘之言急也,桑之言丧也,楚之言痛楚也。古人用物多取名于音近,如松之言容,柏之言迫,栗言战栗,桐之言痛,竹之言蹙,蓍之言耆,皆此类也。"①

由上述马氏之辨析可知,《黄鸟》一篇所用比兴,洵有章法,以"止棘"开端,表达了作者闻听三良从死,解救而不得的急迫心情。继于"止桑",言诗人视三良之死如亲人之丧。终于"止楚",言诗人内心的无比痛楚。《诗经》中比兴的说解不可十分拘泥,所谓《诗》无达诂,然马氏于《秦风·黄鸟》一篇兴象的说解引用大量出自先秦两汉典籍之文例,论证坚实,令人信服。更为重要的是,这一论述符合古人用语的规律,故为我们揭示了正确理解本篇的门径。

《黄鸟》一篇的章次安排,属于诗歌的外在形式。一切优秀作品的内在形式包括艺术手法及其思想内容,无不与外在形式密切关联。诗篇三章依"自然的顺序",尽倾歌哭之情,千年以下犹动人心扉,然本文主旨在裁断《黄鸟》的章次,该篇诗艺的高妙值得认真体味,当以另文详述。

---

① 马瑞辰撰:《毛诗传笺通释》,第 390 页。

论安大简《诗经》的编校问题

　　2015 年初，安徽大学入藏了一批战国竹简，其中包括《诗经·国风》57 篇（含残篇）。这是《诗经》学史上极为重要的学术发现，也是整个中国历史上最重要的出土文献发现之一。这批竹简的《诗经》部分，在 2019 年以 "《安徽大学藏战国竹简（一）》"①的名义出版，成为到目前为止最为重要的《诗经》文本之一，具有很高的文献价值。然而该书出版两年多来，在学术界引起重视的程度与其重要性不相吻合，该书编校中存在的许多问题也没有得到充分的分析与评论。这种情况不利于这部重要文献作用的发挥，不能为 "安大简" 后续的整理、研究及编辑出版工作提供借鉴，故撰为此文，以供讨论。

　　按照出土文献整理命名的惯例，这部书可以简称为 "安大简《诗经》"，本文即以此称之。在这里，我们主要讨论的是安大简《诗经》的考古学年代与相关经学历史问题，《诗经》学专门术语的使用及有关史料解读的歧异问题，以及全书编写体例及撰写的统一性。至于书中的校注失误与解说失当等问题，因为篇幅的关系，暂不涉及。

---

① 安徽大学汉字发展与应用研究中心编，黄德宽、徐在国主编：《安徽大学藏战国竹简（一）》，中西书局 2019 年版。

一、安大简的考古学年代与《诗经》的编订成书

出土文献研究，首先要解决其考古学年代问题。关于安大简的年代，安大简《诗经》的《前言》（以下径称《前言》）说：

> 北京大学加速器质谱实验室对竹简、竹笥残片和漆片等三种样品进行了年代检测，测定其年代距今约二千二百八十年左右。其后国家文物局荆州文物保护中心进行了化学检测分析，也确认这批竹简时代为战国早中期。①

上引文中标出了"距今二千二百八十年左右"和"战国早中期"两个年代学的概念。"安大简《诗经》"一书出版于 2019 年，若"距今二千二百八十年左右"，竹简的考古学年代当推定为公元前 261 年左右。战国纪年的起始，方诗铭编《中国历史年表》依《史记·六国年表》，定为周元王元年，即公元前 475 年；战国时期的终结，为秦统一中国，即公元前 221 年。②"公元前 261 年左右"当属于战国晚期，这一数据与国家文物局荆州文物保护中心化学检测分析所得出的该竹简年代为"战国早中期"的结论严重不符。比对黄德宽教授所撰《安徽大学藏战国竹简概述》一文所引述，北京大学加速器质谱实验室对竹简所作的考古学年代测定为"距今（1950 年）约 2280 年"。③这里的"今"，是以 1950 年为基准年代的一个科学语汇。按照这一数据，安大简的考古学年代

---

① 安徽大学汉字发展与应用研究中心编，黄德宽、徐在国主编：《安徽大学藏战国竹简（一）》，第 1 页。《史记·六国年表》将战国时期的终结定于秦二世末，这里不加讨论。

② 方诗铭编：《中国历史年表》，上海辞书出版社 1980 年版，第 20—21 页。

③ 黄德宽：《安徽大学藏战国竹简概述》，《文物》2017 年第 9 期。

约为公元前 330 年，为战国中期。如果按照"三国分晋"作为战国之始的基点①，安大简的年代系战国中期偏早。由此可知，《前言》将"距今（1950 年）约 2280 年"，误为"距今约二千二百八十年左右"，真可以说是差之毫厘，谬以千里了。

从情理上来说，同一作者在学术论著的撰写中对于同一数据的使用不会差别如此之大，最大的可能是出版编校过程中的操作失误。但这一数据是涉及相关《诗经》学史断代的重要问题，不能不予以指出。与此相关联的是，《前言》中关于《诗经》文本形成及传播的历史年代的叙述。

有关《诗经》文本形成的年代，《前言》有如下叙述：

> 汉代司马迁等认为经过孔子取舍删存后才最终形成《诗》三百五篇定本。尽管司马迁提出的"孔子删诗说"未必可信，但在春秋晚期《诗经》经过孔子整理并已经有了定本则是可能的。简本《诗经》是目前发现时代最早、存诗数量最多的抄本。简本国风各组收诗数量、篇次与《毛诗》及有关文献记载大体相同，表明当时楚地抄本所依据的母本与《毛诗》相差不远，这证明战国早中期《诗经》确有定本，且已广泛传播。②

有关孔子与《诗经》的关系，《史记·孔子世家》有如下叙述：

> 古者《诗》三千余篇，及至孔子，去其重，取可施于礼义，上

① 方诗铭编：《中国历史年表》，第 22—23 页。

② 安徽大学汉字发展与应用研究中心编，黄德宽、徐在国主编：《安徽大学藏战国竹简（一）》，第 5 页。

采契后稷，中述殷周之盛，至幽厉之缺，始于衽席，故曰"《关雎》之乱以为风始，《鹿鸣》为《小雅》始，《文王》为大雅始，《清庙》为颂始"。三百五篇孔子皆弦歌之，以求合《韶》《武》《雅》《颂》之音。礼乐自此可得而述，以备王道，成六艺。[①]

　　太史公之言，是《诗经》学史上著名的"孔子删诗说"的直接来源。《前言》所说"汉代司马迁等"言孔子删《诗》，虽较圆通，但尚未达一间。从现有文献可知，孔子以前，传《诗》者为官学之学官太师等，传习内容为诗、乐、舞一体之"乐"。自孔子董理六艺，而《诗》乐分途，故孔子为"《诗》家"之开山祖。《前言》虽指出"《诗经》经过孔子整理并已经有了定本"为"可能"，但由《前言》之"战国早中期《诗经》确有定本"，及"春秋战国时期《诗经》就有了定本"等不同说法，可知其对《诗经》学史这一关键问题实持游移态度。因为"春秋战国"是一个相当长的历史阶段，而现有材料完全可以给出更为明确的断语。

　　传世文献与出土文献提供的信息，足以使我们相信孔子删订《诗经》之说为可信。这里为这一论断提供两个学术支撑点。

　　其一，否认或怀疑"孔子删《诗》说"者所提出的一个重要论据是，在《论语》等先秦文献中，记载孔子曾屡言"诗三百"，故认定在孔子之时已有三百篇之定本《诗经》存在。许多著作甚或以《诗三百》作为《诗经》在先秦时代的称名。我们曾经指出，"诗三百"一语，并非实指"诗"之数量，而是极言其多的一个修辞手法。故不能据此确认

---

　　① 司马迁：《史记》，中华书局 1982 年版，第 1936—1937 页。

孔子之时甚或之前已有三百篇定本之《诗经》。①

其二，清华简所存《诗经》文献之《周公之琴舞》中，成王所作诗之"元纳启"为今本《周颂·敬之》的别本，其余八启及周公所作，显系为《诗经》编订之时刊落。由此可推知"删诗"之说绝非空穴来风。

有关《诗经》在楚地的传播时间及楚地所传《诗经》形态，除安大简《诗经》外，尚有其他楚地文献提供的信息。我们对此将有专文另述。

二、关于安大简《诗经》中的《矦》风与《毛诗·王风》的关系

《前言》中有关该文献文本性质的一些论述，反映出整理者对于《诗经》学的基本问题缺乏足够的了解，书中的一些错误论断由此而生。最引人注目的是对"《矦》风"六篇性质的推断。该书《前言》说：

> 简本首次出现国风名"矦"，我们怀疑可能是《王》的另一种表述。问题是这六篇诗不属于《毛诗·王风》，而属于《魏风》。如何解释这种现象？第一种可能是《毛诗·王风》与简本《矦》本来即不相关，简本是与《毛诗》不同的另一个系统；第二种可能是《矦》即《毛诗·王风》，但所辖诗篇各异，这样的话，对《王风》以及所属各篇的理解可能都要重新考虑；第三种可能是同一国风下具体各篇诗发生误置，《矦》下误置的是《魏》诗，或《毛诗·王风》下现存各诗是误置的他国之诗。②

---

① 参见姚小鸥：《"诗三百"正义》，《文艺研究》2007 年第 11 期。

② 安徽大学汉字发展与应用研究中心编，黄德宽、徐在国主编：《安徽大学藏战国竹简（一）》，《前言》第 3 页。

在同书《矦》的说明文字中，编者对疑其即《王风》所提出的理由如下：

> 简本《矦》作为一国之风名，未曾见于文献记载，黄德宽疑即《王风》。郑玄《毛诗谱》："申矦与犬戎攻宗周，杀幽王于戏。晋文矦、郑武公迎宜咎于申而立之。是为平王。以乱故徙居东都王城。于是王室之尊与诸侯无异，其诗不能复雅，故贬之谓之王国之变风。"朱熹《诗集传》："然其王号未替也，故不曰周而曰王。"战国楚简抄本则直接称之以"矦"，盖有"贬之"之意。①

按：有关《王风》命名之由，有各种说法，上引文中的《诗谱》及《诗集传》所言可谓代表，我们将之归纳为"国名说"与"爵称说"两种。马瑞辰《毛诗传笺通释》对此有扼要的说解：

> 《周官》大师教六诗，一曰风。是风乃诗之一体。……《王风》盖采风畿内，故列于风。《雅》兼天下，则不以代名；风主一国，则必以国名，十五国之风皆国名也。周平王迁于王城，故名其《风》为《王》，称其地，非称其爵。陆德明谓犹《春秋》称"王人"，非也。②

上引马氏之言，以"风主一国，则必以国名"最得要领。这里，我们对"必以国名"做一个简要的补充。大家都知道，《诗经》中的《国

---

① 安徽大学汉字发展与应用研究中心编，黄德宽、徐在国主编：《安徽大学藏战国竹简（一）》，第 115 页。

② 马瑞辰撰：《毛诗传笺通释》，中华书局 1989 年版，第 15—16 页。

风》一百六十篇，共分为十五个部分，通常称为"十五国风"。通行著
作一般将之解释为十五个诸侯国的诗篇，这种说法是不够准确的。我们
曾经指出：

> 今天称为"中国"的这块广袤的土地，古代称为"天下"。而
> 当时所说的"中国"是指华夏民族的核心区域即中原地区。《诗经》
> 中"溥天之下，莫非王土"的诗句，就是建立在这一观念之上的。
> "溥天之下"分为很多诸侯国，若干个诸侯国可以构成一个较大的
> 区域，这些区域有其独特的文化地理特征。每个诸侯国中往往又包
> 含有许多小的区域，这些区域也各有其独特的历史及文化传承。也
> 就是说，"十五国风"中，虽然有很多是一国之"风"，但也有一些
> 是包括若干诸侯国的较大区域内的诗篇的集合。如《周南》和《召
> 南》。还有一些是比通常意义上的诸侯国小的地区的诗歌，比如
> 《豳风》。豳是一个小的地域，周人的老家。至于《王风》，一般认
> 为它是周平王东迁到洛阳以后的王畿的诗歌。①

因为文体的关系，以上引文中未对《王风》所以得名的文献学及历
史学要素进行更多的分析。兹略述如下：

> 郑玄《诗谱》对《诗经》各个部分皆以其名谱之。《国风》为
> 《周南召南谱》《邶鄘卫谱》《郑谱》《王城谱》《齐谱》《魏谱》《唐
> 谱》《秦谱》《陈谱》《桧谱》《曹谱》《豳谱》等。《小雅》和《大
> 雅》为《小大雅谱》。三《颂》分别为《周颂谱》《鲁颂谱》和《商

---

① 姚小鸥：《诗经译注》，当代世界出版社 2009 年版，第 4—5 页。

颂谱》。一部著作，自当有其体例并遵循之，经学著作更是如此。郑玄《诗谱》中《王风》之谱不应例外旁枝。从郑玄《诗谱》中《王风》为《王城谱》可知，汉代所传《毛诗》经说甚至经本中，《王风》有以"王城"名之者。郑玄《王城谱》详解中的缺憾在于将"王城"与"王畿"混为一谈。因为不影响本话题的讨论，这里暂且从略。①

总之，由《王城谱》之名可知，《王风》之命名亦遵循《毛诗》全书对《国风》的命名体例，即以地名（即马瑞辰所说"国名"）名之。那么，《王风》命名的"爵称说"是否能够支持安大简"《医》风"为《王风》之说呢？考以经学史，结论是否定的。下面对此略作陈述。

前引马瑞辰言及《王风》命名之由时，提到"陆德明谓犹《春秋》称'王人'"，马氏对此仅断以"非也"，未作具体考辨。按马氏引陆德明之语出自《经典释文》，为《毛诗正义》所转录，其文曰："王国者，周室东都王城畿内之地，在豫州，今之洛阳是也。幽王灭，平王东迁，政遂微弱，诗不能复'雅'，下列称'风'，以'王'当国，犹《春秋》称王人。"② 陆氏此说实出自汉代经学家服虔。《史记·吴太伯世家》："歌《王》。"裴骃《集解》："服虔曰：'王室当在《雅》，衰微而列在《风》，故国人犹尊之，故称《王》，犹《春秋》之王人也。'"③

汉代所传《诗》说中，《雅》为王室之诗。《毛诗序》说："雅者正也，言王政之所由废兴也。政有小大，故有《小雅》焉，有《大雅》焉。"④

① 参见姚小鸥：《〈王城谱〉与〈王风〉的命名》，待刊。
② 陆德明：《经典释文》，中华书局1983年版，第63页。
③ 司马迁：《史记》，第1454页。
④ 《毛诗正义》，阮元校刻：《十三经注疏（附校勘记）》，中华书局1980年版，第271页。

由前引服虔之语可知，其所论基础是《王风》亦当为"王室"诗篇。然而由于王室衰微（即《毛诗序》所言之"王道衰，礼义废"），王室之诗已不能匡正天下，故列于《风》诗之中。以服虔语"故国人犹尊之，故称《王》"与郑玄之说对读，可知二者并无根本上的矛盾。从语法上来说，郑玄所言"其诗不能复雅，故贬之谓之王国之变风"，是一个复句。第一个分句"其诗不能复雅"中，"诗"系主语。第二个分句"故贬之谓之王国之变风"又分两个部分，第一个部分，"贬之"为动宾结构，"之"指代上一个分句的"诗"；第二个部分"谓之王国之变风"，意为"其诗被称为王国之变风"，从而进一步申述第一个部分的意思，将"贬之"的内容具体化。经此分析，可以看得很清楚，郑玄所说，并非谓贬王之爵名，被贬者乃"诗"之等级。故此语不能作为"《侯》风"系《王风》说的根据。

那么怎样理解郑玄所谓"于是王室之尊与诸侯无异呢"？首先，郑玄此语将王室的政令通达与否和王室的声望尊卑混为一谈，是不正确的。因为若以东周时期周王室之"尊"与诸侯无异，完全不符合《诗经》时代的历史事实。考察《春秋》《左传》可知，春秋时期，霸主皆以"尊王攘夷"为号召。顾颉刚先生指出，先秦时期各方国自称王者甚夥。[①] 故《春秋》每称周天子为"天王"，特示其尊。文例甚多，兹不具引。

说到这一问题，不能不提到《诗经》编订者孔子的政治与文化主张。安大简《诗经》的《前言》肯定了"春秋晚期《诗经》经过孔子整理并已经有了定本"，而孔子"作《春秋》"是战国以来人所共知的史

---

① 参见顾颉刚：《周公执政称王——周公东征史实考证之二》，郭伟川编：《周公摄政称王与周初史事论集》，北京图书馆出版社 1998 年版，第 51 页。

实。《春秋》对周天子极为尊崇，这一政治与历史观必反映在《诗经》各部分的命名中。综上所述可知，《诗经》作为儒家经典在其编订与传播中，绝对不可能有"贬王为侯"的意识存在。安大简《诗经》的整理者在论《矦》为《王风》时，以"战国楚简抄本则直接称之以'矦'，盖有'贬之'之意"，很不妥当。

我们认为，"《矦》风"之得名，和《魏》《唐》诸风一样，是由晋国之地内的地名，即我们前述方国内较小的区域名称（往往是被称"附庸"的小诸侯国名）而来。高中华博士《论安大简〈诗经〉中的"侯风"》对此有较为全面论述。① 本文对此不再详论。

三、全书编写体例及编撰的统一性问题

安大简《诗经》的内容包括《周南》《召南》《秦》《矦》《甬》《魏》等。其编辑形式为：《周南》《召南》等每"国"之诗前有一段总括性的说明文字；其后按顺序录、释所属各篇，每篇诗前各有说明文字，之后是"释文"和"注释"。《周南》的说明文字为：

> 《周南》现存十八支简。简背有划痕，简首尾留白，简面下端有编号，为"一"至"十七"、"二十"，其中"十七"残"七"字。缺第十八、十九号简。残缺的简文为《汉广》第三章的"不可方思"、《汝坟》全篇、《麟之趾》第一章和第二章的"麟之"。第二十号简末书"周南 十又一"，标明《周南》收诗十一篇，与《毛诗》同。十一篇篇序亦与《毛诗》一致：《关雎》、《葛覃》、《卷耳》、

---

① 参见高中华：《论安大简〈诗经〉中的"侯风"》，待刊。

《樛木》、《螽斯》、《桃夭》、《兔罝》、《芣苢》、《汉广》（残）、《汝坟》（缺）、《麟之趾》（残）。①

《关雎》篇的说明文字为：

> 《关雎》篇的分章，《毛传》与《郑笺》不同。《郑笺》分五章，章四句；《毛传》分三章，一章章四句，两章章八句。简本释文按照《毛传》把《关雎》分为三章，一章章四句，两章章八句。②

由上引文可见该书的体例设计尚称完备，但在撰写中，存在着叙述方面的种种缺憾与不足。如上引《周南》的说明文字，言其收诗数量和篇序与《毛诗》一致，并逐一列出《毛诗·周南》诸篇的篇名。这一叙述从意义表达上来说不够准确。因为从书中提供的信息来看，只能说简文的《汉广》与《麟之趾》两篇之间，竹简有缺失，从竹简容字等相关信息推测，缺失的一篇当为《汝坟》。若然，则简文《周南》的上述内容与今传本《毛诗》相同。相似问题也存在于该书的其他部分，如《甬（鄘）风》的说明文字。③ 在上述说明文字中，这类问题只是较一般性的编校失当，整个说明文字传达的文献基本信息相对比较完整。《召南》

---

① 安徽大学汉字发展与应用研究中心编，黄德宽、徐在国主编：《安徽大学藏战国竹简（一）》，第 69 页。

② 安徽大学汉字发展与应用研究中心编，黄德宽、徐在国主编：《安徽大学藏战国竹简（一）》，第 69 页。

③ 安徽大学汉字发展与应用研究中心编，黄德宽、徐在国主编：《安徽大学藏战国竹简（一）》，第 126 页。该说明文字言："简本篇序与《毛诗》相同。简本缺失第九十五、九十六、九十七号三支简。"作者推测缺失简中两篇诗为《蝃蝀》和《相鼠》，是有道理的，但未提供简本任何信息可以证明所失两篇次序与《毛诗》一致。鉴于简本的复杂情况，及其与《毛诗》的种种不同，可知这一说法有武断之嫌。

的说明与此相比，则有诸多疏漏。其全文如下：

> 《召南》简编号从第二十一号至第四十一号。简面下端有编号，但因残损只存在以下十个编号：二十一、二十二、二十八、三十二、三十三、三十四、三十五、三十六、三十七、三十九。简本《召南》收诗十四首，与《毛诗》同。仅《殷其雷》《江有汜》两篇完整，其他各篇都有残缺。《殷其雷》一篇章序与《毛诗》有别，《驺虞》较《毛诗》多出一章。①

与《周南》的说明文字相比，上引《召南》说明文字有如下不妥。

第一，《周南》的说明文字在叙述所收诗篇数量时，言"收诗十一篇"。"篇"字的使用，说明编校者对《诗经》所录诗歌的量词注意使用术语，而简本《召南》说明文字"收诗十四首"的叙述语，不仅在"篇""首"的使用选择上不如前者考究，且造成全书体例不够统一。这一问题我们将在下节中做进一步阐述。

第二，在叙述简号时，第"三十三简"的个位数字没有使用规范汉字数词"三"，而是使用简文中的古文字（隶定为"厽"），这不合乎一般的出土文献整理用字习惯，亦与全书叙述文字使用现行规范字体的体例不相符合。

第三，未如《周南》说明文字前例，叙述"简背划痕，简首尾留白"等信息。言及"《召南》简编号"时，仅说到"因残损只存在以下十个编号"，而对于残简的存世的情况及其在本书中的编号未加说明，以致读者面对诸如《草虫》篇释文中出现的"二十五简"，《采蘋》篇中

---

① 安徽大学汉字发展与应用研究中心编，黄德宽、徐在国主编：《安徽大学藏战国竹简（一）》，第84页。

出现的"二十七简"等，需自行核对图版。《周南》说明文字在叙述第
十七号简的简号时说，"其中'十七'残'七'字"，可知据该书体例当
有此说明。

第四，该说明文字言"《殷其雷》一篇章序与《毛诗》有别，《驺
虞》较《毛诗》多出一章"。这种表达给读者的印象似乎是《召南》诸
篇章次与章数和《毛诗》之异仅限此篇。实际上，《羔羊》篇的说明已
经指出该篇"简本章次与《毛诗》异，第二章对应《毛诗》第三章，第
三章对应《毛诗》第二章"；《江有汜》的说明指出该篇"第二章对应
《毛诗》第三章，第三章对应《毛诗》第二章"。①

《召南》说明文字对所属诗篇章次异同的叙述信息不全，涉及该书
编校体例的一个重要问题。读过安大简《诗经》的学者都知道，安大简
《诗经》与传世《毛诗》的重大相异之处，是多篇章次不同。除前文所
指出的《召南》篇之外，《周南》的《卷耳》②、《螽斯》③，《秦风》的《车
邻》④、《驷驖》⑤、《小戎》⑥、《黄鸟》⑦，"《侯风》"（按：其诗篇《毛诗》属

① 安徽大学汉字发展与应用研究中心编，黄德宽、徐在国主编：《安徽大学藏战国
竹简（一）》，第89、94页。

② 安徽大学汉字发展与应用研究中心编，黄德宽、徐在国主编：《安徽大学藏战国
竹简（一）》，第74页。（简本第二章为《毛诗》第三章，简本第三章为《毛诗》第二章）

③ 安徽大学汉字发展与应用研究中心编，黄德宽、徐在国主编：《安徽大学藏战国
竹简（一）》，第77页。（简本第二章为《毛诗》第三章，简本第三章为《毛诗》第二章）

④ 安徽大学汉字发展与应用研究中心编，黄德宽、徐在国主编：《安徽大学藏战国
竹简（一）》，第99页。（简本第二章为《毛诗》第三章，第三章为《毛诗》第二章）

⑤ 安徽大学汉字发展与应用研究中心编，黄德宽、徐在国主编：《安徽大学藏战国
竹简（一）》，第100页。（简本第二章为《毛诗》第三章，第三章为《毛诗》第二章）

⑥ 安徽大学汉字发展与应用研究中心编，黄德宽、徐在国主编：《安徽大学藏战国
竹简（一）》，第102页。（简本第二章为《毛诗》第三章，第三章为《毛诗》第二章）

⑦ 安徽大学汉字发展与应用研究中心编，黄德宽、徐在国主编：《安徽大学藏战国
竹简（一）》，第109页。（简本第一章为《毛诗》第二章，第二章为《毛诗》第三章，第
三章为《毛诗》第一章）

《魏风》）的《硕鼠》①，《甬（鄘）风》的《墙有茨》②、《定之方中》（该篇简本与《毛诗》异同情况下文将具体阐述），简本《魏风》（所属诗篇传世本《毛诗》属《唐风》）的《蟋蟀》③、《绸缪》④、《鸨羽》⑤等，皆有章次相异的问题。在各相关说明文字中未曾提及，这也是一种处理方式，然而体例应该统一，否则影响读者对文本的阅读理解及后续研究。

还应该指出，该书各篇说明文字有关简本与传世本《毛诗》章次不同之处，一般比较明确，但《定之方中》一篇的说明过于简略，未能向读者提供必要的信息。该说明文字内容是："简本《定之方中》存诗二章，章七句，缺失一章。章序与《毛诗》不同。"⑥这一说明文字与前引各篇指明具体章次相异之处所表现的体例不相一致。另外，由于未说明相关缺失文字与竹简的残损情况有何关联，读者难以从中得知诸如缺失者为何章，为何缺失，简本章次与《毛诗》章次有何不同，判断依据为何？这需要读者自行核对安大简《诗经》图版，包括"附页单置"的"原大图版"才能知晓。

对照图版可知，现存简本《定之方中》一篇的文字书写于第九十二简、九十三简与九十四简上。首章开篇"定之方中，作"五字书写于第

---

① 安徽大学汉字发展与应用研究中心编，黄德宽、徐在国主编：《安徽大学藏战国竹简（一）》，第122页。（简本第一章为《毛诗》第二章，第二章为《毛诗》第一章）

② 安徽大学汉字发展与应用研究中心编，黄德宽、徐在国主编：《安徽大学藏战国竹简（一）》，第128页。（简本第一章为《毛诗》第三章，第三章为《毛诗》第一章）

③ 安徽大学汉字发展与应用研究中心编，黄德宽、徐在国主编：《安徽大学藏战国竹简（一）》，第139页。（简本第一章为《毛诗》第二章，第二章为《毛诗》第一章）

④ 安徽大学汉字发展与应用研究中心编，黄德宽、徐在国主编：《安徽大学藏战国竹简（一）》，第144页。（简本第二章为《毛诗》第三章，第三章为《毛诗》第二章）

⑤ 安徽大学汉字发展与应用研究中心编，黄德宽、徐在国主编：《安徽大学藏战国竹简（一）》，第148页。（简本第二章为《毛诗》第三章，第三章为《毛诗》第二章）

⑥ 安徽大学汉字发展与应用研究中心编，黄德宽、徐在国主编：《安徽大学藏战国竹简（一）》，第133页。

九十二简,承前篇《鹑之奔奔》后续写。此为第一章无异,与传世本次序相同。第九十三简残损严重,残存部分断为两截,第一片简书写"为楚宫,癸"四字;第二片简书写"日,作为楚室。树之榛栗,椅桐梓漆,爰伐琴瑟"等,以下缺失。两片之间缺失"之以"二字。第九十四简同样残损严重,前半缺失,后半书写"望楚与堂,景山与京,降观于桑。卜云既吉,终然"。本篇后《毛诗》有"允臧"二字,简本此二字当书写于丢失的第九十五号简上,但这不影响对简文章次的判断。因第九十四简所书为传世《毛诗》第二章,而第九十三简丢失的下半与第九十四简丢失的上半,总计近有一支简的长度[①],可容三十字左右,必当写有一章的内容。故可推知传世本《定之方中》的第三章在简本中必为第二章无疑。据我们研究,简本章次较传世本为优,因将有专文讨论,这里不予详述。

四、《诗经》学专门术语的使用及对史料解读的歧异

术语的使用,关系到对学术问题叙述的准确与否。安大简《诗经》的整理中对此注意不够。如《召南》的说明文字言"《殷其雷》一篇章序与《毛诗》有别",而《羔羊》及《江有汜》的说明文字皆言"简本章次与《毛诗》异"。"章次"与"章序"意义虽然大体相同,但在同一部书中,尤其同一章节中,使用术语应当一致,不宜两者间出。由此可以窥见撰写及出版编辑中不够严谨。这只是一个小例子,前节所述《诗经》学专门术语"篇"字的使用,学术意义就重要得多。按"篇"字作

为《诗经》学的专门术语，在汉代文献中的使用多有文例。《史记·孔子世家》云："三百五篇孔子皆弦歌之，以求合《韶》《武》《雅》《颂》之音。"①《史记·太史公自序》云："《诗》三百篇，大抵圣贤发愤之所为作也。"②《汉书·儒林传》载海昏侯之师王式对狱之语："臣以《诗》三百五篇朝夕授王……臣以三百五篇谏，是以亡谏书。"③"篇"字作为《诗经》学专门术语在汉代的普适性及权威性，还得到海昏侯简《诗经》的印证。海昏侯简《诗经》"在总目前端有总记《诗》之篇、章、句数一简"，曰"诗三百五扁（篇），凡千七十六章，七千二百七十四言"。④这一记述足证传世文献相关记载之可信。

《诗经》研究在历史上早已为专门之学，自汉代以来，形成一系列的专门术语。有关《诗经》文本中"篇""章""句""字"使用的文献学意义及各术语之间的相互关系，是汉代以降的经学家们讨论的重要议题。孔颖达《毛诗正义》对其有简括的说解：

> 自古而有篇章之名，与诗体俱兴也，故《那·序》曰："得《商颂》十二篇"；《东山序》曰："一章言其完"是也。句则古者谓之为言。《论语》云："《诗》三百，一言以蔽之，曰：'思无邪。'"则以"思无邪"一句为一言。《左氏》曰"臣之业在《扬之水》卒章之四言"，谓第四句，"不敢告人"也。及赵简子称子大叔"遗我以九言"，皆以一句为一言也。秦汉以来，众儒各为训诂，乃有

---

① 司马迁：《史记》，第 1936 页。
② 司马迁：《史记》，第 3300 页。
③ 班固：《汉书》，中华书局 1962 年版，3610 页。
④ 朱凤瀚主编：《海昏简牍初论》，北京大学出版社 2020 年版，第 81—82 页。按：引文中"篇""章"两字之后，原文依简文格式分别空一格，为排版方便，本文以逗号代替。

句称。《论语》注云"此'我行其野'之句"是也。句必联字而言，句者局也，联字分疆，所以局言者也。章者明也，总义包体，所以明情者也。篇者遍也，言出情铺，事明而遍者也。[①]

"篇""章""句""字"的经学史及文献学意义，值得以专文探讨。这里只指出一点，即上引孔氏所言"篇者遍也，言出情铺，事明而遍者也"云云，系以文献学的角度，讲"篇"有叙事完备之意。汉魏以降，"遍"还是一个广泛使用的音乐术语。《乐府诗集》多有其用，王国维曾予以总结。[②] 这一事实反映出汉唐间"诗""乐"二家虽分途已久，但其间千丝万缕的联系时或可见。

对《诗经》学术语的误解和使用不当，会造成论述的学术错误。前引《关雎》篇的说明文字说："《关雎》篇的分章，《毛传》与《郑笺》不同。《郑笺》分五章，章四句；《毛传》分三章，一章章四句，两章章八句。"这段话把《毛诗·关雎》篇分章的不同主张归结为《毛传》与《郑笺》，是不妥当的。

《毛诗·关雎》篇后原本有如下文字："《关雎》五章，章四句。故言三章，一章章四句，二章章八句。"《毛诗正义》在其后移录陆德明《经典释文》之语曰："五章是郑所分，'故言'以下是毛公本意。后放此。"[③] 这些话反映了到唐初为止，人们对《毛诗·关雎》篇传承过程中形态演变的认识，但并不能理解为"三章"与"五章"是《毛传》与《郑笺》分章之别。"是郑所分"不等同"是《郑笺》所分"。另外，《经

---

① 《毛诗正义》，阮元校刻：《十三经注疏（附校勘记）》，第 274 页。

② 参见王国维：《唐宋大曲考》，《王国维全集》第二卷，浙江教育出版社、广东教育出版社 2010 年版，第 343—345 页。

③ 《毛诗正义》，阮元校刻：《十三经注疏（附校勘记）》，第 274 页。

典释文》所言"毛公"为何人尚未可知，怎么能够说是"《毛传》分三章"呢？

有关这个问题，《毛诗正义》说：

> 定本章句在篇后。《六艺论》云"未有若今传训章句"，明为传训以来，始辨章句。或毛氏即题，或在其后人，未能审也。①

《毛诗正义》多闻阙疑的审慎态度是可敬的。今人掌握了更多的材料，应当比唐人叙述得更明白些，才能体现出学术的进步。按，上海楚简《孔子诗论》第十四简：

> 两矣，其四章则愉矣。以琴瑟之悦，拟好色之愿，以钟鼓之乐②

以此简"琴瑟""钟鼓"等语与《关雎》内容比勘，可知《孔子诗论》所言四章系《关雎》之第四章。也就是说，《孔子诗论》的作者所见《关雎》有第四章的存在。《关雎》的分章是一个值得研究的问题，历史上所呈现的相关信息也比较复杂多样。如果考虑安大简《诗经》的年代与《孔子诗论》相近，也许对其分章的分析及操作，参考后者更为妥贴。

---

① 《毛诗正义》，阮元校刻：《十三经注疏（附校勘记）》，第 274 页。

② 马承源主编：《上海博物馆藏战国楚竹书（一）》，上海古籍出版社 2001 年版，第 143 页。

结 语

安大简《诗经》是特别重要的出土文献，安徽大学课题组成员对这部文献的整理做出了巨大贡献，为学界提供了基本可以读通的文本，这是应该感谢的。但从发表的文本来看，该书的编辑不当与校注错误相当多。由于文章篇幅的关系，注释部分的错误与不当，我们拟专文另述，这里就不再展开了。

（原载《中国诗歌研究》第二十三辑）

后 记

我研究《诗经》已四十年，最早的文章是硕士一年级时撰写的《田畯农神考》。那篇论文受到华先生启发，定稿还得到河南大学历史系郭人民先生的指点。文章在考据上下了比较大的工夫，重实证，重考据，日后成为我治学的一个显著特点。

《〈诗经〉大小〈雅〉与先秦诗歌的历史发展》一文，截取自硕士学位论文《论诗经大小雅的文学价值》。该文虽然在文学观念方面有较大开创性，但从学术理念和研究方法的角度来说，还不够成熟，尚不能体现我《诗经》研究的主要特色，与《〈大雅·皇矣〉与"文王之德"考辨》比较，这一点更为明显。它只是本人学术经历的一个印记。

《论〈左传〉对于〈诗经〉研究的价值》是我硕士期间阅读《左传》的收获。文章的叙述还比较粗疏，但方法、路径与主要结论是正确的，至今还有可供学者参考的价值。

书中有两篇文章是研究《周南·关雎》的，尚有其他研究《关雎》的文章，不及收录，留待以后刊发。《关雎》为《诗经》首篇，具有特殊的意义。在《诗经》与"《诗》家"开山之祖孔子的关系方面，安大简《诗经》提供了新的证据。从学术领域的开拓来讲，可称旧土新疆。

《礼乐制度中的〈诗经〉文化本质》系《诗经三颂与先秦礼文化的演变》一书的导论，因为有概论性质，所以收录在这里。

每篇文章之后附有原发表刊物及合作者的姓名。除《二重证据视野

诗经与楚简诗经类文献研究

下的孔子删诗问题》系与我的妻子李颖教授合作外，其余多与研究生合作，回首往事，同学们的进步历程宛在眼前。

本书的出版得到聊城大学和中国传媒大学国学研究所的支持，并被列为国家社会科学基金重大项目"中华简帛文学文献集成及综合研究"成果。

我不忘治学道路上的引导者。父母则为我的人生之途提供了不可或缺的亲情与呵护，并给我树立了为人行世的楷模。兄长姚小申德才兼备而年寿不永。少年时，兄长即为我指示了人生的追求之道，他的教诲与督责，奠定了我今日成就的基石，附志于此，以示不忘。